ERIC BERG

Die Schattenbucht

ERIC BERG

Die Schattenbucht

Kriminalroman

LIMES

Verlagsgruppe Random House FSC® N001967

1. Auflage
Copyright © 2016 by Limes in der Verlagsgruppe
Random House GmbH, München
Redaktion: Angela Troni
Umschlaggestaltung und -motiv: www.buerosued.de
WR · Herstellung: sam
Satz: Uhl + Massopust, Aalen
Druck und Bindung: CPI books GmbH, Leck
Printed in Germany
ISBN 978-3-8090-2642-6

www.limes-verlag.de

Für Christian

»*Ich habe niemals von einem Verbrechen gehört,
das ich nicht auch hätte begehen können.*«

Johann Wolfgang von Goethe

»*In God We Trust*«

Motto auf US-Dollar-Scheinen

Prolog

Nachdem ich die Auflegtaste des Telefons gedrückt hatte, blieb ich eine Weile reglos mitten im Zimmer stehen. Während der vergangenen halben Stunde war die Ungeheuerlichkeit Wort für Wort in mich hineingetröpfelt, aber erst jetzt, nach dem Ende des Telefonats, entfaltete sie ihre volle Wirkung.

So viele Tote. Nicht auf einen Schlag, sondern einer nach dem anderen über einen längeren Zeitraum, und ich hatte keinen von ihnen gekannt. In einer Welt, die von üblen Nachrichten überquillt, war das eigentlich nur eine Tragödie unter vielen. Obwohl, das war sie nicht. Nicht für mich.

Etwas geradezu Monströses war daran, ich konnte es spüren, jedoch nicht beschreiben. Ein hässliches, unbefriedigendes Gefühl. Was erschütterte mich so sehr an diesem Verbrechen? Allein die Zahl der Opfer? Ich erinnerte mich, vor einiger Zeit über diesen Fall gelesen zu haben, aber irgendwie war mir die Meldung nicht im Gedächtnis geblieben. Und nun war dieses Verbrechen per Telefon in mein Leben eingebrochen, an einem wunderschönen, strahlenden Frühlingsmorgen, an dem ich gerade mit meinem Tagespensum hatte beginnen wollen.

Stattdessen machte ich einen Spaziergang. Nach diesem

Anruf konnte ich unmöglich zur Tagesordnung übergehen, ich hatte über zu viele Dinge nachzudenken, die mich am Schreiben gehindert hätten. Das Meer und der Himmel leuchteten in etlichen Schattierungen von Blau, und ein paar Wassersportbegeisterte schwebten mitten durch dieses harmonische Farbenspiel hindurch. Auf der Strandpromenade spielte jemand Ziehharmonika, ich erkannte Lieder von Edith Piaf und Adriano Celentano. Sorglose Urlauber flanierten an mir und dem Musiker vorüber.

Mit einem Mal wusste ich, was mich an diesem Verbrechen zutiefst erschreckte – und dass ich gerade deswegen darüber schreiben würde, schreiben müsste.

Jeder Mord, von dem wir erfahren, ist für sich beängstigend genug. Aber wir meinen, ein Bild von den jeweiligen Verbrechern zu haben – von den Räubern, die Rentner in ihrem Gartenhäuschen erschlagen, den Sexualverbrechern, die Frauen und Kindern auflauern, den reizbaren jungen Männern, die uns auf Bahnhöfen überfallen. Es ist der massive Einbruch der Gewalt in unseren Alltag und unsere Ordnung, den wir so sehr fürchten.

Was, wenn der Tod sich in harmloser Verkleidung bereits in unser Haus geschlichen hat? Wenn er gleich um die Ecke wohnt und Teil unseres Alltags ist? Wenn wir ihm von Zeit zu Zeit die Hand schütteln? Ihn vielleicht sogar sympathisch finden?

Das Monströse an jenem Verbrechen, von dem ich kurz zuvor erfahren hatte, war das Normale, die absolute Durchschnittlichkeit der Beteiligten. Außerdem die Langsamkeit – um nicht zu sagen Gemächlichkeit –, mit der es seine Kreise gezogen hatte. Das Verbrechen hatte sich ganz allmählich zu einem Strudel entwickelt, der alles verschlang, was auch nur in seine Nähe kam, der Tote produzierte, Leben ruinierte und den man erst bemerkt, wenn es zu spät, der Sog schon zu stark ist.

Der Darß – eigentlich die Region Fischland-Darß-Zingst, im Volksmund schlicht Darß genannt. Ich hatte nur gute Erinnerungen an die Halbinsel, auf der ich zehn Jahre zuvor das letzte Mal gewesen war, und ich fand alles ganz genauso vor wie damals. Unterwegs stieg ich immer mal wieder aus, um einigen Surfern zuzuschauen, ein paar Reitern am Strand hinterherzublicken und einen einsamen Bernsteinsucher zu beobachten, der gerade ein Loch in den Sand grub. Das Meer war aufgewühlt, und am Horizont zogen Wolken und Regenvorhänge von Süd nach Nord, während am Bodden, der bei Ahrenshoop nur wenige Steinwürfe entfernt war, ein mildes pfirsichfarbenes Prismalicht über dem stillen Wasser lag. Die unterschiedliche Stimmung dieser eng beieinanderliegenden Landschaften von Bodden und Meer zog mich sofort in ihren Bann. Das Liebliche hier – sanft dahingleitende Zeesenboote, alte Bootshäuser, wogendes Schilf, geatmete Stille. Das Raue dort – vom Wind geformte Kiefern, von Gischtfontänen umtoste Seebrücken, schroffe Steilküsten.

Es mag naiv klingen, aber an einem solchen Ort erwartete man kein Kapitalverbrechen, vor allem nicht von Einheimischen. Die Leute hier waren bodenständig, gelassen und auf diskrete Art selbstbewusst. Autodiebstähle oder Einbrüche – gut, die mochte es geben, ebenso betrunkene Touristen, die in die Vorgärten urinierten oder die Malven zum Einknicken brachten. Ich betrachtete die Bewohner dieser Region eher als Heimgesuchte. Auf die ersten Touristen, die ein wenig Wohlstand brachten, folgten Wohlhabende aus dem ganzen Bundesgebiet, die sich hier Häuser kauften, die wiederum Diebe anlockten. Ob nun die Vorteile oder die Nachteile des Tourismus und des Zuzugs von Fremden überwogen, war ein weites Feld und ewiger Diskussionsgegenstand in der Kneipe, auf Festen und den Bürgersteigen. In einer Zeit, die arm an Skandalen war – weil heutzutage nun mal weit weniger als skandalös angesehen wird als noch vor dreißig Jahren –, gab es wenig, an dem die Leute sich in den Dörfern reiben konnten.

Alles ging seinen gewohnten Gang: erst der Vogelzug von Süd nach Nord, das Erblühen der Gärten, die Ankunft der Seeschwalben, die ihre Nester in die Steilküsten bohrten, das Auftauchen von Segeln über dem Wasser, zuerst wenige, mit der Zeit immer mehr, das zunehmende Kindergelächter am Strand, die gut besuchten Restaurants, Fahrrad fahrende Familien, dann ein allmählich blasser werdendes Licht, der Vogelzug von Nord nach Süd, Sand ohne Menschen, Brandung ohne Zuhörer, Wind ohne Wärme... Die Gezeiten eines Jahres.

Theoretisch war mir als Mensch und Schriftsteller natürlich klar, dass es auch in einer solch beruhigenden Umgebung Unglück geben konnte. Doch es war viel schwerer greifbar als in den Wohnsilos und U-Bahn-Stationen der Großstädte.

Ich schlenderte umher und überlegte, was es bedeutete und wie ungewöhnlich es war, wenn jemand, von dem man es nie erwartet hätte, sich umzubringen versuchte.

So fing alles an – scheinbar. Tatsächlich hatte es nämlich schon viel früher begonnen.

1

September

Dieser Fall war nicht wie die anderen – eine gesunde Frau sitzt bei Kaffee und Kuchen auf dem Balkon ihres Hauses und blickt auf das im Nachmittagslicht sanft schimmernde Wasser des Bodstedter Boddens. Plötzlich und ohne erkennbare innere Regung steht sie auf, klettert über das Geländer und stürzt sich in die Tiefe. Sie überlebt den Sprung, spricht seither jedoch kein Wort mehr.

Ina war so etwas nicht gewohnt. Hinter jedem Suizidversuch steckte eine Geschichte, die es für sie hervorzuholen galt. Manche ihrer Patienten mussten nur angepikst werden, und schon sprudelten die Tragödien ihres Lebens in schnellen Sätzen aus ihnen heraus, gespickt mit Vorwürfen an Ehepartner, Eltern, Freunde und das Leben. Andere gaben ihre Erlebnisse nur in Häppchen preis, zögerlich, jedes Wort abwägend, als sei es das alles entscheidende, unterbrochen von langen Pausen und stillen Tränen. Wieder andere betrachteten die Klinikpsychologin gar als Gegnerin, antworteten feindselig und sarkastisch oder schickten Ina weg, um sie bald darauf doch wieder herbeizuzitieren und zu beschimpfen. Über kurz oder lang und mehr oder weniger redeten sie alle auf irgendeine Weise über die kleinen und großen Katastrophen, deretwegen sie in der Klinik gelandet waren, an diesem Ort, an dem wie nirgendwo sonst der Hunger nach Leben und Lebensmüdigkeit aufeinandertrafen.

Marlene Adamski hingegen war verstummt, so wie manche Kinder, die ein schreckliches Trauma erlitten hatten. Doch diese Patientin war zweiundsechzig Jahre alt, und auf ein größeres Problem, geschweige denn ein Trauma gab es nicht den geringsten Hinweis.

In den Akten suchte Ina vergeblich nach Gründen für die Schatten, die sie unter Marlenes Augen entdeckte. Zusammen mit ihrem Ehemann führte die Frau eine gut gehende Bäckerei auf der Halbinsel Darß, nannte ein schuldenfreies Haus ihr Eigen, war physisch in bester Verfassung und hatte keinerlei Vorgeschichte, was psychische Erkrankungen anging. Letzteres allein war natürlich wenig aussagekräftig, schließlich erwuchsen Depressionen und Selbstmordgedanken selten ausschließlich aus handfesten, für jedermann erkennbaren Problemen. Ihr Dünger waren vielmehr Faktoren wie Einsamkeit, das Einerlei der Tage, Erfolgsdruck und die Unfähigkeit, aus einem als Teufelskreis wahrgenommenen Zustand auszubrechen.

Doch auch hierfür konnte Ina keinerlei Anhaltspunkte entdecken. Ihre Patientin sammelte Geld für syrische Flüchtlinge und sang im Gemeindechor. Nun gut, die Adamskis waren kinderlos. Doch während Marlenes zweiwöchentlichen Aufenthalts in der Psychiatrie am Stadtrand von Rostock hatte sie auffallend viel Besuch bekommen. Die vielen Freundinnen und Cousinen, mit denen Ina gesprochen hatte, erzählten ihr übereinstimmend, dass kaum ein Gemeindemitglied sozial engagierter und besser integriert war als Marlene

Adamski. In der Bäckerei war sie die gute Seele, die Kunden kannte sie mit Namen und begrüßte sie mit einem Lächeln und per Handschlag.

Blieb die Ehe der Adamskis, über die Ina bisher nur wenig wusste. Marlenes Mann Gerd kümmerte sich rührend um seine Frau. Wenngleich er ein Mensch zu sein schien, der die Schuld zuletzt bei sich selbst suchte, kam Ina die Fürsorge, die er seiner Frau entgegenbrachte, echt vor. Kurzum, es gab einfach keinen Anhaltspunkt, was die Ursache für den Suizidversuch sein könnte, und die Psychologin stand vor einem Rätsel. Dass Marlene nicht mit ihr sprach, machte es unmöglich, das Motiv zu ergründen. Ina hätte die Sache auf sich beruhen lassen können, denn Marlene Adamskis Entlassung stand bevor, und sie würde demnächst neue Patienten betreuen: Opfer von Gewalttaten, Unfällen oder Mobbing, von Stress und Übermüdung zermürbte Menschen, Drogenabhängige, Patienten mit Gehirntumoren und schwachen Herzen, die sie zu begleiten hatte. Doch die schweigende Frau mit den Schatten unter den Augen wollte ihr nicht mehr aus dem Kopf gehen.

Hatte sie nicht auch deswegen ein halbes Jahr zuvor von Schwerin an die Klinik in Rostock gewechselt, weil sie an ihrem neuen Arbeitsplatz mehr Zeit für die Patienten hatte? Früher musste Ina sich bei den nach einem Selbstmordversuch eingelieferten Patienten mit Aussagen wie »Ich tu's ganz bestimmt nicht wieder« zufriedengeben und nach ein paar Minuten zum nächsten Termin eilen. Im Jahr darauf sah sie die Menschen dann wieder. Schlimmer noch waren jene, die sie nicht wiedersah, weil sie beim zweiten Mal mehr »Erfolg« gehabt hatten als beim ersten. Ihre Zahl kannte Ina nicht, aber das machte es nicht einfacher. In der Rostocker Klinik hatte sie immerhin das gute Gefühl, alles für ihre Patienten tun zu können, was in ihrer Macht stand, zumal sie nur an zwei Tagen pro Woche als Angestellte arbeitete und an den anderen drei Tagen eine eigene Praxis in Ahrenshoop betrieb. Auf diese Weise konnte sie ihre Patienten länger betreuen, als es normalerweise möglich gewesen wäre. Nur bei Marlene Adamski biss sie in der Hinsicht auf Granit.

Das Schweigen der Bäckersfrau hielt Ina teilweise für bewusst gesteuert und weniger für die Folge eines Schocks, weshalb sie davon ausging, es mit etwas mehr Zeit brechen zu können. Denn trotz ihrer verbalen Zurückhaltung nahm Marlene ihre Umwelt durchaus wahr. Sie reagierte auf Bewegungen und Geräusche ebenso wie auf Menschen, die das Krankenzimmer betraten. Sie verzog den Mund, wenn ihr das Essen nicht schmeckte, und sie erwiderte Umarmungen. Lächeln sah Ina sie allerdings nie, außer ein Mal, als sie ihrer Patientin, um deren Vertrauen zu gewinnen, von ihrer Liebe für die Ostsee im Allgemeinen und den Darß im Besonderen erzählt hatte. Damals blickte Marlene geradezu selig drein, so als hätte Ina sie an einen untergegangenen Ort des Glücks erinnert. Die Psychologin spürte, sie und ihre Patientin könnten emotional zusammenfinden.

Gerd Adamski jedoch legte darauf keinen Wert.

»Das schaffen wir auch so«, sagte er, als er seiner Frau nach ihrer Entlassung in den geräumigen Audi half. Ina war mit den beiden zum Parkplatz gegangen, trotz des leichten Regens. Die äußeren Verletzungen Marlene Adamskis waren zwar fast vollständig verheilt, aber sie wirkte noch nicht ganz sicher auf den Beinen.

Er schloss die Beifahrertür und sprach, während er um das Auto herumging, mit leiser, tiefer Stimme. »Marlene hat zu viel gearbeitet, sich zu viel zugemutet. Die Bäckerei, das Ehrenamt, der Chor, der Haushalt ... Sie hatte ja gar keine Zeit mehr für sich.«

»Mag sein«, erwiderte Ina. »Aber Menschen springen im Allgemeinen nicht wegen eines zu vollen Terminkalenders vom Balkon, Herr Adamski. Das ist allenfalls der Auslöser, niemals die Ursache. Ich empfehle Ihrer Frau dringend weiterhin eine professionelle psychologische Begleitung. Meine Praxis in Ahrenshoop ist die einzige auf dem Darß, aber falls Sie wen anders bevorzugen, habe ich Ihnen einige Adressen von Kollegen in Rostock aufgeschrieben.«

Er reichte ihr die Hand. Sie war klobig, behaart und von fünfundvierzig Jahren fast täglichem Teigkneten sehr kräftig, doch der feste Druck war nicht unangenehm.

»Danke, dass Sie sich um Marlene gekümmert haben, Frau Doktor. Ehrlich, ich bin sehr froh darüber. Aber das wird schon wieder. Ein bisschen Pflege und Aufmerksamkeit ...«

»Mit ein bisschen Pflege werden verkümmerte Pflanzen vielleicht wieder«, sagte Ina, wobei die ungeduldige Erwiderung von ihrer sanften, geduldigen Stimme abgemildert wurde. »Natürlich sind Ihre Fürsorge und Aufmerksamkeit äußerst wichtig und hilfreich. Dennoch kann ich nicht genug betonen, dass der Heilungsprozess bei Ihrer Frau gerade erst begonnen hat. Dass sie nicht spricht, ist der auffälligste Hinweis, wenngleich nicht der einzige.«

»Auch das bekommen wir hin«, sagte Gerd Adamski mit einer solchen Sicherheit, als müsse er zu Hause nur ein Rezeptbuch aufschlagen. Bevor Ina ihn weiter bedrängen konnte, fügte er hinzu: »Sehen Sie, Frau Doktor, Sie sind Psychologin und wollen sicher nur das Beste für Marlene. Sie erzählen mir was von Ursachen und psychologischer Begleitung und so 'nem Zeugs. Aber wir kommen schon zurecht, wir sind einfache, hart arbeitende Leute. Bäcker, verstehen Sie?«

So, wie er es ausdrückte, hörte es sich an, als würde jeder Bäcker einmal im Leben einen Selbstmordversuch unternehmen, und danach sei die Bedrohung ausgeschwitzt und überstanden wie bei Mumps. Natürlich kannte Ina diese ablehnende Haltung gegenüber Psychologen, zum einen von den Erfolgsverwöhnten, die meinten, sich und ihr Leben auch ohne fremde Hilfe jederzeit im Griff zu haben, und zum anderen von denjenigen, für die psychologische Betreuung etwas für Weicheier war. Der Übergang war fließend, und Gerd Adamski gehörte eindeutig zur zweiten Kategorie.

Ina musste Marlene also ziehen lassen, und wenngleich sie nach wie vor an die Frau dachte, war sie bald schon von den neuen Patienten absorbiert.

Dann jedoch geschah etwas Merkwürdiges. Ina erhielt an zwei aufeinanderfolgenden Tagen auf ihrem rein beruflich genutzten Handy mehrere Anrufe, bei denen sich am anderen Ende niemand meldete, sobald sie abnahm. Ein Keuchen oder dergleichen war jedoch nicht zu hören. Nach einigen Sekunden legte der Anrufer jedes Mal wieder auf.

Irgendwann fragte Ina aus einer Ahnung heraus: »Frau Adamski? Marlene?«

Und siehe da, diesmal blieb der Anrufer länger am Apparat.

Die Psychologin beschloss, Marlene aufzusuchen und sie

zu überreden, Patientin ihrer Praxis zu werden. Sie rechnete mit einem kleinen Abenteuer, einem leicht ungewöhnlichen Außeneinsatz mit nutzbringenden Erkenntnissen.

Wider Erwarten wurde etwas ganz anderes daraus: ein Schicksalstag in ihrem Leben.

Zum Haus der Adamskis musste Ina sich umständlich durchfragen, obwohl sie selbst inzwischen seit gut einem Jahr auf dem Darß lebte. Eher zufällig und nicht dank einer Beschreibung oder des Navigationssystems kam sie endlich am Ziel an, ganz in der Nähe des Örtchens Wieck.

Die herrliche Aussicht entschädigte sie für ihre Mühen. Am Ende einer schmalen, von Strauchwerk begrenzten Asphaltstraße ging der Blick zur einen Seite über unberührte Wiesen unter dem riesigen Himmel. Ein paar verstreute, meist krüppelige Bäume, schier unendlich viele windschiefe Grashalme und die fahle Sonne hinter zerfledderten Schleierwolken – das war alles, und es war überwältigend schön. Eine frische Brise schlug ihr entgegen, und sie war versucht, mitten hineinzulaufen in die menschenleere Landschaft. Auf der anderen Seite führte ein kleiner Weg zum Bodden, der ungefähr dreißig Meter entfernt war. Dünne Nebelschwaden stiegen von ihm auf, schwebten behäbig darüber hinweg. Die Luft schmeckte salzig und roch nach frischer Erde.

Das Haus der Adamskis war ein echtes Schmuckstück, eine zartblau gestrichene einstöckige Bauernkate mit einer Reetdachhaube, umgeben von einer Natursteinmauer. Verstärkt wurde der malerische Eindruck von den zahlreichen

Rosenbüschen im Vorgarten. Eine sechsköpfige Familie hätte in dem Haus bequem Platz gehabt, doch soweit Ina wusste, lebten Marlene und Gerd Adamski allein. Wie sie später erfahren sollte, hatte das Ehepaar die Kate im Jahr 1991 in leicht heruntergekommenem Zustand gekauft, nach und nach renoviert und dabei das eine oder andere hinzugefügt, das eigentlich nicht zu einer Kate gehörte, beispielsweise den Balkon.

Marlene war damals in Inas Alter gewesen, Ende dreißig, und hatte deshalb vermutlich kaum mehr Hoffnungen auf eine Großfamilie gehabt. Vielleicht war die Größe des Hauses aber auch nicht ausschlaggebend für den Kauf gewesen, sondern allein die Lage oder schlicht der Preis.

Auf Inas wiederholtes Klingeln hin geschah überhaupt nichts. Sie war ein wenig enttäuscht, nun da sie es bis hierher geschafft hatte und einer Begegnung mit Marlene so nahe war. Allerdings konnte es sein, dass diese ihre Arbeit in der Bäckerei wieder aufgenommen hatte, und das wäre immerhin ein gutes Zeichen.

Doch dann entdeckte Ina die Frau just auf dem Balkon an der linken Hausfront, von dem sie einige Wochen zuvor gesprungen war.

»Marlene? Ich bin es, Ina Bartholdy.«

»Was wollen Sie?«

Das waren die ersten Worte, die Ina von ihr hörte. Ihre Stimme klang leicht dumpf und rau, was nicht zu ihrem Erscheinungsbild passte. Marlene hatte eine gemütliche, warme mütterliche Ausstrahlung. Man sah ihr irgendwie an, dass sie Bäckersfrau war, zumindest fand Ina, dass Bäckersfrauen so aussehen sollten.

»Ich weiß, ich habe meinen Besuch nicht angekündigt«, antwortete sie ausweichend. »Aber ich war zufällig in der Gegend und dachte, ich schaue mal vorbei.«

Das war noch nicht einmal gelogen, jedenfalls nicht ganz. Ina hatte tatsächlich noch etwas anderes auf dem Darß vor, gar nicht weit von Wieck entfernt.

Sie wollte gerade erneut um Einlass bitten, als Marlene aufstand und im Haus verschwand.

Das war es wohl, dachte Ina, doch dann ging der Türsummer an, und sie gelangte ins Haus.

Drinnen war es ziemlich kühl und vor allem unglaublich still. Alle Fenster waren geschlossen. Kein Vogelgezwitscher drang durch die Mauern, keine Uhr tickte. Eine gewundene Holztreppe führte nach oben.

»Marlene?«

Ina warf einen kurzen Blick ins Wohnzimmer und in die Küche, bevor sie begriff, dass die Bäckersfrau im Obergeschoss auf sie wartete.

Die Schlafzimmertür stand weit offen. Marlene saß mit dem Rücken zu ihr auf dem Balkon. Erneut standen Kaffee und Kuchen auf dem kleinen runden Tisch, erneut ging Marlenes Blick über die Bäume hinweg zum Bodden, wo die Segelboote geräuschlos auf dem funkelnden Wasser dahinglitten. Sie trug eine getönte Brille, die Septembersonne schien ihr ins Gesicht.

Ina nahm sich die Zeit, das Schlafzimmer mit einem Rundumblick zu inspizieren. Es war so althergebracht eingerichtet wie alles, was sie bisher vom Haus gesehen hatte. Nicht dass es schäbig gewesen wäre. Die Möbel waren gepflegt, wenngleich sie schon eine ganze Weile nicht mehr erneuert worden waren. Von der Spiegelkommode über den Bettvorleger bis zum – derzeit unbenutzten – Anzugständer für den Hausherrn war alles vorhanden. Beige und Braun waren die vorherrschenden Farbtöne, Eiche das favorisierte Holz. Ina suchte nach irgendetwas Außergewöhnlichem. Nach einer extravaganten Lampe, einer asiatischen Spieluhr, der eingerahmten Krakelei eines Kindes. Doch sie bemerkte nichts dergleichen, so wie sie auch in der Diele, im Wohnzimmer und im Treppenaufgang nichts gesehen hatte. Die Wände waren fast kahl, nur hier und da hing ein Druck mit Blumen- oder Landschaftsmotiven. Wenn Ina bedachte, wie schön das Haus von außen war, enttäuschte einen das Innere durch einfallslose Rustikalität.

Sie trat auf den Balkon und umfasste mit beiden Händen das Geländer. Vom ersten Stock in den Tod springen – ging das überhaupt? Hatte Marlene mit ihrem Ableben etwa nur kokettiert? Gehörte sie am Ende zu jenen Verzweifelten, die vier Personen auf den Anrufbeantworter sprechen, bevor sie eine zwar kritische, jedoch nicht unbedingt tödliche Dosis Schlaftabletten nehmen und unbewusst darauf hoffen, man werde sie rechtzeitig finden? Aus ihrer Akte hätte man das durchaus schlussfolgern können. An Ort und Stelle sah die Sache allerdings anders aus. Man konnte von hier oben sehr wohl in den Tod springen, obwohl es nur der erste Stock war. Die Räume waren ungewöhnlich hoch, das Grundstück fiel auf dieser Seite stark ab, und unten erstreckte sich eine Mauer. Aus sieben Metern Höhe auf nackten Stein fallen – das hätte anders ausgehen können als mit einer ausgerenkten Schulter, einer Gehirnerschütterung sowie einigen Verstauchungen und Prellungen. Trotzdem blieb die Frage: War

Marlenes Selbstmordversuch ein Hilfeschrei gewesen oder der letzte Ausweg für sie?

»Manchmal«, begann Ina leise und ohne ein Hallo vorneweg, »ist es nur eine Minute, in der wir nicht mehr weiterwissen, nicht mehr weiterwollen. Manchmal ergibt sich gerade dann eine Gelegenheit. Es ist nur ein kleiner Schlenker, der unser Auto vor einen entgegenkommenden Laster bringt. Es ist nur ein kleiner Sprung vor den einfahrenden Regionalzug. Das war gar nicht geplant. Wir wollten eigentlich zur Arbeit oder eine Besorgung machen. Und dann ...«

Sie hielt inne, spähte zu Marlene hinüber und konnte durch die Sonnenbrille der Frau erkennen, dass deren Pupillen auf sie gerichtet waren.

»War es so?«, fragte sie.

War Marlene eines Tages aufgewacht und hatte wie aus dem Nichts beschlossen, dass ihr Leben keinen Sinn mehr hatte? Dass ein Mann, ein Haus, ein paar Bekannte im Dorf und eine Bäckerei einfach nicht genug waren? War sie das Opfer einer spontanen Laune geworden, einer Hormonschwankung gar, nichts weiter?

Ein Lichtreflex tanzte auf Marlenes Gesicht, der vom Gartenteich nebenan stammte. Er zuckte über ihre helle, hohe Stirn, über die aufgesteckten strohblonden, leicht angegrauten Haare, die fahlen Wangen, den von Falten umrahmten Mund und das weiche, rundliche Kinn. Ina ersehnte geradezu ein Wort von ihr, an das sie anknüpfen konnte. Wenigstens ein Nicken oder Kopfschütteln, ein Zucken der Lippen. Doch nichts. Der ruhelose Lichtpunkt war alles, was sich in Marlenes Gesicht bewegte.

Ina musste das Schweigen brechen. Nur wie? Dass die

Bäckersfrau sie hereingelassen hatte, hatte sicher etwas zu bedeuten.

»Ich habe in den letzten Tagen einige Anrufe erhalten, bei denen sich dann aber niemand am anderen Ende der Leitung gemeldet hat. Ich vermute, dass Sie das waren. Liege ich damit richtig?«

Marlene öffnete ganz leicht den Mund, wobei sich ihre Lippen kaum bewegten. In dem winzigen dunklen Spalt schien sich ein Wort zu formen, zusammengesetzt aus den Bruchstücken ihres ambivalenten Willens und von selbigem sofort wieder zerstört.

Kein Laut.

Ina wartete noch eine Weile, in der nur der Wind und das muntere Zwitschern der Nestflüchter zu hören waren.

»Warum fällt es Ihnen so schwer, mit mir zu sprechen?«

Wieder öffnete Marlene den Mund, wieder bereitete sie einen Anlauf vor. Die Grenze des Schweigens hin zur Sprache war für sie wie ein schwindelerregender Abgrund, der sie zögern ließ, auch wenn er mit einem einzigen Schritt zu überwinden war. Vielleicht war das, was auf der anderen Seite auf sie wartete, so wenig erstrebenswert, so furchteinflößend sogar, dass sie allen Mut zusammennehmen musste. Obwohl Ina ihre Patientin im Grunde nicht kannte, glaubte sie, dass Marlene diesen Mut in sich trug. Etwas davon lag in ihren Augen, die nie ängstlich in die Welt blickten, auch nicht, als sie sich in der Klinik zum ersten Mal wieder geöffnet hatten, oder später, als Ina ihr die vielen Fragen gestellt hatte.

◄◦►

Auch in Marlenes Biografie steckte jede Menge Courage. Die Cousinen der Bäckersfrau hatten Ina im Krankenhaus erzählt, dass Marlene mit neunzehn Jahren in Dresden eine Affäre mit einem sowjetischen Soldaten begonnen hatte. Damals nannte man das noch Affäre, und in der DDR galt ein sowjetischer Gefreiter nicht unbedingt als gute Partie, vor allem nicht, wenn man kurz vor einem Lehramtsstudium stand. Da Marlene sich ganz offen mit dem jungen Mann zeigte, beschimpften die Leute sie. Manchen rissen sogar die Fenster auf, nannten sie eine Hure und knallten die Fenster mit Nachdruck wieder zu. Eines Tages war der Mann, für den sie ihren Ruf hergegeben und ihr Studium riskiert hatte, über alle Berge. Marlene hörte nie wieder von ihm. Ein Jahr später verliebte sie sich erneut. Auch dieser Mann war ihren bürgerlichen Eltern nicht gerade willkommen. Gegen die Widerstände ihrer Familie und des Bildungsministeriums brach Marlene ihr Studium ab und wurde die Frau des pommerschen Bäckers Gerd Adamski.

»Sie wissen doch, dass alles, was sie mir anvertrauen, unter uns bleibt«, versuchte Ina, die Frau zu ermuntern.

Diesmal öffneten sich Marlenes Lippen ein Stückchen weiter. Vielleicht hätte sie zu reden begonnen, wäre nicht just in diesem Moment die zufallende Haustür zu hören gewesen und gleich danach die Stimme ihres Mannes, der nach ihr rief. Sofort verschloss Marlene sich wieder, und nur wenige Sekunden später stand Gerd Adamski im Schlafzimmer. Sein Blick gab Ina unmissverständlich zu verstehen, was er von ihrem Besuch hielt. Boxer starren so kurz vor Beginn des Kampfes zur anderen Ringseite hinüber. Die Stimme des Bäckers klang allerdings gelassen.

»Frau Doktor, guten Tag. Was für eine Überraschung. Wer hat Sie denn geschickt?«

»Guten Tag, Herr Adamski. Im Rahmen einer Nachsorge wollte ich mich vergewissern, dass mit Ihrer Frau alles in Ordnung ist.«

»Tja, wie Sie sehen, *ist* alles in Ordnung.«

»Nun ja ... Dürfte ich Sie bitte mal kurz sprechen, Herr Adamski? Wenn möglich nicht hier.«

»Ich wollte gerade dasselbe vorschlagen. Bitte hier entlang.«

Seine Verärgerung verbarg er hinter übertriebener Freundlichkeit. An der Tür ließ er Ina den Vortritt, wobei er ihr mit ausgestrecktem Arm den Weg wies – zur Treppe nach unten. Bevor sie hinabstieg, bemerkte sie eine offen stehende Tür, die ihr zuvor entgangen war. War etwa noch jemand im Haus? Die Möbel in dem Zimmer waren nagelneu und sehr schick, allerdings türmten sich darauf Teller, Chipstüten und allerlei Elektronik.

»Bitte sehr, Frau Doktor«, drängte Gerd Adamski sie, und sein mächtiger Kugelbauch kam ihr dabei so nah, dass sie beinahe auf der Treppe gestolpert wäre.

Im Wohnzimmer, das aufgeräumt, aber ein bisschen staubig war, stellte der Bäcker Ina zur Rede.

»Was Ihr unangemeldetes Kommen angeht ... Ach bitte, nehmen Sie doch Platz. Also, da muss ich Ihnen sagen, dass mir das nicht gefällt.«

»Hätten Sie mich denn mit Ihrer Frau sprechen lassen, wenn ich meinen Besuch angekündigt hätte?«

»Nein. Das sage ich Ihnen ganz ehrlich, und ich habe meine Gründe dafür.«

»Würden Sie sie mir erläutern?«

»Das muss ich nicht.«

»Bitte, ich möchte es verstehen.«

»Ich habe alles dazu gesagt.«

»Herr Adamski, ich gehe davon aus, dass Sie das Beste für Ihre Frau wollen. In dem Fall verstehe ich jedoch nicht, wie Sie ernsthaft etwas gegen meine Visite haben können. Das kann Ihrer Frau nicht schaden.«

»Da bin ich anderer Meinung. Wir haben ganz tolle Fortschritte gemacht, auch ohne Sie.«

»Worin bestehen diese Fortschritte?«, fragte Ina und bemühte sich sehr um einen ruhigen, sachlichen Tonfall.

»Wir haben miteinander geredet. Marlene hat mir versprochen, dass sie das nie wieder tun wird.«

»Oh«, sagte Ina.

Nur zu gerne hätte sie ihr Gegenüber darauf hingewiesen, dass das Ehrenwort eines Patienten in diesem Fall so viel wert war wie das eines mehrmals vorbestraften Einbrechers vor dem Richter. Mit Polemik und feinsinnigen Bemerkungen hätte sie diesen Mann jedoch nur noch mehr gegen sich aufgebracht.

»Herr Adamski, ich arbeite nun schon sehr lange in meinem Beruf und habe im Laufe der Jahre Erfahrungen gemacht und Einblicke gewonnen, die nicht jedem offenstehen.«

»Und ich kenne meine Frau besser als jeder andere.«

»Zweifellos. Bedenken Sie aber bitte, dass Ihre Frau schon einmal etwas getan hat, das Sie nicht vorhergesehen haben. Das Sie nicht vorhersehen konnten. Was Ihre Frau belastet, steckt so tief, dass niemand es mit einem kurzen Blick erfassen oder mit ein paar Worten hervorholen und auslöschen könnte.

Daher möchte ich Sie bitten, mir diese Bescheinigung hier zu unterschreiben. Sie ermöglicht mir die Nachbetreuung Ihrer Frau auf Kosten Ihrer privaten Krankenversicherung.«

Gerd Adamski umklammerte das Dokument mit beiden Händen und hielt es mit halber Armeslänge Abstand vor seinen Kugelbauch, während er es in aller Ruhe durchlas. Ina war klar, dass er nie und nimmer seinen Namen daruntersetzen würde. Er wusste es ebenfalls. Allerdings nahm er sich sehr wichtig, daher musste er nicht nur anderen, sondern auch sich selbst immer wieder vorführen, dass er alles im Griff hatte, von allem etwas verstand, überall mitreden konnte. Er wusste am besten, was gut für ihn und seine Frau war – das war für ihn selbstverständlich dasselbe. Natürlich dirigierte er die Geschäfte und sagte stets, wo es langging. Eine solche Rolle erforderte ein ganz bestimmtes Prozedere, und es erforderte Würde. Deshalb veranstaltete er nun so ein Tamtam.

»Nein, das unterschreibe ich nicht. Sie haben Ihre Methode, und wir haben unsere.«

»Worin besteht Ihre Methode denn?«, hakte Ina nach.

Er erhob sich leicht keuchend von dem niedrigen Sofa. »Wir sind Ihnen keine Rechenschaft schuldig.«

Ina wollte ihn gerade fragen, wer eigentlich mit »wir« gemeint war, als Marlene hereinkam. Sie sah weder die Besucherin noch ihren Mann an, griff nach dem Dokument auf dem Tisch, unterschrieb es und ging wieder nach oben, bevor irgendeiner von ihnen etwas sagen konnte. Sofort schnappte Ina sich die Bescheinigung, ließ Gerd Adamski stehen und folgte ihrer Patientin. Doch als sie im ersten Stock ankam, war die Schlafzimmertür bereits geschlossen.

Zumindest für diesen Tag war ihr Besuch beendet.

Vierzehn Monate zuvor

Wir sind schon eine seltsame Truppe, dachte Marlene, als sie den Kirschkuchen auf den Esstisch stellte und dabei in die Runde blickte. So seltsam wie der Grund, der sie an diesem Nachmittag zusammengeführt hatte. Seit zwei Jahren trafen sie sich einmal im Monat, und zwar immer im Haus von Marlene und Gerd, weil Daniels Frau nichts von diesen Treffen erfahren durfte, Bodos Behausung zu klein war und man in Romys Wohnung fürchten musste, irgendwo kleben zu bleiben. Zwei Jahre lang hatten sie sich regelmäßig bei Kaffee und Kuchen beraten, aber nie war es um so viel gegangen wie an diesem Nachmittag. Die Nervosität war mit allen Sinnen zu spüren, sie lag in ihrem Schweigen, in ihren hochroten gesenkten Köpfen, in ihren Augen, die jeden Blickkontakt vermieden, in ihren verschwitzten Händen.

»Er ist noch warm«, sagte Marlene an Daniel Trebuth gewandt und brach damit die beklemmende Stille. »Und extra ohne Butter und Eier gebacken. Außerdem habe ich Sojamilch genommen. Das war doch richtig so, oder?«

Bei der letzten Besprechung hatte sie nicht daran gedacht, dass Daniel Veganer war und daher·weder Butter noch Eier oder Milch aß, die natürlich im Teig verarbeitet waren. Sie

hatte sich über sich selbst geärgert und es diesmal besser gemacht. Freudig schnitt sie ihm ein besonders großes Stück ab
und sah zu, wie er davon kostete.

»Und?«, fragte sie.

»Hervorragend. Das haben Sie wirklich ganz toll hinge-
kriegt, Frau Adamski.«

»Freut mich, dass es Ihnen schmeckt. Ich finde aber, wir
kennen uns jetzt gut genug, dass wir Du zueinander sagen
können. Schließlich sind wir eine Art Bande, da duzt man
sich doch, oder nicht?«

»Wir sind keine Bande!«, brauste Marlenes Mann auf.

»Das war ein Scherz, Gerd.«

Er brummte etwas in sich hinein und steckte sich einen
Bissen von dem veganen Kuchen in den Mund.

»Ich nehme das Du gerne an«, sagte Daniel. »Dann sollten
wir aber alle Du zueinander sagen.«

Die Runde stimmte zu, und Marlene lächelte zufrieden.
Sie mochte Daniel, auch wenn er so komische Sachen aß
wie Bratwurst aus Sojabohnen, Schnitzel aus Weizenpampe
und Hähnchenschenkel aus Blumenfasern. Sie glaubte, dass
seine Frau die treibende Kraft dahinter war und er nur notgedrungen mitmachte, um den Familienfrieden nicht zu ge-
fährden. Daniel war ein sehr rücksichtsvoller Mensch, und
genau deswegen vertraute sie ihm nicht ganz. Obwohl…
so konnte man das nicht sagen. Sie würde ihn jederzeit mit
ihren Enkelkindern – falls sie welche hätte – in den Zoo gehen lassen oder ihm ihren Hausschlüssel geben, damit er
nach dem Rechten sähe. Selbstverständlich würde sie ihm
als Bibliothekar geradezu blind vertrauen, wenn es darum
ging, das richtige Buch für sie aus dem Regal zu ziehen. Mit

seinen Sandalen, der Schubertbrille und den Klamotten aus dem Naturmodenladen seiner Frau sah er ein bisschen bemitleidenswert, ein bisschen bieder und ein bisschen zum Knuddeln aus. Aus all diesen Gründen konnte Marlene sich beim besten Willen nicht vorstellen, dass Daniel der Richtige für das geplante Unterfangen war.

»Wir sind uns also einig?«, fragte Gerd schmatzend, warf die Gabel auf den Teller und schob den kaum angebrochenen Kuchen mit leicht hängenden Mundwinkeln von sich. Er lehnte sich so weit zurück, dass sein Kugelbauch voll zur Geltung kam. »Wir machen es nämlich nur, wenn alle mitziehen. Bei so einer Aktion geht das gar nicht anders. Wenn nur einer Nein von euch sagt, ist die Sache gestorben. Ich bitte um Handzeichen.«

»Warte mal, Gerd«, unterbrach ihn Marlene. »Romy, kaust du etwa schon wieder Kaugummi?«

Die junge Frau nickte.

»Aber doch bitte nicht, während wir Kuchen essen, Kind. Immer wieder sage ich dir das. Komm, raus damit.«

»Ich habe ihn mir ja schon hinter die Zähne geklebt.«

Marlene schüttelte tadelnd und zugleich gutmütig den Kopf. »Für eine frischgebackene Bäckereifachverkäuferin gehört es sich nun mal nicht, einen Kaugummi im Mund zu haben, während sie Kuchen isst.«

Gehorsam nahm die Gescholtene den Kaugummi aus dem Mund. Romy hatte erst kürzlich beim dritten Anlauf die Prüfung geschafft. Eine Zierde ihrer Zunft war sie dennoch nicht: schmächtig, fast nur Haut und Knochen. Mit ihrer Körpergröße von einem Meter siebenundfünfzig wäre sie hinter dem Tresen von Marlenes und Gerds Bäckerei fast unsichtbar, prangte da nicht diese leuchtend lila Haarsträhne in ihrem schwarzen Lockenkopf. Davon abgesehen schwitzte sie schnell und ungewöhnlich stark. Irgendwie sah sie immer aus, als käme sie gerade aus der Dusche, und trotzdem wirkte sie nie ganz sauber.

»Können wir jetzt weitermachen?«, fragte Gerd.

»Entschuldige, aber das war wichtig.«

»So, ich bitte also nochmals um Handzeichen.«

Eine Hand nach der anderen hob sich, die von Gerd als Erstes, es folgten die von Bodo, von Romy und nach einigem Zögern auch die von Daniel.

Schließlich waren alle Augen auf Marlene gerichtet.

»Hoppla«, sagte sie überrascht, als hätte sie vergessen, dass sie auch dazugehörte.

Selbstverständlich stand sie hinter dem Plan. Allerdings hätte sie sich gewünscht, dass er gar nicht erst nötig, dass die Sache auch anders zu lösen wäre. Gewiss dachten auch die anderen so. Wer beging schon gerne ein Verbrechen, wenn es sich vermeiden ließ?

»Beschlossen«, sagte Gerd, und Marlene schenkte allen Kaffee nach.

Kurz kam ihr der Gedanke, Sekt zu reichen, aber das wäre wohl doch nicht ganz angemessen.

»Marlene, hol doch mal den Rotkäppchen«, sagte Gerd.

Da keiner widersprach, ging sie in die Küche. Von dort hörte sie, wie die anderen die letzten Details des Unterfangens besprachen. Wortfetzen drangen an ihr Ohr: Haustür, Kapuze, Seil, Klebeband, Audi, Mercedes… Der heikelste Part war sicherlich der Überfall selbst, doch damit hatte sie rein gar nichts zu tun. Das war die Sache von Gerd, Bodo und Daniel.

Da kein Sekt im Kühlschrank war, ging sie in den Keller. Die Vorräte lagerten in Regalen gleich hinter der Heizungsanlage und der schweren Metalltür, aber Marlene lief nach kurzem Zögern daran vorbei in den Gang, der in den ungenutzten Teil des Gewölbes führte.

Das Haus war auf einer weitläufigen Bunkeranlage des Zweiten Weltkriegs gebaut worden, die aus massivem Stahlbeton bestand. Angeblich waren dort einst Kunstschätze vor den Bomben der Alliierten in Sicherheit gebracht worden. Der hintere Teil des Kellers war verzweigt und ihr unheimlich, weshalb Marlene ihn so gut wie nie betrat. Das letzte Mal war sie dort gewesen ... Du liebe Güte, das musste zehn Jahre her sein, als die Enkel ihrer Cousine dort unten Verstecken gespielt hatten.

Marlene öffnete eine weitere Metalltür, und ein großer, finsterer Raum tat sich vor ihr auf. Es war weder feucht noch muffig darin, aber kühl, und die nackte Glühbirne, die von der Decke hing, hatte einen Wackelkontakt. Sie würde die Birne ersetzen und außerdem für ein bisschen Wärme in dem Raum sorgen müssen.

Sie seufzte. Schon bald wäre alles ausgestanden. Endlich! Marlene sehnte diesen Tag herbei, das glückliche Ende der Geschichte, das ebenso schwer greifbar und seltsam weit weg war wie deren Anfang.

»Marleeeene«, drang Gerds tiefe Stimme bis hinunter in den Keller. »Wir haben Duhurst.«

Hastig nahm sie den Sekt und ging nach oben. Als sie die Gläser verteilte und dabei in die Gesichter der anderen blickte, dachte sie darüber nach, was jeden von ihnen wohl dazu veranlasst hatte, die Hand zu heben: Romy, ihre junge

Verkäuferin, die sie zuerst ausgebildet und dann ins Herz geschlossen hatte, Bodo, der Kumpel des halben Darß, Daniel, der seine Familie über alles liebte, und schließlich ihr Gerd. Jeder von ihnen hatte einen Grund. Es musste so sein, denn es gehörte ein gewisser Grad an Verzweiflung dazu, das zu tun, was sie vorhatten.

◄○►

Was mache ich hier eigentlich?

Diese Frage ging Daniel einige Tage nach dem entscheidenden Treffen durch den Kopf, während er mit Gerd und Bodo am frühen Morgen in einem Gebüsch auf der Lauer lag. In der Nacht hatte es geregnet, die Tropfen hingen schwer an den Zweigen des Rhododendrons und fielen ihm bei jeder noch so kleinen Bewegung in den Kragen, von wo sie ihm kalt den Rücken hinunterliefen und sich mit seinem körperwarmen Schweiß vermischten.

Ich schaffe das nicht, dachte er.

Im Geiste ging er immer wieder durch, was er zu tun hatte. Es musste alles ganz schnell gehen. Töller durfte weder die geringste Chance haben, sich zu wehren, noch um Hilfe zu rufen. Obwohl ... Letzteres würde ihm kaum etwas nutzen. Sein Haus lag ziemlich abgelegen in der Nähe einer Steilküste. Die Straße war fast einhundert Meter entfernt, das Meer rauschte, und die Möwen schrien. Der schmale Weg, der am Haus vorbeiführte, stellte das einzige Risiko dar, aber er war stark aufgeweicht vom Regen, und so früh am Morgen waren sicher kaum Spaziergänger unterwegs.

Nichtsdestotrotz rutschte Daniel im Gebüsch vor Töllers

Haus das Herz in die Hose – oder das Gewissen ins Herz, so genau ließ sich das nicht auseinanderhalten.

»Entschuldigt bitte, aber ich kann das nicht«, sagte er.

»Was?«, war die einhellige Antwort, aus zwei Kehlen geschrien, wenn auch mit halb erstickter Stimme.

»Es muss einen anderen Weg geben.«

»Du warst einverstanden«, keifte Gerd im Flüsterton.

»Da wusste ich noch nicht, wie schwer das wird«, erwiderte Daniel. In seiner Stimme lag etwas Unsicheres, Weinerliches, was ihn ärgerte.

»Was hast du denn gedacht? Dass wir uns Töller mit einem Zauberstab und ein bisschen Abrakadabra schnappen? Du tust gleich genau das, was wir eingeübt haben, mein Junge. Ende der Diskussion.«

Dieses »mein Junge« konnte Daniel überhaupt nicht leiden. Er war sechsunddreißig Jahre alt, aber Gerd behandelte ihn ständig, als hätte er gerade eine Lehrstelle als Bäcker bei den Adamskis angetreten.

»Nein«, sagte Daniel. »Nein, ich ...«

»Hör mal, so geht das nicht. Wir haben dir vertraut, wir haben zusammen geübt ...«

»Ich weiß. Es tut mir ja auch leid, aber ich finde ...«

»Verdammt, für solche Sperenzchen haben wir jetzt keine Zeit. Reiß dich gefälligst zusammen, mein Junge. Gute Güte, da würden ja selbst Romy oder meine Marlene einen besseren Job machen als du.«

Es war ganz und gar nicht Daniels Art, patzige Antworten zu geben, aber dieser Gerd war ein Mensch, mit dem er sich normalerweise nie an einen Tisch gesetzt hätte, ein Prahlhans und Besserwisser.

Bevor er jedoch etwas entgegnen konnte, mischte Bodo sich ein.

Er war nicht so ein grober Klotz wie Gerd, viel freundlicher und diplomatischer, und weil er einige Jahre jünger war als Daniel, ging ihm auch diese patriarchalische Art ab, mit der Daniel so gar nicht zurechtkam.

»Wenn du jetzt nicht mitmachst«, sagte Bodo, »dann war's das. Finito, Sense, aus. Eine solche Chance kommt nie wieder. Mach dir das klar.«

Er hätte sich – so wie Gerd es verlangte – zusammenreißen müssen, doch es gelang ihm nicht. Stattdessen brach er in Tränen aus.

»Ach, du Scheiße«, fluchte Gerd leise. »Jetzt fängt der auch noch zu heulen an.«

Bodo klopfte Daniel auf die Schulter. In diesem Moment ging die Haustür auf, auf die sie alle seit einer halben Stunde gestarrt hatten. Töller war kurz zu sehen, klopfte dann aber auf die Taschen seines Sakkos und ging noch mal ins Haus zurück.

»Schaffst du's?«, fragte Bodo.

Während er sich die Tränen wegwischte, schüttelte Daniel den Kopf.

»Dann müssen wir die Chose abblasen«, sagte Bodo zu Gerd.

»So eine Scheiße«, fluchte dieser. »Hätte ich bloß nicht auf euch beide gehört, dann hätte ich jetzt die alte Wehrmachtspistole meines Großvaters dabei, würde Töller das Ding unter die Nase halten, ihn ins Auto verfrachten und fertig. Aber nein, die Herrschaften wollten ja von Waffen nichts wissen. Mit den letzten Dorftrotteln und buddhistischen Mönchen lässt sich eine Entführung garantiert besser durchziehen als mit euch beiden.«

»Scht«, zischte Bodo. »Töller kommt wieder raus.«

Also gut, Augen zu und durch, sagte sich Daniel. Denen zeig ich's. Ich schaffe das. Ich ziehe es durch. Jetzt oder nie. Jetzt.

Er zog sich die Kapuze über, die sein Gesicht bis auf die Augen verdeckte, und stürmte aus dem Gebüsch quer über den Rasen von hinten auf Töller zu. Der war zwar schon um die sechzig, jedoch recht groß und schwer, weshalb man ihn am besten mit einem schnellen Überraschungsangriff überwältigte.

Daniels Part bestand darin, Töller einen Müllsack über den Kopf zu ziehen, damit er nicht sah, wer ihn angriff. Genau das tat Daniel nun. Es klappte. Töller war völlig überrumpelt.

Noch in derselben Sekunde wurde Daniel allerdings klar, dass etwas an der einstudierten Choreografie nicht stimmte, dass Gerd noch nicht zur Stelle war, um Töllers Arme zu packen, und dass Bodo noch keine Gelegenheit gehabt hatte, Töller den Mund mit einem Klebeband zu verschließen, bevor der Sack ihm die Sicht nahm. Daniel war so unvermittelt vorgeprescht, dass Gerd und Bodo hinter ihm zurückgeblieben waren. Alles geriet durcheinander.

Ein Schrei Töllers, eher ein lautes Aufstöhnen, durchbrach den morgendlichen Frieden der idyllischen Landschaft. Gerd riss Töller zu Boden, irgendetwas knackte, und Bodo drückte, weil ihm gar nichts anderes übrig blieb, das Klebeband auf die Stelle, wo unter dem Müllsack ungefähr der Mund war. Das half natürlich wenig, da der Sack verrutschte, und so schallten einige weitere nur wenig gedämpfte Schreie durch den Garten.

37

Gerd und Bodo taten ihr Bestes, um den Schaden zu begrenzen. Sie knieten auf Töllers Leib und versuchten, ihm die Hände zu fesseln. Wieder knackte es.

Daniel konnte nur zusehen. Er war nicht imstande, sich zu bewegen.

»Scheiße«, sagte Gerd, aber so leise, dass es mehr ein Hauchen war. Töller durfte seine Stimme ja nicht hören.

In aller Eile zog Bodo seine Jacke aus und wickelte sie notdürftig um Töllers Kopf, wodurch die Schreie zumindest halb erstickt wurden. Dann deutete er hektisch auf Daniel. Der verstand nicht, was Bodo von ihm wollte, und es vergingen einige weitere wertvolle Sekunden, bis er begriff, dass auch er seine Jacke ausziehen sollte.

Vor lauter Panik schaffte es Daniel, dass sich sein Hemd im Reißverschluss der Jacke verfing und er sie partout nicht ausgezogen bekam.

Plötzlich fuchtelte auch Gerd mit einem Arm in der Luft herum und funkelte Daniel aus ungeduldigen, zornigen Augen an.

Was denn? Was will er von mir?

Lasst mich doch alle in Ruhe. Ich habe diesen Mist nicht mitmachen wollen. Aber ihr habt so lange auf mir rumgehackt, bis ...

Ach so, jetzt verstand er. Gerd deutete auf einen Haufen mit Holzscheiten, die an der Hauswand für den Winter aufgestapelt waren. Ohne darüber nachzudenken, was Gerd vorhatte, brachte Daniel ihm einen Scheit, den Gerd Töller mit halber Wucht über den Schädel zog.

Damit war Ruhe.

Endlich.

Aber diese Ruhe hatte auch etwas Unheimliches.

»Ist er … Ist er …?« Daniel war nicht in der Lage, den Satz zu Ende zu bringen.

Bodo fand den Puls des am Boden Liegenden im Nu, damit kannte er sich aus. »Nur bewusstlos«, sagte er die erlösenden Worte. »Zum Glück. Sag mal, Gerd, spinnst du? Weißt du, dass du ihn hättest umbringen können mit dem Ding?«

Der Bäcker rappelte sich mühsam auf. Er war ungefähr so alt und schwer wie das Opfer zu seinen Füßen.

»Daran ist dieses hirnverbrannte Arschloch schuld«, wetterte er gegen Daniel. »Sagt kein Wort und stürmt einfach los. Wozu haben wir eigentlich tagelang geübt, du Depp? Haben wir das auch nur einmal so geübt? Nein, haben wir nicht. Und du … Wart bloß ab, dich haue ich ungespitzt in den Boden, sobald wir …«

»Ruhe jetzt, das bringt doch alles nichts. Niemand haut hier irgendwen. Wir müssen Töller umgehend wegbringen und uns um ihn kümmern. Er hat sicher eine Gehirnerschütterung.«

Daniel war Bodo unglaublich dankbar dafür, dass er die Situation entschärfte. Beim Anblick von Gerds hochrotem Kopf hätte er sich fast in die Hosen gemacht. Zugleich war er erleichtert, dass es vorbei war. Vielleicht war nicht alles nach Plan gegangen, doch letztendlich zählte nur, dass sie Töller geschnappt hatten. Das war das Schwerste an der gesamten Aktion. Viel hätte er von jetzt an nicht mehr zu tun.

Doch schon im nächsten Moment traf es ihn wie ein Blitz. Als Bodo vorsichtig den Müllsack von Töllers Kopf zog, kam dessen blutüberströmtes Gesicht zum Vorschein.

Unwillkürlich machte Daniel einen Schritt zurück. »Oh

nein! Oh Gott!« Er schlug die Hände vor die Augen, wodurch seine Brille zu Boden fiel.

Gerd stöhnte. »Auch das noch. Mann, du bist echt ... Ach, Scheiße, reden wir nicht drüber. Du hast recht, Bodo, es bringt ja nichts.«

Daniel konnte kein Blut sehen, davon wurde ihm schwindelig. Aber dass er daran mitgewirkt hatte, dass er indirekt mitschuldig war, machte es noch grausiger.

Diese widersprüchlichen Gefühle waren wie Taktschläge, die sein Herz zum Rasen brachten, daher bekam er kaum mit, wie Bodo den Bewusstlosen notdürftig versorgte. Auch dass sie Töller mit Mühe und Not zu dritt auf die Rückbank seines Mercedes hievten, erlebte Daniel in einer Art Dämmerzustand.

Die Fahrt schien für ihn kein Ende zu nehmen. Gerd, der sonst einen sportlichen Fahrstil pflegte, fuhr an diesem Morgen betont vorsichtig, um bloß nicht aufzufallen. Wie abgemacht sprach keiner ein Wort, damit Töller, der langsam zu sich kam, sie später nicht anhand ihrer Stimmen identifizieren konnte. Allerdings verlieh das Schweigen der Fahrt etwas zusätzlich Gespenstisches. Das Surren des Motors, der Blinker, das sanfte Rauschen der Klimaanlage – das war alles, was Töllers gelegentliches leises Wimmern untermalte. Sie fuhren über sattgrüne Alleen, vorbei an Feldern, über denen Vögel kreisten, und an Kirchtürmen, die in den klaren blauen Himmel ragten. Gerd ließ eine Gruppe von Fahrradtouristen mit kleinen Kindern die Straße überqueren und winkte ihnen freundlich zu.

Daniel hatte sich wieder einigermaßen gefangen. Derart eingepackt und verschnürt bot Töller keinen allzu schlimmen Anblick mehr. Er wehrte sich nicht und unternahm auch keinen Fluchtversuch. Da Bodo die Beine des Entführten so umwickelt hatte, dass er immerhin noch kleine Schritte tun konnte, mussten sie ihn nicht tragen – was die Sache ungemein vereinfachte, da er nicht gerade ein Leichtgewicht war. Auf der steilen steinernen Kellertreppe, die im unteren Drittel einen Bogen machte, wäre Töller beinahe gestürzt, aber es ging gerade noch mal gut.

Der rechteckige, etwa vier mal fünf Meter große Kellerraum, in den sie ihn brachten, war bis auf drei Dinge völlig leer. Auf dem Boden lag eine frisch bezogene Matratze, auf die sie den Mann legten. Daneben standen auf der einen Seite ein großer, mit Mineralwasser gefüllter Pappbecher und auf der anderen ein Eimer, der für die Notdurft gedacht war. Töllers Bewegungsradius wurde durch eine Fußfessel eingeschränkt, die durch eine schwere, etwa einen Meter fünfzig lange Metallkette mit einem Ring an der Wand verbunden war. Gerd hatte das unheimliche Ensemble, das aussah wie aus einem alten Kerker, auf einem Flohmarkt in Rostock erstanden und sogleich im Mauerwerk des Kellers verankert.

Erst als die drei Entführer im Erdgeschoss ankamen, sprachen sie wieder.

»So, das hätten wir«, sagte Gerd. »Ich fahre nur noch schnell den Mercedes in die Garage, damit wäre dann der schwierigste Teil geschafft. Ist doch alles in allem gut gegangen, auch wenn ...«

Er unterbrach sich. Bodo und Daniel wussten auch so, auf wen und was sich dieses »auch wenn« bezog.

Bodo sagte: »So können wir den Typen da unten nicht liegen lassen. Der kann sich ja kaum bewegen und nicht trinken, das finde ich nicht richtig.«

»Den lassen wir jetzt erst mal zur Ruhe kommen, dann geben wir ihm ein bisschen mehr Freiheit«, bestimmte Gerd. »Halt du dich da raus, mein Junge, das ist mein Part. Du hast einen anderen übernommen, und ich schlage vor, du machst dich noch heute an die Arbeit.«

Während die beiden diskutierten, ließ Daniel den Blick durch das große Wohnzimmerfenster und hinaus in den Garten wandern. Im Hintergrund glitzerte der Bodden durch das dichte Gewerk der Bäume und Sträucher. Ein Baum fehlte allerdings, eine junge Birne, deren Stumpf nur noch wenige Zentimeter aus dem Boden ragte. An dem gefällten Stamm hatten sie tagelang die Entführung geprobt.

»Die Birne ist ganz umsonst gestorben«, sagte Daniel leise. Eigentlich dachte er nur laut. »Die dämliche Überei war für die Katz. Am Ende ist alles ganz anders gekommen, und der schöne Birnbaum ist für nichts gefällt worden.«

Gerd und Bodo sahen sich an, und Daniel konnte sich vorstellen, was sie dachten. Sie hielten ihn für einen Schwächling, einen Freak in Sandalen und Leinenhemd, einen Denker, der sogar über einen gefällten Baum sinnierte. Im Grunde konnte es ihm egal sein, was sie von ihm hielten. Was hatte er mit diesen Leuten schon gemeinsam? Die lasen ja nicht einmal. Die einzigen Bücher, die Bodo besaß, waren *Die digitale Welt von übermorgen* sowie *Web 10.0*, die obendrein verloren zwischen Stapeln von Computerzeitschriften lagen. Gerd war noch schlimmer. Für den Bäcker war Literatur etwas Ähnliches wie ein Opossum: Zwar wusste er, dass es existierte, aber er hatte weder je eines zu Gesicht bekommen noch die geringste Ahnung, wozu es überhaupt gut war.

Daniel machte sich zu Fuß auf den Weg nach Hause, eine

Strecke von etwa zwei Kilometern, deren zweite Hälfte er joggend zurücklegte. Laufen zu gehen war der Vorwand, den er für Jette brauchte, wenn er sich mit Gerd, Marlene und den anderen bei den Adamskis traf.

Sein Haus stand fast am Ende einer neuen, ruhigen Seitenstraße. Schon von weitem ging ihm jedes Mal das Herz auf, wenn er es erblickte. Das Reetdach leuchtete ockerfarben im Vormittagslicht, und das obere Bogenfenster war zum Lüften weit geöffnet. Die Malven im Vorgarten standen in voller Blüte. Vor dem Hintergrund der niedrig fliehenden Wolken und grünen Wiesen war Daniels funkelnagelneues Bauernhaus ein echtes Postkartenmotiv, und es erfüllte ihn mit Stolz, wenn Touristen es gelegentlich fotografierten.

Jedes Mal, wenn er sein Zuhause betrat, atmete er tief durch. Im Innern roch es leicht harzig, wie in einem Nadelwald im Sommer. Von Zeit zu Zeit knackte leise das Holz. Korbgeflechte und ein paar Handwebteppiche in frischen Farben, die allesamt Jette ausgesucht hatte, dominierten die Inneneinrichtung. Überall standen Sträuße mit Blumen aus ihrem Garten, und auch an den Wänden hingen Bilder von Blumen. Alles verströmte Reinheit, Stille und Frieden. Im Regal stand das sechs Jahre alte Hochzeitsfoto von Jette und ihm, das Daniel einen Moment lang betrachtete. Sie hatten spät geheiratet, als die Kinder schon da waren, und auch nur standesamtlich. Jette hielt nicht viel von Religion, während er gerne mal in die Kirche ging und betete, vor allem für seine Kinder.

Unglaublich, dachte er, dass er gerade eben einen Mann entführt, dass er ein Verbrechen begangen hatte.

Er sagte Jette nur kurz Hallo. Sie war sowieso beschäftigt, machte Pfannkuchen. Über Mittag schloss sie den Naturmodeladen für zwei Stunden und kochte für die vierköpfige Familie. Darauf legte sie großen Wert, und auch Daniel unterbrach seinen Vollzeitjob als Leiter der Stadtbibliothek für das gemeinsame Mittagessen.

Seine Tochter saß über eine pinkfarbene Socke gebeugt am Tisch, als Daniel eintrat. Ihre Mutter hatte ihr jüngst verschiedene Handarbeitstechniken gezeigt, und Felicia hatte sofort Feuer gefangen. Obwohl sie erst sieben Jahre alt war, bestickte sie alles, was ihr in die Hände fiel, und hatte sich bald zu einer kleinen Künstlerin gemausert. In der Familie witzelten sie schon, dass die Kleine eines Tages jene Naturmode entwerfen würde, die Jette dann im Laden verkaufte.

Wie immer sprang Felicia ihm zur Begrüßung in die Arme, woraufhin er sie einmal im Kreis herumwirbelte, was sie stillschweigend erwartete und was er wiederum so sehr an ihr liebte. Noch waren sie sich einig. Aber schon in ein paar Jahren würden ihr die Zöpfchen nicht mehr gefallen, die süßen Sommersprossen wären ihr ein Graus, die Farbe Pink wäre der Horror – und von Papi herumgewirbelt zu werden, das ginge gar nicht.

Daniel hielt Felicia fest umschlungen, genoss jede Sekunde. Sie zeigte ihm, was sie wieder Tolles fabriziert hatte, ein gesticktes Gänseblümchen, zog die Socke an, spielte Model. Er applaudierte überschwänglich, und beide lachten. Eine Minute lang war er der seligste Vater überhaupt.

Plötzlich legte sich der dunkle Schatten eines Gedankens über die heile Welt. Es gab kein Zurück mehr. Sie hatten an diesem Morgen Fakten geschaffen, die unumkehrbar waren.

2

September

Ina lächelte auf dem gesamten Weg von Wieck nach Zingst zu ihrem zweiten, weitaus angenehmeren Vorhaben an diesem Samstag. Sie summte, wie man es manchmal im schönsten Mai tut, wenn nach Monaten der Heizungswärme endlich wieder die Sonnenstrahlen ein Wohlgefühl auf die Haut zaubern. Tatsächlich war der grandiose Sommer so gut wie vorbei. Noch spielte das Wetter mit, und man konnte sich einreden, das alles dauere noch einige Wochen an, aber die zurückgehenden Touristenzahlen, die zunehmend unbelebten Strände und Wege sowie die farbintensiven Sonnenuntergänge vermittelten schon eine Ahnung von dem, was demnächst auf Land und Leute zukommen würde. Ihr graute vor der kalten Jahreszeit, aber an diesem Tag konnte ihr nichts die Laune verderben.

Bei Prerow überholte sie ein Oldtimer, eine von diesen offenen Seifenkisten in der Form eines Marschflugkörpers, darin ein Mann mit flatterndem Schal und Lederhandschuhen plus Beifahrerin mit Grace-Kelly-Kopftuch. Am Heck war ein Schild angebracht: »Oldtimertreffen Zingst«, darunter das Datum jenes Samstags.

Genau wie vor einem Jahr, dachte Ina und lachte auf. Nur dass es damals ein altes Zweirad mit Beiwagen war. Weil sie

45

nichts Besseres vorgehabt hatte, war sie dem Gefährt spontan zu dem Treffen gefolgt. Die beste Entscheidung seit langer, langer Zeit.

Genau ein Jahr kannte sie Bobby nun schon. Wahnsinn, wie schnell die Zeit verging. Ihr kamen diese zwölf Monate viel kürzer vor.

Je näher sie Zingst kam, desto mehr Horchs, Aston Martins, Trabis und Bugattis umringten sie, und bald schon kam sie sich wie im Vorjahr in ihrem Renault Baujahr 2010 ziemlich fehl am Platze vor. Daher parkte sie erneut ein gutes Stück abseits der Wiese, auf der sich die Dinosaurier versammelten. VW-Käfer gab es einige, auch Cabrios, aber nur einen einzigen hellblauen mit weißem Verdeck. Dank des Wagens hatte sie Bobby schnell ausgemacht. Konzentriert putzte er die Felgen, die bereits so sauber waren, dass man davon hätte essen können. Er bemerkte sie nicht, und so blieb sie eine Weile vor der Kühlerhaube stehen.

Irgendwann räusperte sie sich und sagte: »Als ich ein Teenager war, habe ich davon geträumt, mit einem Käfer auf der Route 66 zu fahren, und zwar vom Anfang bis zum Ende.«

Wie er da so kniete und sie von unten herauf anlächelte, mit den Grübchen und dem kleinen Ölfleck auf der Wange, verliebte Ina sich noch einmal in ihn.

Zu ihrer Freude ließ er sich wie erhofft darauf ein, die Kennenlernszene aus dem letzten Jahr nachzuspielen, indem er aufstand und ihr die Hand entgegenstreckte. Bobby war zehn Jahre jünger als Ina, Ende zwanzig, einigermaßen sportlich, wenn auch nicht athletisch, und hatte schulterlange aschblonde Haare. Da er für einen Mann leicht unterdurchschnittlich und Ina für eine Frau leicht überdurchschnittlich groß war, standen sie sich auf Augenhöhe gegenüber.

»Die Route 66, ja? Und, hast du's gemacht?«

»Nie.«

»Wie wäre es stattdessen mit den mecklenburgischen Alleen?«

»Äh, jetzt? Aber Sie… ich meine du… Willst du denn nicht an dem Treffen teilnehmen?«

»Menschen leben, wenn sie atmen, und Autos, wenn sie fahren.«

»Du bist ja ein Philosoph.«

»Komisch, das hat schon mal jemand zu mir gesagt. Ich sei ein Philosoph im Blaumann. Damals habe ich noch als Mechaniker gearbeitet. Steig ein. Na los, dieser Käfer beißt nicht. Immer rein in die gute Stube.«

Sie lachten, küssten sich, und damit war die kleine, amüsante Showeinlage beendet. Fast wortwörtlich hatte ihre erste Begegnung so stattgefunden. Allerdings hatte Ina Bobby nie erzählt, dass sie damals von allen Käfern ausgerechnet vor seinem stehen geblieben war, weil sie als Teenager in ihren Route-66-Träumen immer einen hellblauen mit weißem Verdeck vor Augen gehabt hatte. Anfangs hatte sie dieses Detail zurückgehalten, um ihn nicht glauben zu machen, allein das Auto und weniger er selbst hätte ihre Aufmerksamkeit erregt. Tatsächlich war es beides gewesen. Später dann hatte sie schlicht nicht mehr daran gedacht.

Schon verrückt: Ohne ihre Jugendträume wäre sie diesem wunderbaren Mann nie begegnet.

Als Bobby sich hinters Steuer klemmte, staunte sie nicht schlecht.

»Wir müssen das jetzt nicht genauso machen wie letztes Jahr. Es war nur so eine spontane Idee von mir.«

»Wieso? Ich finde es gut. Komm schon, wir drehen eine Runde.«

Ina betrachtete den Käfer lieber, als dass sie darin fuhr. Außen blitzte und blinkte das Cabrio wie ein Bergsee in der Mittagssonne, im Innenraum dagegen sah es aus, als hätte der Wagen zwanzig Jahre lang ohne Verdeck ungenutzt in der Garage gestanden. Glücklicherweise war es nur ein Spaßauto für den Sommer, und Bobby fuhr ansonsten einen praktischen Polo.

Als Ina den Radioknopf berührte, erwartete sie, daran kleben zu bleiben, nicht aber, dass er abfallen könnte.

»Hoppla.«

»Ach, lass liegen. Für die Musik habe ich immer noch das hier«, sagte Bobby. Er holte sein Smartphone aus der Jeansshorts und steckte es in eine Vorrichtung am Armaturenbrett.

Kurz darauf erklang die wunderbare Stimme von Ella Fitzgerald. Zu einer Fahrt in einem Käfer, sagte er immer, passe die Musik der Fifties und Sixties am besten.

Während sie im ersten Gang von der Wiese rollten, fühlte Ina sich von einigen Frauen beobachtet: den anderen »Bräuten« der Oldtimerfans. Sie kannte diesen speziellen Blick. Der Altersunterschied zwischen ihr und Bobby war offensichtlich, zumal er auch noch ein paar Jahre jünger aussah, als er war, und sie mit ihrer natürlichen Eleganz womöglich ein paar Jahre älter. Es störte Ina nicht, derart beäugt zu werden, aber sie nahm es wahr, und sie war sich sicher, dass es Bobby ebenso erging.

Die Strecke führte über den Bodden und von dort auf

engen Landstraßen und traumhaften Alleen ins Mecklenburgische hinein. Trotz des sonnigen Tages wurde Ina bald kalt, da sie mit offenem Verdeck fuhren. Bobby gab ihr seinen Kapuzensweater. Er selbst schien kein bisschen zu frieren, obwohl er nur Shorts und T-Shirt trug. Seine langen blonden Haare flatterten nicht weniger im Wind als Inas schwarze.

Eine Weile sprachen sie nicht, sondern lauschten nur Ella und dem Wind.

»Es geht um die Arbeit, oder?«, fragte Bobby schließlich.

Ina seufzte innerlich. Sie hatte so sehr gehofft, dass er nichts merkte.

Normalerweise trennte sie Freizeit und Arbeit strikt. Das war bei ihrem Job ungemein wichtig, denn mit den tausend Nöten anderer Menschen ließe es sich nicht gut leben.

»Tut mir leid.«

»Entschuldige dich nicht. Sag mir lieber, worüber du nachdenkst.«

»Ach, es gibt da diese Frau«, antwortete sie und hielt inne. Es widerstrebte ihr, mit Bobby über ihre Patienten zu sprechen. In ihrer Beziehung wollte sie nicht die Psychologin sein, sondern einfach nur eine Frau.

»Ah, es gibt da diese Frau … Verstehe, das erklärt natürlich alles«, scherzte er.

Sie knuffte ihn in die Schulter. »Sei nicht so frech. Ich bin es nun mal nicht gewöhnt, mit dir über so etwas zu sprechen.«

»Ich war es nicht gewöhnt, zweimal in der Woche meine Küche zu putzen, bevor ich dich kannte. Und jetzt bekomme ich es hin. Also, was ist an dieser Frau so Besonderes, dass du sie mit uns Cabrio fahren lässt?«

Ina gab sich einen Ruck und erzählte ihm von Marlene Adamski, natürlich ohne Namen und Wohnort zu nennen.

»Weißt du, das ist ein schwieriger Spagat für mich. In meiner Praxis kann ich meine Patienten intensiv über eine längere Zeitspanne betreuen. Als Klinikpsychologin dagegen begleite ich die Patienten nur für wenige Tage oder Wochen. Ich bringe die Menschen gewissermaßen über die Brücke, die vom Ausnahmezustand Klinik zurück in ihr normales Leben führt. Falls nötig, übergebe ich sie danach in die Hände eines Kollegen. Bisher hatte ich Glück. Ich habe selbst in der kurzen Zeit immer herausgefunden, wo das Problem lag.«

»Nur bei dieser Frau nicht.«

»Totale Fehlanzeige. Die vielen Menschen, die meine Patientin im Krankenhaus besucht haben, haben mir unisono versichert, dass sie aus allen Wolken gefallen sind, als sie erfahren haben, dass die Frau sich das Leben nehmen wollte. Offensichtliche Ursachen gibt es nicht, und wenn jemand Depressionen hat, erfährt früher oder später immer irgendwer davon. Außerdem war sie viel zu aktiv für einen depressiven Menschen. Was diese Frau alles an sozialen Projekten unterstützt hat ... Eine echte kleine Mutter Teresa.«

»Kannst du sie nicht beharrlich fragen?«

Sie lächelte ihn an und legte ihre Hand auf sein nacktes rechtes Bein. »Du bist süß, Bobby. Wie stellst du dir das vor? Die Leute kommen nicht zum Verhör zu mir, sondern zum Gespräch.«

»Wie wäre es dann mit einem Fragebogen? Bitte kreuzen Sie den Grund Ihres Selbstmordversuches an: a) kein Kabelfernsehen, b) Tequila ist alle, c) kein Sex mehr mit meinem Mann, d) schlechter Sex mit meinem Mann, e) ...«

»Also wirklich, Bobby. Darüber macht man sich nicht lustig«, unterbrach Ina ihn, aber dann musste sie doch schmunzeln. Sein Humor war ansteckend, sie konnte ihm nie lange widerstehen – und sie wollte es im Grunde auch gar nicht.

»Mehrfachankreuzungen«, fuhr er unbeirrt fort, »sind selbstverständlich möglich. Ich meine, weder Sex noch Kabelfernsehen, das ist die Hölle. Und wenn dann noch der Alkohol ausgeht...«

»Hör auf!«, rief sie lachend.

»Hey, ich bin Psychologinnengatte, ich weiß, wovon ich rede. Du bist ja bloß neidisch, weil du nicht selbst auf die Idee mit dem Fragebogen gekommen bist.«

Ina schmiegte den Kopf an seine rechte Schulter. Schön hatte er das gesagt – Psychologinnengatte. Sie waren nicht verheiratet, hatten nie darüber gesprochen. Ihm bedeutete die Ehe als Institution nichts, und sie wollte ihn nicht bedrängen. Vielleicht spielte auch der Altersunterschied eine Rolle. Gerne gab Ina es nicht zu, aber insgeheim hatte sie selbst noch nicht ganz ihren Frieden damit gemacht. Bobby war so jugendlich in seiner Art, so unternehmungslustig, manchmal sogar verspielt. Er wurde in wenigen Monaten dreißig, sie vierzig. Vielleicht nur zwei Zahlen. Vielleicht aber auch nicht. Fest stand, dass ihr eine Stunde mit ihm, sei es im Cabrio oder sonst wo, Kraft für eine ganze Woche gab. Nicht die schlechteste Grundlage für eine Beziehung, wie sie fand.

◄○►

Zwei Tage später musste Ina an Bobbys humorigen Einfall mit dem Fragebogen zurückdenken, als sie auf dem Weg zu

Marlene war. Natürlich war der Vorschlag völlig indiskutabel. Kabelfernsehen und Tequila, also wirklich! Aber es tat gut, eine unverkrampfte Sicht auf ihre Arbeit zuzulassen, und sie konnte nicht anders, als darüber zu schmunzeln. Kurz darauf begann allerdings der Ernst des Alltags.

Auf ihr Klingeln hin rief Marlene von der Rückseite des Hauses: »Hier hinten im Garten.«

Halb aufgerichtet lag sie auf einer Sonnenliege und starrte den Stumpf eines abgesägten Baumes an. Als sie Ina näher kommen sah, konnte die Psychologin keine Reaktion im Gesicht der Bäckersfrau erkennen. Ina hätte auch eine zufällig vorbeihüpfende Amsel sein können. Gleich darauf war der Baumstumpf schon wieder viel interessanter.

Aus dieser Frau sollte man mal schlau werden! War sie nun willkommen oder nicht?

Ohne dazu aufgefordert worden zu sein, nahm Ina sich einen Gartenstuhl von der Terrasse und setzte sich zwischen Marlene und das Objekt ihrer Aufmerksamkeit.

»Ich finde, wir sollten uns heute über irgendetwas unterhalten, das Ihnen gefällt. Geben Sie daher ein Thema vor.«

Marlene blickte ihr Gegenüber fragend an, was immerhin ein kleiner Erfolg war.

»Egal welches«, fügte Ina hinzu.

Sie zögerte, schwieg.

Ina bot an: »Kuchen, Buddhismus, Erich Honecker, Blähungen …«

Ein leichtes Lächeln, immerhin.

»Eine hübsche Bauernkate haben Sie da«, sagte Ina, um ein Thema vorzugeben.

»Finden Sie? Wir haben viel Arbeit hineingesteckt.«

»Und diese Abgeschiedenheit ist wirklich einmalig.«

»Ja, eigentlich ist der Boden hier gar nicht geeignet, um darauf ein Haus zu bauen. Dass es trotzdem möglich war, haben wir ausgerechnet den Nazis zu verdanken. Unsere hübsche Bauernkate, wie Sie sie nennen, steht nämlich auf einem Bunker. Keine ganz so hübsche Vorstellung, nicht wahr?«

Offensichtlich hatte Marlene den Blick für das Positive verloren und konzentrierte sich auf das Negative.

»Kommen Sie, wir machen einen Spaziergang am Bodden.«

Ina reichte ihr die Hand, und die Bäckersfrau ergriff sie. Vom Grundstück der Adamskis führte ein abschüssiger, gewundener Pfad zum Wasser. Er war halb zugewachsen, aber nach nur einer Minute waren sie am Ziel. Die kleine Bucht war ungefähr fünfzig Meter breit und von Schilfinseln durchzogen, zwischen denen sich etliche Wasservögel tummelten. Der schmale Sandstrand war übersät von getrocknetem und frischem Tang, der einen salzigen Geruch verströmte. Nur einen Schritt von den winzigen Wellen entfernt, die ans Ufer plätscherten, standen zwei Gartenstühle aus Wurzelholz. Offenbar waren sie schon seit einiger Zeit nicht mehr benutzt worden.

»Sind das Ihre?«, fragte Ina, und Marlene nickte.

Sie säuberten die Sitzflächen notdürftig mit Papiertaschentüchern und nahmen Platz. Ihre erste gemeinsame Tätigkeit. So etwas war gerade bei verschlossenen Patienten enorm wichtig: Gemeinsamkeiten zu schaffen.

Eine Minute lang sagte keiner etwas, während sie einen Haubentaucher beobachteten, der sich nicht weit entfernt auf einem Stück Bruchholz putzte.

Dann wiederholte Ina: »Kuchen, Buddhismus, Erich Honecker, Blähungen ...«

Wieder lächelte Marlene, ohne jedoch von sich aus das Gespräch zu beginnen.

»Wie friedlich es hier ist«, sagte Ina. »Ich stelle mir vor, dass man es sich an diesem Ort auch im Herbst mit einer Decke und einem Grog gemütlich machen kann. Wenn dann noch die Sonne direkt vor einem über dem Bodden ins Meer sinkt ...«

»Nein, dort drüben.«

Nein, dort drüben. Das war nicht gerade ein weltbewegender Satz, auch nicht besser als »Hier hinten im Garten«, aber bei dieser Frau musste man sich selbst über winzige Fortschritte freuen.

Sie schmunzelten beide. Dass die Sonne nicht in der von ihr erwähnten, sondern in einer anderen Richtung unterging, war Ina sehr wohl bewusst, was Marlene im Nachhinein durchschaut hatte. Der kleine Kniff, auf den sie hereingefallen war, amüsierte sie.

»Früher waren wir oft hier«, fing sie ruhig und langsam an zu erzählen. »Eigentlich täglich, wenn das Wetter es zuließ. Der Bodden, der Darß, das Meer waren unsere kleine Welt, in die wir uns gekuschelt haben ... wie in eine Blase. Mein Mann und ich waren einander genug, gerade weil wir keine Kinder hatten. Wie nah wir uns in dieser Phase waren. Von anderen Orten haben wir kaum gesprochen, solche Sehnsüchte waren uns fremd. Das ist bei mir erst später gekommen ...«

Ina schien da gerade eine Liebe zu Grabe getragen zu werden, und aus der Mitte des Schweigens, das darauf folgte, entsprang ihre Vermutung, dass ein anderer Traum den Platz des vorherigen eingenommen hatte.

»Wir kommen nur noch selten hierher«, fügte Marlene hinzu. »Das ist irgendwie eingeschlafen.«

»So wie alles?«, fragte Ina.

Marlene sah Ina an, was diese als Zustimmung deutete.

»Wir haben lange Zeit nur für die Bäckerei gelebt und auch über nichts anderes gesprochen. Sehen Sie, anfangs haben wir arg um unseren Laden kämpfen müssen, und als wir es nicht mehr mussten, haben wir trotzdem weitergekämpft, einfach aus Gewohnheit.«

»Haben Sie je mit Ihrem Mann darüber gesprochen?«

»Ich könnte es mir leicht machen und behaupten, dass man mit Gerd nicht über Empfindungen sprechen kann. So ist es auch. Aber ehrlich gesagt habe ich es noch nicht einmal versucht. Ich habe nichts unternommen, weil das alles ganz langsam passiert ist. So wie Wasser verdunstet. Irgendwann war der Eimer nur noch halb voll. Als ich es gemerkt habe, sagte ich mir, was soll's, die andere Hälfte ist ja noch da. Irgendwann gingen wir dann auf die sechzig zu, und ich sagte mir, das kann es doch nicht gewesen sein, da muss doch noch etwas kommen, große Momente, ein feines Essen im Ritz oder im Adlon, ein Abenteuer, eine Safari, irgendwas ...«

Sie hörte abrupt zu sprechen auf. Nach einigen Sekunden sagte sie: »Tja.«

Danach fiel sie wieder in Schweigen, und bald darauf wollte sie zum Haus zurück.

Während Ina hinter der Bäckersfrau herging, machte sie sich so ihre Gedanken. Was Marlene erzählt hatte, hörte sie nicht selten. Menschen, die eine tiefe Leere empfanden, gab es wie Sand am Meer. Manche unternahmen nicht einmal den Versuch, die Leere zu füllen, sondern gaben sich ziemlich sinnlosen Tätigkeiten hin. Manche putzten täglich stundenlang ihre Wohnung oder schauten sich Fernsehsendungen an, die sie noch am selben Abend wieder vergaßen. Marlene hingegen hatte sich in karitative Tätigkeiten gestürzt, was eine viel tauglichere Methode war, und vermutlich hatte sie auch Pläne für die Rente geschmiedet, die nicht mehr allzu fern war.

Eines verstand Ina allerdings nicht: Diese Zeit voller Pläne lag im Grunde ja noch vor Marlene, zumindest sollte sie das.

Als sie aus dem Gebüsch traten und gemeinsam auf das Haus zugingen, bemerkte Ina, dass sich an einem der Fenster im ersten Stock die Gardine bewegte. Jemand hatte dort oben gestanden. Vielleicht Gerd Adamski, der Inas Eingreifen mit Misstrauen begegnete, warum auch immer.

»Ist Ihr Mann schon von der Arbeit zurück?«

»Nie vor drei am Nachmittag.«

»Dann haben Sie Besuch?«

»Wieso fragen Sie? Ich bin allein zu Hause.«

»Ach so, dann habe ich mich wohl geirrt. Ich dachte…«

»Bis demnächst, Frau Bartholdy.«

»Oh, wir haben aber noch ein bisschen Zeit.«

»Nein, ich nicht.«

◄o►

Ina hatte hin und wieder Patienten, die ein wenig spezieller waren als üblich. Natürlich war kein Fall wie der andere, jeder Patient auf seine Art speziell. Das war einer der Gründe, weshalb Ina Psychologie studiert hatte. Menschen waren nun mal sehr komplex und das am schwersten zu ergründende Wesen auf dem Planeten. Sie empfanden, agierten und reagierten auf unterschiedlichste Weise, egal in welcher Lebenslage oder Situation. Die einen suchten nach einem Schicksalsschlag Trost bei Freunden, andere verkrochen sich im Bett oder griffen zur Flasche, wieder andere griffen zur Waffe, wandten sich Gott zu oder Menschen, die sich dafür hielten, manche sprangen vom Balkon, wurden Schafhirten oder Zuhälter. Einige verkümmerten, andere wuchsen an der Not. In der Mathematik ergaben eins und eins immer zwei, in der Psychologie hingegen konnte alles herauskommen, wenn man eins und eins zusammenzählte. Das war eine hoch spannende Sache.

Trotzdem gab es Fälle, die bei Ina mehr Fragen aufwarfen als andere. Instinktiv spürte sie, dass eine weitere, eine verborgene Ebene vorhanden war, die sich recht simpel mit dem Begriff »Geheimnis« umschreiben ließ. Solche Patienten waren nicht ganz ehrlich. Ina nannte sie ihre »Gralsritter«. Sie suchten in der Psychotherapie Erlösung, während zugleich ein rätselhafter Widerstand sie daran hinderte, die Erlösung auch zu finden. Sie schrien um Hilfe, hielten sich dabei allerdings die Hand vor den Mund. Sie brauchten Ina, aber sie fürchteten sich insgeheim auch vor ihr.

In diesem September betreute Ina gleich zwei von diesen Gralsrittern. Marlene war der eine, der andere hieß Christopher. Er war fünfzehn Jahre alt und musste mit einem schweren Schicksalsschlag fertigwerden. Seine Mutter war im Jahr zuvor spurlos verschwunden, und die Polizei war sich nach wie vor unsicher, ob ein Verbrechen vorlag oder ob die Frau freiwillig untergetaucht war. Man ermittelte in alle Richtungen, wie es hieß.

Als sie an jenem Tag die Tür des Wartezimmers öffnete, erlebte Ina allerdings eine Überraschung. Wie erwartet saß dort Christopher – und neben ihm Inas Tochter, in eine rege Unterhaltung vertieft. Die beiden waren fast gleich alt.

»Stefanie! Was machst du denn hier?«

»Tolle Begrüßung. Du freust dich wohl gar nicht, mich zu sehen. Ist immerhin sechs Wochen her.«

»Natürlich freue ich mich. Aber... hast du denn keine Schule?«

»Nö. Können wir reden?«

»Weiß dein Vater, dass du hier bist?«

»Ob wir reden können, will ich wissen.«

»Ich... ich habe jetzt einen Termin mit Christopher, den du ja offenbar schon kennengelernt hast.«

»Dann warte ich hier, bis ihr fertig gequatscht habt.«

»Wir gehen raus, Fahrrad fahren. Sag mal, Christopher, hast du was dagegen, wenn ich mich kurz mit Stefanie unterhalte, bevor wir loslegen?«

»Kein Problem.«

Kaum hatte Ina die Tür hinter sich geschlossen, verdrehte Stefanie die Augen und sagte: »Wie man mit seinen Patienten Fahrrad fahren gehen kann, also ehrlich, das will mir nicht in den Kopf. Die gehören aufs Sofa.«

»In der Verhaltenstherapie laufen die Dinge nun mal anders.«

»Ich finde es krank. Was fehlt ihm eigentlich?«

»Du erwartest doch nicht ernsthaft eine Antwort auf diese Frage. Aber nun zu dir. Was ist los?«

»Ich hab die Schule geschmissen und will ein paar Wochen Urlaub am Meer machen.«

»Du hast ... was?«

Stefanie fläzte sich auf das Sofa und schüttelte ihre langen Haare, die sich wie ein Kranz um ihren Kopf auf die Sofalehne legten. Ina fiel auf, dass ihre Tochter etwas zugenommen hatte, besser gesagt etwas mehr als nur etwas. Vor allem die Hüfte und die Oberschenkel waren breiter, was die hautenge Jeans zusätzlich betonte.

»Ich will Tierarzthelferin werden, da reicht ein Hauptschulabschluss.«

»Von wegen. Außerdem wolltest du vor sechs Wochen noch Grafikdesignerin werden. Du hast sogar selbst die Aufdrucke für die Jeans entworfen, die du gerade trägst. Ich finde, sie sieht toll aus, sehr originell. Du hast Talent, weißt du?«

»Mann, Mama, mach es nicht kompliziert. Ich hab keinen Bock mehr auf die blöde Schule. Übrigens hast du da gar nichts mitzureden. Du kriegst doch schon lange nicht mehr mit, was bei uns abgeht. Musstest ja unbedingt von Schwerin wegziehen, als wär's nicht genug, dass du Papa verlassen hast.«

Ina lebte seit einigen Jahren von Stefanies Vater getrennt, was ihre Tochter nie akzeptiert hatte, obwohl die Trennung einvernehmlich vonstattengegangen war. Von Anfang an hatte Stefanie darauf bestanden, bei ihrem Vater zu wohnen.

»Erstens kommt es dir sehr gelegen, dass ich an die Küste gezogen bin, sonst könntest du hier deine Ferien nicht verbringen, worauf du immer so scharf bist. Und zweitens war es dein ausdrücklicher Wunsch, mich höchstens einmal im Monat zu sehen. Mich hat das sehr verletzt.«

»Na also, jetzt bin ich ja hier, und wir sehen uns öfter. Ein Theater machst du!«

»Es geht immerhin um deine Zukunft.«

»Eben. Um *meine* Zukunft. Und die verbringe ich in den nächsten Wochen hier. Papa hat nichts dagegen. Jetzt mach du mal schön deinen Fahrradausflug – echt unglaublich –, und danach habe ich wahrscheinlich Hunger. Kriegt man in diesem Kaff eigentlich auch noch was anderes als Hering oder Labskaus?«

◄o►

Es war für Ina nicht leicht, sich nach diesem Gespräch auf Christopher zu konzentrieren. Er schlug vor, zur Küste zu radeln, und bot ihr das Fahrrad seiner Mutter an. Natürlich lehnte Ina ab. Nicht nur dass es ihr geschmacklos vorgekommen wäre, sie wollte unter keinen Umständen den Platz der Verschollenen einnehmen. Das hätte ein falsches Signal sein können, daher lieh sie sich das Herrenrad von Christophers Vaters aus.

Die beiden fuhren nicht weit, nur ein paar Kilometer bis zur Hohen Düne. Trotz ihres Namens war sie lediglich etwa dreizehn Meter hoch, was jedoch für eine spektakuläre Aussicht reichte. Von einem hölzernen Aussichtsturm aus schweifte der Blick über Weißdünen und Salzgraswiesen, naturbelassene Kanäle und das Meer bis zur Insel Hiddensee. Sie waren auf dem Turm fast allein, die zwei Vogelliebhaber mit ihren Ferngläsern störten sie nicht.

»Bald rasten hier die Kraniche auf ihrem Weg nach Süden«, sagte Christopher. »Morgen vielleicht, in einer Woche

oder zwei Wochen, so genau weiß man das nie. Plötzlich sind
sie da. Wir haben uns das jeden Herbst angeschaut, seit ich
klein war, manchmal zwei-, dreimal in der Woche.«

Er schwieg, und Ina meinte beinahe seine Gedanken zu
hören. In diesem Jahr war seine Mutter nicht dabei, und vielleicht wäre sie es nie wieder.

»Sehen Sie den Vogel da?«, rief er und deutete in einen
Wust von Sandhafer, wo ein kleiner Piepmatz munter von
Stängel zu Stängel hüpfte. »Das ist ein Rohrsänger.«

»Wow! Den hätte ich gar nicht wahrgenommen, geschweige denn seinen Namen gewusst. Du kennst dich wirklich gut aus. Ist Ornithologie dein Hobby?«

»Wenn man hier lebt, weiß man so etwas.«

»In deinem Alter nicht unbedingt.«

»Na ja… Kann schon sein. Machen Sie mir Komplimente,
um mich einzuwickeln und zum Reden zu bringen?«

Ina fand ihn ziemlich reif für seine fünfzehn Jahre.

»Nicht jedes Kompliment mache ich aus Berechnung«, erwiderte sie ruhig und ging zu einem anderen Thema über.
»Hast du dir die Einführungs-CD, die ich dir mitgegeben
habe, mal angehört?«

»Ja, war cool.«

»Und, hast du's ausprobiert?«

»Klaro.«

Sie hatte ihm Entspannungsübungen empfohlen, bei
denen er sich gedanklich an einen sicheren Ort begab. Das
Erscheinungsbild des Ortes, ebenso wie Lage, Temperatur,
Geräusche, Töne und Düfte bestimmte er selbst, das ging niemanden etwas an, selbst Ina nicht. Damit sollte den Alpträu-
men entgegengewirkt werden, unter denen er litt. Seine schu-

lischen Leistungen waren im vergangenen Jahr in den Keller gegangen, und die Gerüchte wegen seiner verschollenen Mutter verfolgten ihn auf Schritt und Tritt. Sie sei mit einem anderen Mann durchgebrannt, sagten die einen, sie habe sich wegen hoher Schulden nach Thailand abgesetzt, meinten die anderen, und wieder andere glaubten, Christophers Vater habe »etwas damit zu tun«. Das war eine ungeheure Belastung für den Jungen. Seine sieben Jahre jüngere Schwester schien deutlich besser damit zurechtzukommen, was ihm, so seltsam das klang, zusätzlich zu schaffen machte.

»Gut. Vorgestern war dein Geburtstag, nicht wahr? Wie ist es gelaufen?«

»Scheiße. Einfach nur scheiße. Alle meine Freunde meinen, zum Geburtstag müssten sie mir ein paar nette Worte aufzwingen. So was wie: *Das mit deiner Mutter wird bestimmt wieder.* Oder: *Kopf hoch, Chris, du wirst schon sehen, das klärt sich alles auf.* Können die nicht alle einfach die Klappe halten? Das ganze Jahr reden wir nicht drüber, wir spielen Handball oder Squash … Ach, egal! Ich bin dann hierhergefahren und habe nach Walen Ausschau gehalten. Aber bevor Sie jetzt wieder Ihre Fragen stellen, nach dem Motto ›Und, hattest du Erfolg‹ oder ähnliches Zeug… Ich will nicht über meinen Geburtstag sprechen.«

»In Ordnung. Worüber willst du dann sprechen?«

»Keine Ahnung. Suchen Sie sich was aus. Vielleicht darüber, warum ich meiner Schwester neulich das Eis aus der Hand geschlagen habe. Das hat Ihnen mein Vater doch bestimmt erzählt, oder? Felicia darf kein Eis essen, okay? Wir ernähren uns schon seit mehreren Jahren vegan. Wissen Sie, was das ist – vegan?«

»Ja.«

»So, und das Eis war nicht vegan. Ausnahmen gibt es nicht. Das hat uns unsere Mutter immer wieder gesagt. Ausnahmen gibt es nicht«, wiederholte er. »Mein Vater ist da viel zu lasch. Er nimmt das alles gar nicht richtig ernst. Elender Verräter.«

Ina erinnerte sich an die Butterkekse, die neulich während eines Besuches bei Christophers Familie auf dem Küchentisch gestanden hatten. Einen davon hatte sein Vater gegessen. Daher vermutete sie, dass die vegane Ernährungsweise vor allem auf seine Frau zurückgegangen war, denn Kinder im Alter von acht, neun Jahren kommen kaum von allein auf die Idee, auf Eis, Kakao und Mayo zu verzichten. Manche nehmen die Umstellung besser an, manche schlechter. Ganz und gar ungewöhnlich war allerdings, dass die Kinder noch vor der Pubertät gewissermaßen zu den ernährungsphysiologischen Sittenwächtern ihrer Eltern mutierten, so wie es bei Christopher der Fall war. Der Sohn identifizierte sich über die Maßen mit dem, was seine verstorbene Mutter ausgemacht hatte. Dadurch hielt er sie gewissermaßen am Leben und in seiner Nähe. Die Verbissenheit, mit der er über ihre Ideen wachte, ließ allerdings noch einen weiteren Schluss zu.

»Christopher, deine Mutter ist nicht verschwunden, weil irgendjemand aus eurer Familie sich nicht an die vegane Ernährungsweise gehalten hat.«

Seine Wangenknochen mahlten.

»Sie halten mich also auch für einen Verräter, ja?«

»Erstens würde ich es nicht Verrat nennen, und zweitens spielt es überhaupt keine Rolle, wer von euch wann was gegessen hat. Es hat nichts mit dem Verschwinden deiner Mutter zu tun.«

Das zu akzeptieren fiel ihm extrem schwer, auch wenn er tief in seinem Innern wusste, dass Ina recht hatte.

»Was spielt denn dann eine Rolle, hm? Eigentlich wissen Sie gar nichts. Sie stochern hier doch bloß im Dunkeln herum, und wenn Sie auf was Hartes stoßen, rufen Sie ›Treffer‹ und tun so, als wäre das eine Leistung. Und für so was muss man studieren, ja? Mein Vater hätte sie nie anrufen dürfen. Er ist so eine Niete.«

»Er ist eine Niete, weil er seinen Sohn liebt und ihm helfen will?«

»Weil er zugelassen hat, dass meine…« Christopher schluckte den Rest des Satzes hinunter.

Ina sprach ihn aus.

»Dass deine Mutter verschwunden ist. Du gibst ihm die Schuld daran? Das hast du mir bisher nie gesagt.«

»Sie ist nicht verschwunden. Sie ist tot.«

Einen Moment lang brachte Christophers Bemerkung Ina aus dem Konzept.

»Das wäre durchaus möglich«, sagte sie.

»Nicht nur möglich. Es ist so.«

»Ist das… Ist das ein Gefühl? Eine Ahnung? Oder mehr als das?«

An diesem Punkt brach der Junge das Gespräch ab und verließ den Hochstand. Ina folgte ihm zu den Fahrrädern. Er war höflich genug zu warten, bis sie sich auf den Sattel geschwungen hatte, bevor er losradelte.

Nach kaum hundert Metern trat er unvermittelt auf die Bremse und sah sie an.

»Ich habe nichts Verbotenes gegessen. Dass Sie mir ja nichts anderes in Ihr Notizbuch schreiben.«

Es hätte wenig gebracht, ihn darauf hinzuweisen, dass es schnurzegal war, was in ihrem Notizbuch stand, da es sowieso niemand außer ihr lesen würde. Christopher war sehr darum bemüht, von sich das Bild eines perfekten Sohnes zu zeichnen, an das auch er selbst glauben konnte und wollte.

»Okay«, sagte sie.

Er sah sie einige Sekunden lang prüfend an, bevor er ihr glaubte.

Als er weiterfahren wollte, fragte Ina: »Wenn du sagst, dass deine Mutter tot ist, dann deutest du damit an, dass sie umgebracht wurde. Indirekt beschuldigst du deinen Vater. Ist dir das klar?«

Er antwortete ihr nicht. Da war er wieder, der Instinkt, der Ina sagte, dass Christopher etwas vor ihr verbarg. Nur was? Und aus welchem Grund?

»Du weißt, dass die Polizei ihn überprüft und euer Haus durchsucht hat, ohne etwas Verdächtiges zu finden. Also, was veranlasst dich zu der Annahme, dass …«

»Auf welcher Seite stehen Sie?«, fragte er.

Ina zögerte. »Ich stehe auf gar keiner Seite. Ich bin keine Anwältin, sondern Psychologin. Meine Patienten sind …«

»Vergessen Sie's.«

Und weg war er.

Vierzehn Monate zuvor

Als Marlene das Küchenfenster öffnete, schlug ihr eine frische Brise entgegen, die sie tief einatmete. Der Geruch des Boddens, dieses Gemisch aus Salz und Schilf, war seit vierzig Jahren nicht mehr aus ihrem Leben wegzudenken. Als sie für Gerd auf den Darß gezogen war, hatte sie als Stadtkind noch befürchtet, dort nicht heimisch zu werden. Aber dann war sie am ersten Morgen nach dem Umzug aufgewacht, hatte die Luft gerochen und gewusst, dass sie für immer auf der Halbinsel bleiben würde. Manchmal war sie wochenlang nicht am Meer, weil sie zu beschäftigt oder zu müde war, doch der Bodden war stets präsent. Wann immer es ihr schlecht ging, machte sie einen Spaziergang am Wasser, blieb irgendwo stehen, schloss die Augen und lauschte einfach nur: den Rufen der Möwen, dem Gurgeln der Wellen, dem Rauschen des Windes. Wenn sie die Augen dann öffnete, ging es ihr schon etwas besser.

Vielleicht sollte ich dort mal wieder hin, dachte sie. Nur für ein paar Schritte.

Ein lauter Knall ließ sie aufschrecken. Romy hatte eine Stubenfliege erschlagen und schnippte das Tier in die Spüle, bevor sie ihre Arbeit fortsetzte. Sie schnitt eine Kiwi auf, so sorgfältig wie man es nur tun konnte, in Scheiben exakt gleicher Breite. Marlene hatte ihr während der Lehrzeit in der Bäckerei beigebracht, sich auf eine Sache konzentrieren. Vorher war Romy nämlich kaum zu gebrauchen gewesen.

Sie war mit fünfzehn Jahren von der Hauptschule mit einem Zeugnis zu ihnen gekommen, in dem die Zahl vier eine große Rolle spielte. Marlene war sich überdies sicher, dass die Lehrer dem Mädchen so manche Note nur aus Mitleid und mit zwei zugedrückten Augen gegeben hatten. Romy hatte das schlechteste Zeugnis von allen Bewerberinnen gehabt, nicht richtig rechnen können und obendrein zwei linke Hände und Probleme mit der Rechtschreibung gehabt. Gerd lehnte damals ab, sagte: »Nein, die nicht, auf keinen Fall.« Aber Marlene sah etwas in diesem Kind, denn das war Romy tatsächlich noch, ein Kind, das jemanden brauchte, der es an die Hand nahm. Ihre Eltern, die irgendwo an der Müritz wohnten, fielen aus, die hingen den ganzen Tag bloß vor der Glotze und redeten nur mit ihrer Tochter, wenn Romy etwas für sie erledigen sollte.

Marlene übernahm die Verantwortung und stellte Romy als Lehrling im Verkauf ein. Lange Zeit konnten sie das Mädchen nicht an die Kasse lassen, erst seit das neue Modell das Rückgeld anzeigte, klappte es besser. Ansonsten jedoch hatte sich »die Kleine«, wie Marlene sie oft nannte, zu einer ordentlichen Arbeitskraft gemausert. Sie war nie krank, fand immer etwas zu tun, war freundlich zu den Kunden und tratschte nicht. Gewiss, sie brauchte etwas länger als die anderen. Die lila Strähne und der unsägliche Kaugummi kamen auch nicht besonders gut bei den älteren Kunden an. Doch selbst Gerd sah inzwischen ein, dass Romys Zuverlässigkeit ein großer Pluspunkt war.

»Fertig«, sagte Romy. Sie lächelte wie nach jeder erledigten Arbeit, ungefähr so wie Sisyphos gelächelt haben würde, wenn er den Stein endlich den Berg hinaufgerollt hätte. »Und wer geht jetzt runter?«

Einen Moment lang war Marlene überrascht und wusste gar nicht, was Romy meinte. Sie hatte doch tatsächlich für den Bruchteil einer Sekunde vergessen, was im Gange war, warum sie Daniel und Bodo kannte, für wen die Kiwi gedacht war, für wen das Essen auf dem Herd köchelte. Dass in ihrem Keller ein Mann gefangen gehalten wurde.

»Machen wir es wie gestern«, seufzte Marlene.

Sie spielten Schnick Schnack Schnuck, wobei man mit den Händen einen Brunnen, einen Stein, eine Schere oder ein Blatt Papier formte und so eine Entscheidung herbeiführte. Die Idee war natürlich von der Kleinen gekommen.

»Ha, dein Stein fällt in meinen Brunnen!«, rief Romy.

Das Spiel ging über drei Runden, wie im Amateurboxen, und wie schon am Tag zuvor gewann Romy. Für Schnick Schnack Schnuck hatte sie Talent. Gedankenversunken sah Marlene dabei zu, wie ihre Kleine das Essen auf einem Tablett anrichtete und das Wasser und den Orangensaft einschenkte.

»Nein, nicht in Gläser«, sagte Marlene. »In Pappbecher.«

»Entschuldigung, hab ich glatt vergessen.«

»Macht ja nichts. Ist auch nur eine Vorsichtsmaßnahme für den Fall, dass…«

Sie unterbrach sich. Sie hatte vergessen, welchen Fall Gerd beschrieben hatte.

Romy füllte den Inhalt der Gläser in Pappbecher um, wobei sie einen verschütteten Tropfen sofort wegwischte.

»So, jetzt ist es servierfertig«, sagte sie und besah sich noch einmal das Ergebnis, um sicherzustellen, dass sie nichts vergessen hatte. Gerade als sie das Tablett in die Hand nahm, fiel die Haustür ins Schloss, und Gerd kam herein.

»Na, wie geht's meinen beiden Frauen? Komisch, so ohne euch in der Bäckerei. Da fehlt was.«

Wie unterschiedlich die Menschen doch waren, dachte Marlene. Wenn sie in den vergangenen beiden Tagen außer Haus gewesen war, dann war das Erste, was sie bei ihrer Rückkehr fragte, ob noch alles in Ordnung sei – und jeder wusste, was sie meinte. Gerd erkundigte sich nie nach dem Mann im Keller. Er hatte ihn dorthin gebracht, ihn angekettet und fertig. Für die Versorgung waren die Frauen zuständig.

»Oh, gibt's schon Abendessen?«, fragte Gerd.

»Das ist nicht für uns«, antwortete Marlene.

Sein skeptischer Blick huschte über das Tablett. »Tomatensalat, Gulasch mit Bandnudeln, eine Kiwi… Marlene, was denkst du denn? Wir sind doch kein Wellnesshotel.«

»Ich sehe nicht ein, wieso ich schäbiges Essen vorsetzen soll.«

Ihr fiel auf, dass sie, genau wie Gerd, Herrn Töller niemals mit Namen erwähnte, und auch nicht »er« oder »ihn« oder »ihm« sagte. Beide redeten sie gewissermaßen um ihn herum.

»Vitamine sind wichtig, vor allem wenn man nicht an die Sonne kommt«, fügte sie hinzu, verschwieg jedoch, dass sie den Tomatensalat extra mit Leinöl angemacht hatte, weil es wegen der wertvollen Omega-3-Fettsäuren sehr gesund war, und dass sie die Bandnudeln aus frischem Teig hergestellt hatte. Eine ganze Stunde hatte sie dafür gebraucht.

»Na ja, wenn du meinst«, brummte Gerd. »Ist ja auch nur für ein paar Tage, nicht wahr?«

»Zum Glück. Ich kann es kaum erwarten, dass dieser Mist endlich vorbei ist.«

Die Steintreppe in den Keller hinunterzugehen, fiel Marlene neuerdings schwerer, als sie wieder hinaufzusteigen. Schon diese seltsame Kluft anzuziehen, in der sie aussah wie ein Mitglied des Ku-Klux-Klans, bereitete ihr Magendrücken. Eine Kapuze, ein weites Gewand, Handschuhe und Schneestiefel, damit ja kein Fitzelchen von ihrem Körper zu erkennen war, mit Ausnahme der Augen. Dass Töller selbst die nicht richtig erkennen konnte, dafür sorgte die funzelige Beleuchtung.

Jedes Mal, wenn Marlene die Tür zu dem Kerkerloch öffnete, fuhr ihr ein Stich durchs Herz. So gefesselt bot der Gefangene keinen schönen Anblick. Er hatte nur eine Hand frei, um zu essen, zu trinken und in den Eimer zu machen. Seine an die Wand geketteten Beine hatten nur einen geringfügigen Spielraum, sodass er aufstehen und ein paar Schritte in einem Radius machen konnte, der keine zwei Meter umfasste. Wie sollte er so Schlaf finden? Und der war umso nötiger, als er garantiert Todesängste ausstand. Marlene hatte ihn mit Botschaften zu beruhigen versucht, auf Pappe geklebte Zeitungsschnipsel, auf denen stand: »IhnEn GeschIEHt NiCHts«, oder: »SIE sinD Nicht iN GeFAhr«. Doch das hatte nichts gebracht. Irgendwie sahen diese Schilder bedrohlich aus, wie Bekennerschreiben von Terroristen. Am liebsten hätte sie Herrn Töller mit Worten getröstet und ihn von seinen Fesseln befreit, doch er durfte ja ihre Stimme nicht hören und auch nicht die Gelegenheit bekommen, sie anzugreifen oder ihr die Kapuze vom Kopf zu ziehen.

Er lag auf der Matratze, als Marlene ihm das Tablett in den

Bereich schob, der ihm zur Verfügung stand. Sofort versuchte er sich aufzurichten. Sein Gewicht war sicher auch unter normalen Umständen ein Handicap, jetzt wurde es zu einem echten Problem. Er kam nicht richtig auf die Knie, fiel immer wieder um, keuchte und stöhnte, rollte auf seinem birnenförmigen Oliver-Hardy-Bauch hin und her. Obwohl seine Bemühungen zwischendurch auch komisch anzusehen waren, fast wie Slapstickeinlagen, war Marlene nicht zum Schmunzeln zumute. Wie gerne hätte sie ihm unter die Arme gegriffen. Aber Gerd hatte ihr eingeschärft: »Komm ja nicht in die Reichweite seines Arms. Sobald er weiß, wer seine Entführer sind, ist die Sache gelaufen, und wir wandern alle ins Gefängnis.«

Damit hatte er recht. Außerdem schadete Herrn Töller die Anstrengung nicht. Wenn sie bedachte, welchen gewaltigen Schaden er ihnen und den anderen zugefügt hatte ... Trotzdem war sie erleichtert, dass die Platzwunde an seiner Stirn gut verheilte und er offenbar auch sonst keine bleibenden Schäden von Gerds Schlag davongetragen hatte.

Als der Gefangene endlich saß, ergriff er nach einem kurzen Blick auf das Essen den Plastiklöffel und tauchte ihn, ohne die Vorspeise zu beachten, sofort in das Gulasch und die kleingeschnittenen Bandnudeln. Er musste hungrig sein, die letzte Mahlzeit hatte er vor sechs Stunden bekommen, und gewiss aß er normalerweise öfter mal etwas zwischendurch. Sie nahm sich vor, ihm beim nächsten Mal einen Schokoriegel zu bringen.

Zufrieden stellte Marlene fest, dass es ihm schmeckte. Seine Essmanieren waren allerdings nicht die besten, selbst wenn man seine eingeschränkten Möglichkeiten berücksichtigte. Er hätte langsamer essen und den Mund beim Kauen ruhig schließen können. Außerdem hätte er die beiden Servietten benutzen können, und er hätte den sorgsam mit Kräutern abgeschmeckten Tomatensalat nicht unbedingt in die Soßenreste des Gulaschs kippen müssen.

Vielleicht, so überlegte sie, war es aber auch zu viel verlangt, von jemandem in seiner Lage eine gewisse Etikette zu erwarten.

Die wenigen Minuten, in denen sie Herrn Töller beim Essen zusah, waren für Marlene das Schlimmste. Währenddessen gingen ihr die merkwürdigsten Gedanken durch den Kopf, so fremd, als stammten sie gar nicht von ihr selbst. Und alles wild durcheinander: die Kette, die Platzwunde, Herrn Töllers Manieren, der Speiseplan für den nächsten Tag, Gerds Anweisungen, Daniels Geheimnisse vor seiner Frau … Wie ein Dutzend Gummibälle, die in ihrem Kopf herumsprangen.

Nachdem Herr Töller fertig war, wartete Marlene, bis er sich wieder auf die Matratze zurückgezogen hatte, dann erst ergriff sie das Tablett und tauschte den Eimer gegen einen frischen aus.

Gerade als sie gehen wollte, fragte er: »Warum tun Sie das?«

Seine Stimme war heiser von den Hilferufen, die er den ganzen vergangenen Tag über ausgestoßen hatte. Was das anging, bestand keine Gefahr, denn der massive Stahlbeton und die dicken Metalltüren ließen keinen Ton durch, und es gab nirgendwo Fenster. Nicht einmal oben in den Wohnräumen konnten sie ihn hören. Inzwischen hatte er das Geschrei aufgegeben.

»Warum tun Sie das?«

Meinte er das gute Essen oder die Entführung? Wunderte

er sich über den vermeintlichen Widerspruch, dass man ihn einerseits gut versorgte und andererseits ankettete wie einen Zirkusbären? Oder darüber, dass ihm etwas derart Ungewöhnliches und Beängstigendes widerfuhr?

So oder so, Marlene konnte Warum-Fragen nicht beantworten, auch nicht mit Gegenfragen. Eine Konversation war nicht vorgesehen. Allenfalls ein Nicken oder Kopfschütteln war möglich. Aber vielleicht konnte sie ein paar Pappschilder basteln mit den nötigsten Antworten wie »Ja« und »Nein« und »Nicht sprechen«.

»Fordern Sie ein Lösegeld?«, fragte er. Als Marlene nicht antwortete, fügte er hinzu: »Was habe ich Ihnen denn getan?«

Sie blieb in der Tür stehen, ohne sich umzuwenden.

Eine unverschämte Frage. Was du mir getan hast? Was du *mir* getan hast?

Sie schluckte ihren Zorn hinunter. Kein Laut entfuhr ihr, noch nicht einmal ein kurzes Aufstöhnen, und einen letzten Blick schenkte sie ihm auch nicht mehr. Erst nachdem sie die Tür hinter sich zugezogen hatte, zitterten ihre Hände so stark, dass die Pappbecher herunterfielen. Sie stellte das Tablett auf dem Boden ab und sammelte die Becher auf. Auf einmal fing ihr ganzer Körper an zu beben. Sie sank auf die Knie, schluchzte und weinte.

◄○►

Sich allein im Haus eines Fremden aufzuhalten, ist eine Erfahrung, die gewöhnlich nur Einbrecher machen. In gewisser Weise war Bodo ein Einbrecher, wenn auch ein ganz besonderer. Weder verschaffte er sich gewaltsamen Zugang – er hatte ja Töllers Schlüssel – noch ging es ihm um Schmuck, Bargeld, Pelze oder Spiegelreflexkameras. Vor allem eines unterschied ihn von einem Dieb, nämlich dass er alle Zeit der Welt hatte. Niemand würde ihn stören bei dem, was er vorhatte. Töller lebte allein, er war kinderlos, seine Eltern waren schon vor Jahren gestorben, und zu seinem Bruder hatte er so gut wie keinen Kontakt mehr. Er pflegte fast nur noch telefonische Beziehungen zu Frauen, die ausnahmslos über 0190-Nummern erreichbar waren. Außer einer albanischen Putzfrau sowie einigen Freunden, bei näherem Hinsehen eher gute Bekannte aus seiner Branche, kam niemand zu ihm nach Hause. Im Grunde war er ein ziemlich einsamer Mensch.

Das alles wusste Bodo aus vier Quellen. Zum einen hatten er und Gerd Töllers Haus eine Weile lang observiert, um zu sehen, wer dort ein und aus ging. Das war nicht sehr ergiebig gewesen, aber immerhin hatten sie auf diese Weise herausgefunden, wann sie ihr Opfer am besten überwältigen konnten. Zum anderen hatte Bodo schon vor Wochen Töllers Computer und somit auch seinen Kalender, seine Mails und seine Dateien gehackt. Bodo war nicht gerade ein Spezialist darin, es war sogar seine Premiere in diesem Bereich gewesen, dennoch war er besser zurechtgekommen als gedacht. Ausgerechnet beim Sicherheitsprogramm hatte Töller gespart, ein unglaublicher Leichtsinn, der allerdings oft vorkam. Drittens war Bodo nun, da Töller entführt war, im Besitz seines Smartphones und konnte über die diversen Applikationen weitere Informationen sammeln. Und viertens hatte er jetzt, da er sich ungehindert im Haus umsehen konnte, Zugang zu allen Briefen und Akten.

Töller war ein überaus ordentlicher Mensch. In seinem Büro gab es eine ganze Regalwand mit sorgfältig beschrifteten

Ordnern, bis hin zu »Scheidung I« und »Scheidung II«. Seiner ersten Frau musste er bis heute einen beachtlichen Unterhalt zahlen, weshalb er mit seiner zweiten Frau einen Ehevertrag geschlossen hatte. Sie war Vietnamesin, achtundzwanzig Jahre jünger als er, und als sie sich von ihm trennte, weil sie sich in einen gleichaltrigen Mann verliebt hatte, bekam sie lediglich die vereinbarten zehntausend Euro, ein Klacks in Anbetracht seiner Geldmittel.

Diese waren für Bodo natürlich von besonderem Interesse. Dennoch durchforstete er, bevor er sich an seine eigentliche Aufgabe machte, zunächst alle Ordner, Speichersticks und Schubladen, weil er in den nächsten Tagen in Töllers Haut schlüpfen musste. Er würde dessen Mails beantworten, Briefe schreiben und einen Teil der Geschäfte übernehmen. Denn es war äußerst wichtig, ja geradezu entscheidend für den Erfolg ihres Unterfangens, dass Töllers Abwesenheit niemandem auffiel. So gesehen machte die Einsamkeit dieses Mannes den Coup erst möglich.

Als Erstes sagte Bodo der Putzfrau ab, mit der Begründung, dass er, also Alwin Töller, überraschend geschäftlich verreisen müsse und eine Weile nicht da sein werde. Er schickte ihr eine SMS, offenbar der übliche Kommunikationsweg zwischen den beiden.

Nachdem Bodo sich einen Überblick über Töllers Leben verschafft hatte, war endlich der Spaß an der Reihe, als er sich per Computer einen Überblick über die Geschäfte des Entführten verschaffte. Als er die Schubladen nach Passwörtern durchsuchte, stieß er auf einen Stapel Pornomagazine, die sorgsam unter einem Katalog für Bürobedarf versteckt waren – vermutlich für den Fall, dass die Putzfrau auch in den Schubladen putzte. Zuerst wollte Bodo diese Schublade auslassen, aber dann schaute er doch etwas genauer nach. Tatsächlich, ganz unten wurde er fündig. Zwischen prallen Brüsten und allerlei Dirty Talk lagerten die Codewörter und PINs für alle möglichen Online-Zugänge.

Das Smartphone piepte, es war eine SMS von Egzonjeta, Töllers Putzfrau. »Wer kümmert sich um Ihre Katze?«

Katze?

Sofort sah Bodo sich um, streifte durch alle Zimmer. »Wo steckst du denn, kleine Mieze?«

In einem der Küchenschränke lagerten mehrere Kartons mit Katzenfutter. Eine niedrige Tür schien von der Küche in eine Vorratskammer zu führen, doch schon beim Öffnen stieß Bodo ein Geruch von Waschpulver und – endlich – von Katze entgegen. Eine Klappe in der Hintertür der Waschküche war ein weiteres Indiz. Hinter der Waschmaschine stand auf dem Boden ein Korb, in dem tatsächlich ein Kater lag, ein müdes Knäuel, fast ganz weiß mit ein paar grauen Flecken, und blinzelte ihn an.

»Na, du bist ja mal eine schöne Flocke«, sagte Bodo und hatte damit auch schon einen Namen für den Kater gefunden.

Als er sich zu ihm hinabbeugte reckte das Tier ihm den Kopf entgegen. Vorsichtig hielt Bodo ihm eine Hand zum Schnuppern hin, nachdem er den Handschuh ausgezogen hatte. Der Kater gähnte, stand auf, streckte sich und rieb seinen Kopf an Bodos Knie.

»Ja, Flocke, ich mag dich auch«, sagte er und streichelte das Tier ausgiebig.

Es hatte eine Zeit gegeben, als Katzen ihm noch egal gewesen waren, aber dann war eine Katzenliebhaberin in sein

Leben getreten, und die Welt war seither nicht mehr dieselbe. Dinge, aus denen er sich früher nichts gemacht hatte, waren mit einem Mal interessant, während andere Dinge, die eine große Bedeutung für ihn gehabt hatten, auf Normalmaß schrumpften. Von einigen Schulhofromanzen abgesehen, war Nelli die einzige Frau, mit der er jemals zusammen gewesen war. Er war achtzehn, als sie sich kennenlernten, sie zwanzig. Zweifellos, sie war reifer als er, klüger sowieso, obwohl sie das immer bestritt. Acht Jahre waren sie zusammen, in denen sie sich gegenseitig formten, aneinander wuchsen. Acht Jahre, in denen Nelli ihr Studium in Pädagogik abschloss und er als Quereinsteiger ohne Studium die Tiefen und Möglichkeiten des Internets erforschte. Acht Jahre, in denen sie zusammen einen Teil der Welt bereisten, die Zukunft für sich entdeckten ... Wirklich ernsthaft stritten sie nie, manchmal um Kleinigkeiten, und keiner von ihnen schielte jemals nach anderen Frauen oder Männern. Dass sie keine gemeinsame Wohnung hatten, war vielleicht eines der Geheimnisse, warum es bei ihnen so reibungslos lief. Bodo brachte Nelli das Motorradfahren und Kitesurfen bei, dafür lehrte sie ihn, auf Menschen zuzugehen und Tiere zu lieben.

Acht Jahre, zwei Monate und einen Tag nachdem sie sich in einer Diskothek kennengelernt hatten, wurde bei Nelli Bauchspeicheldrüsenkrebs im Endstadium diagnostiziert. Nach genau acht Jahren, vier Monaten und neunundzwanzig Tagen endete ihre Beziehung an Nellis Sterbebett. Eine Chemotherapie lehnte sie damals ab, da die Erfolgschancen bei unter fünf Prozent lagen. Er flehte sie an, die winzige Chance zu nutzen, aber sie sagte, sie wolle lieber noch zwei schöne Monate als zwölf schlimme haben. Dass sie die schönen Monate dann auch bekam, dafür sorgte er. Gemeinsam schrieben sie eine Liste mit Dingen, die Nelli unbedingt noch erleben wollte, und arbeiteten sie fast restlos ab. Nelli streichelte ein Känguru, schwamm mit einem Delfin, las die Gesamtausgabe von Marcel Proust, besuchte den Hindu-Tempel in Hamm, erlebte eine Opernpremiere mit Anna Netrebko, aß Sushi in einem sündhaft teuren japanischen Restaurant und flog mit einem Ballon über Usedom, woher sie stammte. Nur den Wunsch, eine Tierfarm in Afrika zu besuchen, konnte Bodo ihr nicht mehr erfüllen, da ihre körperliche Verfassung das einfach nicht mehr zuließ.

Der Tag, an dem er von Nelli Abschied nehmen musste, war der schlimmste in Bodos Leben.

Der Kater mauzte, im Napf war kein Futter mehr. Bodo füllte ihn auf, sah dem Tier beim Fressen zu und beschloss, demnächst ein hochwertigeres Futter als das herkömmliche zu besorgen.

»Komm mit, im Haus ist es schöner«, sagte er, und nach ungläubigem Zögern folgte Flocke seiner Aufforderung.

Wie der Blitz schoss er zwischen Bodos Beinen hindurch ins Wohnzimmer, wo er sich kurz darauf auf der Lehne eines Sessels triumphierend und schnurrend niederlegte.

Was war das nur für ein Mensch, der seine Katze in einer muffigen, klammen Kammer zwischen der Waschmaschine und dem Abflussrohr unterbrachte? Aber was Töller anging, durfte man sich über gar nichts mehr wundern.

Bodo kehrte ins Arbeitszimmer zurück, das in den nächsten Tagen sein zweites Zuhause sein würde.

»Alles geregelt«, antwortete er Egzonjeta, sozusagen in Flockes Namen. »Habe jemanden gefunden.«

78

3

September

Das nächste Treffen mit Marlene fand auf deren Wunsch nicht bei den Adamskis zu Hause statt. Normalerweise begrüßte Ina es, wenn die Patienten eigene Vorschläge im Hinblick auf die Therapiesitzungen machten, weil sie in einem selbst gewählten Umfeld oft zugänglicher waren. Dennoch vermutete sie, dass Marlenes Wunsch, die Sitzung außer Haus stattfinden zu lassen, etwas Gezwungenes an sich hatte.

Marlene schlug als Treffpunkt die Kirche in Prerow vor, wo an jenem Tag eine Probe des Chors stattfinden sollte, in dem Marlene viele Jahre lang aktiv gesungen hatte und dessen Mitglied sie noch immer war.

»Wir dürfen auf die Empore«, sagte sie, als sie das Gotteshaus betraten. »Ich habe mit dem Pastor gesprochen. Er ist zugleich der Chorleiter.«

Die Chorprobe war der ideale Rahmen für eine Therapiesitzung, schließlich war es eine von Inas wichtigsten Aufgaben, ihre Patientin wieder in das soziale Umfeld zu integrieren, das Marlene im besten Falle verunsichert, im schlimmsten ablehnend begegnen würde. Nicht wenige Suizidpatienten versuchten Freunden und Bekannten aus dem

Weg zu gehen, was letztendlich zur Isolation führte. Insofern war Marlenes Wahl erfreulich, vielleicht war sie ja sogar ein absichtlicher oder unbewusster Fingerzeig, was die Ursache ihres Suizidversuches anging.

Die beiden Frauen hatten die Empore ganz für sich, während sich der Chor unten vor dem Altar einsang. Eine Bach-Kantate füllte den Raum mit Wärme und Hoffnung.

»Was mein Gott will, das g'scheh allzeit,
sein Will, der ist der beste;
zu helfen den' er ist bereit,
die an ihn glauben feste.
Er hilft aus Not, der fromme Gott,
und züchtiget mit Maßen;
Wer Gott vertraut, fest auf ihn baut,
den will er nicht verlassen.«

Die Sonnenstrahlen fluteten von allen Seiten in die Kirche und tauchten den Innenraum in ein gleißendes Licht. Ina bemerkte, wie Marlenes Blick sich auf den Altar richtete, wo sich die Strahlen bündelten und verdichteten.

»Glauben Sie eigentlich an Schutzengel?«, fragte Marlene.

Es war die erste Frage, die sie Ina stellte.

»Darüber habe ich mir nie Gedanken gemacht, muss ich gestehen. Ich glaube an Trost, und wenn der Glaube an was auch immer tröstet, dann soll es mir recht sein.«

»Na, so was. Sie weichen mir ja aus, Frau Doktor. Um mich zu schonen?«

»Also gut, ich wollte Sie nicht vor den Kopf stoßen. Ich glaube nicht an Schutzengel. Aber Sie tun es.«

»Ja. Obwohl der Pastor es mir auszureden versucht hat. Er sagt, dass die Bibel hierzu keine klaren Aussagen macht und dass ich mich lieber an Gott halten soll, anstatt Engel zu kleinen Göttern zu erheben.« Marlene zuckte die Achseln.

»Ihr Herr Pastor scheint mir ziemlich streng zu sein.«

»Eigentlich nicht. Er ist ein überaus freundlicher Mann, das werden Sie schnell merken, wenn Sie ihn kennenlernen. Ich würde Sie ihm gerne vorstellen, wenn Sie nichts dagegen haben.«

Ina lächelte. »Natürlich nicht.«

»Noch eins, Herr, will ich bitten dich,
Du wirst mir's nicht versagen:
Wenn mich der böse Geist anficht,
lass mich doch nicht verzagen!
Hilf, steur und wehr, ach Gott, mein Herr,
zu Ehren deinem Namen.
Wer das begehrt, dem wird's gewährt;
drauf sprech ich fröhlich: Amen!«

Solange die Chorprobe andauerte, blieben Ina und Marlene auf der Empore, wo sie sich von Zeit zu Zeit unterhielten. Marlene erzählte, in welcher Stimmlage sie sang, welche Stücke sie besonders mochte und so weiter. Dabei fiel Ina auf, dass die Bäckersfrau immer wieder auf den Pastor zu sprechen kam.

»Abgesehen von meinem Mann kennt er mich wohl am besten«, sagte sie und lachte nervös auf. »Wie sich das anhört. Ich meine damit ja nur, dass wir sehr viele Projekte in der Kirchengemeinde gemeinsam betreuen.«

Anschließend gingen die beiden Frauen gemeinsam ins Kirchenschiff, wo Marlene zum ersten Mal nach ihrem Selbstmordversuch auf die anderen Chorsänger traf. Es war kein leichter Gang. Allein diese Blicke… So schlimm waren sie eigentlich gar nicht, aber es waren nun mal Blicke, manche mitleidig, andere forschend, wieder andere aufmerksam, ja, warmherzig. Zwanzig Blicke, die einfach nicht erlöschen wollten, sondern wie Scheinwerfer auf Marlene gerichtet waren. Ähnliches galt für die Worte. Die Chormitglieder hießen Marlene herzlich willkommen, und alle bemühten sich, ja nichts Falsches zu sagen. Gerade in diesem Bemühen, das förmlich zu greifen war, drückte sich die angespannte Situation aus. Keiner wusste so recht, wie er mit dem Selbstmordversuch der Kameradin, der Bekannten, der Bäckerin umgehen sollte, also überspielten alle die Tatsache, dass er überhaupt stattgefunden hatte. Am besten versinnbildlichte sich diese Einstellung in der saloppen Frage eines Chormitglieds: »Na, wieder gesund?«

Ina brachte die Blase zum Platzen, als sie sich vorstellte und dabei kein Blatt vor den Mund nahm. Sie erwähnte sogar, dass Marlene und sie sich gerade mitten in einer Therapiesitzung befanden. Natürlich löste das zunächst einiges Erstaunen bei den Anwesenden aus, die sich mir nichts, dir nichts als Zaungäste einer Psychotherapie wiederfanden, und das mitten in einer Kirche. Langfristig jedoch war es für Marlene besser, mit offenen Karten zu spielen. Sie hatte durch ihre Tat die Beziehung zu ihren Mitmenschen empfindlich gestört, auch wenn ihr das keiner sagte. Indem sie versucht hatte, sich das Leben zu nehmen, hatte sie sich aus dem Leben der anderen ausgeschlossen. Die Dorfbewohner würden sie nur dann wieder als Vertraute in ihren Kreis aufnehmen, wenn sie das Gefühl hatten, dass sich so etwas nicht noch einmal ereignen würde. Ansonsten bliebe sie eine Außenseiterin, mit einem Kainsmal versehen. Keiner würde sie mehr, bildlich gesprochen, nahe an sich heranlassen.

Der Pastor war tatsächlich ein sympathischer Mann. Er erinnerte Ina an einen Spatz, so klein, zerbrechlich und vergnügt, wie er war. Die Worte sprudelten nur so aus ihm hervor, und nachdem die anderen Chormitglieder eines nach dem anderen aus der Kirche getröpfelt waren, blieben sie zu dritt beieinander stehen.

»Wir haben Sie in der Gemeinde sehr vermisst, Marlene. Ich hoffe, Sie werden bald wieder Ihr altes Engagement aufnehmen.«

»Mal sehen. Sind neue Flüchtlinge angekommen?«

»Ja, einige, in Ribnitz-Damgarten.« An Ina gewandt fügte er hinzu: »Marlene hat ein sehr gutes Händchen für diese Leute. Mit einigen hat sie regelrecht Freundschaft geschlossen.« Der Pastor klatschte vor Begeisterung in die Hände. »Wissen Sie noch, Marlene, die beiden Syrierinnen? Wie hießen sie noch?« Wieder wandte er sich an Ina. »Mutter und Tochter, müssen Sie wissen, die in einer kleinen Flüchtlingsunterkunft gelebt und als Einzige ihrer siebenköpfigen Familie den Bürgerkrieg und die Flucht nach Europa überlebt haben. Sich verbal mit ihnen zu verständigen war kaum möglich, doch ein Händedruck von Marlene, ein paar Gesten und ein Stück selbst gebackener Kuchen genügten, um eine herzliche Atmosphäre aufkommen zu lassen. Marlene, wie hießen die beiden noch? As… Al…«

»Afnan und Chadisha«, sagte Marlene knapp. Sie sah auf

die Uhr. »Oje, ich habe ganz vergessen, dass ich noch einen Termin beim Friseur habe. Leider muss ich los.«

Inzwischen war Ina mit den plötzlichen Abschieden ihrer Patientin vertraut. Sie erhob keine Einwände, auch wenn die Therapiesitzung formal noch nicht beendet war. »Soll ich Sie hinfahren?«

»Nicht nötig. Ist gleich um die Ecke. Plaudern Sie ruhig noch ein wenig. Bis zum nächsten Mal dann.«

Weg war sie.

Marlenes Verhalten war recht merkwürdig – auffällig merkwürdig. Das letzte Mal war es Ina vorgekommen, als habe die Bäckersfrau sie rasch aus dem Haus haben wollen, nachdem sie sie auf einen möglichen Besucher angesprochen hatte. Dieses Mal dagegen hatte sie Ina selbst in die Kirche geführt und dem Pastor vorgestellt, und trotzdem hatte sie beinahe fluchtartig die Szenerie verlassen.

»Vielleicht hätte ich die syrischen Flüchtlinge nicht ansprechen sollen«, sagte der Pastor. »Als die Frauen in ein anderes Heim gebracht wurden, war Frau Adamski zwar traurig, aber ich hatte keine Ahnung, dass es sie so sehr mitgenommen hat.«

»Wann war das?«

»Vor etwa neun oder zehn Monaten. Es kam ziemlich unerwartet und ging alles ganz schnell. Frau Adamski hatte noch nicht einmal Zeit, sich von den beiden zu verabschieden.«

Selbst wenn Afnan und Chadisha ein sensibles Thema waren, überlegte Ina, hätte Marlene sich darüber im Klaren sein müssen, dass es zur Sprache kommen könnte. Hatte sie nicht sogar selbst gefragt, ob neue Flüchtlinge angekommen seien?

»Ist Ihnen in den letzten Monaten irgendeine Veränderung an Marlene aufgefallen?«, fragte Ina.

Der Pastor durchforstete seine Erinnerungen, als stünden sie in einem großen Bücherregal, und nach und nach schien er fündig zu werden.

»Nun ja, Frau Adamski war in letzter Zeit noch engagierter als zuvor. Der Chor, die Flüchtlinge, die Brotspenden für die Rostocker Tafel... Das hat sie zwar alles auch vorher schon gemacht, aber mit weniger Einsatz. Ich sage Ihnen, diese Frau ist fleißig wie ein Uhrwerk und mit so viel Herz und Hingabe bei der Sache. Von Einsamkeit oder Leere keine Spur. Deswegen bin ich ja auch aus allen Wolken gefallen, als ich von ihrem Sprung vom Balkon gehört habe. Von ihr hätte ich das am wenigsten erwartet. Nun gut, vielleicht hätte mich ihr plötzliches Interesse an Theologie stutzig machen sollen...«

»An Theologie? Sie meinen die Sache mit den Schutzengeln?«, hakte Ina nach.

»Oh, das ist nun schon eine ganze Weile her, dass sie sich in die Idee verliebt hat, Engel würden über uns Menschen wachen. Bestimmt mehrere Jahre. Nein, ich meinte vielmehr, dass sie insgeheim viel lieber Katholikin wäre. Einmal hat sie den Wunsch sogar ausgesprochen.«

»Hat sie Ihnen auch erklärt, warum?«

»Ich habe sie natürlich gefragt, jedoch keine richtige Antwort darauf bekommen. Der protestantische, quasi nur von Gott bewohnte Himmel sagt ihr nicht zu. Sie wünscht sich vielmehr einen mit Dutzenden, ja Hunderten von Heiligen und Engeln besiedelten Himmel, aber den kann ich ihr nicht bieten. Ebenso wenig die Muttergottes als Objekt der Anbetung. Maria ist nun mal viel unkomplizierter als ihr schwieriger Sohn mit seinen vielen Regeln«, scherzte er. »Sie schüttet ihre Gnade ja beinahe unterschiedslos über den Menschen aus. Jesus verlangt da schon ein bisschen mehr Entgegenkommen. Aber mal ehrlich, sind das gute Gründe, um zu konvertieren? Frau Adamski hat nämlich ernsthaft darüber nachgedacht. Letztendlich hat sie diesen Schritt aber nicht vollzogen.«

Marlene war also in den Monaten vor ihrem Selbstmordversuch religiös geworden. Was hatte diese unvermittelte Hinwendung zum Glauben ausgelöst? Und warum hatte sie sich ausgerechnet zum Katholizismus hingezogen gefühlt?

Ina kam es so vor, als wollte ihre Patientin eine Spur legen. Nur wozu?

Und wohin?

◄○►

Dass das Fiat Coupé sie verfolgte, fiel Ina erst am nächsten Tag auf, als sie nach dem Einkaufen von Rostock auf den Darß zurückfuhr. Sie hatte sich ein neues Kleid gegönnt, und Stefanie hatte bei den High Heels zugeschlagen. Im Rückspiegel bemerkte Ina denselben tiefergelegten schwarzen Sportwagen, der ihr bereits am Tag zuvor bis zur Kirche hinterhergefahren war. Sie erinnerte sich deshalb so gut daran, weil sie sich noch gefragt hatte, wieso das Auto sie nicht überholte, obwohl sie ziemlich zurückhaltend fuhr und kaum Gegenverkehr herrschte. Der mit allem möglichen Schnickschnack ausgestattete Wagen hielt immer den gleichen Abstand, der zu groß war, um den Fahrer sehen zu können. Die Spiegelungen auf der Windschutzscheibe sowie die Umrisse der Sitze und Nackenstützen verhinderten außerdem, dass Ina erkannte, ob eine oder mehrere Personen darin saßen.

»Wofür ist das Kleid? Du hast Stunden gebraucht, um es auszusuchen, also denke ich mal, es ist für *ihn*. Deinen ach so tollen Bobby.« Stefanie sprach den Namen aus, als handele es sich um einen absolut uncoolen Sänger.

»Stimmt genau. Ich ziehe es heute Abend zum Grillen an. Es ist zwanglos und macht trotzdem was her.«

»Zwanglos? Es hat dreihundert Euro gekostet. Du hast voll getebarzt.«

»Wie bitte?«

»Getebarzt. Hast dir was Schweineteures geleistet. Nach diesem Bischof mit seinen goldenen Wasserhähnen und dem ganzen Kram.« Stefanie verdrehte die Augen.

Ina hätte es ihr beinahe gleichgetan. »Also diese Ausdrücke... Wenn ich mit dir rede, komme ich mir furchtbar alt vor.«

»Könnte was dran sein. Sag mal, guckst du ab und zu auch durch die Windschutzscheibe beim Fahren oder immer nur in den Rückspiegel?«

»Entschuldigung, ich... Du hast recht.«

Sie versuchte, den schwarzen Sportwagen auszublenden und sich wieder auf die Straße und das Gespräch mit ihrer Tochter zu konzentrieren.

»Okay, ich soll also mit zum Grillen gehen, oder was?«, fragte Stefanie.

»Wäre schön. Irgendwann müsst ihr euch ja kennenlernen«, erwiderte Ina.

»Papa hat keine Freundin, die ich kennenlernen muss.«

»Papa hat gar keine Zeit für eine Freundin. Deswegen

haben wir uns ja auch getrennt. Außerdem hat er Angst, dass du sie sofort wieder vergraulen würdest, und das kann ich sehr gut nachvollziehen.«

Stefanie zog eine Grimasse.

»Wenn ich schon zu diesem ollen, oh sorry, tollen Barbecue muss, darf ich dann wenigstens jemanden mitbringen?«

»Na klar. Wen denn?« Ina war gespannt.

»Chris.«

»Welchen Chris?«

»Na, Christopher.«

Ina nahm den Fuß vom Gas. »Du meinst *den* Christopher?« Sie fuhr rechts ran.

»Was ist denn jetzt schon wieder? Wir haben neulich bei dir im Wartezimmer Nummern getauscht und uns ein-, zweimal in Ribnitz-Damgarten auf ein Eis und so getroffen.«

»Vor allem das ›und so‹ würde mich interessieren.«

»Was hast du denn dagegen?«

»Er ist mein Patient«, sagte Ina bemüht ruhig.

Stefanie zuckte die Achseln. »Deiner, nicht meiner. Er ist cool. Und wir heiraten ja nicht gleich.«

Ina wusste nicht, ob ihr diese Freundschaft gefiel. Sie hatte eine gute Meinung von Christopher, er war ein netter Kerl, und wenn er eine Freundin fand, konnte ihn das stabilisieren. Doch hier ging es nicht um ein x-beliebiges Mädchen, sondern um ihre Tochter. Christopher war noch immer sehr labil, er war schlecht in der Schule, schwänzte häufig und wurde gelegentlich verbal aggressiv. Das Verhältnis zu seinem Vater war, vorsichtig ausgedrückt, extrem angespannt, und seiner Schwester schlug er auch schon mal ein nicht veganes Eis aus der Hand.

Wie würde er mit Stefanie umgehen? Was würde passieren, wenn sie mal anderer Meinung wäre als er? Oder wenn sie genug von ihm hätte?

»Du musst wissen, dass Christopher noch immer leicht verletzbar ist. Ich habe das selbst erlebt.«

»Ist ja nicht so, dass er einen an der Waffel hätte. Seine Mutter ist verschwunden. Das kann jedem passieren. Du bist ja auch verschwunden, nur halt auf andere Weise. Ich finde ihn völlig normal.« Stefanie hielt inne. »Nein, stimmt nicht. Er swaggt.«

»Ich nehme mal an, das ist etwas Gutes.«

»Das bedeutet, dass er eine super Ausstrahlung hat. Ich mag seinen schwarzen Wuschelkopf und seine Oberarme. Und Pickel hat er auch keine.«

»Ich sehe ein, dass das herausragende Qualitäten sind, auf die sich eine Beziehung aufbauen lässt«, erwiderte Ina mit einem Grinsen.

»Außerdem ist sein Zimmer echt der Hammer. Da ist eine Wand aus beleuchteten Glasbausteinen drin, die er selbst baut. Sie ist noch nicht ganz fertig, aber bald. Da hat er das Taschengeld von x Monaten reingesteckt. Irre, was? Chris ist voll engagiert. Egal was du sagst, ich werde ihn weiterhin daten.«

Ina fuhr wieder an, nachdem sie den ersten Schock überwunden hatte. »Meinetwegen. Dagegen bin ich wohl machtlos. Aber heute Abend kann er nicht mitkommen. Ich werde ganz sicher keinen Patienten zum Grillen im Familienkreis einladen.«

»Ihr fahrt doch auch zusammen Fahrrad. Wenn das mal nicht familiär ist.«

»Wir fahren Fahrrad im Rahmen einer Therapiestunde, und zwar zu zweit. Versteh das bitte, ich kann keinen rein privaten Umgang mit Christopher pflegen.«

»Tja, das wirst du aber müssen, denn früher oder später werde ich ihn mit nach Hause bringen«, erklärte Stefanie bestimmt.

»Dein Zuhause ist in Schwerin, wie du mir oft genug zu verstehen gegeben hast. Genau dorthin wirst du auf der Stelle zurückkehren, wenn du mich in unmögliche Situationen bringst. So gerne ich dich hier bei mir habe, du musst dich schon an ein paar Spielregeln halten. Übrigens sollten wir demnächst mal über deine Ausbildung sprechen.«

Stefanie warf ihr einen überraschten Seitenblick zu. »Was denn für eine Ausbildung?«

»Ich denke, du willst Tierarzthelferin werden?«

»Ach so, ja ... Am Ende des Sommers.«

»Wann genau endet der Sommer in deinem Kalender?«

»Im Oktober.«

Über die Sache mit Christopher und die Ausbildung für Stefanie hatte Ina den Fiat völlig vergessen. Als sie in den Rückspiegel blickte, war er nicht mehr zu sehen. Hatte er sie überholt, als sie rechts rangefahren war? Oder war er abgebogen?

Vielleicht hatte sie sich das alles aber auch nur eingebildet.

Bobbys Haus lag ähnlich ruhig wie das der Adamskis, war jedoch bedeutend kleiner. Es gehörte zu einer kleinen Siedlung von Ferienhäusern beim Seebad Zingst am östlichen Ende der Halbinsel. Im September war nur etwa die Hälfte der sieben Bungalows an Touristen vermietet. Die Anlage gehörte einem von Bobbys Bekannten, der weiter entfernt wohnte. Diesem Umstand hatte er es zu verdanken, dass er die Ferienimmobilie zu einer relativ günstigen Miete ganzjährig bewohnen konnte. Dafür sah er in der Anlage nach dem Rechten, überreichte den ankommenden Gästen die Schlüssel und übernahm kleinere Reparaturen.

»Das ist hier ja die totale Pampa«, sagte Stefanie. »Spießiger als Schrebergarten geht ja wohl nicht.«

Als Ina jedoch das Gartentor aufschloss und sich Bobbys mit zwei Meter hohen Bambuspfählen umzäuntes Refugium vor ihnen auftat, rief Stefanie: »Wow!«

Ina war beim ersten Besuch auch verblüfft gewesen, und in gewisser Weise war sie es jedes Mal aufs Neue. Noch bevor man irgendetwas sah, hörte man das beruhigende Geräusch von plätscherndem Wasser. Es quoll aus einem großen Stein, ergoss sich in einen Gartenteich und floss einen Bachlauf entlang in einen zweiten Teich. In der Mitte des Gartens stand zudem ein antiker Brunnen, aus dem dutzende kleine Fontänen sprühten. Die behagliche, fast schon meditative Atmosphäre wurde durch mehrere Statuen indischer Gottheiten konterkariert, die aus Stein gemeißelt oder Eisen gegossen waren. Lebensgroße vielarmige oder elefantengesichtige Wesen in ekstatischen Posen standen zwischen Sonnenblumen, Hibiskussträuchern und Chrysanthemen oder waren von Clematis oder Kapuzinerkresse umrankt.

»Ist er Buddhist?«, fragte Stefanie.

»Meinst du Hindu? Nein, nein, das ist bloß Dekoration. Aber eine sehr schöne, wie ich finde.«

Als Stefanie Bobby durch die Fensterscheiben entdeckte, murmelte sie: »Du hast mir nicht gesagt, dass du ihn aus dem Kindergarten mitgenommen hast.«

Genau so einen Spruch hatte Ina erwartet. »Tu mir einfach den Gefallen und sei nett zu ihm, ja?«

»Ist ja schon gut.«

Bobby saß vor dem Computer und arbeitete, weshalb er sie weder sah noch kommen hörte. Ina war das gewohnt. Normalerweise bewegte sie sich dann langsam in seine Blickrichtung, um ihn nicht zu erschrecken, aber ihre Tochter war schneller und zog ihm einfach den Kopfhörer von den Ohren.

»Hi, ich bin Stefanie. Was hören Sie denn da?«

Ina entschuldigte sich für den Überraschungsangriff mit einer resignierenden Geste bei Bobby.

»Was ist das denn?«, rief Stefanie entsetzt.

Bobby gab ihr lächelnd die Hand. »Ich kann mich besser konzentrieren, wenn ich Opernarien höre«, sagte er. »Nur Arien, sonst nichts, auch keine Sinfonien oder so. Mozart, Verdi, Puccini und Donde… Dona…«

»Donizetti«, half ihm Ina.

»Genau der«, sagte er lachend. »Du siehst schon, Stefanie, mit der Theorie hab ich's nicht so. Es geht mir allein um die Musik. Ich höre sie nur, wenn ich arbeite. Eigentlich immer dieselben Arien, so laut, wie meine Ohren es gerade noch mitmachen.«

»Opernarien! Wie verrückt ist das denn? Haben Sie meine Mutter bei einer Therapie kennengelernt?«

»Nein, wir …«

»Was arbeiten Sie?«

»Ich entwerfe Computerspiele für Kinder. Aber jetzt habe ich frei. Es gibt Fisch vom Grill. Seid ihr so weit?«

»Du meinst, ob wir Hunger haben?«, fragte Ina. »Na ja, es ist erst kurz nach vier, und wir …«

»Nein, ich meine, ob ihr so bleiben wollt. Wir gehen angeln.«

»Ach du Scheiße«, stöhnte Stefanie, fügte sich jedoch nach einem heimlichen Klaps von Ina ins Programm.

Bobby war immer für Überraschungen gut. Ina wusste nie, wie ein Tag mit ihm verlaufen würde. Es konnte sein, dass sie sich zum Baden verabredeten und stattdessen in einem polnischen Romantikhotel landeten, oder sie wollten essen gehen und sahen sich dann unvorhergesehen einen Spätfilm an, zwei Stunden lang eng umschlungen im Kinosessel. Ina liebte diese Seite an Bobby ganz besonders, was erstaunlich war.

Wenn sie auf ihre früheren Beziehungen zurückblickte, stellte sie fest, dass ihre Partner immer ideal zu ihrem jeweiligen Lebensabschnitt gepasst hatten. Der erste studierte seinerzeit genau wie sie Psychologie. Sie hatten nicht nur dieselben Freunde, sondern auch beide eine klamme Kasse und waren politisch auf einer Linie, außerdem ein wenig unüberlegt, und sie probierten viel aus. Mit dem zweiten, einem Rechtsanwalt, war sie in einer Phase zusammen gewesen, in der sie sich beide beruflich etablierten, einen Klientenstamm aufbauten, eine Wohnung kauften, niederließen. Mit ihrem letzten Lebensgefährten, Stefanies Vater, dem mehrere Optikergeschäfte gehörten, hatte sie ein sehr ähnlicher Lebensstil verbunden, was Mode, Urlaubsreisen, Möbel, Restaurants und dergleichen anging, alles Dinge, die ihr mit Mitte dreißig zunehmend wichtig geworden waren.

Für Bobby spielte all das keine Rolle, weder Beruf noch Stil, Alter, Geld oder Hobbys. Er war ein bisschen wie Inas erster Freund, frisch und spontan, unkonventionell und clever. Sie hingegen war nicht mehr die Ina von vor fünfzehn

Jahren. Dennoch war sie von Bobbys Spontaneität und Frische hingerissen. Eine solche Liebe hatte sie bis dahin nicht gekannt, losgelöst von irdischen Dingen, rein und ganz auf den Partner konzentriert.

Die meisten Menschen in ihrem Umfeld hingegen sahen das nicht so. Für sie war Bobby nichts weiter als ein Toyboy, der noch dazu kein Akademiker war. Mit seiner sportlichen Figur, dem halb aufgeknöpften Hemd und der langen Mähne war er für sie der Inbegriff des jugendlichen Liebhabers. Manche unterstellten ihm sogar, dass er bloß seinen materiellen Vorteil suche oder einen Mutterersatz, was weder ihm noch ihr schmeichelte. Mehr und mehr wurden die beiden daher auf sich selbst zurückgeworfen, und Stefanies Auftauchen machte es nicht leichter.

Bobby angelte zwei Zander und ein paar kleinere Fische, die er nach ihrer Rückkehr im Garten grillte, während Ina und Stefanie in der Küche den Salat zubereiteten.

»Seid ihr echt so richtig zusammen?«, fragte Stefanie.

»Ich habe seinen Hausschlüssel. Vielleicht beantwortet das deine Frage.«

»Ihr habt euch vorhin gar nicht geküsst. Ich dachte immer, Typen wie er können das am besten. Oder am zweitbesten. Am besten können sie ja…«

»Stefanie, bitte.«

»Schon gut.«

»Das hast du vorhin auch gesagt, und nichts ist gut geworden. Du bist sehr unfreundlich zu ihm, und wenn wir uns geküsst hätten, wärst du sicher noch zickiger gewesen. Deswegen haben wir es nicht getan. Um es dir leichter zu machen.«

»Wenn du es *dir* leichter machen willst, dann such dir einen Mann, der was auf der Pfanne hat. Ich meine, hallo, der Typ geht angeln und wohnt in einem Schrebergarten. Der Ober-Fail. Spießig bis zum Gehtnichtmehr.«

»Im Gegensatz zu deinem Vater, dem Optiker, ja?«

Stefanie schnitt eine Grimasse.

»Vorhin hast du ihn selbst verrückt genannt, weil er Opernarien hört, während er Kinderspiele entwirft. Und davor hast du angedeutet, dass er ein Loverboy ist. Du solltest dich mal festlegen.«

Stefanie funkelte ihre Mutter provozierend an. »Okay: Er ist ein spießiger, verrückter Loverboy.«

»Er könnte Rallyes fahren, einen Kampfbomber fliegen oder die coolste Band der Welt managen, du würdest ihn immer spießig finden. Du hast beschlossen, ihn nicht zu mögen. Das habe ich verstanden. Aber könnten wir aus diesem Abend wenigstens noch ein paar passable Stunden herausholen? Bitte!«

Sie aßen den Zander bei Sonnenuntergang. Die steinernen Statuen der Hindugötter leuchteten orangerot, das Wasser plätscherte leise vor sich hin, und ein milder Abendwind, der noch einmal den vergangenen Sommer aufleben ließ, verwehte den Kohlerauch. Dazu tönte eine leise, asiatisch anmutende Meditationsmusik. Ein Hauch von Indien lag in der Luft.

Entgegen ihrer Gewohnheit, leerte Ina drei Gläser französischen Sauvignon Blanc ziemlich zügig in weniger als einer Stunde. Stefanie sagte kaum ein Wort, obwohl Bobby ein paarmal versuchte, sie in das Gespräch einzubeziehen. Die schöne Abendstimmung mit den zirpenden Grillen, den flackernden bunten Lichtern und den Wasserfontänen des

Brunnens wurde von der angespannten Atmosphäre überlagert.

Ina machte sich Vorwürfe. Vielleicht war es ein Fehler gewesen, Bobby und Stefanie zusammenzubringen.

»Wie geht es deiner Patientin, von der du mir neulich erzählt hast?«, fragte Bobby, um das Gespräch in Gang zu halten. »Hast du ihr den Fragebogen vorgelegt, den wir entworfen haben?«

Ina lachte. »Du musst wissen, Stefanie, dass Bobby sich einen Fragebogen ausgedacht hat, um verschlossenen Selbstmordpatienten das Motiv für ihre Tat aus der Nase zu ziehen. Kabelfernsehentzug, kein Tequila, schlechter Sex... Das war natürlich nur ein Scherz.«

»Haha«, sagte Stefanie mit mürrischer Miene, während sie auf ihrem Smartphone herumtippte.

Ina beschloss, sie eine Weile zu ignorieren.

»Nein, ich bin nicht sehr viel weitergekommen. Es ist, als würde ich ein dunkles Haus betreten und müsste erst mal herausfinden, was alles darin ist. Ich habe keine Ahnung, ob mich der nächste Schritt zum Lichtschalter führt oder in einen noch dunkleren Seitengang. Ob meine tastende Hand im nächsten Moment ein belangloses Möbelstück berührt oder ein menschliches Wesen, das sich ebenfalls im Haus aufhält und von dem ich nicht weiß, was es darin zu suchen hat.«

»Klingt unheimlich.«

»Na ja, das ist nicht immer so, aber diese Patientin ist besonders rätselhaft. Ich glaube, ihre plötzliche Religiosität hatte etwas mit ihrem Suizidversuch zu tun. Sie wollte zum Katholizismus konvertieren, und ich frage mich, warum.«

»So habe ich mir deine Arbeit nicht vorgestellt. So … forschend. Ich dachte immer, ihr Psychologen habt die Antworten sofort parat. Aber das hört sich ja richtig aufregend an.«

Ina lächelte. »Mein Berufsalltag wirkt von außen betrachtet nicht sonderlich aufregend. Ich höre zu und stelle Fragen, mache mir Notizen und versuche mein Gegenüber zu verstehen, ihm zu helfen. Vieles davon ist reine Routine, wie in den meisten anderen Berufen. Trotzdem ist es manchmal geradezu unheimlich. Vor etwa einem Jahr hatte ich eine Patientin, die nach einem Autounfall teilweise ihr Gedächtnis verloren hatte, allerdings habe ich den Grund dafür nicht in dem Unfall, sondern in einem traumatischen Ereignis gesehen, das sich davor ereignet hatte und das ihr Unterbewusstsein nun verdrängte. Soll man da nachforschen oder es lieber lassen? Was, wenn das, was sie dank der Therapie an Erinnerungen wieder abrufen kann, die Frau schwerer schädigt als die Amnesie? Das ist eine schwere, beängstigende Entscheidung mit unkalkulierbaren Folgen.«

»Ja«, sagte Bobby nachdenklich. »Der Mensch ist wohl … unkalkulierbar.«

»Im Prinzip stimme ich dir zu«, sagte Ina. »Realistischerweise muss man allerdings sagen, dass die meisten Exemplare dieses seltsamen Lebewesens namens Mensch es schaffen, ihre Ängste und schlimmen Erfahrungen gut zu verarbeiten oder sie zumindest auf irgendwelchen Abstellgleisen zu parken, wo sie verdrängt werden.«

»Und ich dachte, die Leute rennen euch Therapeuten heutzutage die Tür ein.«

»Die Nachfrage wird größer, das stimmt. Angsterkrankungen, Depressionen, Gewalterfahrungen, die Überinformation in unserer technisierten globalen Welt … Aber weißt du, man darf das nicht überbewerten. Wenn zum Beispiel jemand in der Serviceabteilung eines Kreditkartenunternehmens arbeitet, wo die Fehlbuchungen, Betrugsversuche und Kartenverluste auflaufen, dann könnte er bald zu dem Schluss kommen, dass man besser keine Kreditkarte besitzen sollte, erst recht keine von seinem Unternehmen. Dabei bekommen die allermeisten Kunden nie ein Problem mit ihrer Karte. So ähnlich ist das bei mir. Die allermeisten Menschen sehen in ihrem ganzen Leben keine Psychologenpraxis von innen, und es gibt nicht einen einzigen Grund für mich, durch die Straßen zu laufen und hinter jedem harmlosen Gesicht einen potenziellen Patienten zu vermuten.«

Er lachte. »Zu dir kommen also nur die Reklamationen?«

Ina stimmte in sein Gelächter ein. »Ja, gewissermaßen. Ich sitze in der Beschwerdestelle und bin für das Gehirn zuständig.«

»Die Ware ist vermutlich vom Umtausch ausgeschlossen, oder?«

»Richtig. Es werden nur Reparaturen angenommen.«

»Deswegen heißt es ja auch, ›jemand hat eine Schraube locker‹.«

Ina nicke. »In Köln sagt man ›jeck‹, das gefällt mir persönlich am besten.«

»Meschugge.«

»Crazy.«

»Plemplem.«

»Loco.«

»Durchgeknallt.«

»Gehirnfasching.«

Sie lachten über ihre saloppen Ausdrücke in Bezug auf die menschliche Psyche, und der ausgelassene Moment war wie ein Jungbrunnen für Ina. Wie befreiend, sich mal ohne schlechtes Gewissen über sich und ihre Arbeit lustig zu machen.

Nur Stefanie blieb ernst. Je mehr Ina und Bobby sich amüsierten, desto stärker kniff sie die Lippen zusammen.

»Ich bin müde. Kann mir mal jemand mein Bett zeigen? Ich nehme an, ihr schlaft zusammen in einem Zimmer.«

»So ist es.«

Ina zeigte Stefanie das Gästezimmer, ohne auch nur mit einem Wort auf ihr trotziges Verhalten einzugehen, auch um aus dem ohnehin schon schwierigen Abend keinen katastrophalen zu machen.

Im Bett, wo sie sich eine halbe Stunde später aneinanderkuschelten, entschuldigte sich Ina bei Bobby für das Verhalten ihrer Tochter.

»Es hätte so schön werden können.«

»Es war schön. Es ist immer schön, wenn du bei mir bist. Durch dich ist mein Leben wieder hell und warm geworden.«

Sie küssten sich.

»War es denn dunkel und kalt darin?«

»Du weißt ja ...«

Bobby spielte vermutlich auf seine Mutter an, die ganz in der Nähe in einem Pflegeheim lebte, wo es trotz der Betreuung körperlich und geistig immer weiter mit ihr bergab ging. Als ihr einziges Kind besuchte er sie dreimal in der Woche. Manchmal erkannte sie ihn nur noch mit Mühe, an anderen Tagen weinte sie unentwegt, dann wieder war sie quietschfidel. Ina war bisher nie mitgekommen, da Bobby glaubte, seine Mutter würde nicht gut auf Ina reagieren. Er erklärte seine Annahme nicht näher, und Ina ließ es auf sich beruhen.

»Vielleicht sollten wir es mit dir und Stefanie so handhaben wie mit mir und deiner Mutter«, schlug Ina leicht geknickt vor.

»Ach komm, jetzt lass nicht den Kopf hängen. Ich werde sie schon noch für mich gewinnen.«

»Deinen Optimismus möchte ich haben.«

Stefanie war gewiss nicht der erste und auch nicht der letzte Teenager, der den neuen Partner eines Elternteils ablehnte. Als Psychologin verstand Ina sehr gut, was in dem Mädchen vorging. Als Mutter hingegen war sie verunsichert und auch ein wenig sauer. Ihre Tochter brach die Schule ab, ohne eine echte Perspektive zu haben, stand völlig unerwartet vor ihrer Tür, fing etwas mit einem ihrer Patienten an, stänkerte nur herum und belastete obendrein Inas Beziehung zu Bobby. Trotzdem – insgeheim war Ina froh, wieder mehr Zeit mit Stefanie verbringen zu dürfen. Vielleicht waren die kommenden Wochen oder Monate ja die letzte Gelegenheit, ein intimes Mutter-Tochter-Verhältnis zu etablieren, und zwar mit allem Drum und Dran.

Eng an Bobby geschmiegt, dämmerte Ina dem Schlaf entgegen. Vielleicht war es der ungewohnten Menge Alkohol geschuldet, dass sich ein Dutzend Gedanken durch ihren Kopf wanden, sich kreuzten, ineinander verschlangen und um die Oberhand kämpften – Pflegeheim, Altersunterschied, Angeln, ein dunkles Haus, ein Balkon, eine verschwundene Mutter, Tierarzthelferin, Gralsritter, Kirche, Spur, katholisch, Beichte, Sündenablass…

»Schuld«, sagte Bobby unvermittelt kurz vorm Einschlafen.

»Was? Was hast du gesagt?«, fragte sie leicht benebelt.

»Deine Patientin … Vermutlich hat eine große Schuld sie religiös gemacht.«

⟨o⟩

Nach unruhigem Schlaf wachte Ina mitten in der Nacht auf. Im ersten Moment ploppten sofort wieder dieselben Wörter in ihrem Gehirn auf, die zuletzt darin durcheinandergewirbelt waren: Spur, Beichte, Schuld …

Das ist es, schoss es ihr durch den Kopf. Ja, Bobby könnte recht haben. Katholiken durften beichten, Protestanten nicht. Und wer beichten will, der trägt eine Schuld mit sich herum.

Im nächsten Moment stutzte sie.

War das Brandgeruch, der in der Luft lag? Hatte Bobby etwa den Grill nicht richtig gelöscht?

Ina stieg aus dem Bett, um sich zu vergewissern, dass sie sich den Gestank nicht bloß einbildete. Im Wohnzimmer traf sie fast der Schlag. Durch die Fenster sah sie, dass die halbe Hausfront einschließlich der Eingangstür von Flammen eingeschlossen war. Rauch strömte durch sämtliche Ritzen ins Innere des Hauses.

»Oh mein Gott!«

Rauch und Benzingestank schnürten ihr fast die Kehle zu. Sie stürmte in Stefanies Zimmer. Ihre Tochter lag auf der Seite, den Arm über die Augen gelegt und mit offenem Mund, so wie sie oft als kleines Mädchen geschlafen hatte.

»Wach auf, Stefanie! Es brennt! Stefanie, wach endlich auf!« Ina rüttelte an ihrer Tochter, doch die rührte sich nicht. Sie war zu schwer, als dass Ina sie hätte tragen können.

Hustend stürmte sie in die Küche, wo sie ein nasses Geschirrtuch vor Mund und Nase presste und rasch zwei weitere befeuchtete. Damit rannte sie zurück in Bobbys Schlafzimmer. Auch er lag reglos in seinem Bett.

Sie nahm die Wasserflasche vom Nachttisch und leerte sie über seinem Gesicht aus, dann gab sie ihm ein paar Ohrfeigen und rüttelte an ihm herum.

»Was…?« Weiter kam er nicht, denn er musste heftig husten.

»Bobby!«, rief Ina durch das Tuch vor ihrem Mund. »Ein Glück, du bist wach. Bobby, es brennt. Wir müssen hier raus!«

Noch immer halb benommen, rappelte er sich auf. Erst der Anblick der Flammen, die das Haus inzwischen fast völlig umschlossen, machte ihn hellwach.

Der beißende Rauch in Kehle und Lunge machte es ihnen unmöglich, sich zu verständigen. Außerdem wurden sie beide von Hustenkrämpfen geschüttelt. Zum Glück waren die Fensterscheiben noch allesamt intakt, sodass zumindest der dichte Qualm nicht ins Haus drang. Die giftigen, betäubenden Gase fanden trotzdem ihren Weg.

Bobby deutete auf die Hintertür, die in die Waschküche und von dort ins Freie führte. Mit Handzeichen gab er Ina zu verstehen, dass sie die Tür aufschließen sollte, während er Stefanie holen ging.

In einem ersten Impuls wollte Ina Bobby begleiten, um bei ihrer Tochter zu sein… Aber irgendjemand musste die Hintertür öffnen, daher rannte Ina am Gästezimmer vorbei, in dem Stefanie noch immer bewusstlos lag, halb auf dem Bett, halb außerhalb. Ina raubte der Anblick fast den Verstand.

Hintertür, geh zur Hintertür, mahnte sie sich selbst.

Dort angekommen, griff sie nach dem Schloss, doch der Schlüssel steckte nicht.

Wo? Wo ist er nur?

Er lag weder auf dem kleinen Bord neben der Tür noch in der Schale, die darauf stand, und auch nicht in der obersten Schublade.

»Der Schlüssel…weg«, krächzte sie mit letzter Kraft. Jede Silbe war wie ein Feuerstoß in ihrer Kehle. Sie wurde fast verrückt, rüttelte wie von Sinnen an der Türklinke.

Die Hitze schlug ihr wie ein schweres, erstickendes Kissen entgegen und presste sich auf ihr Gesicht.

Vierzehn Monate zuvor

Eine weiße Pfingstrose, Smoothies aus Orangen, Bananen und Mangos, zwei Schalen Bircher Müsli, dazu Brombeermarmelade, Sanddorngelee, geröstete Toastbrotscheiben und eine Kanne Bohnenkaffee von der arabischen Mischung – all das richtete Daniel auf dem Küchentisch an, wobei er die Anordnung mehrmals veränderte, bis er damit zufrieden war. Dann zündete er noch eine Bienenwachskerze an, und fertig war das Sonntagsfrühstück. Lächelnd überblickte er sein Werk. Acht Uhr vier. Das Brot war noch warm.

Der Sonntagmorgen war etwas Besonderes für Daniel und seine Frau. Sie erwachten immer ziemlich früh und schliefen miteinander. Jette blieb danach noch eine Stunde liegen, in der er duschte und das Frühstück herrichtete. Die Kinder, so war die Abmachung mit ihnen, kamen erst gegen neun Uhr herunter, sodass das Paar noch mindestens eine halbe Stunde für sich hatte. Das klappte nicht immer, aber oft. Jette fand, dass man auch in einer Partnerschaft mit Kindern die Zweisamkeit pflegen müsse.

Gähnend schleppte Jette sich in die Küche. Ihre kurzen, leicht rötlichen Haare standen in alle Richtungen ab. Sie trug ein weißes Baumwollshirt und ein mit Früchten bedrucktes Höschen, in dem sie niedlich aussah. Sie war nicht der Typ für aufreizende Wäsche, zumal es solche Artikel kaum als Naturwaren gab.

Sie streckte ihren schlanken, geschmeidigen Körper vor dem Küchentisch, was Daniel ziemlich anmachte.

»Guten Morgen, Hasi«, sagte sie. »Oh, mein Schatzi hat schon wieder alles so schön gedeckt.«

Den Kosenamen hatte er sich eher ergeben, als sich mit ihnen anzufreunden. Hasi, Mausi, Bärli, Spatzi – die halbe verniedlichte Tierwelt.

»Jetzt erst mal einen schönen Kaffee. Hm, riecht der gut. Ah, toll wie du den immer machst. Hast du schon nach den Kindern gesehen?«

»Selbstverständlich, holde Dame. Christopher probiert im Badezimmer ein neues Haargel aus, das total angesagt ist – behauptet er zumindest. Er hat sich heute Morgen schon viermal die Haare gewaschen, Ende offen. Und Felicia dekoriert ihre Puppenstube neu. Wir haben also Zeit, endlich mal.«

Sie aßen und tranken in aller Gemütlichkeit. Er biss von dem Toast mit Sanddorngelee ab, den sie ihm anbot, er revanchierte sich mit einer Scheibe mit Brombeermarmelade. Ab und zu schenkten sie sich einen liebevollen Blick über den Tisch hinweg.

»Gehst du heute wieder joggen, Mausi?«, fragte sie.

Er schluckte den Bissen hinunter und schenkte sich Kaffee nach. »Ja, gleich nach dem Frühstück. Heute werde ich wohl mal wieder eine größere Runde drehen, wie üblich durch den Darßer Wald und dann noch am Strand entlang. Gegen Mittag bin ich zurück.«

»Dass dich im Darßer Wald die Mücken noch nicht aufgefressen haben«, sagte sie. »Nicht ein Stich bei dir. Ich kann keinen Fuß dort hinsetzen, ohne dass ich nach einer Minute aussehe, als hätte ich die Röteln.«

Herrje! An solche Details hatte er gar nicht gedacht. Sein Kopf war so voll mit anderen Dingen, dass er langsam aufpassen musste, sich nicht in Widersprüche zu verwickeln und zu verraten.

»Mein Mückenspray ist eben besser als deines.«

»Pure Chemie«, entgegnete sie.

»Mir hilft's.«

Einen Moment lang schien Jette zu überlegen, ob sie ihn in einen Disput über den Nutzen und die Gefahren chemischer Mittel verwickeln sollte, entschied sich jedoch dagegen.

»Ich habe mir überlegt, heute mal mitzukommen.«

»Was?« Ihm rutschte fast die Tasse aus der Hand.

»Joggen, Bärli. Ich rede vom Joggen. Ich würde das gerne mal probieren.«

»Aber du ... du machst doch schon Yoga und Pilates.«

»Na und? Wenn ich sonst immer Kaffee trinke, darf ich mir dann nicht auch mal einen Ingwertee machen? Christopher und Felicia können auf ihren Rädern neben uns herfahren. Das wäre doch ein schöner Familienausflug. Wir nehmen ein paar belegte Brote mit und machen ein Picknick. Das Wetter spielt anscheinend mit.«

Jette stand auf und öffnete die Terrassentür. Es würde sehr warm werden. Kaum ein Lüftchen, nur vereinzelte Wolken.

»Du ... aber ...«, stammelte er. »Das können wir doch machen, wenn ich zurück bin.«

»Wieso willst du denn zweimal los? Nun zier dich nicht so, Hasi, das wird lustig.«

Was Daniel vorhatte, würde ganz und gar nicht lustig werden. Ein weiteres Treffen bei Adamskis stand an.

»Weißt du, Jette, ich ... Das Joggen ist ... Ich brauche zwischendurch ein bisschen Zeit für mich, verstehst du das?«

Sie stand in der Terrassentür, hinter ihr der blühende Garten, und sah unendlich enttäuscht aus.

»Ach so. Ja dann ...«

Das Herz wurde ihm schwer. Wann hatte er Jette je eine Bitte abgeschlagen? Wenn sie sagte, sie würde gerne schwimmen gehen, dann packte er noch in derselben Stunde die Taschen. Wenn sie ihre Eltern besuchen wollte, überließ er ihr das Auto, stand eine Stunde früher auf und fuhr mit dem Fahrrad oder dem Bus zur Arbeit. Schlug sie vor, eine neue Staude ins Beet zu setzen, schaufelte er sich sogleich Zeit für die Fahrt zur Gärtnerei frei. Als sie damals den Laden aufmachen wollte, hatten sie so lange herumgeplant, bis es irgendwie möglich wurde. Er konnte sich nicht erinnern, seine Frau schon einmal vor den Kopf gestoßen zu haben.

Daniel nahm sie in den Arm. »Du, Liebling, das ... das ist nicht böse gemeint. Ich ...«

»Ist schon gut«, unterbrach sie ihn. »Du gehst joggen, ich mache Pilates. Wir verschieben den Ausflug einfach auf heute Nachmittag, einverstanden?«

»Einverstanden. Ich freue mich schon drauf.«

So sanft wie es nur irgend ging wand sie sich aus seiner Umarmung. Die Kaffeedose, die noch auf dem Bord stand, räumte sie in den Küchenschrank. Plötzlich hielt sie inne.

»Was ist denn *das*?«

107

»Schokolade«, sagte er unbeteiligt.

»Milchschokolade«, korrigierte sie ihn, und ihre Stimme veränderte sich, bekam einen metallischen Beiklang. »Und was finde ich neben der Milchschokolade?«

»Gummibärchen«, antwortete er gehorsam, obwohl er sich über Jettes rhetorische Fragen ein wenig ärgerte.

»Aus einem normalen Supermarkt. Da ist Gelatine drin, ein beschönigender Name für Rinderknochenextrakt. Wir haben doch darüber gesprochen und waren uns einig. Vegane Ernährung, und zwar konsequent.«

»Ja, schon«, bestätigte Daniel und blickte zu Boden. »Aber Felicia hat mich mit ihren Kulleraugen angeguckt und wollte die Gummibärchen unbedingt haben. Was hätte ich da denn machen sollen? Und Christopher hat gesagt, dass ihm die Schokolade ohne Milch zum Hals heraushängt.«

Jette warf die angebrochenen Packungen in den Mülleimer. »Ich sage nichts mehr dazu.«

Ein paar Minuten später verließ Daniel das Haus. Den kleinen Disput mit Jette hatte er gleich wieder vergessen. Manchmal tat es ihm richtig gut, eine verschworene Gemeinschaft mit seinen Kindern gegen ihre Mutter zu bilden. Herrgott, war denn ein Riegel Milchschokolade ab und zu wirklich so schlimm?

Die ersten hundert Meter joggte er, doch sobald er Prerow hinter sich gelassen hatte und außer Sichtweite seines Hauses war, ging er in ein normales Schritttempo über. Den Darßer Wald ließ er rechts liegen und schlug den Weg nach Wieck am Bodden ein.

Je näher er seinem Ziel kam, umso präsenter wurde ihm der Mann im Keller, den Daniel zu Hause weitgehend aus seinen Gedanken zu verbannen versuchte. Ihm wurde leicht übel. Er ging nicht gerne zu den Adamskis. Am liebsten hätte er sich aus allem herausgehalten und Gerd die Sache überlassen. So ein grober Klotz wie der eignete sich am besten als Kerkermeister. Aber das konnte Daniel ihm schlecht sagen, und irgendeinen Beitrag musste auch er weiterhin leisten, vor allem nachdem er sich bei der eigentlichen Entführung schon so ungeschickt angestellt hatte.

Als er blass vor Übelkeit vor dem Haus der Adamskis eintraf, stieg gerade Romy aus einem SUV – und zusammen mit ihr auch noch ein Unbekannter. Der Typ war nicht älter als drei- oder vierundzwanzig, hatte ein gefälliges Gesicht, eine stylishe Frisur, südländische Patina und das, was man neuerdings einen »Body« nannte. Letzteren brachte er mit einem Muskelshirt zur Geltung. Wie sich das für jemanden gehörte, der kampfsportbegeistert war, ließ der Fremde die Fingerknöchel knacken.

Als er auf Daniel zuging, wirbelte er mit der linken Hand die lange Kette seines Autoschlüssels um seinen Zeigefinger, die rechte streckte er Daniel entgegen.

»Hi, Daniel, ich bin Giovanni, Romys neuer Freund«, sagte er. »Ich tu jetzt auch mit.«

◄○►

Gerd regte sich furchtbar auf. Dass Romy ihren Italo-Lover, den sie noch dazu erst seit einigen Tagen kannte, so mir nichts, dir nichts eingeweiht hatte, ohne es vorher mit ihm abzusprechen, brachte ihn zur Weißglut. Daniel war nicht oft einer Meinung mit dem Bäcker, aber in diesem Fall stimmte er ihm zu. Bei allen Differenzen in Charakter und Lebensführung, die ihn von Gerd und Bodo trennten, hielt Daniel ihnen zugute, dass sie unterm Strich ehrliche Menschen ohne jede Neigung zur Gewalt waren. Bei diesem Giovanni hingegen wusste man nicht, woran man war. Der Kerl sah nicht gerade aus, als wäre er zimperlich. Außerdem könnte er irgendwann versuchen, aus seinem Wissen Kapital zu schlagen. Solche bauernschlauen Gauner, die aus allem einen Vorteil für sich zu ziehen wussten, konnte Daniel nicht ausstehen.

Von Anfang an war ihm unwohl gewesen bei dem Gedanken, dass Romy mit von der Partie war. Das Mädchen brauchte eine geschlagene Minute, um den Titel eines Buches zu entziffern. Du lieber Himmel, das sagte doch alles. Da könnte man genauso gut die Insassen eines Irrenhauses in den Krieg schicken. Aber Marlene ließ nichts auf ihren Schützling kommen. Es war wie mit den Tauben im Park: Die Viecher waren nicht besonders helle und völlig unnütz, wurden aber ständig von irgendwem gefüttert.

Andererseits – was sollten sie machen? Es war ohnehin zu spät. Romy hatte ihrem Giovanni längst alles erzählt, und es war Glück im Unglück, dass der Kerl nicht gleich zur Polizei gerannt war.

Gerd ließ ein zehnminütiges Donnerwetter über Romy ergehen, während Giovanni vor dem Haus warten musste. Alles, was das Küken hinterher dazu zu sagen hatte, war: »Echt jetzt, ihr könnt ihm ganz sicher vertrauen. Ich weiß es. Ich hab schon mit ihm geschlafen.«

Dazu fiel nicht nur Daniel nichts mehr ein.

Resignierend wandte Gerd sich seiner Frau zu. »Marlene,

rede du mit dem Kind. Ich bin mit meinem Latein am Ende. So was habe ich noch nicht erlebt.«

Marlene gab mal wieder die Versöhnerin. Von allen Mitstreitern mochte Daniel sie am liebsten, auch wenn sie ausschließlich Bücher las wie *Die zartrote Rose von Malaysia* und *Das leise Lied des Amazonas*. Sie war vernünftig genug zu erkennen, dass es nichts half, auf den Hersteller zu schimpfen, wenn der Toaster brannte. Sie löschte lieber das Feuer.

»So kommen wir nicht weiter. Wir müssen akzeptieren, dass Giovanni jetzt zu uns gehört. Also machen wir das Beste daraus. Romy, bitte geh und hol ihn rein.«

Gerd war beleidigt, warum auch immer, vielleicht weil keiner ihm beisprang. Er schmollte während der ganzen Zeit, in der Giovanni sich vorstellte.

Der Italiener war im Hessischen geboren und aufgewachsen, seine Eltern stammten jedoch aus Sizilien, und er arbeitete seit einem Jahr als Kellner in einer Pizzeria auf dem Darß, die zwei seiner Cousins betrieben. Dort hatte er Romy fünf Tage zuvor kennengelernt, an einem Dienstag. Mittwochs waren sie ausgegangen, seit Donnerstag waren sie ein Paar, am Freitagmorgen hatte Romy ihm im Bett alles erzählt. Seine Hobbys waren Fußball, Kickboxen und Formel 1, Letzteres jedoch nur als TV-Zuschauer.

Innerlich rollte Daniel ein paarmal mit den Augen, ließ sich aber nichts anmerken.

»Ihr habt das affengeil gemacht«, lobte Giovanni. »Ich meine die Entführung und so. Bin voll auf eurer Seite, hundertzwanzig Prozent. Aber jetzt ist Stillstand, oder was? Wo ist eigentlich euer Problem?«

»Welches Problem?«, fragte Daniel.

»Die Kohle, Mann. Warum ist die Kohle noch nicht da, ey?«

Daniel zuckte leicht zusammen und schluckte. Wenn er solchen Prolls auf der Straße begegnete, blickte er schnell woandershin, um bloß nicht von ihnen angequatscht zu werden. Ihre Sprache, ihr Auftreten, ihre Muskeln verunsicherten ihn. Gerd und Bodo konnte sich Daniel ebenbürtig, in mancher Hinsicht sogar überlegen fühlen. Die Überlegenheit jedoch, die er eine Minute zuvor noch gegenüber Giovanni empfunden hatte, war nach nur einem Blick aus dessen dunklen Augen dahin, und er fühlte sich wie ein Mäuschen.

»Dafür ist Bodo zuständig«, brachte er gerade so über die Lippen.

»*Va bene*, ab sofort bin ich auch dafür zuständig. Wo is'n der ... wie heißt er noch ... der Bodo?«

»Nun setz dich doch erst mal hin, Giovanni«, bat Marlene. »Magst du einen Kaffee?«

»Wenn er frisch und gut ist.«

»Nicht nur Italiener verstehen was von Kaffee«, sagte Marlene schmunzelnd, und Giovanni nickte ihr lächelnd zu.

Mit Kaffee, Himbeerschnitten und ihren Qualitäten als Hausfrau beruhigte Marlene die angespannte Situation. Giovanni aß wie ein Bauer, zwei Schnitten in zwei Minuten, aber wenigstens aß er und hörte zu, als Marlene ihm ihren Plan auseinandersetzte. Wer wusste schon, was Romy ihm erzählt hatte? Vermutlich hatte sie die Hälfte des Plans ohnehin nicht verstanden und die andere Hälfte vergessen.

»Also, wann ist das Ganze fertig?«, fragte Giovanni.

»Wir haben höchstens eine Woche dafür eingeplant, und es sind ja erst ein paar Tage vergangen«, antwortete Marlene, die als Einzige mit Giovanni sprach, abgesehen von Romy natürlich. »Also alles völlig im Rahmen. Kein Grund zur Panik. Bald haben wir das Geld und teilen es auf. Bodo ist absolut vertrauenswürdig.«

»Wenn so viel auf'm Spiel steht, ist keiner vertrauenswürdig. Was passiert eigentlich, wenn wir die Kohle haben?«

»Wie meinst du das? Wir lassen Herrn Töller nachts auf einem einsamen Wanderparkplatz frei, und dann geht wieder jeder seiner Wege. Er weiß nicht, wer ihn entführt hat, wir müssen uns also keine Sorgen machen.«

Giovanni blickte jedem in der Runde eine Sekunde lang in die Augen. »Das größte Problem nach so 'nem Ding, wie wir's drehen, ist nicht das Opfer. Es sind die Leute, mit denen man's gedreht hat.«

4

September

Ina hatte Kopfschmerzen und verspürte den Drang, einen ganzen Eimer Wasser zu trinken, außerdem roch sie trotz mehrfachem Duschen wie ein Schornstein von innen. Immerhin hatte sie das feuchte Geschirrtuch vor Mund und Nase vor Schlimmerem bewahrt. Stefanie und Bobby hatten zwei Tage lang eine Sauerstoffmaske tragen müssen und lagen noch immer im Krankenhaus. Verglichen mit dem, was bei dem Brand hätte passieren können, hatten sie jedoch alle Glück gehabt.

»Wenn du Stefanie nicht hinausgetragen hättest«, sagte Ina, setzte sich auf die Bettkante und streichelte Bobbys Stirn und Haare. »Wenn du nicht gewesen wärst, dann ... Mein Gott, wenn ich mir das vorstelle! Und ich Tollpatsch kriege noch nicht einmal die Tür auf. Vergesse einfach, dass der Schlüssel wie immer am Haken an der Wand hängt.«

»Du warst in Panik, da passiert so etwas«, versuchte Bobby sie zu trösten.

»Trotzdem.«

»Du hast den Brand bemerkt. Ohne dich würden wir das Gespräch jetzt nicht führen. Und Stefanie geht es wirklich gut?«

»Sie kriegt Pudding, so viel sie will, ich habe ihr ein neues

Smartphone besorgt, und sie empfängt neunundachtzig Fernsehkanäle auf dem Großbildschirm in ihrem Einbettzimmer. Natürlich geht es ihr da gut.«

Bobby versuchte zu lächeln, aber er sah elend aus. Seine Haut, vor allem die Lippen waren bläulich, und er schloss immer mal wieder für einige Sekunden die Augen.

»Ich lasse dich jetzt schlafen. Wollte nur kurz nach dir sehen.« Ina stand auf.

Er schüttelte den Kopf. »Was ist mit dem Haus? Weißt du was?«

»Ich war vorhin dort. Es steht noch. Aber es sieht von außen aus wie ein verkohlter Spekulatius, und der Rauch und das Löschwasser haben es unbewohnbar gemacht. Es muss so gut wie alles ausgetauscht werden. Dein Vermieter ist schon benachrichtigt.«

Die Nachricht schien Bobby zu deprimieren, was nicht verwunderlich war. Ihn so bedrückt zu sehen, tat ihr weh.

»Ich kümmere mich um die Versicherungen. Natürlich kannst du bei mir einziehen, bis …«

Es klopfte an der Tür, und ein schlaksiger Zwei-Meter-Mann trat ein.

»Hallo, Bronny«, sagte der Mann. »Wie geht's dir?«

»Witte. Geht schon wieder.«

Die beiden Männer waren ungefähr im gleichen Alter und redeten sich mit Nachnamen an. Auf die knappe Begrüßung folgte ein kurzer Smalltalk über Bobbys Gesundheitszustand, damit war der Höflichkeit Genüge getan.

»Oberkommissar Witte«, stellte sich der Besucher Ina vor, vergrub die Hände in den Hosentaschen und zog sie bis zum Ende des Gesprächs nicht wieder hervor. »Bronny und ich waren Klassenkameraden und später gemeinsam bei der Freiwilligen Feuerwehr. Und Sie sind …?«

»Ina Bartholdy.«

»Ach, Sie sind das.«

Bezog sich diese Bemerkung nun auf Inas Rolle als Zeugin bei dem Brand oder auf ihre Rolle in Bobbys Leben? Bobby erzählte ihr nicht viel von seinen Freunden, und noch seltener brachte er Ina mit seinen Freunden zusammen.

»Ich wusste gar nicht, dass du mal bei der Freiwilligen Feuerwehr warst«, sagte Ina.

»Er ist vor etwa einem Jahr ausgeschieden«, antwortete Oberkommissar Witte für ihn und blickte Ina mit einem Grinsen an, auf das ein sekundenlanges Schweigen folgte.

»Warum bist du hier, Witte?«, fragte Bobby, und sowohl seine zusammengezogenen Augenbrauen als auch die Ungeduld in seiner Stimme verrieten den Grad an Sympathie, den er seinem ehemaligen Kameraden entgegenbrachte.

»Schon vergessen? Bei dir hat es gebrannt, und die Ursache ist zweifelsfrei Brandstiftung. Deine Kameraden… deine ehemaligen Kameraden sind sich sicher, dass jemand Benzin an die Hauswand geschüttet hat. Ziemlich plump. Immerhin schließt das dich als Brandstifter aus.«

»Oh, vielen Dank.«

»Trotzdem, um ein Haar wärst du so gestorben, wie die meisten Menschen es sich wünschen: nachts im Bett sanft entschlafen. Nur halt fünfzig Jahre zu früh. Jetzt stellt sich die Frage, ob jemand es auf das Haus abgesehen hatte oder auf einen von euch. Wir haben einen Kanister mit Benzin in deinem Garten gefunden. Wahllos weggeworfen.«

»Ein Spinner«, sagte Bobby. »Dem ist es bestimmt bloß

um ein schnelles Feuer gegangen, weiter nichts. Von so was hört man doch immer mal wieder.«

Dieser Meinung war Ina ganz und gar nicht. »Wenn ich mich kurz einbringen dürfte«, begann sie und erklärte dann: »Pyromanen, wie Bobby sie beschreibt, nehmen die Gefährdung von Menschenleben zwar in Kauf, haben es aber nicht darauf abgesehen, jemanden umzubringen. Bobbys Haus ist umgeben von offensichtlich leer stehenden Ferienhäusern, die ein wesentlich geeigneteres Ziel für so jemanden darstellen.«

»Der Täter hat wahrscheinlich nicht gewusst, dass wir im Haus sind«, wandte Bobby ein.

»Dein Polo und der Käfer standen gut sichtbar im Carport und mein Wagen davor. Wenn man so abgelegen wohnt wie du, noch dazu in Verbindung mit der Uhrzeit, bedeutet das, jemand ist zu Hause.«

»Damit liegt sie völlig richtig«, stimmte ihr der Polizeibeamte zu.

»Komm schon, Witte, wer sollte mich denn auf dem Kieker haben?«, protestierte Bobby. »Ein von einem Computerspiel enttäuschter Zehnjähriger, der sich einen Benzinkanister aus der Garage seiner Eltern schnappt, um schnell mal den Erfinder zu killen, nur weil er nie das nächste Level erreicht?«

»Dein Haus als Zielobjekt ist nicht plausibler«, entgegnete Witte. »Falls der Eigentümer die Prämie von der Feuerversicherung kassieren wollte, hätte er nebenan leichteres Spiel gehabt und zudem seinen Mieter geschont. Also vielleicht doch die Tat eines Spinners? Wäre ja nicht das erste Mal, dass Psychologen danebenliegen. Oder, Frau Bartholdy?«

»He, wie redest du denn mit ihr? Etwas mehr Höflichkeit, wenn ich bitten darf.«

»Ich leite die Untersuchung zu einem Mordversuch, Bronny, und serviere keinen Tee.«

»Du kannst von Glück sagen, dass ich flachliege. Aber ich habe gerade noch so viel Luft, um dir zu sagen, was für ein …«

»Bitte, bitte«, unterbrach Ina. »Das bringt uns jetzt auch nicht weiter. Wir wollen doch alle dasselbe.«

Seltsamerweise musste Ina an Marlene denken. Auch wenn der Suizidversuch der Bäckersfrau nicht mit der Brandstiftung an Bobbys Haus zu vergleichen war, hatten die beiden Fälle dennoch eine Gemeinsamkeit: zwei beliebte Bewohner des Darß waren innerhalb eines kurzen Zeitraumes knapp dem Tod entronnen.

Und Ina kannte beide.

»Was, wenn ich das Ziel war?«, sagte sie.

»Danke für das Angebot«, erwiderte Witte. »Es liegt auf der Hand, dass ein schwer Gestörter es auf Sie abgesehen haben könnte.«

»Moment mal. Das hört sich ja an, als würden meine Patienten mich hassen.«

»Haben Sie das eben nicht selbst indirekt eingeräumt?«

»Keineswegs. Meine Bemerkung bezieht sich vielmehr auf das Auto, das mir vor ein paar Tagen gefolgt ist. Das glaube ich jedenfalls. Ein schwarzes Fiat Coupé. Allerdings habe ich den Wagen auf der Fahrt zu Bobbys Haus nicht bemerkt.«

»Haben Sie sich das Kennzeichen notiert?«

»Nein, ich … Ich habe das Fahrzeug nicht als Bedrohung empfunden, außerdem hat es die ganze Zeit ausreichend Abstand gehalten.«

»Das Fahrzeug selbst tut gar nichts. Es zündet keine Häuser an, und es verfolgt auch niemanden. Für gewöhnlich tun das eher die Insassen. Fährt einer Ihrer Patienten einen solchen Fiat?«

Ina schnaufte. »Die Frage nach dem jeweiligen Fahrzeugtyp ist nicht Teil der Anamnese.«

»Geschlecht, Alter, Körpergröße des Fahrers?«

»Ich habe nur Umrisse gesehen. Wie gesagt, es war zu weit weg.«

»Das spricht dafür, dass der oder die Insassen unerkannt bleiben wollten. Und das wiederum spricht dafür, dass Sie sie kennen.«

Wittes Schlussfolgerung war nicht ganz von der Hand zu weisen, das musste Ina einräumen. Doch wer von ihren Patienten käme in Frage? Bemerkt hatte sie den Fiat erstmals nach der Therapiestunde mit Marlene in der Kirche.

Sie dachte an Gerd Adamski. Aber das war dünn, sehr dünn sogar. Einer labilen Suizidpatientin die Polizei ins Haus zu schicken, nur aufgrund eines losen Verdachts gegen ihren Ehemann? Abgesehen davon fuhren die Adamskis keinen Fiat, sondern einen Audi, und Ina war sich ja nicht einmal sicher, ob sie überhaupt verfolgt worden war.

»So«, seufzte Witte laut und gedehnt. »Dann müssen wir bloß noch über die Möglichkeit sprechen, dass der Anschlag gleichermaßen dir, Bronny, und Ihnen, Frau Bartholdy, galt.«

»Gleichermaßen?«, fragte Ina und wechselte einen irritierten Blick mit Bobby, dem es nicht anders erging als ihr.

Ina begriff, worauf Witte hinauswollte. Bobby hatte versucht, es geheim zu halten, aber sie hatte dennoch mitgekriegt, dass er sich konsequent von jenen Freunden trennte, die ihn von Ina abbringen wollten oder dumme Sprüche machten. Einige wollten sich nur noch mit ihm treffen, wenn Ina nicht dabei war, andere dachten genauso, posaunten es aber nicht herum, sondern mieden fortan den Kontakt zu ihrem Freund.

Bobby richtete sich halb auf. »Ich schwöre dir, Witte, wenn du noch ein Wort sagst, dann bringe ich dich um. Wenn nicht heute, dann morgen.«

—◄o►—

Als Ina ein paar Türen weiter das Krankenzimmer ihrer Tochter betrat, lagen Stefanie und Christopher nebeneinander auf dem Bett und sahen sich Musikclips im Fernsehen an. Sie waren nicht gerade eng umschlungen – sie unter, er auf der Bettdecke –, aber immerhin fast Wange an Wange. Sie knabberten Lakritze, tranken Cola und kicherten, was das Zeug hielt. Sobald Christopher Ina bemerkte, hatte er es allerdings ziemlich eilig aufzustehen.

»Hallo, Frau Bartholdy«, sagte er mit zittriger Stimme. »Schön, dass Sie wieder … dass es Ihnen gut geht.«

»Danke, Christopher.«

»Ich wollte nur mal kurz nach Stefanie sehen. Das ist doch okay, oder? Stefanie hat Ihnen ja gesagt, dass wir … dass wir uns manchmal treffen.«

Als Patient hatte Christopher keinen sonderlich großen Respekt vor ihr gezeigt. Er war nie wirklich unfreundlich gewesen, aber sehr direkt, wenn ihm etwas nicht gepasst hatte. Trotz seines leicht mürrischen Wesens, das sicherlich mit dem Verschwinden seiner Mutter zu tun hatte, war Ina gut mit ihm ausgekommen. Mit diesem respektvollen, höflichen Teenager hier im Krankenhaus kam sie hingegen weniger gut klar, weil er als Freund ihrer Tochter vor ihr stand. Für Ina war das ein fremdartiges Gefühl, hatte sie bisher doch immer die Patienten von ihrem Privatleben im Allgemeinen und ihrer Familie im Speziellen getrennt.

»Natürlich ist es okay«, antwortete Stefanie demonstrativ, als Ina nicht sofort reagierte.

Jeder Einwand, den Ina vorgebracht hätte, wäre nicht nur den beiden Jugendlichen kleinkariert vorgekommen, sondern ein wenig auch ihr selbst. In Schwerin hatte sich diese Problematik, vor der sie jetzt stand, nie ergeben. Es war wohl nur eine Frage der Zeit gewesen, wann sich in einem so überschaubaren Gebiet wie dem Darß und seinen angrenzenden Gemeinden mal eine Verquickung von beruflicher und privater Welt ergeben würde.

»Ich habe nichts dagegen«, sagte sie schließlich an Christopher gewandt. »Aber ich werde mit deinem Vater darüber reden.«

»Och Mama, das ist so was von uncool!«, rief Stefanie.

»Versteh doch. Ich werde nicht als deine Mutter mit ihm reden, sondern als Therapeutin seines Sohnes. Und das muss ich tun.«

»Es ist trotzdem uncool.«

»Ich wäre die erste Mutter, von der ihre Tochter behauptet, sie sei immer cool.«

Daniel Trebuths wunderschönes Haus war in Traurigkeit gehüllt. Auch ohne das Schicksal der Familie zu kennen, konnte man die Melancholie bereits beim Betreten des Grundstücks geradezu mit Händen greifen. Die Blumen ließen die Köpfe hängen, manche waren bereits unrettbar verloren, und die Blätter der Sträucher hingen blass und schlaff von den Zweigen. Der Rasen war seit bestimmt einem Jahr nicht gemäht worden. Ein völlig verschmutzter Ball lag inmitten wuchernder Sträucher, deren Zweige wild nach allen Seiten griffen. Die Terrassenmöbel schienen während des letzten Winters nicht zugedeckt worden zu sein, und würden es im bevorstehenden Winter wohl wieder nicht. Die Hälfte der Fensterläden sperrte die Sonne des herrlichen Septembertages aus.

Vor der Haustür lagen an die fünfzig Zigarettenstummel, und als Daniel Trebuth die Tür öffnete und Ina ein Hallo entgegenhauchte, gab es keinen Zweifel mehr, von wem die Stummel stammten.

»Bitte kommen Sie doch herein.«

Seine mittellangen braunen Haare waren zerzaust, die Gläser seiner Schubertbrille ziemlich schmutzig, und seine Augen waren wie die Spiegel der zerfallenden Welt, in der er lebte. Er spielte gerade mit seiner kleinen Tochter ein Brettspiel.

»Hallo, Felicia. Kennst du mich noch?«, fragte Ina.

»Ja. Du bist die, mit der Christopher immer sprechen tut.«

»Das stimmt. Wie geht es dir?«

»Ganz gut. Guck mal.« Über die Hand zog das Mädchen sich eine bestickte Socke, die ein Gesicht hatte und rote Haare. Mit der unterhielt sie sich, während ihr Vater hinter ihr stand und weinte, ohne dass sie es bemerkte.

»Sehr schön, Felicia«, sagte Ina. »Das hat mir gefallen.

Hast du was dagegen, wenn ich mit deinem Papa kurz in die Küche gehe?«

Die Kleine schüttelte den Kopf, sodass ihre Zöpfchen hin und her flogen.

»Aber nicht schummeln«, sagte Daniel Trebuth mit tränenerstickter Stimme und holte sich ein kleines Lächeln seiner Tochter ab.

Die Küche war mit weißen Landhausmöbeln eingerichtet, nostalgisch, feminin und detailverliebt. Ein handbemalter Apothekerschrank war der Blickfänger. Durch die offene Terrassentür strömte frische, milde Seeluft herein. Zugleich war dieser Raum der einzige im ganzen Haus, den Daniel Trebuth penibel sauber und aufgeräumt hielt.

Er bot Ina einen Platz am Küchentisch an, stellte Butterkekse vor sie hin und brachte Kaffee in zwei Tassen, wie man sie in Uromas Vitrine und auf Flohmärkten findet.

»Arabische Mischung. Jette hat keinen anderen Kaffee getrunken.«

»Er ist sehr gut. Herr Trebuth, ich bin hier, weil …«

»Ich weiß, Christopher hat es mir heute Morgen schon erzählt. Na ja, erzählt ist nicht das richtige Wort. Er hat geschrien, während er es mir erzählte.«

»Ist sein Verhältnis zu Ihnen noch immer so angespannt?«

»Solange die Leute allen möglichen Kram zusammenquatschen, was seine Mutter angeht. Er gibt mir die Schuld an den Gerüchten.«

»Vielleicht sogar am Verschwinden Ihrer Frau. Gibt es da Neuigkeiten?«

»Nein, wieso? Glauben Sie etwa, dass ich meine Frau umgebracht habe?«

Die Frage haute Ina fast vom Stuhl. »Ich wäre wohl kaum hier, wenn ich das annehmen würde.«

Er nahm die Brille von der Nase und rieb sich heftig die Augen. Binnen Sekunden verzog er das Gesicht zu einer tragischen Grimasse, die unter stimmlosen, kurzen Seufzern zuckte. Ina tröstete ihn, so gut sie konnte, aber sie vermochte ihm die Last, die er trug, nicht abzunehmen. In seinem genau wie in Christophers Fall musste etwas verarbeitet werden, das weder einen Namen hatte noch ein absehbares Ende. Hinterbliebene können wenigstens um jemanden trauern, und auch Verlassene haben die Möglichkeit zum Neuanfang. Aber wie soll man mit der ewig nagenden Ungewissheit zurechtkommen? Jeden Tag konnte eine Horrormeldung eintreffen – oder die reumütig zurückgekehrte Jette Trebuth.

»Sie sind Ihren Kindern ein guter Vater. Sie kümmern sich um Felicia und haben Christopher zu mir in die Therapie geschickt. Aber wie steht es um Sie?«

»Ich brauche keine Therapie«, erwiderte er vehement.

»Das sehe ich zwar anders, aber ich will Sie nicht bedrängen. Zumindest sollten Sie eine Art Selbsttherapie versuchen. Zum Beispiel wäre es eine gute Idee, zusammen mit Ihren Kindern den Garten wieder in Schuss zu bringen, wozu jeder etwas beitragen kann. Vielleicht nehmen Sie sogar eine Umgestaltung an der einen oder anderen Stelle vor, auch was die Wohnungseinrichtung angeht. Es wäre ein Zeichen an die Familie, dass das Leben weitergeht und dass Sie neue, eigene Akzente setzen, die Sie mit den beiden gemeinsam entwickeln.«

Er räumte seine Tasse und die Kanne vom Tisch. »Ach ja, wegen Ihrer Tochter… Es stört mich nicht, wenn die beiden sich treffen. Auf diese Weise ist Christopher sozusagen bei Ihrer ganzen Familie in Therapie. Ich habe Sie ausgesucht, weil Sie nicht weit weg wohnen, und Sie kommen offensichtlich ganz gut mit meinem Jungen zurecht. Alles andere ist mir egal. Und jetzt möchte ich Felicia nicht länger warten lassen.«

Vierzehn Monate zuvor

Der Friedhof in der Nähe des kleinen Dorfes auf Rügen war menschenleer. Die Leute besuchten ihre Verstorbenen normalerweise am Wochenende oder tagsüber, daher hatte Bodo den frühen Montagmorgen gewählt. Er wollte mit Nelli allein sein, besser gesagt mit seinen Erinnerungen an sie. Auf keinen Fall wollte er Nellis Eltern begegnen. Schlimm genug, dass er mit ihren diversen Hinterlassenschaften auf der Grabstätte konfrontiert war.

An sich war das Grab schön gestaltet: schlicht, mit einer hellgrauen, grob strukturierten Platte. Nelli hätte das gefallen. Was ihr ganz und gar nicht gefallen hätte, waren die unzähligen Püppchen, Stofftierchen und Windräder aus Plastik, ganz so als wäre sie im Alter von sieben Jahren gestorben. Jeden Montag fand Bodo ein weiteres Kitschobjekt auf dem Grab vor, und ein anderes war dafür verschwunden, zernagt von der Nässe. Obwohl er manchmal die Versuchung spürte, den ganzen Kram wegzuwerfen, beließ er alles so, wie es war. Nelli war tot, das allein zählte. Einer Toten konnte nichts mehr gefallen, nichts mehr missfallen.

Bodo sprach oft mit Nelli, wenn er an ihrem Grab stand, auch wenn er nicht glaubte, dass sie ihm zuhörte. Er war

Atheist. Es gab keinen Himmel, von dem aus sie auf ihn hinabblickte. Nelli war im Nichts, sie war fort, endgültig. Sie konnte ihm auf seine Fragen hin keine Ratschläge mehr geben, ihm weder zustimmen noch widersprechen. Er führte Selbstgespräche auf einem Friedhof, das war alles. Und doch konnte er es nicht lassen.

Die Erkenntnis, dass sein Leben nie mehr so sein würde, wie es einmal gewesen war, verursachte einen ständigen Schmerz, der ihn manchmal fast verrückt werden ließ. Trotzdem versuchte er, nicht ausschließlich in der Vergangenheit zu leben. Er hatte in letzter Zeit manches geändert und entschieden, was Nelli vielleicht nicht gutheißen würde. Beispielsweise trug er keine Cowboystiefel mehr – Nelli hatte sie sehr gemocht. Freunde lud er nur noch äußerst selten zu sich nach Hause ein, während Nelli andauernd kleine Feste in ihrer oder seiner Wohnung organisiert hatte. Nicht zuletzt: Er hatte einen Mann entführt. Das hätte Nelli niemals toleriert. Dennoch war sie gewissermaßen daran beteiligt, dass es überhaupt dazu gekommen war.

Nach Abzug der Erbschaftssteuer hatte sie ihm dreißigtausend Euro hinterlassen, die sie von ihren Eltern im Laufe der Jahre geschenkt bekommen hatte. Dieses Geld hatten die beiden von ihm zurückgefordert. In der ersten Phase nach Nellis Tod hätte er es ihnen anstandslos gegeben. Sein Leben lag in Trümmern, was kümmerte ihn da Geld? Er trank zu viel, ging nicht mehr zur Arbeit, hockte nur noch vorm Fernseher und vor dem Computer oder lümmelte einfach nur herum. Die Erbschaft war ihm völlig egal. Doch Nellis Eltern behandelten ihn schäbig, stellten ihn als Erbschleicher hin. Sie hatten ihn nie gemocht, wieso auch immer. Vielleicht weil er nur einen Realschulabschluss hatte? Oder weil er früher mal eine Mechanikerlehre gemacht hatte? Für Leute aus gewissen Kreisen galt das ja als geradezu vulgär.

Jedenfalls kam es wegen des Erbes zum Streit, und Nellis Eltern fochten das Testament an. Es dauerte zwei Jahre, bis die Sache zu Bodos Gunsten entschieden wurde, zwei Jahre, in denen er zu diesen dreißigtausend Euro ein ganz anderes Verhältnis bekam. Sie waren alles, was ihm von Nelli geblieben war, außer den Erinnerungen und ein paar Fotos natürlich. Das Übrige hatten ihre Eltern an sich gerissen: die Möbel aus ihrer Wohnung, den Schmuck, jedes Shirt, jeden Schal und jede Haarspange, sogar ihre zwei Katzen, Angel und Ghost. Und natürlich die Grabgestaltung.

Niemals wäre es Bodo eingefallen, das Geld anzurühren. Erstens verdiente er genug, um seinen Lebensunterhalt zu bestreiten, und zweitens durfte Nellis Geld nicht in neuen Winterreifen, Großbildfernsehern und Couchgarnituren aufgehen. Einige seiner Freunde hänselten ihn, er sei schon wie ihre Omas und Opas, die aus ihrem Sparkonto einen heiligen Gral machten. Er ließ sie spotten. Vielleicht, so dachte er damals, würde er eines Tages mit den dreißigtausend Euro etwas kaufen, das zum einen auch Nelli gefallen und zum anderen Bestand hätte. Zum Beispiel eine Streuobstwiese. Nelli hatte Wiesen mit alten Baumbeständen sehr gemocht. Oder ein Segelboot, das er nach ihr benennen würde.

Irgendwann auf einem Feuerwehrfest, bei dem Gerd Adamski das Kuchenbüffet gespendet hatte, wies ihn der Bäcker darauf hin, dass Geld auf einem normalen Sparkonto in diesen Zeiten immer weniger werde. Ein halbes Prozent

Zinsen bei einem Prozent Inflation führe zwangsläufig zu einem schrumpfenden Vermögen. Bodo machte sich schlau, und es stimmte. Die Vorstellung, Nellis Geld könnte von so etwas Abstraktem wie der Inflation aufgefressen oder zumindest angenagt werden, ließ ihn unruhig werden. War die Zeit für den Kauf einer Wiese oder eines Bootes gekommen? Gerd Adamski riet ihm etwas anderes. Er kenne da jemanden ...

Jener Tag, an dem Bodo erfahren hatte, dass die ganzen dreißigtausend Euro wegen der Insolvenz einer Hongkonger Bank vernichtet waren, war der schlimmste seit Nellis Tod. Es kam ihm vor, als wäre sie ein zweites Mal gestorben.

Finanziell traf ihn der Verlust kaum, schließlich hatte er Rücklagen. Aber das war Nellis Geld. Das ließ sich nicht einfach durch eine Umbuchung von seinem auf das Erbschaftskonto wiederbeschaffen.

Alwin Töller hatte noch nicht einmal den Anstand gehabt, ihm den Verlust in einem persönlichen Gespräch mitzuteilen, er tat es noch nicht mal telefonisch. Was war das bloß für ein Feigling, der lediglich einen Brief schickte, in dem er die Leute über das Ende ihrer Hoffnungen informierte? Der sich noch nicht einmal entschuldigte, obwohl die Bank, die er zuvor als »so sicher wie die Deutsche Bank« angepriesen hatte, von einem Tag auf den anderen nicht mehr existierte?

Natürlich war Bodo zunächst den Rechtsweg gegangen. Am Ende des Prozesses war er jedoch zu der Auffassung gelangt, dass die Justiz dieses Landes eine gutmütige, überforderte Mutter mit vielen Kindern war, die mit Glück eine Missetat entdeckte, während hinter ihrem Rücken zwei weitere begangen wurden, für die sie keine Beweise fand. Man konnte sich auf den Standpunkt stellen, dass das gar nicht so übel sei, schließlich war die Justiz in anderen Ländern mitunter eine Säuferin, die gleichgültig zusah, wie ihr neuer Macker die Kinder schlug. Aber so funktionierte das nicht. Der Maßstab war immer die Mutter, mit der man aufwuchs, und nicht jene ein paar Straßen weiter.

Was tat man, wenn die eigene Mutter einem nicht helfen konnte? Man hatte sie weiter lieb und half sich selbst.

Bodo sah auf die Uhr. Schon neun durch. Bevor er den Friedhof verließ, um zurück auf den Darß zu Töllers Haus zu fahren, legte er die Hand auf die Grabplatte und verharrte eine Weile.

»Bis nächste Woche.«

◄○►

Was Bodo jeden Tag mehrere Stunden lang an Töllers Schreibtisch machte, war für ihn Schwerstarbeit. Zunächst einmal musste er alle Anfragen beantworten, die die Kunden per Mail an den Vermögensberater gerichtet hatten. Bodo hatte die Anleger gleich nach der Entführung per E-Mail-Rundschreiben darüber informiert, dass er – also Töller – in nächster Zeit telefonisch nicht erreichbar sei, sehr wohl aber online. Er sei unterwegs, um neue Anlagen in Asien aufzutun, die laufenden Geschäfte würden selbstverständlich nicht darunter leiden, er werde alle Anfragen zeitnah bearbeiten, immer für sie da sein und ähnliches hohles Blablabla. Auch jene Anfragen, die auf dem Anrufbeantworter landeten, beantwortete Bodo ausschließlich auf elektronischem Weg.

Und das konnte dauern. Nicht die Anzahl der Mails war das Problem, sondern Stil und Wortwahl. Die typische Sprache eines Vermögensberaters, eines Business-Typen, wie er es nannte, war ihm völlig fremd. Alles musste viel größer klingen, als es eigentlich war. Dazu musste er Fremdwörter und Fachbegriffe benutzen, die er sich mühsam aus einem Online-Börsenlexikon heraussuchte, und selbstverständlich mussten sie passen. Obwohl die Entführung nicht länger als ein paar Tage dauern sollte, wollte er Töller bestmöglich ersetzen, um keinen Verdacht aufkommen zu lassen. Sollte man Lufthansa-Aktien kaufen oder abstoßen? Wie sah es mit litauischen Staatsanleihen aus? Lohnte sich derzeit der Kauf von Silber? Er googelte die verschiedenen Themen, machte sich einen Reim darauf und antwortete prompt. Bisher hatte er nicht den Eindruck, dass er seine Sache schlechter machte als Alwin Töller, der Experte.

Bodo benutzte den vorhandenen Laptop, um die Banken- und Finanzplattformen aufzurufen, über die der Vermögensberater seine Geschäfte abwickelte. Mittels der Passwörter gelangte er in die entsprechenden Depots. Töller kaufte und verkaufte darüber Aktien, Anleihen und Devisen, eigentlich Finanzprodukte jeder Art, auch solche, von denen Bodo noch vor einem halben Jahr nie etwas gehört hatte.

Die entscheidende Frage für Bodo war, wie er aus den Depotbeständen Geld machen oder, um es im Jargon der Finanzwelt zu sagen, Geld generieren konnte. Allerdings war ein Problem aufgetaucht, mit dem Bodo vorher nicht gerechnet hatte.

An der Höhe der diversen Bestände lag es nicht. Tausende, Zehntausende, Hunderttausende, wenn nicht Millionen, sofern er alle Depots zusammenrechnete, Euro, Dollar, Yen und dergleichen bewegten sich rauf und runter, hin und her, je nach Kurs. Die meisten Geschäfte funktionierten automatisch, da Töller die entsprechenden Käufe und Verkäufe voreingestellt hatte. An einigen Stellen ploppten Erinnerungen oder Erledigungsvermerke auf, auch Empfehlungen kamen herein. Der fallende Preis für Mais, den neunzig Prozent der Menschheit sicher begrüßten, löste in einem der Depots eine Alarmmeldung aus.

Es wäre ein Leichtes gewesen, einzelne Posten zu verkaufen und das frei werdende Geld auf Töllers Referenzkonto umzubuchen, dessen Passwort Bodo ebenfalls kannte. Von dort könnte er die Summe auf eines der privaten Girokonten des Vermögensberaters transferieren. Da er unter anderem die Geheimzahl von einer der Platin-Kreditkarten Töllers gefunden hatte, brauchte er nur jede Woche an verschiedenen Geldautomaten Beträge abzuheben und das extrem hohe Limit auszuschöpfen. Allein in einer Woche kämen auf diese Weise gut zweihunderttausend Euro zusammen.

ZWEIHUNDERTTAUSEND. In ein paar Tagen wäre der Spuk vorbei, genau wie sie es geplant hatten, und sie könnten Töller freilassen. Wer seine Entführer war, wusste der Vermögensberater nicht. Da alle Abhebungen in bar erfolgen würden, hätte die Polizei keine Spur, natürlich nur unter der Voraussetzung, dass keiner von ihnen so blöd sein würde, das Geld auf ein inländisches Konto einzuzahlen. Denn die Behörden würden mit Sicherheit als Erstes die von Töller enttäuschten Kunden überprüfen. Das war auch der Grund, weshalb Bodo sämtliche Vorgänge von Töllers eigenem Computer und Internetanschluss steuerte. Damit war der Polizei ebenfalls kein Anhaltspunkt gegeben. Selbstverständlich trug Bodo die ganze Zeit über Handschuhe, während er in Töllers Haus war. Falls sie doch ein Haar von ihm finden würde, ließe sich das ganz leicht erklären, immerhin war Bodo damals bei Abschluss der Geldanlage schon einmal hier gewesen. Das war zwar lange her, aber so ein Haar konnte sich schon einmal im Teppichboden verfangen. Überdies gab es eine ganze Reihe weiterer enttäuschter und somit verdächtiger Kunden. Bodo war einer von rund einhundert. Vielleicht hatten ein paar der anderen hier auch ein Haar verloren.

Sie hatten wirklich an alles gedacht.

Nur an eines nicht.

Bodo zückte sein Handy und wählte die Nummer der Adamskis. »Hi, Marlene. Es gibt hier ein Problem, und zwar ein richtig großes.«

Nachdem das Gespräch beendet war, kraulte er Flocke, der auf seinem Schoß saß. »So, mein Kleiner, wir haben genau zwei Stunden Zeit zum Schmusen und Spielen.«

◄○►

Marlene ging durch Töllers Haus wie durch ein Museum. Eigentlich gab es dort nichts Besonderes zu sehen, und genau das beschäftigte sie. Die Cornflakes im Küchenschrank, der in der Fernsehzeitung markierte Spielfilm mit Til Schweiger, den Töller sich hatte anschauen wollen, die Orchideen auf dem Fensterbrett, die denen bei ihr zu Hause ähnelten – das war alles so alltäglich. Trotzdem studierte sie einzelne Gegenstände, als seien es seltene, nie gesehene Exponate. Die Plattensammlung zum Beispiel: Herbert Grönemeyer, Reinhard Mey, Udo Jürgens. »Über den Wolken« und »Griechischer Wein«, das hörte sie selber gerne. Oder die Kollektion von

Filmen: *Doktor Schiwago*, alle drei Teile von *Sissi*, Streifen mit Doris Day und Rock Hudson – genau ihr Geschmack. Dabei war Alwin Töller für sie alles andere als normal, er war ein Mann mit krimineller Energie, ein Täuscher und Betrüger, und sie hatte sich die Wohnung von so einem irgendwie anders vorgestellt, ohne Orchideen, Udo Jürgens und Doris Day.

Selbst wenn er nur ein bisschen wie sie war, war sie dann nicht auch ein bisschen wie er? Wieder nistete sich, wie so oft, ein Zweifel in ihrem Herzen ein, dass das, was sie ihm antaten, gerechtfertigt war. Marlene konnte es nicht verhindern, dass er, seit die Entführung im Gange war, jeden Tag ein wenig mehr auf jenes Maß zusammenschrumpfte, das er am Anfang ihres Kennenlernens gehabt hatte.

An ihre erste Begegnung mit Alwin Töller konnte sie sich kaum noch erinnern. Er hatte eines Spätnachmittags zusammen mit Gerd auf der Couch im Wohnzimmer gesessen. Sie war in Eile gewesen, ein Auftritt mit dem Chor stand an. Ein flüchtiger Händedruck, ein Lächeln, das war's. Sie hatte den Mann für einen Versicherungsvertreter gehalten, jedenfalls sah er aus wie einer, und auch die auf dem Tisch liegenden, in Leder gebundenen Mappen sprachen dafür. Sie war froh gewesen, dass er offenbar zu den alten Hasen seiner Zunft gehörte und nicht zu den jungen Füchsen, die einem sonst was andrehten.

Kaum war sie aus dem Haus, vergaß sie ihn wieder, bis er einige Wochen später in die Bäckerei kam. Einen Plunder, eine Nussecke und ein Mandelhörnchen kaufte er und verzehrte alle drei Backwaren an dem Stehtisch in der Ecke. Sie selbst schenkte ihm Kaffee ein und wechselte ein paar Worte mit ihm. Er war ziemlich beleibt, wirkte sehr gemütlich, humorvoll, harmlos.

Hätte es etwas geändert, wenn sie Töller nicht abermals vergessen, sondern Gerd auf ihn angesprochen hätte? Tausendmal schon hatte sie sich diese Frage gestellt. Von jeher kümmerte Gerd sich um ihre privaten Finanzen. Zwar machte Marlene die Buchhaltung für die Bäckerei, aber wenn es um Versicherungen und Geldanlagen ging, hielt sie sich völlig heraus. Es hatte keinen Grund für sie gegeben nachzufragen.

Und dann kam der Tag, an dem der freie Anlageberater Alwin Töller von einem Irgendjemand zu einem ihr Schicksal bestimmenden Menschen wurde. Es war der Tag, an dem Gerd ihr gestand, dass all ihr Geld verloren war, das gesamte Ersparte und Ererbte aus vierzig Jahren Ehe und fünfundzwanzig Jahren Bäckerei. Zweihundertelftausend Euro.

Wochenlang hatte sie sich übergeben, alle paar Stunden, auch nachts. Hatte fast nichts gegessen. Hatte ihren Schutzengel angefleht. Nichts anderes konnte sie mehr denken als: Das Geld ist weg, ist weg, weg, weg.

Eigentlich ging es ihr gar nicht um das Geld, es war nie darum gegangen, auch als es noch da gewesen war. Nun ja, keiner verlor gerne sein Erspartes, für viele Menschen bedeutete es Sicherheit. Für Marlene jedoch nicht. Sie und Gerd hatten ein schuldenfreies Haus und die ebenfalls unbelastete Bäckerei, außerdem hatten sie all die Jahre freiwillig in die Rentenkasse eingezahlt, wenn auch nicht sonderlich viel. Zusammen brächten sie es auf eine Rente von eintausendvierhundert Euro monatlich. Das war doch immerhin etwas. Es würde ihnen auch ohne das Ersparte nicht schlecht gehen, wenn sie sich in zwei, drei Jahren zur Ruhe setzten.

»Nicht schlecht gehen«, murmelte Marlene, während sie weiter durch Töllers Wohnung schlenderte.

Immer hatte sie gearbeitet, vom siebzehnten Lebensjahr bis in die Gegenwart. Seit einem Vierteljahrhundert war sie nicht mehr richtig in Urlaub gefahren, nur mal drei Tage ins Erzgebirge, nach Berlin oder in den Schwarzwald. Sie träumte von einer vierwöchigen Kreuzfahrt, von einem schicken Abendessen im Salonwagen des Orient-Express, von einer ausgiebigen Kur in Marienbad. Sie brauchte keinen teuren Schmuck, keine Kleider von Dior und auch kein großes Auto. Sie war eine Frau ohne jede Neigung zu luxuriösem Besitz. Aber schöne, unvergessliche Momente, danach sehnte sie sich. Sie und Gerd hatten weder Kinder noch Nichten und Neffen, daher war für Romy eine gewisse Summe zurückgelegt. Der große Rest jedoch war für besondere Tage und Stunden da, für Spaziergänge über die Champs-Élysées und Gondelfahrten in Venedig.

War dazu da? Wohl eher gewesen, dachte sie. Das Geld wäre dafür da gewesen. Doch es war weg.

War es so?

Während Gerd mit Hilfe eines Rechtsanwalts versucht hatte zu retten, was zu retten war, beschäftigte Marlene sich ein wenig mit der Thematik und stellte fest, dass das Geld im Grunde gar nicht weg war. Es war nur woanders. Keiner hatte es verbrannt, keiner hatte es die Kloschüssel hinuntergespült. Ein Termingeschäft war geplatzt, der Weizenpreis war gestiegen, obwohl er hätte fallen sollen, und eine asiatische Bank, von der sie Anteile besessen hatten, war pleitegegangen. Von diesem verpatzten Termingeschäft, ebenso wie von der Bankenpleite, hatten jedoch andere Leute profitiert, und irgendwo auf der Welt rieben sich irgendwelche Börsenhaie und Multimillionäre die Hände über einen großartigen Profit.

Dieser Gedanke machte Marlene regelrecht krank, und sie wünschte sich, nicht so genau nachgeforscht zu haben. Denn von nun an wurde sie von hässlichen Bildern verfolgt, und zwar Tag und Nacht. Sie stellte sich vor, wie ein russischer Oligarch seiner neuen Gespielin eine Handtasche von Louis Vuitton kaufte, mit dem Geld, das Marlene für die Kur in Marienbad eingeplant hatte. Oder wie ein Londoner Broker sich gleich mehrere Maßanzüge von Armani schneidern ließ, von Marlenes Geld für den Orient-Express. Ihre Träume zerbröselten und verwandelten sich in die Designersofas, die Ohrringe und den Weinbestand anderer Leute.

In Gedanken versunken hatte sie einen der Filme in die Hand genommen, *Kleopatra* mit Liz Taylor, und geöffnet. In der Hülle befand sich jedoch eine DVD mit dem Titel Miss *Big Big Boop 7*, und das aufgedruckte Bild zerstreute jeden Zweifel, womit man es zu tun hatte. Sofort stellte sie die Hülle zurück. Ihr Blick fiel auf eine Fotowand. Die größte Aufnahme zeigte Töller und ein paar weitere Anzugträger, die sich im Foyer eines schicken Hotels mit Rotwein zuprosteten. Auch auf den Fotos in den kleineren Rahmen war er stets der Mittelpunkt: Töller beim Hochseeangeln, Töller mit seiner neuen Luxuskarosse, Töller auf dem Golfplatz. So lange war das alles noch gar nicht her.

Genau so etwas hatte sie sich von dem Besuch in seinem Haus erhofft. Da war er wieder, der Bonze, der ihr beinahe abhandengekommen wäre. Während Marlene sich damals die Seele aus dem Leib gespuckt hatte, war es ihm ganz offensichtlich prächtig gegangen.

Was hatte dieser schamlose Betrüger sie neulich noch mal im Keller gefragt? *Was habe ich Ihnen denn getan?*

»Du hast meinen Mann belogen«, sagte Marlene, den Blick auf das Foto gerichtet, auf dem Töller stolz einen gefangenen Schwertfisch präsentierte. »Hast ihm vorgegaukelt, dass es kein Risiko gibt, sondern nur Vorteile. Hast ihm verschwiegen, dass man mit diesen dämlichen Zertifikaten alles verlieren kann. Gut, er war so blöd, darauf reinzufallen, er hat sich nicht richtig informiert und auch das Kleingedruckte nicht gelesen. Aber wenn ich so blöd bin, nachts durch den Park zu laufen, und ein Bauchaufschlitzer streckt mich nieder – ist der dann auch aus dem Schneider, und ich bin selbst schuld? Mit dem Unterschied, dass man die kleinen Gauner und Bauchaufschlitzer irgendwann kriegt. Nur ihr Manager und Finanzheinis, ihr wurstelt euch immer raus. Dabei zerstört ihr nicht weniger Leben, nur nicht so blutig.«

»Marlene, wo bist du denn?«, rief Gerd quer durch die Wohnung. »Bodo will uns was geben.«

Während Marlene durch die Räume gestreift war, hatte ihr Mann Bodo darüber informiert, dass es mit Giovanni nun einen weiteren Mitwisser gab. Ganz bestimmt hatte er Bodo dahingehend zu beeinflussen versucht, dass Giovanni bei ihrem Coup auf keinen Fall das Heft in die Hand nehmen durfte. Wenn Gerd eines nicht leiden konnte, dann nicht mehr der Chef zu sein. Von einem Jungspund mit Goldkettchen und dicker Hose wollte er sich den Fortgang »seiner« Entführung schon gar nicht vorschreiben lassen. Deswegen waren die Adamskis auch ein bisschen früher eingetroffen als vereinbart.

»Guck mal, Marlene. Bodo hat uns sechstausend Euro gebracht«, erklärte Gerd freudestrahlend, als hielte er bereits die komplette verlorene Summe in der Hand.

»Mehr war heute leider nicht drin«, entschuldigte sich Bodo. »Das hängt mit dem Problem zusammen, von dem ...«

»Mach dir darüber mal keinen Kopf, mein Junge. Ist doch ein guter Anfang. Das wären dann also viertausend für Marlene und mich, eintausendzweihundert für Daniel, fünfhundert für dich und dreihundert für Romy, ungefähr entsprechend der Verluste, die jeder von uns hatte.«

»Ich finde, dass jedem eintausendfünfhundert zustehen«, widersprach Bodo. »Schließlich tragen wir alle dasselbe Risiko.«

»Berechnungsgrundlage bei der Verteilung ist der Streitwert, nicht das Risiko.«

»Hat Gott das in Stein gemeißelt, oder kann man darüber diskutieren?«

»Bei einer Insolvenz wird das mit der Ausbezahlung der Gläubiger auch so gehandhabt.«

Bodo holte tief Luft. »Gerd, wir reden hier von einer Entführung, nicht vom Bürgerlichen Gesetzbuch.«

»Nein, nein, so hat das seine Richtigkeit«, bügelte der Bäcker die Einwände ab. »Hab ich's nicht gesagt, Marlene? Hab ich nicht gesagt, dass es klappen wird? Und weil Bodo alles am Automaten abhebt, hat die Polizei später keine Fährte. Super, oder? Du hast doch keine Spuren hinterlassen, Bodo?«

»Nein, ich hab aufgepasst. Am Automaten habe ich ein Käppi getragen, die Kameras haben mein Gesicht nicht erfasst.«

»So ist es richtig«, sagte Gerd. »Immer gut aufpassen, das ist das A und O. Und öfter mal den Automaten wechseln. Mal nach Rostock fahren, mal nach Rügen oder Wismar oder so. Damit die später keine Rückschlüsse ziehen können.«

»Ich bin ja nicht blöd.«

»Ich sag's lieber einmal zu oft.«

»Wohl eher zehnmal zu oft. Aber jetzt müssen wir über das Problem sprechen, wegen dem ich euch gerufen habe«, sagte Bodo und deutete auf den Computer.

»Okay, zeig her«, sagte Gerd großspurig, denn er kannte sich mit Computern in etwa so gut aus wie mit Astrophysik.

»Hier, sieh mal. Auf Töllers deutschem Privatkonto liegen nur fünfundzwanzigtausend Euro, besser gesagt, jetzt nur noch neunzehntausend. Für mehr müsste ich Geld von seinen Depots flüssigmachen und umbuchen.«

»Na, dann mach das doch. Du hast doch hoffentlich das Passwort geknackt?«

»Das Passwort hab ich, bloß… Vielleicht erleiden Töllers andere Kunden dadurch einen Schaden. Wenn ich die Depots auflöse, um das Geld für uns verfügbar zu machen, dann handelt es sich im Grunde um das Geld der aktuellen Anleger, oder nicht?«

»Hä?«, fragte Gerd.

Bodo unternahm einen neuen Anlauf. »Ich meine, wir sollten vorher ganz sicher sein, dass wir bei der Aktion niemanden schädigen, der nichts für unsere Situation kann. Hinter den einzelnen Anlagen, also den Käufen und Verkäufen, stehen nicht nur die Vorgangscodes, sondern auch die Namen. Hier, siehst du: Karin Müller, Friedrich Sommer, Vera Steingruber…«

»Vera Steingruber«, warf Marlene ein, »die kauft bei uns jeden Samstag Kuchen für ihr Kränzchen, Gerd.«

Ihr Mann verzog nur den Mund und ließ Bodo weitersprechen.

»Es sind Hunderte von Namen. Diese Menschen haben alle Töller ihr Geld anvertraut, ihre Hoffnungen, ihre Ziele und Wünsche, einen Teil ihres Lebens.«

»Jetzt werde mal nicht poetisch«, maulte Gerd. »Warum erzählst du mir den Quatsch?«

»Wir können doch nicht einfach so das Geld dieser Menschen stehlen, so wie es uns gestohlen worden ist.«

»Aber so ist das doch gar nicht. Wir ziehen den Leuten ja nicht die Scheine aus der Tasche. Das Geld ist doch nur«, er fuchtelte wild vor dem Bildschirm herum, »da drin. Es ist gar kein richtiges Geld. Es ist… wie heißt das noch? Diti… dimi…«

»Digital«, korrigierte Bodo. »Klar, das kann man sich einreden. Es ist bloß eine Zahl auf einem Bildschirm und schwirrt in einer unsichtbaren Sphäre herum, wo es niemandem zugeordnet werden kann. Erst wenn man das Geld am Automaten oder Schalter abholt, ist es wieder physisch.«

»Das hast du toll gesagt. Wenn du also die Aktien von Karin Müller verkaufst, den Erlös umbuchst und mit der Kreditkarte abhebst, muss Töller dafür geradestehen.«

»Muss er das? Was, wenn nicht? Was, wenn die Kunden auf dem Schaden sitzenbleiben, den wir angerichtet haben?«

»Nein, nein«, wiegelte Gerd ab und schien einen Moment lang nach unterstützenden Argumenten zu suchen. »Nein, nein«, wiederholte er.

Bodo ließ einige Sekunden verstreichen. »So ausführlich wollte ich es gar nicht erklärt haben.«

»Hä?«

Bodo seufzte. »Woher weißt du das denn so genau?«

»Ich kenne mich da aus.«

»So gut wie mit Geldanlagen?«

»He, he, mein Junge, so nicht, ja!« Gerd war lauter geworden.

»Selbst wenn am Ende Töllers Firma dafür haftet«, fuhr Bodo unbeeindruckt fort, »hat er vielleicht nicht mehr die finanziellen Mittel, um die aktuellen Anleger auszubezahlen. Ob er auch als Privatperson dafür geradestehen muss, wissen wir schon dreimal nicht. Als GmbH könnte er ...«

»Bodo, quatsch mich nicht voll«, unterbrach ihn Gerd. »Ich habe mehr Lebenserfahrung als du.«

»Du weißt vielleicht, wie man einen Sauerteig herstellt. Aber das hier ist Neuland für uns alle. Wieso spielst du dich hier als Anwalt und Versicherungsexperte auf? Warum gibst du nicht einfach zu, dass du keinen blassen Schimmer hast?«

Gerds Gesicht lief rot an. »Ich habe schon Geschäfte gemacht, da warst du noch nicht mal auf der Welt.«

»Oh bitte, nicht diese Leier. Ehrlich, Gerd, du erfüllst perfekt das Klischee des unbelehrbaren Rechthabers. Ich dachte immer, die gäb's nur in Büchern und Filmen. Aber nein, du stehst leibhaftig vor mir und quatschst einen Mist zusammen, dass einem ganz schlecht davon werden kann. Machst du das, weil du glaubst, dass dich sonst keiner respektiert? Ich verrate dir mal was. So wie du auftrittst, bist du das genaue Gegenteil einer Respektsperson, nämlich deren Karikatur.«

Rhetorisch war Gerd ein Totalausfall, das hatte Marlene schon vorher gewusst. Jeder hätte es gewusst, selbst Gerds Kneipenfreunde. Aber das sagten sie ihm natürlich nicht. Wozu auch? Stammtische unterliegen ihren eigenen Gesetzen. Stänkern, alles besser wissen – das gehört dort nun mal zum guten Ton. Doch Bodo, so kumpelhaft er sonst war, ließ sich von ihrem Mann nicht abkanzeln wie ein Pennäler, und die angespannte Lage tat ein Übriges.

Ein paar Sekunden lang wusste Gerd nicht, wie er reagieren sollte. Widerspruch war er durchaus gewohnt. Normalerweise begegnete er ihm mit Trotz und indem er seinen Gegnern ihre Jugend und Unerfahrenheit vorwarf. Aber noch niemand, jedenfalls wusste Marlene von keinem, hatte ihrem Mann ins Gesicht gesagt, dass er ein Popanz sei.

Alles war nun möglich. Gerd könnte an die Decke oder Bodo an die Gurgel gehen – oder sich um des Friedens willen zurückziehen. Bevor er eine Entscheidung treffen musste, wurde der Streit jäh von der Türklingel unterbrochen.

»Das wird Giovanni sein«, sagte Marlene. »Ich habe ihn angerufen.«

Während Bodo die Tür öffnete, schimpfte Gerd an seine Frau gewandt: »Bodo ist ein überhebliches Arschloch. Solche Typen kenne ich. Er hält sich für was Besseres, bloß weil er mit ein paar englischen Wörtern um sich wirft.«

»Mir fällt keines ein, das er benutzt hätte«, widersprach sie.

»Auf welcher Seite stehst du eigentlich?«

»Wieso Seite? Ich dachte, wir halten zusammen.«

»Dachte ich auch, aber Bodo nimmt ja keine Ratschläge an.«

»Wann hast du denn zuletzt einen angenommen?«

Gerd blieb die Spucke weg. Eine Erwiderung darauf zu geben, blieb ihm jedoch erspart.

Denn da kam auch schon Giovanni herein. Bodo erklärte ihm, was er hier von Töllers Schreibtisch aus jeden Tag machte, was es mit den Depots auf sich hatte, wie der Plan zur Beschaffung des Geldes aussah und auf welche Probleme er gestoßen war. Marlene war überzeugt, dass Romys Freund nur ein Zehntel davon verstand, zumal Bodo diesmal nicht mit Fachbegriffen und englischen Wörtern geizte. Vielleicht wollte er dem Kellner zu verstehen geben, wo dessen Grenzen waren, und dass er nicht gedachte, sich von ihm reinreden zu lassen.

Giovanni hörte geduldig zu – jedenfalls für seine Verhältnisse. Die Schlüsselkette in seiner rechten Hand wirbelte bestimmt hundertmal erst in die eine und dann in die andere Richtung um seinen Zeigefinger, bis Bodo seine Erläuterungen beendet hatte. Als es so weit war, legte er einen Arm kumpelhaft um Bodos Schultern, dirigierte ihn zum Bürostuhl und brachte ihn mit sanfter Gewalt dazu, sich zu setzen.

Sehr langsam und deutlich, mit langen Pausen zwischen den einzelnen Wörtern, sagte er: »Du... buchst jetzt... des Geld... von den Anlegern... auf das Konto... von dem Schlappschwanz. Und dann... heben wir's gemeinsam... mit der beschissenen Visakarte... ab. *Fine del problema. Capisci?*«

Einige Sekunden lang herrschte absolute Stille. Keiner bewegte sich, bis auf die Katze, die auf einem Sessel neben dem Schreibtisch ein Nickerchen gemacht hatte und aufgewacht war. Mit einem Satz sprang sie auf Bodos Schoß. Noch während er es streichelte, packte Giovanni das Tier im Nacken und warf es achtlos wie ein Handtuch quer durch den Raum, wo es auf allen vieren direkt vor Marlenes Füßen landete.

Marlene hätte den weißen Stubentiger gerne getröstet, aber ihre ganze Aufmerksamkeit wurde von dem sich anbahnenden Konflikt zwischen Bodo und Giovanni beansprucht. Zwar war Bodo durchaus sportlich, und die beiden Kontra-

145

henten waren ungefähr gleich alt, aber der muskulöse und entschlossene Giovanni wirkte ihm alles in allem deutlich überlegen.

»Wie ich Gerd schon erklärt habe ...«, begann Bodo, doch Giovanni unterbrach ihn sofort.

»*No, no, amico mio.* Das ist keine Diskussion, das ist ein Beschluss.«

»Wenn das ein Beschluss sein soll«, erwiderte Bodo, »dann erwarte ich eine Abstimmung.«

5

September

Ina wurde den Gedanken nicht los, dass Marlene ihr neulich in der Kirche einen verklausulierten Wink gegeben hatte, vielleicht sogar mehr als nur einen. Das Gerede vom Schutzengel, dass sie Ina mit dem Pastor zusammengebracht hatte, dass sie das Gespräch bei der Erwähnung der beiden Syrierinnen so abrupt abgebrochen hatte – das war alles auffällig. Ina kam es vor, als hätte Marlene sie zu einer Schnitzeljagd eingeladen, von der weder klar war, wohin sie führte, noch wer oder was am Ende auf sie wartete. Es gab auch keine Garantie, dass Marlene aus dem »Spiel« nicht irgendwann ausstieg. Oder falsche Fährten legte.

Trotzdem juckte es Ina, die Herausforderung anzunehmen. So wie in jedem Beruf gab es auch in der Psychotherapie mehr oder weniger interessante Aufgabenstellungen und Klienten, und zur faszinierendsten Patientengruppe gehörten nun mal die Gralsritter, jene Menschen, die Hilfe suchten und zugleich unbewusst der Hilfe entgegenarbeiteten, aus welchen Gründen auch immer. Davon abgesehen war Marlene eine sympathische suizidgefährdete Frau, und der Gedanke, bei ihr etwas unversucht zu lassen, hätte Ina gequält. Sie fühlte sich geradezu persönlich aufgefordert zu handeln.

Nicht zuletzt war da ja auch noch die Sache mit dem rätselhaften Fiat, der Marlene und ihr gefolgt war – oder auch nicht. Hatte der Wagen etwas mit ihrer Patientin zu tun?

Es war ein Spagat, einerseits auf Spurensuche zu gehen und andererseits nicht zur Schnüfflerin zu werden.

Unter dieser Prämisse suchte Ina den Pastor in seinem Büro auf und trug ihm eine Bitte vor.

»Wäre es möglich, dass ich Kontakt zu den beiden syrischen Flüchtlingen aufnehme? Wenn ich es richtig verstanden habe, standen die beiden Frauen Marlene recht nahe.«

»Oh ja, sie haben sich mehrmals in der Woche getroffen«, bestätigte der Pastor. »Ich weiß nur nicht, wie Ihnen die Damen helfen könnten. Wie schon gesagt, die Verständigung war sehr schwierig und hat fast ausschließlich über Gesten funktioniert. Afnan und Chadisha haben immer Tee für Frau Adamski gekocht, die ihnen dafür selbst gemachtes Gebäck mitbrachte. Soviel ich weiß, hat Frau Adamski ein paar Sprachübungen mit ihnen gemacht. Sie wissen schon, ›Danke‹, ›Bitte‹, ›Guten Tag‹ und so weiter, dafür haben die Damen sich dann mit ein paar Vokabeln Arabisch revanchiert.«

»Mag sein, aber ich möchte nichts unversucht lassen. Afnan und Chadisha scheinen so etwas wie Freundinnen von Marlene gewesen zu sein. Vielleicht erfahre ich ja etwas, das meiner Patientin hilft.«

»Tja, ich könnte versuchen, die beiden Frauen ausfindig zu machen, aber das kann eine Weile dauern. Die Flüchtlinge wechseln derzeit wild durcheinander von Nord nach Süd und von West nach Ost, ganz wie in einem Würfelbecher, die Bedauernswerten. Ich werde mal bei der zuständigen Behörde nachfragen.«

»Haben Sie vielen Dank, damit helfen Sie mir sehr.«

Ina hatte sich bereits verabschiedet und stand schon an der Tür, als der Pastor sie zurückrief.

»Übrigens habe ich nach unserer Begegnung kürzlich überlegt, was Frau Adamski, abgesehen von der überraschenden Verlegung ihrer syrischen Freundinnen, noch zu schaffen gemacht haben könnte. Mir ist nur die Sache mit Romy Haase eingefallen.«

»Romy Haase?«

»Hat Frau Adamski sie denn nicht erwähnt?«

»Bisher nicht. Bitte erzählen Sie.«

»Das Mädchen war erst Auszubildende, später dann Angestellte in der Bäckerei, und ich glaube, ich übertreibe nicht, wenn ich sage, dass die beiden Frauen eine Art Mutter-Tochter-Verhältnis hatten. Bis… Tja, das ist es ja eben. Von einem Tag auf den anderen war Romy von der Bildfläche verschwunden. Vor einem guten Jahr etwa. Frau Adamski schien es ziemlich gefasst aufzunehmen, daher habe ich gar nicht mehr daran gedacht.«

»Was meinen Sie damit, von der Bildfläche verschwunden?«

»So genau weiß ich das auch nicht. Frau Adamski hat nicht mit mir darüber gesprochen. Ich habe es überhaupt erst bemerkt, nachdem ich Romy eine ganze Weile nicht mehr in der Bäckerei gesehen hatte. Ihre Kollegin und Freundin Sandra Kümmel sagte mir, dass sie über Nacht fortgegangen sei.«

◄○►

Genau so hatte Ina sich die Landbäckerei Adamski inmitten von Prerow vorgestellt: als Kleinod mit viel Korbgeflecht und schönen Holzregalen, bodenständigen Kuchen, fantasievollen Torten und Verkäuferinnen in nostalgischen Schürzen. Auf einem Biedermeiertisch wurden die selbst gemachten Pralinen präsentiert, auf einem anderen für die Region typisches Gebäck. Der ganze Laden war vom Duft nach frischem Brot erfüllt, vervollständigt von kleinen Schwaden Anis und Zimt.

Ina wusste, dass Marlene nach ihrem Selbstmordversuch die Arbeit noch nicht wieder aufgenommen hatte, und da es halb fünf am Nachmittag war, bestand die Hoffnung, dass sie auch nicht auf den Ehemann ihrer Patientin treffen würde.

Ina bestellte ein Stück Beerenstreusel und einen Cappuccino an einen der Stehtische. Über den Verkaufstresen hinweg ließ sich schlecht ein Gespräch führen, daher wartete sie auf eine gute Gelegenheit. Als es ruhiger im Laden geworden war, fragte Ina unverblümt in den Raum: »Sagen Sie bitte, arbeitet Romy noch hier? Romy Haase?«

Sie hatte alle drei Verkäuferinnen angesprochen, aber zwei der Frauen sahen nur die dritte an. Es handelte sich, wie Ina dem Namensschild mit den geschwungenen Buchstaben entnehmen konnte, um Sandra Kümmel. Romys Freundin war eine kurzhaarige, mollige Blondine mit einem Faible für auffällige Ohrringe.

»Die ist schon lange weg. Sind Sie mit ihr verwandt?«

»Nein, ich hätte sie nur gerne gesprochen.«

»Das hätte ich auch«, erwiderte Sandra Kümmel, in der Stimme eine Enttäuschung, die sich offenbar nie so recht hatte Luft machen können. Sie kam um den Tresen herum und stellte sich zu Ina an den Tisch.

Leiser als zuvor sagte sie: »Macht die sich einfach mir nix, dir nix aus dem Staub.«

»Oh! Sie waren befreundet?«

»Ich war ein Lehrjahr über ihr und habe vor jeder Prüfung mit ihr gelernt, tausendmal alles durchgepaukt. Dasselbe übrigens beim Führerschein. Sie durfte mit meinem Auto einparken üben und wenden auf der Straße in drei Zügen, sonst wäre sie bestimmt zum dritten Mal durchgefallen. Beinahe hätte sie eine Beule in einen Porsche gefahren. Ich wäre fast gestorben. Das kann man wohl Freundin nennen.«

»Da gebe ich Ihnen recht.«

»Ohne mich hätte sie auch im dritten Anlauf nicht bestanden. Na ja, ohne die Chefin natürlich auch nicht. Das hat Romy nur uns zu verdanken.«

Sie deutete auf ein Foto an der Wand zwischen all den Urkunden und Meisterbriefen. Darauf war die ganze Belegschaft der Bäckerei zu sehen, vorne in der Mitte stand eine junge Frau, die ihr Ausbildungsdiplom stolz in die Kamera hielt. Sie war eher klein, sehr zierlich, hatte schwarze Haare und eine lila Strähne.

»Und dann haut sie einfach so ab, ohne ein Wort«, sagte die ehemalige Freundin und Kollegin. »Vom einen Tag auf den anderen.«

»Vielleicht ist ihr ja etwas zugestoßen.«

»Nein, die Chefin hat mir das Kündigungsschreiben gezeigt. Die Romy hat ihren Job fristlos hingeschmissen. So was geht ja mal gar nicht, auch rechtlich nicht. Aber die Chefin hat es einfach so hingenommen.«

Sandra Kümmel zuckte mit den Schultern. »Auf die Romy lässt sie nix kommen. Als ich mich damals beschwert habe, hat sie mich ziemlich angefahren, was sie vorher nie gemacht hat. Kennen Sie Frau Adamski?«

»Ja. Aber keine Sorge, sie wird nichts von unserem Gespräch erfahren. Haben Sie irgendeine Vermutung, warum Romy so überstürzt gekündigt haben könnte?«

Sandra Kümmel sah aus, als warte sie schon ein ganzes Jahr darauf, den Namen endlich aussprechen und den Finger auf ihn richten zu können.

»Giovanni. Da bin ich mir ziemlich sicher. Den Typen hat sie in einer Disko kennengelernt, ich war dabei. Sah ziemlich geil aus, ich meine nett anzusehen. Aber ein Macho hoch drei. Sizilianer, muss ich noch mehr sagen? Ich wollte, dass sie die Finger von ihm lässt. Aber nein, sie hat sich ihm an den Hals geworfen und alles toll gefunden, was er gesagt und getan hat. Romy ist halt… na ja, ein bisschen… nachgiebig. Und ein paar Wochen später lässt sie alles stehen und liegen. Würde mich nicht wundern, wenn sie für ihn in Italien das Frauchen spielt, Sie wissen schon, Heim und Herd in Palermo, drei *bambini* und so. Vermutlich schämt sie sich deswegen. Oder er verbietet ihr den Kontakt zu mir. Meine Anrufe gehen jedenfalls ins Leere.«

»Giovanni und wie weiter?«

»Keine Ahnung. Irgendwas Italienisches halt. Hat in einer Pizzeria in Ribnitz-Damgarten gearbeitet, Quattro Stationen irgendwas. Warum wollen Sie das eigentlich alles wissen?«, fiel Sandra Kümmel reichlich spät ein.

»Ich habe Ihren Namen vom Pastor«, antwortete Ina ausweichend. »Er meinte, Sie wüssten vielleicht mehr.«

»Ach so«, gab sich die junge Frau mit der Erklärung zufrieden, die keine war.

152

Als Ina sich in ihr Auto setzte, sah sie gerade noch ein schwarzes Fiat Coupé um die Ecke biegen.

━◄o►━

»Bobby! Hallo!«, rief Ina ins Handy, ein bisschen außer Atem vom Tütenschleppen.

Sie hatte die Zutaten für ein tolles Abendessen eingekauft, mit dem sie Bobby überraschen und seine Entlassung aus dem Krankenhaus feiern wollte. Auch Stefanie war wieder völlig gesund, und ein gemütliches Dinner war ihrer Meinung nach ein guter Weg, Stefanie an ihren »neuen« Freund zu gewöhnen. Sie würde ihrer Tochter irgendwie beibringen müssen, dass Bobby – wenigstens für eine Weile – bei ihnen einziehen würde, da seine eigene Wohnung derzeit unbewohnbar war.

»Na, bist du schon am Packen?«

»Ja, ich... Ich bin gerade eben erst angekommen. Vorher habe ich noch Stefanie abgeliefert. Allerdings... Ihr Freund war bei ihr im Krankenhaus, und die beiden wollten unbedingt zu ihm nach Hause. Also habe ich sie nach Prerow gefahren. Stefanie hat mir versprochen, heute Abend um sieben bei dir zu sein. Ich hoffe, das ist okay.«

Ina seufzte. »Ja, schon in Ordnung. Ich sehe es positiv. Stefanie und ich haben jetzt eine Gemeinsamkeit mehr: Wir müssen uns beide mit dem Kerl der jeweils anderen abfinden.«

»Hm, ja, deswegen rufe ich auch an. Ich sollte und wollte es dir eigentlich persönlich sagen, aber vielleicht ist es am Telefon leichter.« Er atmete tief durch. »Ina, ich finde, wir sollten uns eine Weile nicht mehr sehen, bis...«

»Oh.«

Sie blieb mitten auf dem Supermarktparkplatz stehen und stellte die zwei Tüten ab.

»Ja, es…«, seufzte er. »Es tut mir leid. Ich hatte im Krankenhaus Zeit zum Nachdenken und… Ich denke einfach… Ich denke, es… So was habe ich noch nie gemacht, und jetzt merke ich, wie schwer das ist.«

»Ja«, hauchte sie ins Handy. »Für beide.«

»Bitte, Ina, ich… Es ist alles ein bisschen viel derzeit. Ich meine, der Brand, Stefanie…«

»Nicht weiterreden«, bat sie und schloss kurz die Augen.

Als sie sie wieder öffnete, gestikulierte eine Frau wild hinter der verschmierten Windschutzscheibe ihres rostigen Kleinwagens, da Ina einen der wenigen freien Parkplätze blockierte. Nachdem sie ein paar Schritte zur Seite gemacht hatte, hupte die Frau und regte sich noch mehr auf. Ina hatte die zweite Tüte stehen lassen.

»Ina?«, fragte Bobby. »Ist alles in Ordnung?«

»Ob alles in Ordnung ist?«

»Du weißt, wie ich das meine.«

»Lass uns das Gespräch beenden.«

»Du, Ina, ich…«

»Mach's gut, Bobby. Ich wünsche dir das Beste.«

Sie hätte das Handy am liebsten quer über den Parkplatz geschleudert. Stattdessen warf sie es in einer Mischung aus Selbstbeherrschung und Wut zum Gemüse in die Tüte.

Die Frau hinter dem Steuer kurbelte das Seitenfenster herunter. »Sagen Sie mal, sind Sie besoffen, oder was? Räumen Sie endlich die beschissene Tüte da weg, sonst mach ich die platt.«

Ohne die Frau zu beachten ging Ina zu ihrem Auto.

»Ich sag's Ihnen, ich mach das Ding platt«, wiederholte sie. Kurz darauf war das Geräusch splitternder Plastikverpackungen zu hören.

Stundenlang saß Ina allein in ihrer Wohnung, auf demselben Platz auf dem Sofa, und fragte sich immer wieder: Warum? Warum gerade jetzt, wo es so gut gelaufen ist? Warum überhaupt? Warum so plötzlich, ohne Vorahnung, ohne Krise?

Natürlich sagte sie sich, dass es möglicherweise sowieso nicht gut gegangen wäre, dass es besser jetzt passiert war als später, dass sie zu alt für ihn oder er zu jung für sie war, dass sie mehr trennte als vereinte und so weiter und so fort – kleine Pflaster auf große Wunden. Es war, als wollte man jemanden mit Fernweh, der im Hafen sehnsüchtig einem ausfahrenden Ozeandampfer hinterherblickt, damit trösten, dass das Schiff in einen Sturm geraten und untergehen könnte.

Man musste nicht psychologisch geschult sein, um zu erkennen, dass das lediglich billige Versuche waren, über das Verlassenwerden hinwegzukommen. Ina musste nur auf ihr Herz hören, und das sagte ihr, dass sie Bobby jetzt schon schrecklich vermisste und dass es in ein paar Wochen nicht anders sein würde. Sie konnte nicht böse auf ihn sein. Zum einen liebte sie ihn zu sehr, trotz der Verletzung, die er ihr zufügte. Zum anderen hatte sie ihrerseits drei Lebenspartner auf diese Weise verletzt. Bisher war es nämlich immer sie gewesen, die Schluss gemacht hatte.

War es Letzteres, das sie besonders hart traf?

Stefanie kam eine halbe Stunde später als vereinbart nach Hause, um halb acht.

»Was sitzt du denn da?«, fragte sie überrascht. »Ich dachte, das Essen ist schon fertig.«

»Falscher Einstieg in das Gespräch«, entgegnete Ina.

»Sorry wegen der Verspätung. Chris' Vater hat mich hergefahren, sonst wäre ich noch später gekommen.«

Auch das noch, dachte Ina. Keiner ihrer Patienten oder deren Angehörige wussten, wo sie wohnte, und das hatte auch seinen guten Grund. Von Kollegen, die anders damit umgingen, hatte sie mehrfach gehört, dass diese auch an den Wochenenden oder mitten in der Nacht von Patienten aufgesucht wurden. Das ging natürlich nicht. Ina brauchte ihre freie Zeit wie jeder andere, und zwar ohne das ständige Gefühl, in einer Art Bereitschaftsdienst zu sein.

Aber das war jetzt auch egal.

»Hast du mit Bobby gesprochen?«, fragte Ina.

»Hm?«

»Als er dich und Christopher nach Prerow gefahren hat, hast du ihm da vielleicht... irgendwas gesagt? Du weißt schon, dass du ihn nicht magst, oder so?«

Stefanie warf ihren Schlüsselbund aufs Sofa. »Hat er gepetzt, ja? Dacht ich's mir doch, der Typ ist so eine Lusche. Anstatt sich mal mit mir auseinanderzusetzen...«

»Was... hast... du... zu... ihm... gesagt?«

»Dass er alles kompliziert macht.«

Ina sprang vom Sofa auf. »*Er* macht alles kompliziert? Er? Bevor du hier aufgetaucht bist, gab es überhaupt keine Komplikationen. Wir hatten Spaß miteinander, wir haben unser Leben geteilt, unsere Probleme besprochen. Nicht einen einzigen miesen Abend hatten wir. Aber neuerdings dreht sich alles nur noch um dich. Deine Ausbildung, deine Freundschaft zu Christopher, deine Einstellung zu Bobby…«

Ina ließ sich auf das Sofa zurückfallen. »Er hat Schluss gemacht.« Plötzlich, als sie es selbst aussprach, brachen alle Dämme. Sie stützte das Gesicht in ihre Hände, weinte unter Krämpfen, kippte auf die Seite und schluchzte in die Sofakissen.

Bestimmt eine Minute, eine endlose Minute lang war Ina ganz allein. Es gab keine anderen Menschen auf der Welt als sie und den für immer verlorenen Bobby.

Dann streichelte ihr Stefanie über die Haare.

»Es tut mir so leid, Mama. Ehrlich, ich… Das wollte ich nicht. Ja, zugegeben, ich wollte ihn irgendwie vor den Kopf stoßen, weil er… weil er so jung ist, und ich finde, dass ihr nicht richtig zusammenpasst. Aber ich hätte nie gedacht… Ich meine, einerseits habe ich es schon gehofft, aber im Grunde… Ich will doch nicht, dass du traurig bist. Ach, Mama, ich bin echt so eine blöde Kuh. Du lässt mich mit Chris knutschen, obwohl er dein Patient ist, und ich gönne dir deinen eigenen Spaß nicht. Weißt du was, ich rufe Bobby gleich an und entschuldige mich, ja? Dann renkt sich alles wieder ein. Gibst du mir mal seine Nummer?«

Ina richtete sich langsam wieder auf, wischte die Tränen von den Wangen und schnäuzte sich. Ja, so war ihre Tochter. Eigentlich ein lieber Mensch, aber aus irgendeinem Grund hielt sie es für nötig, sich als verwöhnte Göre zu präsentieren.

»Nein«, sagte Ina leise und ergriff Stefanies Hand. »Wenn er mich verlässt, nur weil du dich mal geräuspert hast, dann hat er mich nicht verdient.«

Stefanie sah sie lange an. »Sicher?«

»Ganz sicher.«

»Ich will nicht dran schuld sein, verstehst du, Mama? Ich weiß, dass ich dich neulich überfallen habe. Und dass ich nicht ganz einfach zu händeln bin.«

Ina umarmte ihre Tochter. »Ehrlich, ich bin froh, dass du da bist. Stimmt, es ist nicht ganz einfach mit uns beiden, aber ... ich liebe dich, und ich mag dich hierhaben. So, bevor das jetzt zu einer rührseligen Szene aus *Am goldenen See* ausartet, versuche ich uns aus den Zutaten, die nicht unter die Räder gekommen sind, was Leckeres zu kochen.«

Sie machte sich an die Arbeit, putzte Gemüse und kochte Reis. Mit ihren Gedanken allerdings war sie ganz woanders. Es war, als würde sie unentwegt einen Rosenkranz mit Bobbys Namen beten.

◄o►

Ina hatte schon öfter darüber nachgedacht, Christopher an einen Kollegen abzugeben. Es wäre illusorisch zu glauben, dass sich Privatleben und Beruf in diesem Fall völlig trennen ließen. Selbst wenn sie bei den Therapiestunden nicht als Stefanies Mutter aufträte, würde es doch immer mitschwingen. Außerdem war ihre Tochter nun ein Teil von Christophers Leben, und um nichts anderes ging es ja bei der Psychotherapie. Andererseits begann er sich in letzter Zeit Ina zu öffnen und machte allmählich Fortschritte im Umgang mit seinem Schicksal. Wenn sie ihn nun abgab, müsste ihr Nachfolger eventuell noch mal von vorne beginnen. So oder so, letztendlich musste sie es ihrem Patienten zur Wahl stellen.

Stolz zeigte Christopher ihr seinen mit zehn Punkten bewerteten Englischtest, als sie ihn zu Hause zu dem vereinbarten Spaziergang im Rahmen der Therapiestunde abholte.

»Wahnsinn! Deine erste gute Note seit Monaten«, lobte sie ihn.

»Hab ich hauptsächlich Stefanie zu verdanken. Sie hat mich zum Lernen verdonnert.«

Das kam nun wirklich überraschend für Ina. Selbst die Schule abbrechen, aber andere zum Lernen anhalten. Möglicherweise hatten die beiden Teenager wechselseitig einen guten Einfluss aufeinander. Ein Jahr lang war Christopher ganz auf seine Mutter fixiert gewesen, mit Stefanie war nun ein anderer, wichtiger Mensch in sein Leben getreten. Umgekehrt hatte ihre Tochter einen intelligenten Jungen zum Freund, der sich aber hängen ließ und somit wie ein Spiegelbild war. Sich selbst quasi von außen zu erleben, bewirkte manchmal wahre Wunder.

Ina ging mit Christopher südlich von Prerow spazieren. In den Wäldern dort war der Herbst schon zu spüren. Er hing in der Luft, man roch ihn geradezu. Pilze sprossen, Kastanien reiften, die ersten Blätter bekamen einen gelblichen Rand. Aber wenn sie eine Lichtung oder Wiese überquerten, ergoss sich eine Flut von Wärme und Licht über sie, und der Sommer kehrte im Nu zurück. So lange, bis sie in das nächste Waldstück mit seiner schattigen Kühle und erdigen Schwere eintauchten.

»Heute ist unsere erste Sitzung, seit du mit Stefanie befreundet bist«, sagte Ina. »Wie ist das für dich?«

»Schon ein bisschen anders.«

»Wie anders? Kannst du es beschreiben?«

»Vorher war es mir egal, was Sie über mich denken. Jetzt nicht mehr.«

»Wirklich? Ich hatte auch vorher nicht den Eindruck, dass es dir egal ist, was ich über dich denke. Weißt du noch, beim letzten Mal hast du darauf bestanden, immer ein strikter Veganer gewesen zu sein?«

»Das war was anderes. Da ging es um …«

»Ja?«

»Um meine Mutter.«

»Aber sie hat uns nicht gehört. Egal was du mir anvertraust, sie wird es nie erfahren.«

Dazu äußerte er sich nicht.

Nach ein paar Schritten zäumte Ina das Thema von einer anderen Seite auf.

»Was deinen Vater angeht, hältst du dich mit Vorwürfen nicht zurück. Über deine Mutter dagegen sprichst du nie kritisch.«

»Weil es nichts gibt, was ich schlecht an ihr finde. Sie ist einfach nur toll. Sie weiß immer, was sie will. Sie hat ihren Naturmodenladen aufgemacht, obwohl mein Vater Bedenken dagegen hatte, genauso wie bei dem Haus. Bestimmt hat sie es mit diesem Blindgänger nicht länger ausgehalten.«

»Falls ich dich richtig verstehe und es sich tatsächlich so zugetragen hat, würde das bedeuten, sie hat Felicia und dich zugunsten eines neuen Lebens verlassen. Sie hätte somit auch das Haus und ihren Laden drangegeben.«

»Sie wird uns schon noch zu sich holen.«

»Warum hat sie euch nicht gleich mitgenommen?«

Darauf antwortete er nicht, und Ina hakte auch nicht nach. Es ging ihr nicht darum, seine Argumentation ad absurdum zu führen, sondern ihn zum Nachdenken anzuregen und aus seinem mentalen Schützengraben herauszulocken.

Christopher hatte beschlossen, seine Mutter zu einer Heiligen zu stilisieren, obwohl sie seiner Theorie nach die Familie verlassen hatte. Sollte er hin und wieder doch an ihr zweifeln, dann nur im tiefsten Innern, als flüchtiger Gedanke. Den Zweifel auszusprechen hätte bedeutet, ihn offiziell zuzulassen und in die Welt zu setzen, wo seine Mutter ihn womöglich hören konnte. Letzteres allerdings nur, wenn sie schon im Himmel war.

Hielt er seine Mutter für tot? Dass er sie so sehr überhöhte, sprach eigentlich dafür, denn als Tote wäre sie ein Opfer, keine Täterin. Wieso negierte er dann andererseits diese Möglichkeit so strikt? Das passte alles nicht richtig zusammen.

»Woran denken Sie?«, fragte er nach einer Minute, in der sie geschwiegen hatten.

Es war nicht ungewöhnlich, dass die Patienten Ina Fragen stellten. Am Anfang einer Therapie ermunterte sie jeden dazu. Auch Gegenfragen waren erlaubt. Wieso fragen Sie das? Was meinen Sie denn selbst dazu? Inas Erfahrung nach erzeugte es Vertrauen und eine gewisse Sicherheit, beides unabdingbare Voraussetzungen für ein gutes Verhältnis zwischen Therapeut und Patienten. Christopher hatte bisher allerdings nur selten davon Gebrauch gemacht.

»An Großtante Gertrud«, antwortete sie wahrheitsgetreu.

Er lachte. »Und ich hab geglaubt, Sie wären bei der Sache.«

»Das bin ich auch. Großtante Gertrud ist keine Verwandte von mir. Sie ist ein Terminus, eine Art Codewort.«

»Na, jetzt bin ich aber mal gespannt.«

»Stell dir das Porträt einer verzweigten Großfamilie vor, auf dem vierzig Leute zu sehen sind. Holt man das Foto nach einigen Jahren wieder hervor und betrachtet es, sucht man zunächst nach sich selbst und nimmt dann nach und nach die anderen in Augenschein.«

»Klaro.«

»Wenn überhaupt, dann fragt man erst ziemlich spät: Wo ist eigentlich Großtante Gertrud? Die müsste eigentlich mit drauf sein. Ist sie aber nicht. Ein Außenstehender, der Großtante Gertrud nicht kennt, würde sie selbstverständlich nicht vermissen.«

»Logisch, aber ... Ich verstehe nicht ...«

»Mein Beruf verlangt von mir, dass ich Großtante Gertrud vermisse, obwohl ich sie nicht kenne.«

Verstand er nun, worauf sie hinauswollte und dass die besagte Tante sehr viel mit ihm zu tun hatte?

Das, was ihre Patienten ihr erzählten, war stets nur ein Teil des Ganzen. Christopher hatte in all den Sitzungen ausführlich über seine Mutter gesprochen: wie sie ihn zum Sport ermuntert, bei Wettkämpfen angefeuert und ihm bei Hausaufgaben geholfen hatte, auch dass sie ihm heimlich den einen oder anderen kleinen Schein zugesteckt hatte, wenn ihm das Taschengeld gegen Monatsende ausgegangen war. Seine Geschichten umfassten seine gesamte Kindheit und warfen ein helles Licht auf das liebevolle Verhältnis zwischen Mutter und Sohn.

Nur die letzten Tage vor ihrem Verschwinden klammerte er aus.

Nun wäre es völlig verständlich gewesen, wenn er die Tage nach ihrem Verschwinden ausgelassen hätte. Möglicherweise auch das letzte Zusammensein oder das letzte Telefonat. Seine Geschichten hingegen endeten ungefähr zwei Wochen vor dem einschneidenden Ereignis.

Wieder schwiegen sie eine Weile. Ina ließ immer auch solche Momente zu, in denen vermeintlich nichts passierte, unter der Oberfläche jedoch jede Menge Bewegung herrschte.

»Nicht nach links!«, sagte Christopher, als sie an der Weggabelung einer Wiese ankamen, in einer Tonlage, als hätte er gesagt: Nicht anfassen! Er merkte es selbst und ergänzte um einiges gelassener: »Rechts ist besser.«

Der vorgeschlagene Weg schien Ina einen ziemlich weiträumigen Schlenker um Prerow herum zu machen, und sie hatten nur noch eine halbe Stunde Zeit.

»Wohin führt der Weg nach links?«

»Weiß nicht.«

Großtante Gertrud lässt grüßen, dachte Ina. Wird Zeit, dass ich ihr mal einen Besuch abstatte.

◄○►

Am frühen Abend desselben Tages kehrte sie zurück und ging an eben jener Weggabelung nach links. Sie hatte ohnehin einen Abendspaziergang machen wollen, denn Stefanie hatte sich mit Christopher verabredet, und Ina fürchtete sich ein wenig vor den Stunden bis zum Schlafengehen. Stunden ohne Bobby, ohne wenigstens ein Telefonat mit ihm. Da konnte sie genauso gut ihre Neugier im Hinblick auf Christopher befriedigen, die neuerdings nicht mehr rein beruflich war.

Zunächst fiel ihr nichts Besonderes auf, und sie hatte auch keine Idee, wonach sie eigentlich suchte. Nach zwanzig Minuten war sie drauf und dran umzukehren – der Wald war einfach nur ein Wald, der Weg nur ein Weg. Entweder hatte sie sich geirrt, oder Christopher allein besaß den Schlüssel zu

dem Geheimnis. War dies vielleicht die bevorzugte Wander-
strecke seiner Mutter gewesen? Nur warum hatte er sie dann
auf den Aussichtsturm der Hohen Düne mitgenommen, wo
er jedes Jahr mit seiner Mutter die Rast der Kraniche beobachtet hatte? Wieso sollte er also etwaigen Erinnerungen an
diesen Weg entfliehen?

Es war den Versuch wert, sagte Ina sich und beschloss, nur
noch bis zur nächsten Kurve zu gehen. Dort angekommen,
öffnete sich ein herrlicher Blick gen Bodden. Etwa einhundert Meter entfernt stand das Haus der Adamskis.

Vierzehn Monate zuvor

Es war ein herrlicher Samstag, und Daniel war faktisch pleite. Am Vortag war ein Brief von der Bank gekommen – unangenehme Nachrichten landeten bei ihm grundsätzlich freitags im Briefkasten, sodass er sich das ganze Wochenende über aufregen musste, bis er montags die Situation endlich klären konnte. Dieses Mal gab es nichts zu klären. Er hatte mehrere Raten nicht bezahlt. Punkt. Banken waren generell eher humorlos, aber bei Ratenzahlungen verstanden sie wirklich überhaupt keinen Spaß. Warum hatte er die Rate nicht zahlen können? Weil Jette einfach mal so viertausend Euro vom Girokonto auf das Geschäftskonto ihres Naturmodenladens umgebucht hatte. Das war alles, was er an Reserven besessen hatte.

»Mausi, dann überweis dir doch was von den neunzigtausend auf dem Sparkonto«, sagte Jette leichthin und trank in aller Ruhe ihren Kaffee, nachdem er sie darauf angesprochen hatte.

»Darum geht es nicht«, wich Daniel aus. »Dein Laden bringt kaum noch etwas ein, und trotzdem orderst du unverdrossen Waren.«

»Wie soll ich denn bitte schön was verkaufen, wenn ich keine Waren habe?«

»Aber doch nicht so viel.«

»Die Kunden brauchen ein bisschen Auswahl, sonst kann ich den Laden ja gleich dichtmachen.«

»Genau das schlage ich dir vor.« Daniel konnte seine Stimme nur schwer im Zaum halten.

»Was? Du … du willst mir meinen Lebenstraum nehmen!«, rief sie entsetzt. »Nur weil es gerade mal nicht so gut läuft? Was ist aus deinem Vertrauen in mich geworden? Was ist aus unserer Liebe geworden? Bedeutet dir das etwa gar nichts mehr?«

Sie stellte ihre Lieblingstasse etwas zu heftig auf dem Tisch ab, sodass sie einen Sprung bekam. Das war zu viel auf einmal für Jette. Sie ließ den Kopf auf die Platte sinken und begann zu weinen.

Daniel stand hilflos daneben. Jettes Ausbruch war für ihn völlig überraschend gekommen. So emotional war sie nur selten, und normalerweise war die Welt für sie ein sonniger Ort. Natürlich – sie verstand nicht, warum er sich wegen der viertausend Euro so aufregte. Sie konnte es nicht verstehen.

»Ich gehe joggen.«

»Ja, geh du nur joggen, immer bloß joggen, joggen, joggen. Aber eins sag ich dir, den Laden mache ich *nicht* zu, da kannst du dich auf den Kopf stellen.«

»Wir reden ein andermal darüber. Bis später.«

Seit Jahren, genauer seit er das bei Töller angelegte Geld verloren hatte, belog er sie. Jeden Monat manipulierte er einen alten Kontoauszug aus der Zeit, als er noch im Besitz der Summe gewesen war, indem er das Datum veränderte, ihn anschließend kopierte und faltete, sodass er aussah, als hätte die Bank ihn geschickt. Gut sichtbar für Jette platzierte er ihn auf dem Stapel mit der eingehenden Post. Daniel achtete sogar darauf, die Summe nach und nach zu erhöhen, indem er sich selbst Zinsen gutschrieb. Verrückt – Zinsen auf Geld, das längst nicht mehr existierte. Wenn Jette herausbekäme, dass er das Geld bei einem windigen Vermögensberater angelegt, verloren und ihr den Verlust auch noch verschwiegen hatte, würde sie durchdrehen. Dann konnte alles passieren.

Es war eine Minute vor zwölf für ihn. Wenn er der Bank auch die nächste Rate schuldig bleiben würde ... Sie würden noch in diesem Jahr das Haus verlieren, schlimmer noch, die Kinder würden ihr Zuhause verlieren. Die Bank würde es sich einverleiben, zwangsversteigern und die junge Familie vor die Tür setzen. Und es war nicht irgendein Haus, sondern das einzige, das er jemals besitzen würde. Noch einmal würde er diese Chance nicht bekommen.

Der Ruin klopfte bereits an die Tür, und so klopfte Daniel ein weiteres Mal an die Tür der Adamskis. Ohnehin war ein dringliches Treffen einberufen worden.

Inzwischen konnte er seine Mitverschworenen nicht mehr ausstehen: den prahlerischen Gerd, den sizilianischen Proleten, dessen dümmliche Freundin und neuerdings sogar Marlene, die Töller bekochte, als säße er in einer VIP-Lounge und nicht als Gefangener im Keller. Lieber heute als morgen hätte Daniel ihnen allen für immer Adieu gesagt.

Nur das gemeinsame Vorhaben hatte sie vereint. Über die letztendlich vergebliche Sammelklage gegen Alwin Töller hatten sie sich kennengelernt und eine Selbsthilfegruppe für Betrogene gegründet. Am Anfang war es bei den Treffen nur darum gegangen, nicht allein zu sein, denn ein großes Problem zu haben bedeutet normalerweise, dass man allein ist, umso mehr, wenn es selbst verschuldet ist, und ganz besonders,

167

wenn es um Geld geht. Sie alle hatten ihr Vermögen verloren, weil sie Alwin Töller vertraut hatten. Im Nachhinein könnte man das naiv nennen, sogar dumm.

Daniel hatte bloß ein paar Prozent Zinsen mehr für seine neunzigtausend Euro haben wollen, und nachdem die ganze Summe weg war, hatte er nicht den Mut aufgebracht, es Jette zu sagen, es überhaupt irgendjemandem zu sagen, schon gar nicht seinen Eltern, die sein Erbe vorab ausgezahlt hatten. Niemand außer diese Gruppe fremder Leute, die sein Schicksal teilten, konnte ihn verstehen, seine Mitstreiter waren die Einzigen, die ihn nicht belächelten oder verurteilten, und genau deshalb hatte er ihre Nähe gesucht.

Anfangs ganze zehn Kläger, waren sie von Instanz zu Instanz weniger geworden, bis nur noch sie übrig geblieben waren. Nachdem sie mit ihrer Klage gescheitert waren, hatten sie hin und her überlegt, was sie sonst noch unternehmen könnten: an den Petitionsausschuss des Bundestages schreiben, bis vor den Europäischen Gerichtshof gehen, eine Kampagne gegen Töller lostreten. Nur langsam hatten sie sich dem ungeheuerlichen Plan einer Entführung genähert. Daniel wusste schon gar nicht mehr, wer den Vorschlag gemacht hatte. Irgendwann hatte er auf dem Tisch gelegen wie ein verschnürtes Päckchen, und alle waren darum herumgeschlichen, hatten einen kurzen Blick daraufgeworfen, um sich gleich wieder verschämt abzuwenden. Mehrere Monate hatten sie gebraucht, um diese Scham zu überwinden. Um das Tabu gedanklich zuzulassen. Um das Verbrechen als letztes Mittel zu akzeptieren.

Wenn jetzt einer von ihnen, nur ein Einziger, aus der Reihe tanzte, dann konnte alles auseinanderfliegen.

Ausgerechnet Bodo, den Daniel von allen noch am ehesten leiden konnte, machte auf einmal Ärger.

⊷◦⊶

Marlene servierte den sechs Anwesenden Schokoladenkuchen. Eigentlich zu schwer für einen heißen Sommertag, aber sie dachte, etwas Nervennahrung könnte nicht schaden, immerhin stand eine wichtige Entscheidung an. Außerdem brauchte man für Schokoladenkuchen weder Eier noch Butter, und so musste sie nicht eigens für Daniel einen zweiten Kuchen backen.

Nach dem ersten Schluck Kaffee sagte Gerd: »Also, wer ist dafür, dass Bodo die Anlegerkonten anzapft, damit wir schnell an unser Geld kommen? Ich bitte um Handzeichen.«

»Sag mal, Alter, ist des hier ein Taubenzüchterverein?«, fragte Giovanni.

»Bodo wollte eine Abstimmung, also stimmen wir ab, Giovanni. Für alles gibt es Regeln.«

»Echt ey, wie ihr das überhaupt gepackt habt, den Typen zu entführen, ist mir ein Rätsel. Ihr geht das an wie so'n Bundestagstrupp. Kuchen mampfen, Kaffee schlürfen und zwischendurch mal kurz die Pfoten heben.«

Marlene verstand, was Giovanni meinte. Ihr ging es selbst manchmal so, dass sie sich fragte: Was tun wir hier eigentlich? Sie saßen zusammen wie bei einem Geburtstag, doch statt über den letzten Urlaub, die Konfirmation der Enkelkinder oder Onkel Herberts neue Ehefrau zu sprechen, diskutierten sie ein gemeinsames Verbrechen. Anfangs war das schon seltsam gewesen, aber inzwischen hatte sie sich daran gewöhnt.

»Nimm dir noch ein Stück«, bot Marlene Giovanni an.

Er griff zu und biss ab. »Ach, scheiß drauf«, sagte er, wobei ihm ein Krümel aus dem Mund schoss, der auf Gerds Teller landete. »Wenn ihr das so wollt. Also, ich bin dafür.«

Romy und Gerd hoben ebenfalls die Hände.

Damit stand es drei zu drei, und wenn sich keiner mehr meldete, käme keine Mehrheit für den Antrag zustande. Bodos Nein stand fest, während Daniel und Marlene noch zögerten. Aus den Augenwinkeln sahen sie sich gegenseitig an. Die Situation erinnerte Marlene ein bisschen an eine Pokerpartie. Wer als Erster die Hand hob, wäre der Schuft, der in Kauf nahm, dass Alwin Töllers Anleger unter ihrem Coup leiden müssten. Wohingegen der andere sein Gewissen beruhigen, mit Nein stimmen könnte und trotzdem sein Geld bekommen würde.

»Für mich geht es um alles«, sagte Daniel, der den Poker damit verlor. Als er zustimmte, sah er aus, als müsste er jeden Moment zur Kloschüssel rennen.

»Vier«, zählte Gerd. »Was ist mir dir, Marlene?«

Das Ergebnis stand fest, damit hätte Marlene es sich leicht machen können. Doch das wäre nicht ehrlich, fiel ihr ein. Selbstverständlich wollte sie niemand anders bestehlen als Alwin Töller. Andererseits …

»Ursprünglich sollte er für drei, vier Tage bei uns bleiben«, sagte sie deprimiert an Bodo gewandt. »Jetzt sitzt er schon eine Woche da unten. Das ist ganz schön belastend, weißt du das? Ich meine, wir sind doch eigentlich keine Entführer, nicht so richtig jedenfalls. Ich muss jeden Tag die Fäkalien von ihm wegräumen, muss ihn so elend da hocken sehen, sein Gejammer ertragen, seine Fragen …«

Traurig schlürfte sie an ihrem Kaffee, der ihr jedoch nicht schmeckte.

»Tut mir leid, Bodo, aber wir müssen die Sache jetzt schnell zu einem Ende bringen. So geht es jedenfalls nicht weiter.«

Sie fühlte sich elend, als sie die Hand hob, aber als Gerd »fünf zu eins« sagte, war sie erleichtert. Morgen, spätestens übermorgen wäre es geschafft.

Marlene atmete tief durch. »Soll ich frischen Kaffee machen?«

»Nicht für mich«, sagte Giovanni gähnend und reckte sich, wobei er seine Muskeln ausgiebig spielen ließ. »Wir haben ja alles besprochen. Romy und ich wollen noch an den Strand. Das Wetter ist zu geil.«

Bodo hatte bisher kaum ein Wort gesagt. Nun stand er auf.

»Ich kann es nicht fassen. Ihr beschließt einfach mal so, andere Leute zu beklauen. Zumindest könnte das passieren. Versteht ihr das denn nicht? Diese anderen, das sind quasi wir. Wir sind das. Wir waren das. Uns hat man genauso um unser Geld betrogen, wie ihr jetzt Dritte betrügen wollt.«

»Na, hör mal, Bodo. Keinem von uns ist die Entscheidung leichtgefallen«, beschwerte sich Gerd.

»Erstens stimmt das nicht, und selbst wenn es so wäre, ist und bleibt es die falsche Entscheidung. *Ich* werde sie jedenfalls nicht umsetzen.«

Ein lautes Stöhnen, ein Stuhl flog zur Seite.

Giovanni baute sich vor Bodo auf. »Du hast die Scheißabstimmung gewollt, Alter.«

»Weil ich gedacht habe, dass ihr, wenn euch die Konsequenzen bewusst werden ...«

»Jetzt hältst du dich gefälligst auch dran«, unterbrach ihn

Giovanni. »Fünf zu eins, noch deutlicher geht's nicht. Du stehst allein.«

Bodo nickte. »Das stimmt. Andererseits bin ich der Einzige von euch, der Zugang zu Töllers Konten hat. Du kannst mich windelweich prügeln, Giovanni, und du siehst so aus, als würdest du es auch gerne tun, aber das wird nichts ändern. Alle Codes sind in meinem Kopf, und ohne meine Kenntnisse seid ihr einfach nur fünf ahnungslose Leute, die um einen Computer herumstehen. Das ist die bittere Wahrheit, *ragazzo*. Also, du bringst es lieber hinter dich und schluckst sie hinunter. Ohne mich kriegt ihr nicht einen Cent.«

Giovannis Brustkorb wuchs um einige Zentimeter, und es hatte den Anschein, als wollte er jeden Moment auf Bodo losgehen.

Marlene stellte sich dazwischen. »Bodo, das ist nicht fair. Abstimmung ist Abstimmung, und ich habe dir erklärt, wieso ich die Sache schnell zu Ende bringen will.«

Bodo sah sie nachsichtig an. »Das wollen wir alle, Marlene. Aber nicht auf unsaubere Weise. Wenn wir Töller nicht länger gefangen halten können, dann müssen wir abbrechen.«

Alle stöhnten halb entsetzt und halb im Zorn auf, nur Giovanni ließ seine Wut auf andere Weise raus, indem er die Faust in die Luft stieß, als wolle er jemanden zu Boden schlagen.

»Das kommt nicht in Frage«, schimpfte Gerd. »Jetzt, wo wir so weit gekommen sind.«

»Ich habe ja nicht gesagt, dass ich aufgeben will. Ich brauche nur etwas mehr Zeit. Es gibt da noch ein Konto auf den englischen Kanalinseln. Per Internet kann ich da allerdings nichts ausrichten. Wenn ich das Codewort wüsste, könnte ich bei der Bank anrufen und …«

»Du brauchst das Codewort von dem Typ?«

»Ja.«

Giovanni richtete sich auf, kraulte sich ausgiebig zwischen den Beinen und deutete mit dem Finger auf ihn. »Okay, du kriegst das beschissene Ding.«

━◦━

Während sie auf Giovannis Rückkehr warteten – er hatte gesagt, er brauche etwa eine Stunde –, bereiteten Marlene und Romy das Abendessen für Alwin Töller vor. Da es Samstag war und Marlene fand, dass man samstagsabends etwas Besonderes aufgetischt bekommen sollte, bereitete sie einen Stralsunder Fischtopf zu. Dafür war sie am Morgen extra zu einem etwas entfernten Markt gefahren und hatte feinste Filets von Dorsch und Steinbeißer besorgt. Marlene schälte die Kartoffeln, während Romy die Gurken entkernte und Knoblauch hackte, wobei sie für eine Zehe gut fünf Minuten brauchte.

Daniel steckte den Kopf in die Küche. »Romy, kannst du deinen Freund bitte mal anrufen, wo er bleibt. Ich habe zu Hause gesagt, ich wäre joggen, und das ist jetzt über zwei Stunden her. Ich bin schließlich nicht Superman.«

»Er mag es aber nicht, wenn ich ihm hinterhertelefoniere.«

»Und ich mag es nicht, wenn meine Frau glaubt, ich lüge sie an.«

»Tust du aber«, erwiderte Romy, ergänzte allerdings nach einem Ellbogenstoß von Marlene: »Gut, ich schreib ihm eine WhatsApp.«

»Herzlichen Dank«, sagte Daniel ironisch. »Was hat er überhaupt vor?«

»Etwas holen.«

»Und was?«

»Weiß ich auch nicht.«

»Gib's zu, das ist dein Lebensmotto.«

Bevor Marlene ihn zurechtweisen konnte, kehrte er ins Wohnzimmer zurück, wo Gerd und Bodo saßen und warteten.

»Hör nicht auf ihn, Romy«, sagte sie. »Er ist gereizt, wie wir alle. Das sind schwierige Tage für uns.«

Sie beobachtete, wie Romys Finger über die Tastatur ihres Smartphones huschten. Eine Nachricht schrieb sie innerhalb von Sekunden, aber an einem Gurkensalat konnte sie sich eine volle Stunde abarbeiten.

»Nun erzähl mal«, sagte Marlene mütterlich. »Wir hatten noch gar keine Gelegenheit, um über Giovanni zu sprechen. Das ging ja alles ziemlich schnell mit euch.«

»Schon, aber er ist so toll«, rief Romy. »Wie sagt man noch? Man muss die Gelegenheit beim Schoß packen.«

»Beim Schopf«, korrigierte Marlene, was Romy jedoch nicht zur Kenntnis nahm, weil sie bereits mitten im Schwärmen war.

»Er ist irre stark. In seiner Nähe komme ich mir so richtig super beschützt vor. Wie er mich an der Hand hält, wenn wir irgendwo rumlaufen. Du müsstest mal sehen, wie er die anderen Jungs mit seinen Blicken warnt, mich anzuquatschen.«

»Ja«, seufzte Marlene. »Ich kann es mir gut vorstellen, und ich schätze, das wird er so lange tun, wie ihr zusammen seid.«

Romy kicherte. »Geil, oder? Er ist halt ein echter Kerl, nicht so ein Windbeutel wie Daniel, der Angst vor seiner Frau hat.«

»Romy, ich muss dich doch sehr bitten. Daniel ist unser Verbündeter, und ich möchte nicht, dass es einreißt, dass wir schlecht übereinander sprechen.«

»Tut mir leid«, gab Romy kleinlaut nach, und Marlene verzieh ihr im selben Atemzug. »Ich wollte damit doch bloß sagen, dass ich auf feurige Typen stehe.«

Und auf dominante, fügte Marlene in Gedanken hinzu. Wenn das mal gut ging.

»Angenommen, ihr trennt euch irgendwann … Meinst du, er wird Stillschweigen bewahren?«

»Keine Sorge, ich hab an alles gedacht«, erwiderte Romy. »Er kriegt fünftausend Euro von mir, die Hälfte von meinem Anteil. Dadurch hängt er mit drin.«

Fünftausend Euro, wiederholte Marlene im Geiste. Kaum zu glauben, wie wenig Geld das war, verglichen mit den Mühen und Gefahren und nicht zuletzt der Ungeheuerlichkeit einer Entführung. Wie oft hörte man, dass ältere Leute überfallen wurden, und das alles wegen zwanzig Euro. Letzteres wurde gerne betont. Aber rechtfertigte eine höhere Summe eine solche Tat? Zweitausend Euro? Zwanzigtausend? Welcher Betrag war hoch genug, um zum Verbrecher zu werden – und bei wenigstens einem Teil der Leute auf klammheimliches Verständnis zu stoßen? Wenn es um eine Million ging? Um zehn Millionen?

Marlene stellte sich viele Fragen, nur Antworten hatte sie keine.

Romy zuckte mit den Schultern. »Ich weiß sowieso nicht, was ich damit machen soll. Ja, okay, es gibt da einen super Kühlschrank, der alles kann, nur nicht staubsaugen.« Sie lachte kurz über ihren Witz, doch da Marlene noch nicht

175

einmal die Lippen verzog, fuhr sie fort: »Das ist ein Riesending, zwei Meter hoch, rot, im Retro-Style, mit Eiswürfelmacher oder wie das heißt, und Eiskrem machen kann der auch. Außerdem ist der intelligent, den kann man mit dem Internet verbinden, und dann sagt er einem, ob die Milch sauer ist und so Zeug. Kostet nur leider zweitausend Euro.«

Marlene stellte sich vor, wie der rote Superkühlschrank in Romys enger Küche zwischen dem alten Herd und der an allen Ecken und Enden oxydierten Spüle stand.

»Ach, ich weiß nicht«, fügte Romy in ernüchtertem Tonfall hinzu. »Eigentlich brauche ich so gut wie nie Eiswürfel, und Eiskrem kriege ich ja bei uns in der Bäckerei genug. Wahrscheinlich werde ich ihn mir nicht kaufen und die restlichen fünftausend wieder aufs Konto tun. Oder wir fahren damit mal in die Heimat von Giovannis Eltern, nach Sardinien.«

»Sizilien«, korrigierte Marlene geistesabwesend.

Die Kleine hatte die zehntausend Euro vier Jahre zuvor von ihrer Oma anlässlich ihres achtzehnten Geburtstages bekommen und das Geld eine ganze Weile nicht angerührt. Marlene hatte sie am Anfang mehrmals gefragt, ob sie sich nicht etwas gönnen wolle, einen Urlaub vielleicht oder den nötigen Führerschein samt Kleinwagen. Doch Romy hatte immer nur mit der Schulter gezuckt.

»Wenn du…«, begann Marlene, zweifelte dann jedoch, ob sie die Frage überhaupt stellen sollte. »Versteh mich bitte nicht falsch, aber wenn du das Geld eigentlich gar nicht brauchst, wieso machst du dann bei uns mit? Ich meine, es ist ja schon ein wenig… ungewöhnlich, was wir hier tun.«

Wieder zuckte Romy mit den Schultern. »Ich habe dem

Kerl das Geld gegeben, also muss er es mir auch wieder zu-
rückgeben. Ist doch logisch, oder?«

Ob es logisch war, wusste Marlene nicht. Auf jeden Fall
war Romys Sichtweise höflich, denn sie ließ unerwähnt, dass
es Gerd gewesen war, der sie von dieser Geldanlage überzeugt
hatte. Er hatte ihr damals durch die Blume zu verstehen gegeben, dass man schon ziemlich schlicht im Kopf sein müsse,
wenn man auf einen Geheimtipp mit sieben Prozent Zinsen
verzichtete. Natürlich, die Entscheidung hatte letztendlich
Romy getroffen, so wie Patienten das letzte Wort vor einer
Operation haben. Dass drei Ärzte dringend dazu geraten hatten, war hinterher meist nur eine Randnotiz, wenn etwas
schiefging. Romy kannte sich mit Geldanlagen ungefähr so
gut aus wie mit der Funktionsweise der Milz. Sie hatte damals mit der Schulter gezuckt und einfach alles unterschrieben, was Töller ihr vorgelegt hatte.

Gewiss, zehntausend Euro waren nicht allzu viel, verglichen mit Marlenes zweihunderttausend. Doch es war alles,
was Romy besaß, und so gesehen wog ihr Verlust genauso
schwer. Nicht ein einziges Mal hatte sie Gerd deshalb einen
Vorwurf gemacht, anders als Bodo, der zumindest gelegent-
liche kleine Seitenhiebe nicht lassen konnte.

Gerd litt unter beidem, unter Bodos Andeutungen genauso
wie unter Romys Schweigen. Natürlich zeigte er das nicht, und
er hätte sich gegen jede direkt vorgetragene Anschuldigung
aufbrausend zur Wehr gesetzt, hätte niemals eine Mitschuld
zugegeben. Marlene kannte ihn allerdings gut genug, um zu
wissen, dass er den Kampf gegen Herrn Töller nicht des Geldes wegen führte. Das Geld war nur das Objekt, das Symbol,
um das es ging. Auch nicht für Marlenes Träume hatte er diese

Entführung gewagt. Ihm waren Abendessen im Orient-Express und luxuriöse Kreuzfahrten herzlich egal, schlimmer noch, er hätte sich bestimmt nur widerwillig darauf eingelassen, weil er sich in der Gesellschaft reicher oder gebildeter Leute unwohl fühlte. Unter ihnen war er nämlich nicht der Platzhirsch, für den er sich sonst immer hielt.

Lange Zeit hatte Marlene die wahren Motive ihres Gatten nicht wahrhaben wollen. Gerd ging es ausschließlich um seine Ehre, und die war in zweierlei Hinsicht schwer beschädigt worden. Zum einen hatte er sich quasi übers Ohr hauen lassen, etwas, das einem Gerd Adamski eigentlich nie passierte, jedenfalls nicht offiziell. Ausgerechnet er, der sich rühmte, gewieft zu sein, jeden Trick zu durchschauen und sich in allem auszukennen, war auf jemanden hereingefallen. Doch es kam noch dicker. Dass sowohl Bodo als auch Romy auf seinen Rat hin bei Herrn Töllers Geldanlage eingestiegen waren, bedeutete für Gerd einen Gesichtsverlust ohnegleichen. Wenn er früher Fehler gemacht hatte, hatte er sich stets geweigert, sie zur Kenntnis zu nehmen. Er ging einfach darüber hinweg, drehte sich die Sachlage so lange zurecht, bis er nach einer Weile tatsächlich glaubte, alles richtig gemacht zu haben und nur falsch verstanden worden zu sein. Diese von Jahr zu Jahr gewachsene und gehegte Sicht der Dinge hatte Herr Töller schwer erschüttert. Der Fehler, einem Filou nicht nur sein ganzes Geld anzuvertrauen, sondern auch noch andere in die Sache hineinzuziehen, war zu offensichtlich und unbestreitbar gewesen, um ihn abzuwiegeln. Gerd war zutiefst gekränkt.

Marlene kam nicht umhin, ihren Mann dafür ein wenig zu verachten. Sie wollte es nicht und versuchte sich einzureden, dass ein Motiv so gut wie das andere sei, und manchmal gelang es ihr sogar. Doch ploppte dieses negative Gefühl immer wieder auf, so unvermeidlich, wie sich nach gutem Wetter irgendwann wieder Wolken am Himmel zeigen.

─◄o►─

Giovanni kehrte mit einem komischen Gerät zurück, das wie ein großes, altmodisches Handy aussah. Daniel hatte so etwas noch nie gesehen.

»Das soll uns helfen, das Codewort zu kriegen?«, fragte er skeptisch.

»Das ist ein Stimmenmodulator«, erklärte Giovanni. »Wenn man es nahe an den Mund hält, kommt eine ganz andere Stimme aus einem raus.«

Daniel betrachtete den Modulator näher. Passenderweise hieß das Ding »Monster«, denn die Stimme klang tatsächlich verzerrt, geradezu unheimlich. Da Töller Giovanni nicht kannte, war damit der letzte Rest Wahrscheinlichkeit dahin, dass er die Stimme später identifizieren konnte.

»Der Dicke im Keller hat seine Chance gehabt«, sagte Giovanni. »Pappschilder und so, auf denen irgendwas draufsteht, dass er keine Angst haben muss, das ist jetzt rum. Und ob der Angst kriegen muss. Also, wir geh'n jetzt alle zusammen da runter.«

»Was soll denn das bringen?«, sagte Gerd, sichtlich eingeschnappt, dass er mal wieder nicht gefragt worden war.

»Die Wirkung ist ganz anders. Wirst schon sehen.«

Gerd wollte sich nur widerwillig auf die Vorschläge eines jungen italienischen Kickboxers einlassen, der es noch dazu wagte, ihn zu übergehen. Seine Methode hatte darin bestanden, in der einen Stunde, die sie im Wohnzimmer auf Giovanni gewartet hatten, an Bodo herumzumäkeln wie ein alter Grantler. Immer wieder hatte er Daniel aufgefordert, er solle doch »auch mal was sagen«. Aber Daniel hatte geschwiegen. Bodos Entscheidung war gefallen, daran war nichts zu ändern, und leider brauchten sie ihn weiterhin. Aber verzeihen – nein, verzeihen würde Daniel dem Abweichler das nie.

Sollte der Prolet ruhig seine Chance kriegen. Wieso nicht?

Im Keller, wo sich alle sechs die Kluft samt Kapuze anzogen, verstand Daniel sofort, was Giovanni mit der veränderten Wirkung meinte. Seines Wissens war bislang immer nur eine Person zu Töller gegangen. Nun, da sie allesamt in ihren unheimlichen Kostümen zusammenstanden, lief sogar ihm ein kalter Schauer über den Rücken, obwohl er sich nicht bedroht fühlen musste.

Wie ein Tribunal schritten sie in den Raum: Giovanni, Gerd, Daniel, Bodo, Marlene und Romy. Töller verstand sofort, dass sich etwas verändert hatte, dass sie sein Schweigen nicht länger hinnehmen würden. Bleich und ängstlich drückte er sich an die Wand.

»Bitte ... Bitte nicht ... Ich werde Ihnen ein Lösegeld zahlen. Zwanzigtausend. Also gut, dreißigtausend ... hunderttausend. Nehmen Sie Kontakt zu meiner Bank auf, um die Übergabe zu vereinbaren.«

Das könnte dir so passen, dachte Daniel. Die meisten Entführungen scheiterten bei der Lösegeldübergabe. Selbst der gewitzte Dagobert, der die Polizei mehrmals gefoppt hatte, war letztendlich nicht ans Ziel gelangt, sondern hinter Gittern gelandet. Das Intelligente an dem von ihnen entworfenen Plan war ja gerade, dass eine Geldübergabe nicht nötig war.

»Du weißt genau, was wir wollen«, sagte Giovanni.

Töller schluckte. »Nein ... Nein, das nicht. Kein Passwort. Gut, sagen wir zweihunderttausend.«

Giovanni ging langsam auf Töller zu.

»Nein, nein, bitte nicht ... Bitte ... Bitte ... Ich bitte Sie ...«

Der Italiener betrat den Radius des Gefangenen, obwohl Gerd ihn im letzten Moment zurückhalten wollte. Daniel verstand, warum der Junge sich dieser Gefahr aussetzte. Er signalisierte Töller damit, dass er keine Angst hatte. Denn so schwach, elend und hilflos sich Töller fühlen musste, so war dieser winzige, ihm zur Verfügung stehende Radius eine Art Burg mitten im Feindesland für ihn. Keiner hatte sich ihm bisher auf weniger als zwei Schritte Abstand genähert. Das gab ihm eine letzte, wenn auch geringfügige Sicherheit. Die hatte Giovanni ihm nun genommen, bevor er auch noch die allerletzte Grenze überschritt.

Blitzschnell griff er nach Töllers rechter Hand und bog ihm den Daumen nach hinten, sodass dieser augenblicklich auf die Knie ging und schrie wie am Spieß.

Der Angriff erfolgte so überraschend, dass sowohl Marlene als auch Daniel aufstöhnten und den Blick abwandten.

Giovanni lockerte den Griff kein bisschen, wie Töllers Geschrei vermuten ließ. Nur langsam wandte Daniel sich dem Geschehen wieder zu, wobei er stark zwinkerte und die Hand abwehrend vors Gesicht hielt, so als sei er Zuschauer eines Horrorfilms. Glücklicherweise blickte der Gefangene zu Boden, sonst hätte er die Schockreaktion zweier Mitglieder

des Tribunals mitbekommen. Marlene hatte die Türklinke er-
griffen, an der sie sich festhielt wie an einem Geländer am
Rand des Abgrunds.

»Hitch… ah … aaah! Hitchcock«, stieß Töller aus. »Loslassen … bitte … Das Passwort lautet Hitchcock.«

Giovanni zog sich ein paar Meter zurück. Er hielt sich den
Stimmenmodulator vor den Mund und fragte: »Wie wird das
geschrieben?«

Diesmal rollte Daniel nicht mehr nur innerlich mit den
Augen. Er tippte Giovanni an und gab ihm und den anderen
ein Zeichen, ihm vor die Tür zu folgen. Marlene verließ noch
vor ihm den Raum. Sie lehnte die Stirn gegen die Wand,
schloss die Augen und ließ die Streicheleinheiten ihres Mannes ohne Regung über sich ergehen.

»Das war echt heftig«, sagte Bodo vorwurfsvoll und schwer
atmend. Er riss sich die Kapuze vom Kopf. »Wir hatten vereinbart, dass Töller gut behandelt wird.«

»Wir hatten auch vereinbart, dass du uns die Kohle be-
sorgst, Alter. Also, stell dich nicht an wie ein Mädchen.
Außerdem ist dem überhaupt nix passiert. Dem bullert noch
eine Stunde lang die Hand, dann merkt er nix mehr. Nix gebrochen, nix verstaucht oder so. Und mir haben das Wort,
wie versprochen. Was sagste jetzt, Gerd? Hat doch Bombe
geklappt.«

Gerd sagte gar nichts mehr. Mit diesem Erfolg hatte Giovanni das Ruder übernommen.

»Ihr habt das Geheimwort verstanden, ja?«, hakte der Italiener nach. »Irgendwas Englisches mit ›cock‹. Das ist was
Dreckiges, oder?«

»Der Name eines englischen Regisseurs«, erklärte Daniel,

wobei er sich zusammennehmen musste, um nicht arrogant zu klingen. »Eines sehr berühmten Regisseurs.«

»Bombe, ey. Okay, das war's für heute, oder ist noch was? Ich muss in einer Stunde im Restaurant sein.«

Daniel ekelte die Vorstellung, dass die Hand, die eben noch einen Menschen gequält hatte, in einer Stunde Pizza servieren würde. Doch je mehr sich seine Herzfrequenz in der folgenden Viertelstunde normalisierte, desto bewusster wurde ihm, dass sie einen Durchbruch erzielt hatten.

»Geschafft«, flüsterte er auf der Fahrt in die Bibliothek vor sich hin, immer und immer wieder wie ein Mantra, und eine Woge der Erleichterung und des Glücks erfasste ihn.

6

September

Bobby hatte Ina verletzt, wenn auch auf eine Weise, die es ihr schwer machte, wütend auf ihn zu sein. Sie konnte nicht Ehrlichkeit erwarten und sich hinterher beschweren, wenn sie damit konfrontiert wurde. Schon gar nicht als Psychologin. Tagsüber schaffte sie es irgendwie, den Ex aus ihren Gedanken zu verbannen. Sie hatte viel zu tun, und wenn sie in ihrem Kalender mal eine Stunde entdeckte, die nicht ausgefüllt war, schloss sie sie rechtzeitig, sei es mit liegen gebliebenem Kram, mit Einkäufen, schwierigen Recherchen oder Lektüre.

Auf diese Weise wurde sie innerhalb weniger Tage stolze Besitzerin diverser neuer Paar Schuhe, Abonnentin einer Wirtschaftszeitung und Mitglied einer Naturschutzorganisation. Sie beschäftigte sich mit dem Leben von Pablo Picasso und Marie Antoinette, und sie kochte ein im Internet entdecktes Originalrezept für Cassoulet nach, was mehr als fünf Stunden in Anspruch nahm.

Die Nächte hingegen waren ein Problem. Trotz Hopfentee, Lavendelöl und RTL II schlief Ina nur schlecht ein. Daher war sie fast dankbar, als nach Mitternacht ihr Handy klingelte, obwohl das meistens nichts Gutes bedeutete. Da Stefanie seelenruhig in ihrem Bett schlief, konnte ihr nichts zugestoßen sein, und Ina ertappte sich zwischen dem ersten und dem dritten Klingeln bei der Hoffnung, es möge Bobby sein.

»Hallo, hier ist Christopher.«

Sie war augenblicklich hellwach. »Christopher!«

»Können Sie bitte ganz schnell bei uns vorbeikommen?«

»Was ist denn los?«

»Mein Vater... Er... Er dreht durch.«

»Was meinst du damit? Was tut er denn?«

»Er regt sich über irgendetwas schrecklich auf, ich habe es nicht ganz verstanden.«

»Hat er dich geschlagen oder hart angefasst?«

»Das soll er mal versuchen, dann ...«

»Christopher. Sag mir endlich, was los ist.«

»Ich habe mich mit Felicia im Bad eingeschlossen. Sie hat Angst, aber ... Nein, getan hat er uns nichts. Er hat ein paar Sachen zertrümmert. So habe ich ihn noch nie gesehen.«

»Aber auf euch ist er nicht losgegangen?«

»Nein.«

»Gut, ich komme. Bleibt, wo ihr seid. Auf keinen Fall die Badezimmertür öffnen, bis ich da bin. Wenn dein Vater versucht, die Tür aufzukriegen, rufst du sofort die Polizei an, hast du verstanden? Du wählst dann eins, eins, null. Keine Heldentaten, bitte.«

»Ist klar.«

»Ich brauche eine Viertelstunde.«

Drei Minuten später saß Ina im Auto. Nur aus einem einzigen Grund rief sie nicht die Polizei an – das hätte womöglich eine Maschinerie in Gang gesetzt, auf die die sie keinen Einfluss mehr hätte. Die Beamten könnten das Jugendamt benachrichtigen, und dann wäre alles möglich. Ein alleinerziehender randalierender Vater in der Familienwohnung – andere Kinder waren schon aus geringeren Anlässen aus ihrem Leben gerissen worden, zumindest vorübergehend. Ob das im Moment das Richtige war? Wären Christopher und Felicia körperlich bedroht gewesen, hätte sie dagegen keine Sekunde überlegt. Das war offensichtlich nicht der Fall, dennoch wollte sie sich unbedingt selbst ein Bild verschaffen, bevor sie entschied, ob sie das Jugendamt einschaltete.

Als sie am Haus der Trebuths in Prerow ankam, herrschte Stille. Ein paar Fenster waren matt erhellt, die der Nachbarhäuser alle dunkel. Unendlich viele Sterne flimmerten am Himmel, dessen tiefe Schwärze von den Straßenlaternen nicht beeinträchtigt wurde. Vom Meer wehte ein leichter Wind herüber. Friedlicher konnte eine Nacht nicht sein.

Sie klingelte und musste nicht lange warten.

»Herr Trebuth.«

»Frau Bartholdy.«

Seine Stimme klang müde und traurig. Er war völlig ruhig und wirkte nicht überrascht, sie zu sehen. Umgehend trat er einen Schritt zurück, um ihr zu signalisieren, dass sie eintreten durfte. Angst hatte Ina zwar keine vor ihm, aber ganz wohl war ihr nicht. Das Regal mit den Fotos seiner Frau war im Ganzen abgerissen worden, die Bruchstücke lagen über den Boden verteilt. Dasselbe galt für einige der Wandbilder mit Blumenmotiv. Eine umgestürzte Stehlampe schickte schwache Lichtblitze in den hell erleuchteten Raum, wie letzte Zuckungen eines erschlagenen Insekts. Das Wichtigste jedoch, die Badezimmertür, war unversehrt. Es sah nicht so aus, als hätte Daniel Trebuth den Versuch unternommen, sie gewaltsam zu öffnen. Das einzig Lebendige, das irgendwelche

Blessuren davongetragen hatte, war eine Zimmerpflanze, deren Blattkrone abgeknickt war.

Ina sah ihr Gegenüber streng an, sprach aber mit mildem Tonfall.

»Ist Ihnen eigentlich klar, was Sie Ihren Kindern damit antun?«

»Ja, ich weiß, ich weiß«, seufzte er und rieb sich mit einer Hand die Augen. »Es tut mir so leid. Seit einer Viertelstunde spreche ich durch die Tür mit den Kindern und sage ihnen, wie sehr ich meinen Ausbruch bedaure. Aber sie wollen mir nicht aufmachen.«

»Und das wundert Sie?«

»Nein … Sie haben ja recht. Es … es war nur das eine Mal. So etwas passiert mir sonst nie. Keine Ahnung, es ist einfach über mich gekommen. Oh mein Gott, was hat mich da bloß geritten? Die armen Kinder.«

Inas Blick schweifte erneut über das Chaos, die gerahmten Hochzeitsfotos, die Urlaubsfotos, die Blumenbilder. Daniel Trebuths Wut hatte sich ihrer Meinung nach gegen seine Frau gerichtet, und da sie abwesend war, gegen Dinge, die mit ihr zu tun hatten. Glücklicherweise – in diesem Fall musste man das so sagen – brachte er die Kinder nicht in enge Verbindung mit seiner Frau. Es waren jetzt seine Kinder, daher waren sie verschont geblieben.

»Ich schlage vor, Sie räumen erst mal auf, um eine gewisse Normalität wiederherzustellen. In der Zwischenzeit rede ich mit Christopher und Felicia.«

Ohne zu zögern, machte er sich wie ein fleißiger Diener an die Arbeit. Er sagte alles, was sie hören wollte, er tat alles, was sie verlangte. Vermutlich hätte sie ihm auch befehlen können, einen Handstand zu vollführen, um die Blutzirkulation im Kopf zu verbessern, und er hätte der Aufforderung Folge geleistet. Daniel Trebuths Unterwürfigkeit machte Ina misstrauisch. Andererseits konnte sie es ihm schwerlich übel nehmen, dass er ihre Vorschläge umsetzte.

Sobald sie sich zu erkennen gab, öffnete Christopher die Badezimmertür. Seine Schwester schien geweint zu haben, wohingegen er selbst den tapferen Mann gab, und tatsächlich hatte er alles richtig gemacht.

»Du hast klug und umsichtig gehandelt«, lobte Ina ihn, woraufhin er gleich einen Zentimeter wuchs.

Felicia warf sich ihr in die Arme und wollte sie gar nicht mehr loslassen, obwohl sie und Ina sich nur von einigen wenigen flüchtigen Begegnungen kannten. Während sie Wange an Wange dastanden, flüsterte Ina ihr beruhigend ins Ohr und wiederholte immer wieder: »Es ist vorbei.«

»Euer Vater ist wieder zur Ruhe gekommen. Sein Verhalten tut ihm schrecklich leid«, schloss sie. »Aber das möchte er euch gerne selbst sagen. Seid ihr dazu bereit? Oder braucht ihr noch Zeit?«

»Nein, ist schon okay«, sagte Christopher

Ina wartete auch Felicias Zustimmung ab. Das Mädchen nickte betrübt.

»Du musst nicht, wenn du nicht willst«, bot sie an.

»Doch, ich will«, bestätigte die Kleine mit heller, porzellandünner Stimme.

»Ganz sicher?«

»Ja.«

Als sie das Wohnzimmer betraten, war das Chaos weitgehend beseitigt. Daniel Trebuth hatte die Scherben zusam-

mengekehrt, die Bilder und die umgeknickte Pflanze wegge-
schafft. Ein einzelnes Foto seiner Frau stand wieder an seinem
Platz im Regal, allerdings in einem gesprungenen Rahmen.
Ina fand, das hätte er sich schenken können. Die Stehlampe
hatte er zwar aufgerichtet, jedoch nicht ausgeschaltet, weshalb sie weiterhin ihr flackerndes, verstörendes Licht durch
den Raum schickte.

Als Daniel Trebuth einen Schritt auf die kleine Felicia zuging, wich sie zurück und ergriff die Hand ihres Bruders. Ihre
Angst traf den Vater sichtlich. Ina nahm ihm sein Erschrecken über die Reaktion seiner Tochter ab. Vermutlich begriff
er erst in diesem Moment vollständig, was er da angerichtet
hatte und dass es mit ein paar schönen Worten und dem Zu-
sammenkehren der Scherben nicht getan war.

Er brach in Tränen aus und stammelte mehrfach Entschul-
digungen. Ihn derart schwach zu erleben, machte es vor allem
Felicia leichter, wieder Vertrauen zu ihm zu fassen, und nach
einer Minute versöhnte sich die dreiköpfige Familie. Christopher allerdings blieb distanziert, auch wenn er die Entschuldigung seines Vaters akzeptierte.

»Möchtet ihr die Nacht hier verbringen oder lieber woanders?«, fragte Ina die Kinder, was Daniel Trebuth erneut
schockierte. Aber sie musste diese Frage stellen, als Signal an
die Kinder, dass sie die Wahl hatten, um ihnen eine gewisse
Sicherheit zurückzugeben.

»Felicia soll entscheiden«, sagte Christopher. »Ich bleibe
da, wo sie ist.«

Das Mädchen wollte zu Hause bleiben.

Daraufhin bat Ina ihren Vater um ein Gespräch unter vier
Augen, das sie draußen vor der Tür führten. Die Zigaret-

tenstummel lagen immer noch dort, in den letzten Wochen mehrmals vom Regen aufgeweicht, von der Sonne getrocknet und erneut aufgeweicht, braun, schleimig, zerknickt wie zertretene Schnecken. Neue waren nicht hinzugekommen, da der Hausherr seiner Sucht inzwischen in der Wohnung frönte, wie man deutlich riechen konnte.

»Herr Trebuth, nun sagen Sie mir bitte, warum. Dass Sie seit einem Jahr unter großem Druck stehen, ist mir klar. Aber was war der Auslöser für Ihren Wutanfall?«

Er seufzte schwer. »Es war alles ein bisschen viel für mich in letzter Zeit. Ich kämpfe mich von Tag zu Tag, und irgendwie… Manchmal gebe ich Jette die Schuld daran. Das finden Sie sicherlich falsch.«

»Gefühle sind nie richtig oder falsch, sie sind vorhanden, und deswegen muss man mit ihnen umgehen. Daher möchte ich, dass Sie mit Ihren Kindern zu einer Familienberatungsstelle gehen, und zwar gleich morgen Vormittag. Melden Sie sich einen Tag krank oder nehmen Sie sich frei, wie Sie wollen, aber bitte gehen Sie dorthin. Hier ist die Adresse. Morgen Nachmittag werde ich dort anrufen und mich erkundigen, ob Sie meiner Empfehlung gefolgt sind. Ich kann nicht genug betonen, dass Sie sich gleich morgen an die Beratungsstelle wenden sollten.«

◄○►

In der Nacht schlief Ina unruhig und alles in allem nicht mehr als zwei Stunden. Bereits um halb sechs stand sie auf. Vom Müsli aß sie gerade mal einen Löffel, und so blieb es bei sieben Tassen Kaffee innerhalb einer Stunde. Als Stefanie um sieben Uhr in die Küche kam, erzählte Ina ihr, was in der Nacht passiert war.

»Und du hast nicht die Polizei oder das Jugendamt gerufen?«, fragte Stefanie entsetzt.

»Es liegt keine häusliche Gewalt vor. Der Mann hat eine Stehlampe und ein paar Bilderrahmen malträtiert. Soll man ihm dafür die Kinder wegnehmen? Das kann immer nur die letzte Maßnahme sein. Man reißt nicht so mir nichts, dir nichts eine Familie auseinander. Im Übrigen ginge das bei den Trebuths auch rechtlich nicht.«

»Christopher hasst seinen Vater.«

»Das ist schlimm. Aber wenn die Behörden jedes Mal ein Elternteil einsperren würden, wenn die Kinder sich das wünschen, dann hätte ich schon mindestens zehn Nächte in einer Zelle verbracht. Oder, liebste Tochter?«

»Ach, so schlimm seid ihr gar nicht, du und Papa.«

»Danke. Ich weiß, das ist deine unnachahmliche Art, ein Lob auszusprechen. Aber, um auf das Wesentliche zurückzukommen, ich sehe nicht, dass Felicia oder Christopher etwas zustoßen könnte.«

Stefanie stocherte in ihrem Joghurt herum. »Kann ja sein. Aber Christophers Vater ist grässlich. Total depri, der wandelnde Waschlappen und langweilig obendrein. Außerdem trägt er Socken in Sandalen, *oh my god*.«

»Ich bezweifle, dass Socken in Sandalen ein ausreichender Grund für einen Richter wären, die Familie zu trennen.«

»Manchmal ist da was Unheimliches in seinen Augen...«

»Du meinst etwas Düsteres. Nun ja, das würde uns an seiner Stelle vermutlich allen so gehen.«

»Nein, richtig unheimlich. Ich kann's nicht erklären.«

»Unsere Wahrnehmung wird hauptsächlich von äußeren Faktoren beeinflusst und mitunter verfälscht. Du weißt, dass seine Frau verschwunden ist, und du ziehst die Möglichkeit in Betracht, dass er etwas damit zu tun haben könnte.«

»Nö, nicht die Bohne, er hat ein Alibi.«

Das war Ina völlig neu. »Wer sagt das?«

»Chris. Er hat seine Mutter als Letzter gesehen. Sie ist aus dem Haus gegangen, um einen Movinger zu machen. Jedenfalls hat sie das gesagt.«

»Einen was?«

»Einen Spaziergang, Mama. Das kommt von *to move*, du verstehst?«

»Ein Movinger, na schön. Und weiter?«

»Irgendwo bei Prerow, mittags. Und dann, platsch, war sie weg. Chris' Vater war bis spätabends in der Bibliothek. Er kann es also nicht gewesen sein. Falls da überhaupt etwas gewesen ist.«

Wieso hatte Christopher ihr verschwiegen, dass er seine Mutter als Letzter gesehen hatte?

Da war sie wieder, Großtante Gertrud.

―◁○▷―

Nach dem Gespräch mit ihrer Tochter war Ina verunsichert. Objektiv war ihre Entscheidung richtig gewesen. Es hatte keine häusliche Gewalt vorgelegen, und sie hatte darauf bestanden, dass die drei zur Familienberatung gingen. Und doch… Sie wollte nicht bis zum Nachmittag warten, um sicherzugehen, dass Daniel Trebuth ihren eindringlichen Ratschlag befolgt hatte. Also fuhr sie zum Haus der Familie, gemeinsam mit Stefanie, die sich nicht hatte abwimmeln lassen. Wenn bis zehn Uhr nichts passiert wäre, so nahm sie sich vor, würde sie dem Hausherrn nochmals einen Besuch abstatten und ihm auf die Füße treten. Ina fand, dass sie das den Kindern schuldig war, aber ihr war auch klar, dass sie damit gegen die erste Regel auf Seite eins des Handbuchs Psychologie verstieß: bewahre Distanz. Sowohl ihre Supervisorin in der Klinik wie auch ihr Doktorvater wären entsetzt, wenn sie wüssten, dass Ina neuerdings ihren Patienten nachstieg. Obwohl – Daniel Trebuth war gar nicht ihr Patient, und um ihn ging es in diesem Fall ja hauptsächlich.

»Echt cool, Mama«, sagte Stefanie. »Mit dir erlebt man wenigstens was. So hab ich mir deine Arbeit nicht vorgestellt.«

»Ich auch nicht.«

»Vielleicht sollte ich Psychologin werden. Übrigens, ich habe heute Nachmittag ein Vorstellungsgespräch für ein Praktikum«, sagte Stefanie.

»Bei einem Psychologen oder bei einem Tierarzt?«

»Nein, im Rostocker Zoo als Tierpflegerin. Ich will die Affen betreuen. Die sind so was von süß und sexy.«

»Orang-Utans sind sexy?«

»Na, die kleinen halt. Die kann man so schön knuddeln.«

»Vor ein paar Tagen wolltest du noch helfen, Welpen zu kastrieren und Meerschweinchen zu kämmen.«

»Ach, Mama, mach es doch nicht immer so kompliziert.«

Um halb zehn tat sich etwas. Daniel Trebuth stieg in sein Auto und fuhr los, allerdings ohne die Kinder.

»Warum ist Chris nicht bei ihm?«, fragte Stefanie.

»Möglicherweise will er vorab noch schnell in die Bibliothek fahren, um etwas zu klären.«

Ina hielt einigen Abstand, während sie ihm folgte, und ließ es auch zu, dass sich ein Fahrzeug zwischen ihn und sie schob. Da Trebuth einen froschgrünen Ford fuhr, war es nicht schwierig, an ihm dranzubleiben.

Die Fahrt dauerte nur wenige Minuten, von Prerow nach Wieck, aus Wieck wieder heraus, dann eine Landstraße am Bodden entlang. Die Strecke kam Ina bekannt vor, sie war sie schon zweimal gefahren. Als Daniel Trebuth in jenen Weg einbog, der zum Haus der Adamskis führte, hielt sie irritiert am Straßenrand an.

Im ersten Moment brachte sie die Dinge nicht zusammen. Was für ein Zufall! Oder etwa kein Zufall?

»Mama, du verlierst ihn ja!«, schimpfte Stefanie. »Was ist denn los? Hast du ein Gespenst gesehen?«

»So ungefähr.«

Nach einer Minute bog auch sie in die einspurige Straße ein und parkte etwa fünfzig Meter von Marlenes Haus entfernt.

»Du bleibst im Auto«, befahl sie Stefanie.

»Wer bin ich denn? Ein Hund?«

»Für die nächste Viertelstunde, ja.«

Langsam näherte Ina sich dem Haus. Tatsächlich, da stand Daniel Trebuths Auto. Der Audi, mit dem Gerd Adamski seine Frau von der Klinik abgeholt hatte, war nicht zu sehen – der Bäcker arbeitete vermutlich –, aber durch das halb offen stehende Garagentor erkannte Ina das schwarze Fiat Coupé, das ihr neulich gefolgt war.

Es war schwierig, all diese Details zu einem Bild zusammenzusetzen, noch dazu innerhalb von Sekunden: Daniel Trebuth, Marlene Adamski, der Fiat...

Was sollte sie tun?

Wegfahren und die Entdeckung für sich behalten?

Wegfahren und Marlene später darauf ansprechen?

Darauf warten, dass Daniel Trebuth wieder herauskam?

Klingeln?

Ewig konnte sie nicht unschlüssig mitten vor dem Haus stehen bleiben. Sie musste sich entscheiden.

Sie beschloss, den Stier bei den Hörnern zu packen, und klingelte. Manchmal war Konfrontation der einzige Weg, um eine verworrene Situation zu klären. Und Verwirrung gab es reichlich.

Nichts geschah. Ina klingelte erneut – wieder ohne Ergebnis.

Sie trat einige Schritte zurück. Die dunklen Fenster des Hauses waren wie Augen, die sie anstarrten, und in diesem Moment begriff sie, dass es ein Fehler gewesen war, sich zu erkennen zu geben.

»Chris!«, erklang Stefanies schriller Ruf. »Chris, hallo!«

Ina wandte sich erschrocken zu ihrer Tochter um, die sich natürlich nicht an die mütterliche Anweisung gehalten hatte. Heftig winkend stand das Mädchen mitten auf dem Weg, und Ina folgte ihrem Blick zum Waldrand, etwa einhundert Meter entfernt, wo sie kürzlich selbst gestanden hatte. Ja, da war ein Fahrradfahrer, der durchaus Christopher sein könnte, aber statt sich zu nähern, fuhr er davon.

In einer erneuten spontanen Entscheidung wirbelte sie herum, sammelte Stefanie ein und fuhr mit ihr nach Hause.

Als Ina am nächsten Morgen beim Frühstück die Regionalzeitung aufschlug, stand auf der Titelseite: »Erschütternder Mord auf dem Darß.«

Vierzehn Monate zuvor

»So ein Fuchs! So ein verdammter Fuchs!«, rief Bodo. In seine Stimme mischten sich Enttäuschung und Ärger, aber auch eine widerwillige Bewunderung für Alwin Töller. »Der hat uns doch glatt ausgetrickst. Verflucht noch mal ist der abgebrüht.« Bodo redete mit sich selbst. Von Töllers Arbeitszimmer aus hatte er auf den britischen Kanalinseln angerufen, um eine Geldanweisung auf das deutsche Konto in Auftrag zu geben. Als er das Codewort genannt hatte – Hitchcock –, hatte man ihm gesagt, dass es leider nicht das richtige sei.

Bodo hatte es fast vom Stuhl gehauen. Mit dem Hörer in der Hand war er aufgesprungen, und das Herz hatte ihm bis zum Hals geschlagen.

Schnell sagte er auf Englisch: »Oh, tut mir leid. Hitchcock ist das Codewort für ein anderes Konto. Ich muss kurz nachsehen und rufe Sie gleich noch mal an.«

»Natürlich, Sir. Haben Sie einen schönen Tag.«

Im letzten Moment hatte er damit die Situation gerettet.

Hatte er das wirklich? Oder wiegte man ihn nur in diesem Glauben? War Hitchcock womöglich gar nicht das Codewort, sondern ein Alarmauslöser? Würde die Bank das Konto jetzt sperren? Oder, was noch schlimmer wäre, würde sie ein

Sicherheitsunternehmen verständigen, das daraufhin einen Kontrollanruf machen oder umgehend einen Wagen zu Töllers Haus schicken würde? Gab es solche Mechanismen überhaupt? Und wenn, funktionierten sie auch international?

Das Risiko war zu groß. Er packte in aller Eile die Sachen zusammen, die Laptops, Sticks, das Pausenbrot, die Cola, einfach alles. Zweimal schritt er alle Räume ab, um sich zu vergewissern, dass er ja nichts vergaß.

»Flocke!«, fiel ihm ein. In dem Körbchen war der Kater nicht, vermutlich streifte er irgendwo draußen herum.

Er konnte das Tier doch nicht einfach zurücklassen, ohne Nahrung. Es war kein Trockenfutter im Haus, und Nassfutter wäre bei diesen Temperaturen schon nach einem Tag im Napf ungenießbar.

Im Garten rief er nach dem Kater, immer auf der Hut, um ja nicht von einem zufällig vorbeikommenden Spaziergänger oder dem Postboten entdeckt zu werden. Tatsächlich musste er sich innerhalb der Viertelstunde, in der er Flocke anzulocken versuchte, dreimal hinter einer Eibe verstecken.

Beim vierten Mal schienen sich Bodos schlimmste Befürchtungen zu bestätigen. Zwei Männer mit einem Schäferhund näherten sich und klingelten an der Haustür.

»Mist!«, fluchte er leise vor sich hin.

Sie würden Töller schnellstens freilassen müssen, irgendwo auf einer Wiese oder im Wald, und zu ihrem alten Leben zurückkehren, als wäre nichts gewesen. Die Aktion war gescheitert, und außer ein paar tausend Euro hatte er nichts gewonnen. Wenigstens hatte ein Teil des Plans funktioniert, und sie waren unerkannt geblieben.

Während Bodo darüber nachdachte, wie er sich am besten

von dem Grundstück schleichen könnte, ohne von den Männern bemerkt zu werden, schmiegte sich plötzlich Flocke an ihn, den er streichelnd begrüßte. Im nächsten Moment zogen die Fremden ab.

Bodo wartete einige Minuten, bis er ganz sicher war, dass sie wirklich fort waren. Als er im Briefkasten nachsah, lag darin der Handzettel eines nahe gelegenen Tierheims, das um eine Spende bat.

Erleichtert holte er tief Luft – und hielt mittendrin den Atem an. Was, wenn der Flyer bloß ein Trick war? Oder machte er sich ganz umsonst verrückt? So wie ein Wanderer im nächtlichen Wald hinter jedem Rascheln einen Bösewicht oder die Gestalt aus einem Horrorfilm vermutet, so war es ganz natürlich, dass Bodo in seiner Lage überall Fallstricke vermutete. Wären die Männer wirklich von einem Sicherheitsunternehmen gewesen, wären sie dann innerhalb einer halben Stunde bei ihrem Klienten gewesen, ausgerüstet mit einem gefälschten Flyer? Wie wahrscheinlich war es, dass statt einer Maus eine Horrorgestalt das Rascheln im Wald verursachte?

Seine Sachen und Flocke unterm Arm, ging Bodo zu seinem Polo, der ein Stück entfernt stand. Als er alles eingeladen hatte und losfuhr, sah er die beiden Männer erneut, wie sie in Ahrenshoop von Haus zu Haus gingen.

Falscher Alarm also – diesmal. Die Leute waren tatsächlich vom Tierheim. Ganz sicher, dass nicht doch irgendetwas in Gang gesetzt worden war, war er sich allerdings nicht.

Er hielt kurz an, steckte den erfreuten Spendensammlern zehn Euro in die Dose und fuhr weiter Richtung Wieck.

◄o►

Bodo saß gerne in Marlenes Küche, in der es wie so oft lecker nach Kuchen duftete. Zwar weckte der Geruch von Teig, Vanille und Zucker keine Erinnerungen bei ihm, denn weder seine Eltern noch Nelli oder er selbst hatten sich je im Backen versucht, trotzdem empfand er den Duft als beruhigend und behütend, so als könne ihm in dieser Küche nichts passieren. Marlenes mütterliche Gestalt passte hervorragend dazu, ohne sie wäre dieses friedliche Bild nicht vollständig gewesen.

»Den habe ich für Herrn Töller gebacken, als Dankeschön für seine Mitarbeit«, sagte sie mit einem traurigen Blick auf den Gugelhupf. »Aber verdient hat er ihn nicht.«

»Das kannst du laut sagen«, stimmte Bodo zu und schnitt sich ein großes Stück aus dem Rund heraus. Er biss ein wenig zu herzhaft zu, doch das brauchte er jetzt.

»Vielleicht hat er sich mit dem Geheimwort ja auch nur vertan«, versuchte sie eine Erklärung.

»Von wegen vertan! Der hat uns gefoppt, uns übers Ohr gehauen, und das nicht zum ersten Mal. Wenn du dich bitte mal dran erinnerst, warum er überhaupt da unten sitzt.«

Sie seufzte. »Das Schwindeln scheint ihm im Blut zu liegen.«

»Marlene, der Mann hat nicht aus einer Fünf in Mathe eine Drei gemacht und sie dann seiner Mama zur Unterschrift vorgelegt. Das ist ein waschechter Lügner und Betrüger, und dass er sich selbst ganz anders sieht, macht die Sache nur noch schlimmer. Wenn er wenigstens dazu stehen würde, und sei es auch nur insgeheim. Aber nix da, solche Typen sind wie manche Gebrauchtwagenhändler, die den Rost nur überpinseln und auch noch meinen, das sei völlig legitim. Dass sie damit vielleicht eine alleinerziehende

200

Mutter, die sich mit Autos nicht auskennt, an den Rand des Ruins bringen …«

»Ich weiß, was du sagen willst«, unterbrach ihn Marlene mit weinerlicher Stimme. »Ich kann Herrn Töller ja auch nicht ausstehen. Am liebsten würde ich ihm eine Schwarzwälder Kirsch ins Gesicht klatschen und kräftig verreiben.«

Bodo schmunzelte. »Deine Grausamkeit kennt wohl keine Grenzen.«

»An anderen Tagen tut er mir halt leid. Du musst da nicht runter, Bodo. Ich muss da runter. Ich muss den Gestank riechen. Ich muss mit ansehen, wie Herr Töller langsam verkommt. Der braucht dringend mal ein Bad, eine Zahnbürste … Aber Gerd sagt, ich darf ihm nichts geben, das wäre zu gefährlich.«

»Ich würde dir ja helfen, bloß geht fast meine ganze Zeit dafür drauf, Töllers Geschäfte und seine Korrespondenz zu erledigen. Kann Romy dich denn nicht entlasten?«

»Ach, das arme Kind wäre damit doch völlig überfordert. Das Mädchen kann ja nicht mal ein Sandwich machen, ohne Mayonnaise und Senf zu verwechseln. Ich lasse sie immer bei Schnick Schnack Schnuck gewinnen, damit sie nicht in den Keller muss. Gerd hat in der Bäckerei zu tun, Daniel in der Bibliothek, und Giovanni ist sich zu gut dafür. In der Pizzeria serviert er jeden Abend hundert Essen, hier dagegen macht er keinen Finger krumm.«

Bodo streichelte ihre Hand. Er verstand Marlene gut. Ihm wäre es unmöglich, das zu tun, was sie jeden Tag tat. Für ihn war es nicht weiter schwer gewesen, an Töllers Schreibtisch zu sitzen, ja, er hatte sich dort regelrecht wohlgefühlt. Das Kaufen und Verkaufen, das Jonglieren mit Aktien und Anleihen, genauso wie in eine andere Identität zu schlüpfen, hatten etwas Spielerisches gehabt. Mit der Materie kannte er sich inzwischen ziemlich gut aus. Zwar gab es ein paar Kunden, die sich wunderten, dass Alwin Töller nie telefonisch zur Verfügung stand, aber dank der erfundenen Asienreise war noch keiner misstrauisch geworden. Dafür kam Bodo viel zu locker rüber.

Letztlich hatte er seinen Spaß gehabt, während Marlene Töllers die Scheiße hatte wegräumen müssen. Letztendlich jedoch hatten sie beide auf dasselbe Ziel hingearbeitet, und wäre ihr Plan erfolgreich gewesen, hätte er Töllers Haus ebenso freudig verlassen und abgeschlossen wie Marlene den Keller.

Er spürte die drohende Leere nach der begrabenen Hoffnung. Noch gelang es ihm, sie auf Abstand zu halten. Aber sie streckte bereits ihre Fänge nach ihm aus. Wenn Nellis Geld endgültig verloren war, war auch das Letzte von Nelli verloren. Dann wäre sie reine Vergangenheit. Was bliebe ihm dann noch? Nicht einmal mehr der Kampf.

Vielleicht hätte er die Einlagen der Kunden doch anzapfen sollen, nur ein paar hundert Euro von ein paar Dutzend Wohlhabenden, das wäre sicher genug gewesen. Die Anleger hatten alle so viel Geld, da fiele der Verlust nicht weiter ins Gewicht – anders als bei Daniel mit seiner Existenznot, Marlene und Gerd mit ihrem bedrohten Lebensabend, Romy mit ihren Ersparnissen und er selbst mit seiner maßlosen Trauer.

Oder etwa doch? Die allermeisten würden eine solche Tat wahrscheinlich trotzdem unmoralisch nennen. Doch mit der Moral und der Anständigkeit war das so eine Sache. Sie wurden vor allem dann in Ehren gehalten, wenn alles rundlief, wenn man seine Schäfchen im Trockenen hatte. Ging es den Menschen hingegen dreckig, nahm die Moral oft ein schnelles Ende.

War das überhaupt möglich – anständig bleiben zu wollen im Rahmen eines Verbrechens? War das nicht ebenso absurd, wie aufrichtig sein zu wollen bei einer Lüge?

Das ganze Unterfangen war für Bodo von Anfang an ein Spagat gewesen, er hatte es sich bisher nur nicht eingestanden.

»Wir müssen den anderen Bescheid sagen«, murmelte er, wie jemand, der seine Niederlage eingesehen hat.

Marlene griff zum Telefon. Noch während sie wählte, hielt sie inne.

»Ist es vorüber, Bodo? Das war's doch? Oder etwa nicht?«

In Marlenes Stimme schwang dieselbe Angst mit, die auch Bodo fühlte, sowohl vor dem kläglichen Ende der Aktion wie auch vor ihrer Fortführung. Denn was auch immer geschähe, zum ersten Mal hatte Bodo die Ahnung, dass es eher schlimmer statt besser würde.

◄o►

Daniel war gerade dabei, die Kinderbuchempfehlungen der Bibliothek für den Monat Juli zusammenzustellen, als ihn Marlenes Anruf erreichte. Als er auflegte, sah er aus, als hätte er von einem schrecklichen Unglück erfahren, und seine beiden Mitarbeiterinnen bemerkten sofort, dass etwas nicht stimmte. Mit der Begründung, seine Mutter sei mit einem Herzinfarkt ins Krankenhaus eingeliefert worden, verließ er unter zahlreichen Tröstungen die Bibliothek.

Seine Hände zitterten so stark, dass es ihm nicht gelang, den Motor seines Wagens zu starten. Erst fiel ihm der Zündschlüssel aus der Hand, dann verfehlte er mehrmals das Schloss, schließlich gelang es ihm nicht, Kupplung und Gangschaltung zu koordinieren. Mehrfach würgte er den Wagen ab und hoppelte wie ein Fahranfänger aus der Parklücke. Trotzdem fluchte er kein einziges Mal, und die verwunderten Blicke der Passanten kümmerten ihn kein bisschen.

Nach einigen Minuten kehrten seine Fähigkeiten, ein Fahrzeug zu steuern, immerhin teilweise zurück. Ohne größere Fehler gelangte er auf die Bundesstraße, die zum Darß führte. Manchmal schlingerte das Auto ein wenig, was daran lag, dass Daniel während der Fahrt immer wieder die Brille absetzte, um sich die Tränen aus den Augen zu wischen. Oder daran, dass er andauernd die Scheibenwischanlage benutzte, ohne dass es nötig gewesen wäre. Als er in Wieck ankam, war die Lauge aufgebraucht, und die Wischer glitten quietschend über das Glas.

Bei den Adamskis angekommen, saß er eine ganze Weile mit Marlene und Bodo in der Küche, wo kaum ein Wort fiel. Es hieß, Gerd wolle bald da sein, Romy sei auf dem Weg zu Giovanni, und dann werde man sehen.

Nur was gab es da zu sehen oder zu besprechen? Die Uhr tickte, und zwar nicht nur im übertragenen Sinn. Die Wanduhr zeigte die Sekunden an, die verstrichen, während irgendwo in einer Bank die Akte Trebuth von Schreibtisch zu Schreibtisch wanderte und irgendjemand mit strengem Blick und gleichgültiger Hand Daniels Schicksal besiegelte, heute, morgen, kommende Woche …

Im Grunde hatte sich seine Lage im Vergleich zu vor zwei Tagen nicht verändert. Im Vergleich zum vorangegangenen Tag dagegen hatte sie sich sehr wohl verändert. Da hatte Daniel sich nämlich am Ziel geglaubt. Nun war es, als hätte ihm jemand sein Los mit dem Hauptgewinn gestohlen, bevor er es hatte einlösen können.

»Wohin gehst du?«, fragte Marlene.

Erst da bemerkte Daniel, dass er die Küche verlassen hatte.

»Runter zum Dieb. Ich muss ihn mir ansehen.«

»Ach, Daniel, das bringt doch nichts.«

Die steile, schier endlose Treppe führte ins Dunkel. Anfangs kam noch etwas Licht von hinten, und sein Schatten ging ihm langsam voraus. Nach und nach wurde der Schatten dünner und blasser, bis er ganz in der Finsternis aufging. Daniel tastete sich am Mauerwerk nach unten. Mit jedem Schritt zog sich seine Kehle ein wenig mehr zu.

Zu spät bemerkte er, dass er am Treppenfuß angelangt war, und knickte um. Kurz stöhnte er auf. Der Schmerz machte seine Sinne wacher, ohne dass er ihn als Schmerz wahrnahm. Was war schon das Pochen eines Knöchels gegen das so viel größere Leid, das in seinem Kopf wütete, auf sein Herz drückte?

Um die Kluft anzuziehen, schaltete er nun doch das Licht an. Zum ersten Mal war er allein im Keller der Adamskis. Vielleicht fiel ihm deswegen diesmal alles Mögliche auf, was ihm die beiden Male zuvor entgangen war: Marmeladen und Gelees in Mengen, grüne, gelbe, braune, rote, Likörflaschen mit großen Etiketten, auf die jemand in schöner, schwungvoller Schrift »Holunder«, »Sanddorn« oder »Brombeere« geschrieben hatte. Daneben Kartoffel- und Apfelkisten, die einen erdigen Geruch verströmten. Alte Blumentöpfe. Ein paar Flaschen Sherry und Chianti. Eine Werkbank. Eine alte Tiefkühltruhe, die das nervöse Brummen unablässiger Tätigkeit aussendete.

Als Daniel den Türknauf berührte, zögerte er, ihn zu drehen. Ein paar Atemzüge lang umschloss seine rechte Hand die metallische Kugel, und er spürte, wie ihre Kälte auf die Finger und das Gelenk übergingen. Obwohl das physikalisch fragwürdig bis unmöglich war, meinte er bald, dass sein ganzer Körper von dieser Kälte erfasst sei, die weiter zunahm, als sich die Tür knarzend öffnete.

Manche Menschen haben die instinktive, in der Natur gar nicht so selten vorkommende Eigenschaft, sich ihrem Lebensraum anzupassen. Töllers Gesichtsfarbe war fahl wie die Wände geworden, fahl wie das Licht der Energiesparlampe, und sein äußeres Erscheinungsbild hatte sich der kargen, nackten Umgebung angeglichen. Sein Anzug, das Hemd und die Krawatte lagen zerknüllt auf der Matratze. Nur in Unterwäsche und mit einer Decke über den Schultern saß Töller mit angewinkelten Beinen an die Wand gelehnt auf dem Boden und blickte halb ängstlich, halb schuldbewusst in Daniels Augen, die ihn aus zwei kleinen Öffnungen in der Kapuze fixierten. Kein Zweifel, er wusste genau, was er getan hatte, und er war sich darüber im Klaren, dass es nicht unbemerkt geblieben war.

»Ich konnte nicht anders«, sagte er.

Natürlich hätte er anders gekonnt. Die meisten Menschen in seiner Lage hätten einen kleinen Teil ihres Geldes hergegeben, um möglichst schnell freizukommen. Was waren schon dreihunderttausend Euro, wenn man drei Millionen oder sogar noch mehr besaß? Warum war Töller dazu nicht bereit? Vielleicht weil man zu erschwindeltem Geld eine andere Beziehung hat als zu ehrlich verdientem? Weil er dieses Geld brauchte, um sein schlechtes Gewissen mit Statussymbolen, kubanischen Zigarren und alten Weinen zu betäuben? War es die logische Folge seiner zutiefst egoistischen Tat, nämlich der Vermehrung des eigenen Vermögens zum Schaden anderer, dass er deren Früchte ebenfalls nur egoistisch verwenden konnte? Oder war es viel simpler? War es für einen Gauner wie ihn schlicht unerträglich, von anderen Gaunern gemolken zu werden?

Wie auch immer, sie hatten Töller unterschätzt. Da saß er, ein angeketteter, halb nackter Mann mit rötlichen Pusteln auf der Haut, einem gelblichen Fleck auf dem weißen Slip, einem zu kurzen Unterhemd und zu langen Fußnägeln, und er hatte sie alle vorgeführt, die Muskelprotze, Großmäuler und Hacker – auch Daniel. Trotz seiner üblen Lage und Giovannis schmerzhaftem Griff hatte Töller die Chuzpe besessen, seine Entführer zu belügen.

Lachte er sich im Stillen etwa ins Fäustchen? Würde er diese Räuberpistole schon bald unter seinesgleichen zum Besten geben, nicht ohne Stolz und Selbstzufriedenheit?

Daniel dachte an seine Kinder, an die heitere kleine Felicia, die in ihren selbst bestickten Söckchen für ihn tanzte, und an den selbstbewussten, sportlichen Christopher. Würden sie ihn eines Tages verachten, der eine als mittellosen Versager, die andere als verurteilten Verbrecher? Daniel wollte sein Haus und seine Familie um jeden Preis halten, wusste jedoch nicht, wie.

Töller entgingen die Tränen hinter der Kapuze offenbar

nicht. »Machen Sie es nicht noch schlimmer für sich«, sagte er. »Lassen Sie mich frei, und ich verspreche Ihnen …«

Daniel konnte sich nicht länger beherrschen und trat ihm mit voller Wucht gegen das rechte Schienbein. Töllers greller Schrei drang, von den Wänden zurückgeworfen, als scharfer Splitter in Daniels Ohr. Unter dem Echo seiner eigenen Tat zuckte er zusammen.

Töller hielt sich das Bein und kugelte sich auf dem nackten Boden. Die Decke rutschte ihm von den Schultern, er schlug sich den Kopf an. Sein Wimmern war eine Bitte um Mitleid. Der ausgefuchste Finanzjongleur war auf einmal ganz klein, ganz Mensch, verletzbar. Zu Daniels eigenem Erstaunen hatte er selbst sein Gegenüber verletzt. Überrascht und verwirrt ging er die paar Schritte bis zur Tür zurück und betrachtete sein Werk voller Unbehagen. Er löschte das Licht und verharrte noch ein paar schwere Atemzüge lang. Dann verließ er den Raum.

Während er sich der Kluft entledigte und anschließend die Treppe ins Licht hinaufstieg, bemerkte er eine seltsame Veränderung in sich. Im Grunde war er noch derselbe Mann wie zuvor. Er liebte seine Familie, er war gerne Bibliothekar und verschlang Bücher, er mochte englische Krimiserien, Stevie Wonder, die Sketche von Loriot, Talkshows …

Dennoch war etwas anders als noch vor einer Stunde. Es war wie ein Eselsohr auf einer Buchseite. Die Geschichte hatte sich dadurch nicht verändert, trotzdem war die Grundlage, auf der sie geschrieben stand, nicht mehr dieselbe.

Wie ein alter Mann erklomm Daniel weiter die Treppe. Fast schon oben angekommen, ging er nach kurzem Zögern umso entschlossener noch einmal zurück.

7

September

Die Ermordung von Gerd Adamski traf Ina wie ein Schlag. Nicht weil sie den Bäcker sonderlich gemocht hatte, sondern weil Marlene davon direkt betroffen war. Zuerst ihr Selbstmordversuch und jetzt diese Tragödie. Ein Schlag auf den Kopf, ausgeführt mit einem Stein oder einem anderen schweren, stumpfen Gegenstand, hatte ihren Ehemann niedergestreckt, und zwar unmittelbar vor seinem Haus.

Sollte sie zuerst Marlene anrufen? Oder gleich zur Polizei gehen? Sie durfte ihre Beobachtungen nicht zurückhalten, zumal sie nicht unter die Verschwiegenheitspflicht fielen. Daniel Trebuth war ja noch nicht einmal ihr Patient. Sein Sohn allerdings schon.

»Du darfst den Bullen nichts von Chris erzählen«, forderte Stefanie, als sie beim Abendessen darüber redeten. »Er war das gestern nämlich gar nicht.«

»Das sagt er.«

»Ich habe mich geirrt. Und du hast nur jemanden auf einem Fahrrad gesehen.«

»Stefanie.«

»Soll Chris von der Bullerei verhört werden, nur weil ich schlechte Augen habe?«

»Dein Vater ist Optiker und bescheinigt dir hervorragende Augen.«

»Ich sagte, ich habe mich geirrt, und fertig.«

Ina rief Marlene an und hinterließ eine Nachricht auf dem Anrufbeantworter, halb Kondolenz, halb Bitte um Rückruf. In zwei Tagen hätten sie ohnehin einen Termin. Ina bot an, ihn zu verschieben oder vorzuverlegen, ganz wie Marlene wünschte. Hauptsache, sie würde sich telefonisch melden.

Selbstverständlich fühlte sie sich dabei merkwürdig, da so gut wie außer Frage stand, dass Marlene Ina am Vortag vor dem Haus gesehen und ignoriert hatte. Irgendjemand musste Daniel Trebuth ja die Tür geöffnet haben. Und dann war da noch dieses unbestimmte mulmige Gefühl, dass die ganze Episode irgendetwas mit dem gewaltsamen Tod von Marlenes Ehemann zu tun haben könnte.

Ihr blieb daher nichts anderes übrig, als zur Polizei nach Ribnitz-Damgarten zu fahren. Gut fühlte sie sich dabei allerdings nicht. Sie wäre gezwungen, sich zu rechtfertigen, und würde erklären müssen, warum sie Daniel Trebuth gewissermaßen beschattet hatte. Dass sie das ausgerechnet vor Oberkommissar Witte tun musste, machte die Sache für sie nicht leichter.

»Ah, Frau Bartholdy«, sagte er und winkte sie in sein Büro. Statt ihr die Hand zu geben, schob er sie in die Hosentasche. Er kam ihr immer mehr wie eine Mischung aus Bogart und Marlow vor. »Wie geht's Bronny? Wieder gesund?«

»Ich … nehme es an.«

»Sie sehen sich nicht mehr?«

»Nein, wir … haben uns getrennt.«

»Tja«, seufzte er. »Hat mich sowieso gewundert, und nicht

nur mich. Sie wissen schon, er und Sie, das war… Bronny steht eigentlich auf einen anderen Typ Frau.«

Ihre Beziehung zu Bobby ging ihr Gegenüber eigentlich überhaupt nichts an, trotzdem erwiderte sie: »Einen jüngeren Typ?«

Er merkte offenbar, dass das Gespräch abdriftete, und bekam in letzter Sekunde die Kurve. »Ist Ihnen noch etwas zu dem Brand eingefallen?«

»Nein, eigentlich nicht. Obwohl, der schwarze Fiat ist mir wiederbegegnet. Ich habe ihn gestern in der Garage der Adamskis in Wieck gesehen.«

»Sie meinen *die* Adamskis?«

Ina nickte. »Ich kenne Marlene Adamski.« Wegen ihrer Schweigepflicht erwähnte sie jedoch nicht in welchem Zusammenhang. Während sie Oberkommissar Witte erklärte, was sie zum Haus der Bäckersleute geführt hatte, folgte ihr Blick seinen Augenbrauen, die sich alle paar Sekunden hoben und senkten.

Inas Erläuterungen endeten eine Sekunde, bevor Stefanie und Christopher ins Spiel gekommen wären. Sie war sich einfach nicht sicher, ob sie den Jungen tatsächlich am Waldrand gesehen hatte, und falls Stefanie für ihren Freund log, könnte sie am Ende noch wegen einer Falschaussage belangt werden.

Witte dachte kurz nach. »Ein schwarzes Auto, das Sie verfolgt hat oder auch nicht und das Sie jetzt in einer Garage gesehen haben, wobei Sie sich nicht sicher sind, ob es überhaupt jenes Auto ist… Meine liebe Frau Bartholdy, ich kriege eher einen Durchsuchungsbefehl wegen Falschparkens als aufgrund derart vager Beobachtungen.«

Sie ging nicht weiter auf seinen Sarkasmus ein. »Wissen

Sie, ich bin nach der gestrigen Entdeckung davon ausgegangen, dass Gerd Adamski mich verfolgt hat, weil er nicht damit einverstanden war, dass ich seine Frau therapiere.«

»Nein, das wusste ich nicht«, gab der Kommissar spitz zurück. »Hatten Sie diesen Verdacht schon vorher? Und wenn ja, warum haben Sie ihn mir nicht mitgeteilt?«

Seine Finger flogen mit unglaublicher Geschwindigkeit über die Tastatur, so als freuten sie sich, endlich mal wieder aus dem Käfig der ausgebeulten Hosentaschen herauszukommen.

»Auf Gerd Adamski ist ein solches Fahrzeug nicht zugelassen, ebenso wenig auf seine Frau oder Daniel Trebuth. Also, wem gehört es, und wer hat es von gestern auf heute weggefahren? Wenn wir den Halter haben, haben wir vielleicht auch den Täter – den des Brandanschlags und den des Mordes. Herzlichen Dank, Frau Bartholdy, Sie hätten vielleicht ein Verbrechen verhindern können, wären Sie früher damit zu mir gekommen.«

»Verzeihen Sie«, erwiderte Ina ruhig, »aber das leuchtet mir nicht ganz ein. Wenn Gerd Adamski mich tatsächlich in dem Fiat verfolgt hat und in Flammen aufgehen lassen wollte – wer sollte ihn deswegen ermorden? Logisch ist das nicht.«

»Vielleicht haben Sie ihn ja umgebracht«, scherzte er. »Aus Notwehr.« Wittes Hände verschwanden wieder im grauen Stoff der Hose. »Jetzt mal im Ernst, Frau Bartholdy. Was halten Sie von folgendem Deal: Sie spielen hier nicht *Miss Marple* und ich nicht *Psycho*.«

◄○►

Als sie die Polizeistation verließ, ertönte das Dingeling ihres Smartphones, das eine Kurznachricht ankündigte.

»Bin heute Abend um sechs am Hafen in Wieck. Würde mich sehr freuen, wenn du kommen könntest. Möchte dir etwas sagen und etwas zeigen. Falls du mich noch leiden kannst…
    Bobby«

Vierzehn Monate zuvor

Draußen blühte das Leben, während es drinnen faulte. In Marlenes geliebtem Garten reiften die Kirschen, die Hortensien standen in voller Pracht, Bienensummen lag in der Luft. Am Tage schrieben die Schwalben Noten in den Himmel, und in der Nacht sangen die Zikaden Liebeslieder. Über allem lag zu jeder Stunde das uralte, immerwährende, seltsam versöhnliche Rauschen des Wassers. In Marlene rief all dies manchmal die Illusion hervor, die Welt sei alles in allem ein schöner, ein begnadeter, gottgegebener Ort. Selten dauerte dieses Gefühl jedoch länger als ein paar Minuten.

Im Innern des Hauses, das Marlene so oft wie möglich mied, obwohl es dort angenehm kühl war, ging etwas vor sich. Sie konnte es nicht in Worte fassen und versuchte, mit aller Kraft die Bilder zu zerstreuen, die ihre Fantasie erzeugte.

Vor drei Tagen hatte es so ausgesehen, als wäre die Entführung endlich vorüber – gescheitert zwar, aber vorüber. Doch die anderen hatten die Hoffnung nicht aufgegeben, das richtige Kennwort aus Töller herauszupressen und die Sache zu einem guten Ende zu bringen. Vor allem Daniel und Giovanni wirkten äußerst entschlossen. Jeden Abend zwischen fünf und sechs gingen sie gemeinsam in den Keller, der Kickboxer und der Bibliothekar. Wenn sie nach einer halben Stunde wieder nach oben kamen, verließ Giovanni sofort das Haus, und Daniel wusch sich minutenlang die Hände.

Drei Tage lang sagte Marlene nichts. Obwohl Giovanni und Gerd es ihr befohlen hatten, setzte sie Alwin Töller nicht auf Wasser und Brot, sondern brachte ihm heimlich, wenn sie allein im Haus war, einen Krustenbraten, ein Wiener Schnitzel oder einen Linseneintopf nach Hausfrauenart, dazu stets einen Salat, Möhren oder Radieschen und einen Apfel.

Am vierten Abend hielt sie es nicht mehr aus. Sie wartete, bis Giovanni gegangen war, und passte Daniel ab, als er aus dem Gästebad kam. Seine Hände rochen nach Lavendelseife und Honiglotion.

»Komm, setzen wir uns auf die Terrasse«, sagte sie, als sie ihm den obligatorischen Kaffee anbot.

»Aber nur eine Tasse, viel Zeit habe ich nicht, ich will mit Jette und den Kindern Essen gehen. Habe ich dir eigentlich schon mal meine Familie gezeigt?«

Er zog drei Fotos aus der Brusttasche seines Hemdes. »Das ist Jette, das Christopher und das hier Felicia.«

Das letzte der drei Bilder betrachtete er einige Sekunden länger als die anderen, bevor er es Marlene vorlegte. Seine Tochter hatte sich darauf eine mit Augen, Nase und Mund bestickte Socke über die Hand gezogen, mit der sie sich offenbar unterhielt.

»Süß«, kommentierte Marlene.

»Ja, nicht wahr?« Seine Augen funkelten, als er die Fotos in das Hemd zurücksteckte, wo durch den dünnen Stoff auch eine Zigarettenschachtel und ein Feuerzeug schimmerten.

»Seit wann rauchst du? Ich dachte, deine Frau toleriert das nicht.«

»So ist es auch«, antwortete er knapp, und wieder funkelten seine Augen, allerdings anders als zuvor. »Ich habe nicht viel Zeit, Marlene.«

»Na schön, ich … Ich möchte, dass du mich verstehst, Daniel, deswegen wollte ich in Ruhe mit dir sprechen. Es geht um Herrn Töller.«

»Nenne ihn nicht immer *Herrn* Töller. Er ist kein Herr mehr.«

»Wie auch immer, dieser Mann sitzt jetzt schon seit zehn Tagen da unten. Wir können ihn nicht länger gefangen halten. Irgendwem wird sicher schon sehr bald auffallen, dass mit ihm etwas nicht stimmt.«

»Bodo kümmert sich darum. Er hat eine spontane Urlaubsreise erfunden und postet ein paar Fotos auf Töllers Facebook-Seite, natürlich nur von Internetcafés in Rostock oder Wismar aus. Ein paar Tage lang geht das bestimmt noch gut.«

»Und wenn nicht? Ich habe keine Lust, ins Gefängnis zu gehen, die hat keiner von uns. Schlimm genug, dass wir schon so viel verloren haben. Sollen wir *alles* verlieren?«

»Es gibt keine einzige Spur, die zu uns führt. Töller bekommt hier nichts anderes zu Gesicht als einen nackten Kellerraum.«

»Es geht auch darum, dass ich das alles nicht länger ertrage. Warum wollt ihr das nicht verstehen? Ich – kann – nicht – mehr.«

»Nur noch zwei, drei Tage, dann wird er weich und verrät uns das richtige Passwort.«

»Das habt ihr mir schon vor drei Tagen gesagt. Mein Gott, wir machen diesem Mann das Leben zur Hölle.«

»Wenn wir ihn nicht dorthin treiben«, entgegnete er offen, »dann wird die Hölle uns verschlucken.«

Er stand auf. »Jetzt entschuldige mich bitte, Jette wartet sicherlich schon. Und was dein Problem angeht, klär das mit Gerd, ja? Tschüss, bis morgen.«

Eine Weile blieb Marlene noch besorgt auf der Terrasse sitzen. Offenbar spürte sie als Einzige, dass das Ganze nicht mehr stimmte, dass es etwas mit ihnen allen machte ... Nur zum einen konnte sie es selbst nicht in Worte fassen, und zum anderen war dieses seltsame Gefühl nicht stark genug, damit sie sich gegen die anderen stellte. Sollte sie diejenige sein, die ihnen zum zweiten Mal ihre Träume stahl?

Die Backofenuhr klingelte. Töllers Essen war fertig. An diesem Tag gab es Gemüselasagne. Etwas extravagant vielleicht. Aber immer nur Fleisch, das ging doch nicht. Sie richtete eine doppelte Portion auf einem Pappteller an und brachte ihn mit einer großen Plastikflasche Mineralwasser nach unten.

Als sie im Keller auf eine Zigarettenkippe trat, erschrak sie, als wäre es eine Natter. Dann sah sie eine zweite, dritte ...

Töllers Oberarm wies mehrere Brandverletzungen auf, und Marlene wurde mit einem Mal so schlecht, dass sie sich beinahe über das Tablett übergeben hätte.

»Sie sind der einzige Mensch hier, der noch ein Herz hat«, wimmerte Töller schwach. »Ich spüre das. Sie sind eine Frau, richtig? Bitte, Sie müssen mir helfen.«

Natürlich antwortete sie nicht und verließ sofort den Raum. Doch seine Worte folgten ihr überallhin, in den Garten, die Küche, unter die Dusche ...

Gerd kam um acht Uhr nach Hause. Neuerdings verbrachte er viel Zeit in seiner Stammkneipe, und viel Zeit bedeutete viele Biere. Er war stets gerade noch ansprechbar und lallte nur ganz wenig, aber die abgedroschenen Phrasen, mit denen er ihre Bedenken abbügelte, gingen Marlene auf die Nerven: »Das wird schon«, »Wir packen das«, »Es geht nicht anders«, »In einem Jahr lachen wir drüber«. Abgesehen davon, dass Marlene sich nicht vorstellen konnte, wie sie in einem Jahr über diese Geschichte lachen sollte, empfand sie es als feige und gemein, dass Gerd sich völlig aus der Entführerei zurückgezogen hatte. Was tat er denn noch, außer seine großen Reden zu schwingen? Er kam Marlene inzwischen vor wie einer von den Gartenzwergen im Blumenbeet, die mit Kugelbauch, Schnauzer und roten Backen posierten, als wären sie zwei Meter groß.

»Morgen«, sagte sie völlig unvermittelt zu ihrem Mann, während sie Matjes mit Kartoffeln aßen.

»Was?«

»Ihr habt noch genau vierundzwanzig Stunden Zeit. Wenn euch Töller bis morgen Abend das Passwort nicht verraten hat, steige ich aus.«

Ihm fiel die Kinnlade herunter. »Marlene, aus so etwas steigt man nicht einfach aus. Das ist… wie ein fahrender Zug, verstehst du?«

»Dann muss ich eben die Notbremse ziehen.«

»Was soll das denn? Wo wir so nahe am Ziel sind. Außerdem sitzen wir nicht als Einzige in dem Zug.«

»Ach, hör endlich mit diesem dämlichen Zug auf.«

Gerd war sichtlich überrascht von ihrer Ungeduld, die er nicht von ihr kannte.

»Die anderen werden das nicht so einfach hinnehmen«, mahnte er.

»So, was werden sie denn tun? Mich zu Töller sperren?«

»Erzähl doch keinen Quatsch.«

»Mein Entschluss steht fest. Vierundzwanzig Stunden. Punkt.«

Sie schaltete den alten Plattenspieler an und legte Harry Belafonte auf, in einer Lautstärke, die es Gerd unmöglich machte, weiter mit ihr zu diskutieren.

Nach einer Minute drehte er den Regler herunter. »Marlene, das ganze Haus erbebt unter diesem Bananen-Song. Wenn das bis in den Keller dringt... Das könnte der Polizei später einen Hinweis auf uns geben.«

»Was will die Polizei denn dann tun?«, fragte sie bissig. »Alle verhaften, die Belafonte-Platten besitzen?«

Und schon drehte sie die Musik wieder auf.

◄○►

Eine Stunde später standen Romy und ihr Freund auf der Matte. Um diese Zeit kamen sie sonst nie vorbei, und sie nannten auch keinen Grund für ihren Besuch. Nach wenigen Sekunden war Marlene klar, was gleich passieren würde, und genauso kam es dann auch. Nach ein paar Begrüßungsfloskeln bat Romy sie zu einem Vier-Augen-Gespräch in die Küche.

Von allen Beteiligten war Romy noch am ehesten in der Lage, Marlene zu überreden, ihr Ultimatum zurückzunehmen. Sogar Gerd hatte das akzeptiert und verstanden. Die junge Frau brachte eine Saite in Marlene zum Klingen, die

Gerd schon eine ganze Weile nicht mehr berührte. Romy brauchte Marlene. Gerd brauchte sie zwar auch, aber auf ganz andere Art, zum einen für jenen Teil der Haushaltsführung, der vielen Männern nicht liegt, zum anderen für… Ja, einfach dafür, dass da jemand zum Reden war und weil er nicht gerne alleine lebte. Romy brauchte Marlene, weil keiner sonst sie liebte und es uneingeschränkt gut mit ihr meinte, auch Giovanni nicht, und das begriff sie.

Doch keine Abhängigkeit besteht einseitig, selbst wenn es auf den ersten Blick den Anschein hat. Marlene brauchte Romy genauso, und zwar als Objekt der Fürsorge. Das verlieh der eher schwachen, wenig verlangenden Romy einen gewissen Einfluss, von dem sie allerdings so gut wie nie Gebrauch machte.

»Guck mal, Marlene, ob da einer drei Tage oder dreizehn Tage im Keller sitzt, das macht eigentlich keinen Unterschied. Ich meine, keinen richtigen. Entführung ist Entführung. Du willst bestimmt auch dein Geld wiederhaben, oder? Du wolltest doch mit mir auf die Chinesische Mauer. Wie soll das gehen ohne Kohle?«

Ohne zu fragen, nahm Romy sich ein Bier aus dem Kühlschrank – gleich zwei ungewöhnliche Dinge auf einmal.

»Hast du heute Abend schon was getrunken?«, fragte Marlene stirnrunzelnd.

»Sekt. Aber du hast ja keinen kalt gestellt.«

»Wüsste auch nicht, wozu. Oder feiern wir heute den zehnten Tag von Herrn Töllers Kerkerhaft?«

»Ach, Marlene, dem geht's doch gar nicht so schlecht.«

»Das soll wohl ein Scherz sein, es riecht wie im Affenhaus da unten.«

»Na ja, dann kauf halt Raumspray«, erwiderte Romy und giggelte unnatürlich.

»Sag mal, wie viel Sekt hast du denn schon intus?«

»Och, ein oder zwei.«

»Gläser oder Flaschen?«

»Kleine Flaschen.«

»Piccolos?«

»Nein, Rotkäppchen.«

Marlene atmete tief durch. Irgendetwas stimmte nicht mit Romy. Selbst für ihre Verhältnisse war sie extrem begriffsstutzig. Außerdem stützte sie sich so seltsam verrenkt auf dem Küchentisch auf. Und ihre Augen waren total gerötet.

»Romy, sei ehrlich zu mir. Du hast doch noch etwas anderes genommen.«

»Na ja, Giovanni hat mir so'n Pillchen gegeben.«

»Was hat er? Du meinst…?«

»Glückspillchen.«

»Eine Stunde Glück und den Rest des Lebens Unglück.« Marlene seufzte.

»Die Wirkung hält vier Stunden an, sagt Giovanni.«

Marlene stürzte aus der Küche, während Romy es vorzog, sich an der Bierflasche festzuhalten und nicht von der Stelle zu rühren.

»Was denkst du dir eigentlich dabei, das Kind zu so 'nem Mist zu verführen?«, fuhr sie Giovanni an, der sich gerade mit Gerd eine Sportsendung anschaute. »Er hat ihr Drogen gegeben«, erklärte sie ihrem Mann.

»Madonna! Ein bisschen Ecstasy, davon stirbt man nicht«, maulte Giovanni zurück.

»Herzlichen Dank auch. Wenn ich bis jetzt noch Zweifel

hatte, dass es richtig ist, diese verrückte Sache zu beenden, dann hast du sie gerade zerstreut. Das war's, ich habe die Nase gestrichen voll. Mir steht es bis hier.«

»Ist ja schon gut, du musst ab sofort nix mehr machen«, gestand ihr Giovanni zu. »Romy kann dem Typ das Futter bringen und seine Scheiße wegräumen.«

»Oh, wie gnädig«, entgegnete Marlene. »Wie wäre es, wenn du mal die Scheiße wegräumst?«

»Das ist Frauenarbeit.«

»Aha, na dann ist es ja wohl Männerarbeit, die verfluchten Passwörter zu besorgen!«, schrie sie. »Und wo sind sie? Was hat uns dein Kung-Fu und diese ganze Knöchelknackerei gebracht? Nichts. Frauen unter Drogen setzen, das kannst du. Und mit den Augen rollen und uns deine Bizeps und deine Goldkettchen vorführen. Aber wenn es darum geht, für Ergebnisse zu sorgen …«

»*Va a cagare!*«, brüllte er aus Leibeskräften, was so viel wie »geh scheißen« bedeutete, und schleuderte ein Sofakissen quer durch den Raum auf eine Kommode, wo es zwei holzgeschnitzte Waldtiere zu Boden riss.

»Ganz ruhig«, sagte Gerd, nicht ohne Angst. Auch Marlene fürchtete einen Augenblick, Giovanni könnte auf sie losgehen.

Stattdessen stürmte er auf den Wohnzimmerschrank zu und riss in größter Hektik die Türen eine nach der anderen auf.

»Wo ist sie, Gerd?«

»He, bleib ruhig.«

»Euch zeig ich's. Und dem Arschloch im Keller zeig ich's auch.«

»Du musst uns nichts beweisen, Giovanni. Marlene hat es nicht so gemeint, nicht wahr, Marlene?«

»Wonach sucht er denn?«, fragte sie verdattert.

»Du hast gesagt, sie ist hier drin, irgendwo hier drin. Du hast damit angegeben, so ein Ding zu haben. Also, wo ist sie? Wo?«

»Mach keinen Mist, Giovanni.«

Gerd versuchte, ihn zaghaft vom Schrank wegzuziehen, aber der Italiener schüttelte ihn ruppig ab.

»Fass mich nicht an. Ah, hier ist sie ja.«

Er zog Gerds geerbte Wehrmachtspistole aus einem Fach ganz unten im Schrank. Die Munition lag gleich daneben.

»Oh mein Gott!«, rief Marlene, als sie erkannte, was da vor sich ging. »Giovanni, ich bitte dich …«

»Lass mich in Ruhe!«

Er hastete an Marlene und Gerd vorbei aus dem Wohnzimmer und hätte fast Romy umgerannt, die abwesend lächelnd im Türrahmen stand.

»Was is'n los? Was is'n das für'n Ding?«

»*Va a cagare.*«

Marlene hatte Mühe, Giovanni in den Keller zu folgen, weil er drei Stufen auf einmal nahm. Immer wieder versuchte sie, ihn zu beschwichtigen. Als sie unten ankam, hatte er sich bereits eine Kapuze übergezogen und betrat den Raum, in dem Töller festsaß, mit größter Entschlossenheit.

Töller war völlig überrascht von dem Überfall. Er hatte wohl geschlafen und kam nicht mal mehr dazu, sich halbwegs aufzurichten.

Giovanni kniete sich neben ihn und steckte ihm den Pistolenlauf in den Mund. Ohne den Stimmenverzerrer zu be-

223

nutzen, rief er so laut, dass der Schall Marlene in den Ohren schmerzte: »Du Dreckschwein sagst mir jetzt das beschissene Passwort. Letzte Chance. Ich zähl bis drei.«

Marlene stockte der Atem.

»Eins ...«

...

»Zwei ...«

...

»Drei.«

8

September

Ina kam es vor, als würde sie in ein Gemälde von Caspar
David Friedrich eintauchen. Der Hafen von Wieck war vor
dem Hintergrund eines wogenden Schilfmeeres und des
sich kräuselnden Boddens in das milde Septemberlicht der
Abendsonne getaucht. Draußen glitten noch ein paar Jollen
durch das Wasser, während im Hafen bereits das Leben döste.
Von den Liegeplätzen war lediglich eine Handvoll belegt. Die
vertäuten Zeesenboote und Yachten schunkelten behäbig auf
und ab, und nur von ihren im Wind flatternden Wimpel-
ketten ging eine gewisse Unruhe aus. Leute waren kaum auf
den Stegen zu sehen, daher hätte sie Bobby eigentlich schnell
ausmachen müssen. Zunächst fand sie ihn jedoch nicht. Er
saß auf einem Regiestuhl, die Beine ausgestreckt, den Kopf
in den Nacken gelegt. Ein Strohhut verdeckte sein Gesicht.

Auf den Planken machten ihre Schuhe so viel Lärm, dass
er sie früh bemerkte und ihr schon von weitem zuwinkte.
Er wirkte unbefangen, beinahe fröhlich, ganz anders als Ina.
Trotzdem hatte sie keine Sekunde überlegen müssen, ob sie
seiner Bitte um ein Treffen nachkommen wollte. Klarheit
war ihr lieber als die Ungewissheit der vorausgegangenen
Tage.

Als sie nur noch wenige Schritte von ihm entfernt war, deutete er mit ausgestrecktem Arm über ihren Kopf hinweg.

»Moin. Hast du die Wolken im Norden gesehen? Morgen kommt schlechtes Wetter, und danach ist der Sommer endgültig vorbei. Den schönen Tag muss ich heute daher noch mal ausnutzen.«

Er bezog das auf die Shorts, die er trug, und darauf, dass er barfuß war, aber sie war sich nicht sicher, ob sie an seiner Stelle diese Unterredung mit dem Wetterbericht begonnen hätte.

»Siehst du das Zeesenboot da vorne? Gehört seit heute mir.«

Das Boot war ungefähr zehn Meter lang und drei Meter breit, dunkelbraun lackiert, mit einem Ruderhaus sowie einem großen und einem kleinen Mast.

»Eiche geklinkert«, erklärte Bobby. »Baujahr um neunzehnhundert, aber tipptopp überholt, Ketschtakelung, Diesel.«

»Ja, sehr hübsch«, sagte sie knapp, während sie immer noch auf das eigentliche Gespräch wartete. Tatsächlich war sie stärker beeindruckt, als sie zugeben wollte. Das Boot traf genau ihren Geschmack, und sie konnte sich sehr gut vorstellen, damit über den Bodden zu schippern.

»Genau neunundzwanzigtausendneunhundert Euro. Der Verkäufer wollte ein paar tausend mehr, aber ich habe ihn heruntergehandelt. Ende September ist nicht die beste Zeit, um ein Boot zu verkaufen. Ungefähr so, als wollte man sich im November einen neuen Sonnenschirm zulegen.«

»Bobby, ich wüsste gerne…«

»Ich sitze schon den halben Tag hier und betrachte es«,

226

unterbrach er sie. »Verstehst du, ich sehe es mir die ganze Zeit über einfach nur an und komme gar nicht mehr davon weg. Vor dem Sonnenuntergang habe ich fast ein bisschen Angst, weil ich dann das Boot nicht mehr erkenne und mir anderweitig klarmachen muss, dass ich es wirklich gekauft habe.«

»Lass mich raten, du hast mich angerufen, damit ich in der Dunkelheit eine Taschenlampe auf dein Boot richte.«

»Nimm das Tuch ab.«

»Wie bitte? Welches Tuch?«

»Das da vorne am Bug. Würdest du es bitte für mich wegnehmen?«

Ina seufzte. »Bobby, was soll das?«

»Tu mir den Gefallen.«

Sie war nicht gerade in bester Stimmung. Die Fragen, die sie an ihn hatte, brannten ihr Löcher in die Brust, deshalb zog sie das Tuch ziemlich unwirsch vom Bug des Bootes.

Dort stand in großen, schwungvollen Lettern auf einer bronzenen Tafel: *Ina*.

Ungläubig starrte sie auf ihren Namen. Er stand tatsächlich dort, eindeutig. Trotzdem bekam sie das, was sie da sah, sekundenlang irgendwie nicht mit sich in Einklang. Fast wollte sie fragen: Wie kommt der da drauf?

Bobby stand dicht neben ihr, ohne sie zu berühren. »Aus vollem Herzen habe ich es nach dir genannt. Und jetzt habe ich nur noch sieben Worte. Sieben Worte, von denen ich hoffe, dass du sie mir abnimmst: Es tut mir leid. Und: Ich liebe dich.«

Ina war unfähig, irgendetwas dazu zu sagen. Abwechselnd sah sie Bobby und das Schild an. Sie hätte nachfragen sollen, woher sein Sinneswandel kam, was eigentlich los gewesen war. Ob er allen Ernstes glaubte, es würde genügen, sie aus der Wüste zurückzurufen, in die er sie geschickt hatte, und sie zur unfreiwilligen Taufpatin zu machen, und schon sei alles vergeben und vergessen. Sie hätte vorwurfsvoll, skeptisch oder neugierig sein können, manches davon vielleicht sogar sein müssen.

Doch sie brachte keinen Laut hervor. Stattdessen sprang sie kurz entschlossen auf das Boot. Um genauer zu sein, waren es ihre Beine, die sie wie von selbst auf das Boot beförderten, denn ihr Kopf erteilte ihnen nicht den Befehl dazu. So als wäre nach langer Zeit eine schwere schwarze Bleiweste von ihrem Körper genommen worden, war ihr nach Hüpfen zumute, nach Himmel und Meer, nach Geschwindigkeit.

Lächelnd betastete Ina das Holz. Sie hatte Lust, alles anzufassen, schlug die kleine Glocke, hielt das Segeltuch an ihre Wange – alles von Bobbys strahlenden Augen begleitet. Sie war plötzlich eine attraktive Frau, fühlte sich geliebt. Man taufte Schiffe – na ja, Boote – auf ihren Namen.

»Lass uns eine Runde drehen«, sagte sie übermütig wie ein reich beschenktes Kind.

»Was, jetzt?«

»Natürlich. Nur mal kurz aus dem Hafen raus und wieder zurück.«

Bobby schob den Strohhut aus der Stirn und zog skeptisch die Augenbrauen zusammen. »Mal kurz, ja? Das ist kein Tretboot, Ina. Da sind Vorbereitungen nötig und ...«

»Ach, komm schon. Die Sonne geht erst in ein paar Stunden unter.«

»Ähm«, sagte er gedehnt, setzte den Hut ab und fuhr

sich mehrmals durch die Haare. »Es gibt da noch ein kleines Problem. Also ... Okay, ich sag's einfach: Ich habe keinen Bootsführerschein.«

»Was sagst du da?«

»Ich darf dieses Boot gar nicht fahren, jedenfalls noch nicht. Aber ich werde ...«

Ina brach in lautes Gelächter aus, das auch dann noch anhielt, als Bobby weitersprach.

»Ich werde den Schein nächsten Monat ... Oder im März machen. Ehrlich, ich ... Bei mir ist halt alles umgekehrt. Ich kaufe erst das Boot und lerne dann, wie ... Genauso habe ich erst eine Frau in mein Leben gelassen und mich danach gefragt, ob ich ... dazu bereit bin.«

Ihr Gelächter ebbte ab. Glücklich sah sie Bobby in die Augen. »Das war alles? Kalte Füße? Bindungsangst? Mehr nicht?«

»Dummheit«, fügte er der Aufzählung hinzu und machte eine ratlose Geste. »So bin ich halt.«

»Und Stefanie hatte nichts damit zu tun?«

»Überhaupt nichts. Ich mag sie.«

Ina schenkte ihm ein breites, wohlwollendes Lächeln. »Du magst sie also. Ein bisschen verrückt bist du schon.«

Er nickte. »Meschugge.«

»Plemplem.«

»Jeck.«

Sie lachten. Bobby sprang auf das Boot, wo sie ihn mit offenen Armen empfing.

◄o►

Auf den ersten Blick erfüllte Marlene Adamski die wichtigsten Kriterien einer typischen Witwe, die gerade ihren Mann verloren hatte: Sie trug Schwarz, wirkte betrübt und bot jedem, der zum Kondolieren vorbeikam, Kaffee und Kuchen an. Ina, die ebenfalls eingeladen und somit halb privat und halb beruflich vorbeigekommen war, zählte innerhalb einer halben Stunde viermal dieselbe Frage von vier Besuchern, nämlich wie es nun mit der Bäckerei weitergehen werde. Als sie hörten, dass die Bäckerei schließen werde, sahen sie noch trauriger aus als die Witwe.

»Bringen sie mich irgendwo anders hin«, bat Marlene Ina, als gerade mal kein Besucher da war. »Danke, dass Sie sich die Zeit nehmen, aber rechnen Sie sie auch bitte ab.«

»Machen Sie sich darüber keine Gedanken.«

Ina fuhr mit ihr zur Steilküste in Ahrenshoop, einem ihrer Lieblingsorte auf dem Darß. Tief hängende Wolken jagten über das endlose Meer, und die jungen Seeschwalben probierten ihre gerade erst erworbenen Flugkünste aus. Der Wind zerrte an den letzten Blüten der wilden Hagebutten am Wegesrand und an Inas langen Haaren. Marlenes vom Spray gestählte Frisur hielt hingegen mühelos den frischen Böen stand.

Dem Meer reckte sie das Gesicht entgegen, während sie Ina ihr Herz ausschüttete.

»Damals, als ich mit Gerd frisch verheiratet war, hatte ich von unseren späteren Jahren immer ein romantisches Bild vor Augen: zwei Schwäne oder Enten, die Seite an Seite übers Wasser gleiten. Entsetzlich kitschig, ich weiß, wie aus einem Roy-Black-Lied, aber so war's nun mal. Ich habe mich damals schon auf die Zeit des völlig miteinander Vertraut-Seins gefreut. Sie wissen schon, das berühmte Rentnerpaar auf der Parkbank.«

Die beiden Frauen schwiegen eine Weile, vielleicht um zwei Spaziergänger passieren zu lassen, vielleicht weil es Marlene ungeheuer schwerfiel, das Folgende auszusprechen.

»Diesen Zustand haben wir leider nie erreicht. Wir hatten zwar das Haus, die Bäckerei und das Dorfleben, außerdem ein paar gemeinsame Freunde, gemeinsame Routinen ... Aber unsere Vertrautheit war nie wie bei einem Schwanenpaar, sondern eher wie bei Zahnrädern. Alles griff ineinander, trotzdem war da keine Wärme. Ich weiß nicht, wie ich es sonst beschreiben soll. Gerd hatte Fehler und Eigenarten, so wie jeder Mensch. Ab und zu hat er beim Stammtisch ein paar Schnäpse zu viel getrunken, er hat oft angegeben und sich insgeheim in unserer Ehe immer für den Chef gehalten. All das hat mich nie wirklich gestört. Er war kein schlechter Mensch, sondern ein zuverlässiger Bäcker und verlässlicher, treuer Ehemann. Aber wenn ich ehrlich bin, war ich die meiste Zeit nur deshalb noch mit ihm zusammen, weil ich nicht allein sein wollte.«

»Vielen von uns fällt es leichter, an einem bestehenden Zustand festzuhalten, auch wenn er nicht befriedigend ist, anstatt sich auf etwas Neues, Ungewisses einzulassen. Die Routine, in der Sie gelebt haben, hat Ihnen Halt und Sicherheit gegeben.«

»Bis zu dem einen Tag im letzten Jahr. Ich stand im Wohnzimmer und habe dabei zugesehen, wie Gerd sein Nickerchen hielt. Sein Kugelbauch hat sich beim Einatmen ausgedehnt, die Lippen haben beim Ausatmen gebebt, die Zeitung auf seiner Brust ist Zentimeter um Zentimeter verrutscht. Auf einmal kam es mir so vor, als würde ich auf einem Boot stehen, das sich langsam von dem Steg entfernt, auf dem Gerd zurückblieb. Ich bin gewissermaßen davongetrieben, ganz langsam und leise mit der Strömung. An dem Tag war ich drauf und dran, ihn zu verlassen. Aber wie Sie schon gesagt haben, ich war am Ende zu feige.«

»Sie sind zu hart mit sich. Wenn man seinen Partner nach so vielen Jahren verlässt, dann kommt es einem schnell so vor, als würde man die gemeinsame Zeit quasi vernichten. So als wäre sie nichts wert, als wäre sie vergeblich gewesen. Wer wirft schon gerne vierzig Jahre weg?«

»Ja«, erwiderte Marlene nachdenklich und fiel wieder in ein minutenlanges Schweigen, das Ina nicht unterbrach. Zuhören, Fragen jenseits des von Marlene gewählten Themas vermeiden, sich völlig zurücknehmen – all das gehörte für Ina zur Vertrauensbildung. Daher hatte sie auch den eigentlichen Grund der Therapie, nämlich Marlenes Suizidversuch, bei den letzten Treffen nicht mehr zur Sprache gebracht. So hielt sie das immer bei ihren Patienten, bis diese nach einiger Zeit selbst zum Kern des Problems vordrangen.

Ina hatte den Eindruck, als wäre dieser Zeitpunkt gekommen.

»Sie konnten sich vielleicht nicht vorstellen, ohne Ihren Mann zu leben, aber auch nicht mehr mit ihm. Ein Dilemma, das die allermeisten Menschen viele Jahre lang mit sich herumtragen, ohne es zu lösen. Irgendwann verfolgt man seine eigentlichen Interessen nicht mehr, man wird geistig und emotional träge, wobei es egal ist, ob man nur noch apathisch zu Hause herumhockt oder sich in tausend Aktivitäten verzettelt und sich dabei auflöst wie eine Tablette im Wasser.«

»Ich bin ja wohl eher der Typ Tablette«, sagte Marlene schmunzelnd.

Ina war noch skeptisch. Waren Marlenes soziales Engagement und gesellschaftliche Umtriebigkeit im Grunde nur Ersatzbefriedigungen für fehlendes Eheglück und Kinderlosigkeit? Konnten sämtliche Wohltaten und die Aktivitäten, die sie entwickelt hatte, letztendlich ihr leeres Herz nicht füllen? War das der Auslöser, der die Blase zum Platzen gebracht hatte, sodass ihr der Suizid als einziger Ausweg erschienen war? Möglicherweise gab es Faktoren, die in dem Zusammenhang noch gar nicht beleuchtet worden waren.

»Es gibt da einen Namen, den Sie mir gegenüber bisher vermieden haben: Romy Haase«, wagte Ina den Vorstoß.

Prompt war es vorbei mit der ruhigen, nachdenklichen, melancholischen Marlene. Abrupt wandte sie sich ihrer Therapeutin zu. Der Seidenschal um ihren Hals flatterte heftig im Wind, und sie zähmte ihn mit einer energischen Handbewegung.

»Lassen Sie Romy aus dem Spiel.«

»Was ist passiert, Marlene?«

»Gar nichts. Ich möchte nicht darüber sprechen.«

»Über gar nichts wollen Sie also nicht sprechen?«

»Romy hat nichts mit alledem zu tun.«

»Alledem?«

Marlene antwortete nicht.

»Sie haben das Mädchen wie eine Tochter aufgenommen, nicht wahr? Und dann ist sie fortgegangen? War es so? Mit einem jungen Italiener? Jetzt sehen Sie mich nicht so überrascht an. Sie selbst haben mich mit dem Pastor bekannt gemacht, und ich glaube, Sie wollten, dass er ein bisschen mit mir plaudert.«

»Das war ein Fehler.«

»Aber es ist wahr, was ich von Romy gesagt habe, oder?«

»Bringen Sie mich bitte nach Hause.«

»Sind Sie böse auf mich?«

Marlene schüttelte heftig den Kopf. »Ich bin nicht böse. Ich will auch, dass wir uns weiterhin sehen, nur… Für heute möchte ich Schluss machen.«

Wieder einmal brach Marlene Adamski ein gut verlaufendes Gespräch abrupt ab, und erneut hinterließ dies bei Ina das ungute Gefühl, dass Marlene etwas Bedeutsames verbarg. Jedoch hatte die Gefühlsaufwallung ihrer Patientin absoluten Vorrang, und es musste für Ina darum gehen, sie auf der kurzen Fahrt von Ahrenshoop nach Wieck zu beruhigen. Daher kehrte sie zum ursprünglichen Grund des Besuchs zurück.

»Wie gehen Sie damit um, dass Ihr Ehemann erschlagen, also ermordet wurde? Ist das eine zusätzliche Belastung für Sie?«

Marlene blickte aus dem Beifahrerfenster auf die Landschaft, die langsam in einem Regenschauer verschwand.

»Eigentlich… nein. Wichtig ist, dass er tot ist.«

Als sie merkte, wie missverständlich sie sich ausgedrückt hatte, erschrak sie.

»Ich habe ich ihn nicht umgebracht, falls Sie das denken sollten. Ich war im Haus und habe Harry Belafonte gehört, ziemlich laut. Seine Musik bringt mich immer zum Träumen. Eigentlich erschreckend: Ich habe von einem Inselparadies mit einem Atoll und Palmen im schneeweißen Sand geträumt, als der Täter Gerd nur ein paar Meter von mir entfernt erschlagen hat.«

Das war nun schon das zweite Mal innerhalb weniger Tage, dass jemand meinte, er müsste Ina gegenüber seine Unschuld beteuern. Dieser Gedanke führte sie zu einer Frage, die sie unbedingt noch loswerden wollte.

»Woher kennen Sie eigentlich Daniel Trebuth?«

Marlene ließ einige Sekunden verstreichen, bevor sie antwortete: »Wir haben mal ... einen Prozess zusammen geführt. Ist ein paar Jahre her. Und Sie?«

Ina war ein wenig genervt von dem seltsamen Blinde-Kuh-Spiel, das Marlene mit ihr trieb. Was ihre Seelenlage betraf, mochte sie so viele Geheimnisse vor ihrer Psychologin verstecken, wie sie wollte, aber es war nun wirklich lächerlich, so zu tun, als hätte Ina vor einigen Tagen nicht bei den Adamskis geklingelt, kurz nachdem wer auch immer Daniel Trebuth ins Haus gelassen hatte. Und Marlene ging ja kaum noch vor die Tür.

Aber bitte, wenn Marlene unbedingt spielen wollte ...

»Ach, das wissen Sie doch längst«, entgegnete sie. »Übrigens, ein schönes Coupé haben Sie da in der Garage stehen. Wollte immer schon mal so einen Wagen haben. Falls Sie sich zufällig irgendwann davon trennen wollen ...«

Eine Minute später setzte sie Marlene an fast genau der Stelle ab, wo Gerd Adamski erschlagen wurde. Die bunten Polizei-Absperrbänder flatterten im Sturm.

Vierzehn Monate zuvor

Bodo parkte direkt vor der Haustür der Adamskis und sprang gut gelaunt mit einer weißen Rose in der einen und einer Flasche Champagner in der anderen Hand aus dem Auto. Er hatte die Blume eigens für Marlene gekauft, denn er wünschte sich so sehr, sie mal wieder lächeln zu sehen, und sei es nur für eine Sekunde. Menschen unglücklich zu sehen, tat ihm im Herzen weh, und dann setzte er alles daran, dass wieder ein Strahlen über ihr Gesicht ging. Bei älteren Damen hatte er die Erfahrung gemacht, dass eine kleine Aufmerksamkeit am besten wirkte. Bei Männern war das weitaus schwieriger. Die deuteten seine offene Art oft falsch, und so war schon einmal das Gerücht entstanden, er sei »vom anderen Ufer«. Das juckte ihn zwar nur wenig, trotzdem hielt er sich seither bei seinen Geschlechtsgenossen ein wenig zurück. Denen gab er ein Bier aus und erreichte damit letztendlich dasselbe: Man mochte ihn. Und Bodo mochte es, wenn man ihn mochte.

In der Taktfolge von Mozarts *Kleiner Nachtmusik* klingelte er an der Haustür. Ding – ding, ding – ding, ding – ding, ding, ding, ding.

»Was klingelst du denn wie ein Bekloppter?«, meckerte Gerd. »Hat's geklappt?«

»Guten Tag, Gerd. Ich freue mich auch, dich zu sehen«, erwiderte Bodo. »Darf ich reinkommen?«

»Deswegen bist du ja wohl da. Was willst du denn mit der Rose?«

»Keine Angst, sie ist nicht für dich. Ich habe zwei gute Nachrichten. Welche willst du zuerst hören?«

»Hä?«

Bodo seufzte. Mit Gerd konnte man einfach nicht scherzen, jedenfalls nicht auf feinsinnigere Art. So wie Bodo ihn auf diversen Feuerwehrfesten erlebt hatte, war er eher für den groben Humor zu haben, für Zoten, Judenwitze und dergleichen.

Daniel und Romy liefen aus der Küche herbei, und Daniel rief sofort: »Hast du das Geld?«

»Also echt, hier herrscht vielleicht eine Stimmung … Okay, hier die erste gute Nachricht. Das Kennwort, das ihr aus Töller herausgekitzelt habt, war richtig. Ich habe damit Zugang zu dem Konto auf den Kanalinseln bekommen und die Umbuchung bereits veranlasst. Ein Alarmwort gab es nicht.«

»Der ganze Eiertanz, den du aufgeführt hast, von wegen Polizei und so, war also für nix?«

»Gerade du als Bäcker solltest wissen, dass man bei rohen Eiern lieber ein bisschen vorsichtiger sein sollte, Gerd.«

»Ich brauche deine Belehrungen nicht.«

»Meine Güte, damit haben wir ja doch noch eine Gemeinsamkeit gefunden. Den Satz unterschreibe ich sofort.«

Daniel sagte gereizt: »Könnten wir bitte zur Sache kommen. Hast du das Geld, Bodo?«

»Übermorgen. Ich muss es schließlich noch mit den Kreditkarten abheben und dabei das Tageslimit beachten.«

»Wie viel ist auf dem Konto?«, fragte Gerd.

»Einhunderttausend.«

»Einhundert…« Gerd schluckte, und sein Gesicht lief rot an. »Einhunderttausend Euro?«, blaffte er. »Das reicht ja hinten und vorne nicht. Allein ich kriege zweihunderttausend.«

»Nur keine Aufregung. Erstens handelt es sich bei der Summe um britische Pfund, und das steht etwas besser als der Euro. Zweitens, und damit komme ich zu der anderen guten Nachricht, hatte ich damals, bevor ich das falsche Kennwort benutzt habe, einige Anlagen für Töllers Kunden getätigt.«

»Quatsch nicht rum, sondern mach es kurz«, unterbrach Gerd.

»Stand heute haben diese Papiere etwa sechsundzwanzig-tausend Euro Gewinn gemacht. Ich habe sie abgestoßen, den Überschuss auf Töllers Privatkonto umgebucht und mit der Kreditkarte abgehoben. Für jeden von euch habe ich deshalb einen Briefumschlag mitgebracht. Offensichtlich habe ich ein Händchen für Geldanlagen. War mir selbst neu. Aber es sieht so aus, dass ich, wenn ich noch ein bisschen mehr Zeit habe, die ganze Summe für uns zusammenkriege.«

»Leck mich am Ärmel!«, stieß Gerd erfreut aus. »Also hast du es dir überlegt, ja? Du weißt schon, wegen deiner Zimperlichkeit, was das Geld der anderen Leute angeht und so weiter.«

»Falsch. Meine Zimperlichkeit, wie du es nennst, hat sich um die Geldeinlagen der Kunden gedreht. Die werde ich nach wie vor nicht antasten. Wovon ich eben gesprochen habe, betrifft die erwirtschafteten Gewinne. Ich finde, die können wir guten Gewissens einstreichen, denn ohne mich würde es die ja gar nicht geben.«

»Sechsundzwanzigtausend«, murmelte Daniel und rechnete mit den Fingern seinen Anteil aus. »Das macht dann etwas mehr als siebentausend für mich.«

»Und etwa das Doppelte für mich«, sagte Gerd und rieb sich die Hände. »Nun leg endlich diese blöde Blume weg und lass den Zaster rüberwachsen.«

Bodo nahm die Rose zwischen die Zähne und zog die Kuverts aus dem Rucksack. »Bevor ich das Geld verteile, muss ich euch leider sagen, dass ihr euch verrechnet habt.«

»Was? Wieso?«, fragte Gerd.

Bodo nahm die Rose aus dem Mund. »Seht ihr, ich finde es nicht richtig, wenn wir das Geld entsprechend unserer damaligen Einlagen bei Töller aufteilen. Wir tragen alle dasselbe Risiko und kriegen alle dieselbe Strafe aufgebrummt, wenn sie uns erwischen.«

»Darüber haben wir doch schon mal gesprochen, Bodo«, wandte Gerd ein.

»Leider hast du mich damals abgebügelt. In jedem dieser vier Kuverts befinden sich ungefähr sechstausendfünfhundert Euro, für Romy, Daniel, mich sowie für dich, Gerd, und Marlene. Hier, bitte sehr.«

Der Bäckermeister wurde laut. »So läuft das nicht. Ich will meine vierzehntausend. Du kannst nicht andauernd die Regeln ändern.«

Bodo blieb ruhig. »Ich erinnere mich an keine Regeln, denen ich zugestimmt hätte.«

»Weil wir davon ausgegangen sind, dass wir das ganze Geld auf einen Schlag kriegen. Wir hätten es auch schon längst, wenn du nicht so ...«

»Zimperlich wärst, ich weiß«, ergänzte Bodo, noch immer gelassen.

Die Auseinandersetzung fand nur zwischen ihm und Gerd statt. Daniel und Romy protestierten hingegen überhaupt nicht, im Gegenteil, Daniel riss sein Kuvert auf wie ein Junkie sein Tütchen und murmelte, während er nachzählte, immerzu: Gott sei Dank, Gott sei Dank.

Romy freute sich ebenfalls. »Geil. Dann bin ich ja schon fast fertig mit allem, oder?«

»Was heißt hier fast fertig?«, fuhr Gerd sie an. »Hier steigt keiner aus, bevor nicht alle komplett ausbezahlt sind.«

»Oh, wie lieb wir uns haben«, kommentierte Bodo ironisch. »Ich glaube, das ist genau der richtige Moment, um den Champagner zu öffnen.«

»So ein Mist«, sagte Daniel mit einem Blick auf die Uhr. »Feiert ohne mich. Jette wird sich schon fragen, wo ich bleibe, und ich muss noch durch den Wald nach Hause laufen.«

»Ich kann dich nach Prerow fahren«, bot Romy an.

Obwohl keiner der Anwesenden Vertrauen in eine Fahrerin hatte, die genauso viele Anläufe für den Führerschein wie für die Verkäuferinnenprüfung benötigt hatte, nahm Daniel das Angebot notgedrungen an. In aufgeräumter Stimmung verließen die beiden das Haus.

»Na dann, Gerd, bleiben also wir beide«, sagte Bodo, obwohl er es für Verschwendung hielt, Gerd Champagner einzuschenken. »Wo ist eigentlich Marlene?«

»Hat sich hingelegt. Ihr geht's nicht so gut. Die Nerven.«

»Schade. Ich hatte mich so gefreut, ihr die gute Nachricht zu überbringen. Vielleicht sollten wir Töller ein Gläschen spendieren, was meinst du?«

»Dem?«, rief Gerd erschrocken. »Jetzt geht's aber los, was? Bei dir piept's wohl.«

»War bloß ein Vorschlag. Wie geht es ihm überhaupt?«, fragte Bodo.

Seit der Entführung vor nunmehr fast zwei Wochen war er nicht mehr im Keller gewesen. Abgesehen von der Tatsache, dass es um Nellis Geld ging, betrachtete er dieses ganze Unterfangen eher sportlich, wie einen Wettkampf. Vor allem reizte ihn der Nervenkitzel, wenn er E-Mails in Töllers Namen verfasste oder mit Aktien jonglierte und dabei am Arbeitsplatz eines anderen saß. Dass sie Töller gefangen halten mussten, war nichts weiter als ein Schönheitsfehler, ein Trick oder ein Foul, das Bodo liebend gerne vermieden hätte. Doch leider war es der einzige gangbare Weg, um am Ende zu gewinnen. Wie gut, dass dieses »Spiel« bald vorüber war.

»Wie soll es ihm schon gehen«, sagte Gerd ungeduldig und begann, die Fünfhundert-Euro-Scheine zu zählen. »Den Umständen entsprechend halt.«

◄○►

Gleich am nächsten Morgen machte sich Daniel auf den Weg zur Bank, um mit dem Geld aus dem Umschlag die ausstehenden Raten zu bezahlen. In den letzten Wochen war die Bank so etwas wie ein Feind für ihn gewesen, ein gieriges Scheusal, das ihm an die Existenz wollte. Nun, da der junge Banker mit dem sauberen Seitenscheitel und dem taillierten Anzug die von Daniel mitgebrachten Euros zählte, war die Bank wieder der smarte Freund, ohne den er und Jette sich der Traum vom eigenen Haus nie hätten erfüllen können.

»Sehr schön, wir verbuchen die Summe sofort.«

Daniel grinste erleichtert. »Danke. Damit ist die Sache erledigt, nehme ich an.«

Das kurze, kaum hörbare Räuspern seines Gegenübers war als diplomatisches Nein zu verstehen.

»Herr Trebuth, ich muss Sie leider noch mal an die ausstehende Gesamtforderung erinnern.«

»Wieso ausstehend?«

Der Banker beugte sich diskret vor. »Ich spreche von den zweiundfünfzigtausend.«

»Welche zweiundfünfzigtausend, verdammt?«

Der Drucker sprang an, und der höfliche Filialleiter bat seinen Kunden um Geduld.

Flüche wären Daniel früher niemals über die Lippen gekommen. In letzter Zeit jedoch zeigte sich ein ungeduldiger Zug in seiner Ausdrucksweise. Es war, als würde er äußerlich in einer heilen Welt mit Frau und Kindern, Haus und Büchern leben, innerlich aber in einer unbarmherzigen Wildnis. Die beiden Welten durchdrangen sich gegenseitig auf seltsame Weise. Bei den Adamskis erzählte er liebevoll von seiner Familie und zeigte Fotos herum, die er zärtlich streichelte. In der Bibliothek hingegen trieb er neuerdings rigoros Mahngebühren bei verspäteter Abgabe ein, und zwar selbst von sozial schwachen Familien, bei denen er bisher immer ein Auge zugedrückt hatte.

Obwohl ihn der kühlende Luftschwall aus dem Ventilator direkt vor ihm traf, bildeten sich Schweißperlen auf Daniels Stirn. Eine Minute, eine schreckliche Minute lang, hielt er sich an der Theorie fest, dass es sich um ein Missverständnis handelte, und ahnte zugleich, dass Banken sich nur sehr selten bei derart hohen Summen irrten.

Hatte man ihm den Kredit gekündigt? Der war doch aber viel höher. Waren das Verzugszinsen? Unmöglich, so hohe Zinsen in so kurzer Zeit.

»Hier, bitte, Herr Trebuth, das sind die Kopien der Unterlagen. Ihre Frau hat im Laufe der letzten Jahre mehrere Kredite aufgenommen, wegen des Ladens, nehme ich an.«

»Wie bitte? Sie haben meiner Frau ohne mein Wissen Kredit gegeben?«

»Da die Sicherheiten vorhanden waren und Sie ein guter Kunde sind, haben wir die Anfragen genehmigt. Inzwischen...«

»Mit Sicherheiten meinen Sie... meinen Sie...«

»Das Haus.«

»Aber ich habe doch eben eingezahlt.«

»Sie haben die ausstehenden Raten beglichen, was sehr erfreulich, angesichts der Gesamtforderung jedoch leider nur ein Tropfen auf den heißen Stein ist. Die zweiundfünfzigtausend Euro sind fällig, genauer gesagt längst überfällig. Wir haben Ihre Frau mehrmals davon in Kenntnis gesetzt. Hinzu kommt, dass Sie uns in den letzten Monaten einige Raten schuldig geblieben sind, was unser Vertrauen in Ihre Solvenz nicht gerade gestärkt hat. So leid es mir tut, aber wir benötigen eine Einzahlung oder vielmehr eine Hinterlegung von sechzigtausend Euro bis zum Ende des Monats.«

◄○►

Daniel fühlte sich wie in einem Moor, das ihn langsam verschlang, und er war unfähig, sich dagegen zu wehren. Was er auch unternehmen würde, es zöge ihn nur noch weiter hinunter. Er konnte es nicht wagen, Jette mit den unbezahlten Krediten zu konfrontieren. Zweifellos hatte sie die Summen heimlich aufgenommen, um einer Diskussion wegen ihres geliebten, aber schlecht laufenden Ladens aus dem Weg zu gehen. Allerdings war es nur noch eine Frage von Tagen, bis ihr die Bank mit Pfändung drohen würde, und spätestens dann müsste sie ihr Geheimnis lüften und ihr Scheitern eingestehen. Natürlich ging sie davon aus, dass Daniel mit seinen neunzigtausend Euro die kritische Lage bereinigen könnte. Sobald sie im Bilde wäre, dass das Geld weg war, zumindest teilweise, musste er ihr erläutern, wie es dazu kommen konnte und wer dafür verantwortlich war. Wenn Töller demnächst wieder auf freiem Fuß war und die Entführung durch die Medien ging, brauchte sie nur eins und eins zusammenzuzählen.

Sie einzuweihen wäre riskant. Jette war nicht Giovanni, den man mal so mir nichts, dir nichts in ein Verbrechen involvieren konnte.

Eines war Daniel klar: Er benötigte mehr Geld aus Töllers Vermögen, als ihm anteilsmäßig zustand. Nur dann konnte er das Haus und damit seine Familie retten. Nur wie sollte er das bewerkstelligen? Bodo war über die Maßen anständig, Gerd passte auf wie ein Schießhund, und Giovanni mischte ja nun auch noch mit.

Irgendwie musste er das hinbekommen. Er konnte einfach nicht anders, als ausschließlich an seine Kinder zu denken, immer nur an sie. Das war ein vom Willen nicht steuerbarer Vorgang – so wenig wie man seinem Herzen befehlen konnte, mit dem Schlagen aufzuhören, oder der Lunge, das Atmen einzustellen.

Er hatte diesen Keller nie betreten wollen. Anfangs hatte

244

er noch mit sich gerungen, an sich gezweifelt, alles infrage gestellt, sich gehasst, Töller gehasst, das Geld gehasst. Damit war es jetzt vorbei. Er war schon so weit gegangen, es war so viel passiert – das Vorhaben musste einfach zu Ende gebracht werden. Eine Schuld entstünde juristisch gesehen nur, wenn sie entdeckt würden, und die Schuld vor sich selbst nur bei einer Niederlage. Es hieß immer, der Zweck heilige die Mittel. Nein, es war der Erfolg. Und das hatte nicht er entschieden, sondern die Gesellschaft, in der er lebte.

◄o►

Frühe Sonnenstrahlen durchdrangen Schleierwolken und warfen einen zwielichtigen Schimmer auf den Bodden. Da Sommerferien waren, durchpflügten zahlreiche Boote den hauchzarten Morgendunst und brachen ihn entzwei, sodass er aufstieg und in der Wärme eines neuen Sommertages verging. Innerhalb einer Stunde lösten sich die Konturen der Ufer vollständig auf, und das Festland verschwand in einem diffusen Leuchten, vor dem immer wieder Formationen von Wasservögeln vorbeizogen.

Marlene saß in ihrer kleinen Bucht im Sand, umgeben von Strandhafer und vertrocknetem Tang. Obwohl sie in der Sonne saß, fror sie wie im Schatten einer dunklen Wolke.

Wenn sie an ihr Leben zurückdachte, kam es ihr vor wie die Flügel einer Mühle, die sich immerzu im Wind gedreht hatten. Sie hatte einen wiederkehrenden Traum, der sie nicht zur Ruhe kommen ließ: zunächst ein weitgehend selbstbestimmtes Dasein, dann einen guten Mann, ein freiheitliches politisches System, ein Kind, ein Laden, ein Haus mit Garten … Das Meiste war in Erfüllung gegangen, und wenn man es großzügig auslegte, hatte sie mit Romy, die sie liebte wie eine Tochter, letztendlich auch ein Kind bekommen. Manchen Menschen wären die vielen Jahre vielleicht eintönig vorgekommen, aber sie brauchte diese Ruhe des Alltags, des sich ständig Wiederholenden. Immer in Bewegung zu sein und dennoch einen festen Mittelpunkt zu haben, in die Bäckerei zu gehen, die Kunden zu begrüßen, ein Schwätzchen zu halten, Kuchen einzupacken. Abends dann die Stunden mit Gerd, die Sonntagsspaziergänge am Bodden. Immer das Gleiche in vereinzelten Variationen. Unter dem Strich war ihr Leben für sie lange Zeit völlig in Ordnung gewesen.

Nur der letzte Abschnitt nicht. Ihr Traum von einem abwechslungsreichen Lebensabend würde sich nicht erfüllen, woran auch der Geldsegen, den Bodo ihnen bescherte, nichts änderte, im Gegenteil.

Für Marlene war dieses Geld nicht die Rückkehr, sondern das Ende aller Träume. Seit Herr Töller ihr Vermögen verzockt hatte, hatte sie die Hoffnung gehegt, es eines Tages zurückzubekommen, und obwohl sie nicht stolz darauf war, hatte diese Hoffnung sie erfüllt. Der Augenblick des Triumphs wurde dann wider Erwarten zu einem Moment, in dem sich alle Hoffnungen in Lügen verwandelten. Nun, da jeden Tag ein Teil des Geldes zu Marlene zurückfloss, wusste sie, dass sie es niemals würde ausgeben können. Jedes Mal wenn sie im Geiste damit zu planen versuchte, etwa eine Gondelfahrt in Venedig, musste sie daran denken, unter welchen Umständen sie es wiedergewonnen hatte. Wer mit ihr in der Gondel sitzen würde.

◄○►

Gerd saß im Schatten der Terrasse beim Frühstück, als Marlene zum Haus zurückkehrte. Wie verlogen schön dieser Tag begann, mit dem Duft von frischen Brötchen und Marmelade, den berauschenden Farben von Lavendel und Clematis, der friedlichen Stille … Bodos Rosen standen mitten auf dem Tisch. Jeden Tag, wenn er Geld vorbeibrachte, brachte er ihr auch eine Rose mit. Drei Stück waren es inzwischen.

»Er war da und fand es schade, dich wieder mal zu verpassen«, sagte Gerd mit sarkastischem Unterton. »Wärst du dreißig Jahre jünger, würde ich ihn anpfeifen, aber so … Übrigens, ich wollte schon eine Vermisstenanzeige aufgeben. Bitte sag mir doch Bescheid, wenn du das nächste Mal spazieren gehst.«

Dass sie ihm nicht antwortete, passte ihm nicht. Er vertrug einen Streit, nicht aber, wenn sie ihn ignorierte. Allein zu sein war ebenfalls nichts für ihn, dann dackelte er später hinter ihr her wie ein junger Hund. Jetzt in den Sommerferien, da die Bäckerei geschlossen war, war es besonders schlimm. Da wusste er gar nichts mit sich anzufangen.

Seltsam und erschreckend – alles war im Grunde wie immer, dabei hielten sie im Keller einen Mann gefangen.

Stolz blätterte Gerd vor seiner Frau die großenScheine auf den Tisch. »Wir haben an die neunzigtausend zusammen. Fast die Hälfte. Was sagst du jetzt?«

Sie starrte das Geld an wie den Alkohol vom Vorabend, der an ihren Kopfschmerzen schuld war.

»Daniel«, sagte sie nur.

»Was ist mit ihm?«

»Daniel. Er kommt immer noch jeden Morgen, geht nach unten und bleibt dann eine halbe Stunde mit Herrn Töller allein. Warum macht er das? Wir haben doch von dem Mann bekommen, was wir wollten, jedenfalls nachdem ihm Giovanni die Pistole in den Mund gesteckt hat«, ergänzte sie vorwurfsvoll. »Ich dachte schon, jetzt ist es aus, jetzt sind wir alle Mörder.«

»Ist doch gut gegangen.«

»Gut gegangen«, echote sie. »Was ist denn jetzt mit Daniel?«

»Weiß auch nicht. Worüber du dir so den Kopf zerbrichst. Sieh mal, Marlene, mit dem Geld hier können wir zehn Kreuzfahrten machen. Na gut, sagen wir fünf, denn wir wollen ja eine tolle Kabine, oder? Wo willst du zuerst hin? Rio? Adria? Antarktis? Ich will mir auch noch ein schnelles Auto davon kaufen, so eines wie Giovanni hat. Na ja, muss ja kein Fiat sein.«

»Wie lange noch?«, fragte sie.

Er klaubte die Scheine wieder zusammen, nachdem er frustriert festgestellt hatte, dass Marlene nicht daran interessiert war.

»Drei, vier Tage. Bodo hat das im Griff. Du, der erledigt die Geschäfte von dem Typen schon wie ein Profi. Das nächste Mal fragen wir ihn, wie wir das Geld anlegen sollen. Jetzt schau mich nicht so an, ist ja gut, ich werde es nicht mehr anlegen. Außerdem haben wir sowieso vereinbart, dass wir jeden Kontakt abbrechen, wenn das hier rum ist und wir Töller freigelassen haben. Außer zu Romy natürlich.«

Zornig fügte Marlene hinzu: »Und zu Giovanni, diesem … diesem Drogendealer.«

»Scht, sprich leise, er ist drinnen und passt auf, dass Romy keinen Fehler macht, wenn sie Töller das Essen bringt.«

Widerstrebend hatte Marlene diese Aufgabe an Romy abgegeben. Giovanni hatte es seiner Freundin befohlen, und

Marlene hatte nicht mehr die Kraft, ihm zu widersprechen. Insgeheim war sie sogar dankbar, nicht mehr in den Keller gehen zu müssen.

»Wie viel gibst du ihm?«, fragte Marlene. »Und bestreite es ja nicht. Inzwischen kann ich diesen Halbstarken recht gut einschätzen, ich kann mir denken, dass er sich nicht mit Romys läppischen fünftausend Euro abgibt.«

Ertappt belegte Gerd das Brötchen auf seinem Holzbrettchen mit der doppelten Portion Aufschnittwurst, vier Scheiben.

»Zehn Prozent. Aber glaub mir, die sind gut angelegt. Ohne ihn…«

»Das war Folter!«, rief sie.

»Scht«, zischte er und ließ die Faust auf den Tisch sausen. »Ehrlich, Marlene, du gehst mir langsam auf den Wecker. Zuerst fängt Bodo an zu spinnen und jetzt du. Habt ihr etwa gedacht, das wird ein Spaziergang?«

»Ja, das hab ich«, schleuderte sie ihm lautstark entgegen. »Und du hast es auch gedacht. Du bist Bäcker, du kannst nichts anderes als backen. Du hast nicht die leiseste Ahnung von Geldanlagen oder Computern und auch nicht von Entführungen. Die Hälfte der Zeit tust du, als wärst du der abgebrühteste, schlitzohrigste Mann der Welt, und die andere Hälfte, als würde da kein Mensch in unserem Keller dahinvegetieren. Du weißt alles und weißt von nichts. Von uns allen bist du der Erbärmlichste.«

Wenn andere ihn vor den Kopf stießen, ließ Gerd sich schnell und gerne auf jeden Streit ein. Er hatte schon mehr als einmal Freunde verloren, weil er nicht nachgeben konnte. Nur wenn Marlene ihm Vorwürfe machte, war er eingeschnappt und zog sich hilflos zurück. Manchmal vertiefte er sich dann in sein Boulevardblättchen. Oder er sah sich eine Sportsendung an und tat ein paar Stunden später so, als hätte es den Streit nie gegeben.

Genau das hatte er in diesem Moment vor. Er stand vom Tisch auf und nahm seine Kaffeetasse.

Nur eine Sekunde später ließ er sie fallen. Sein Blick ging über Marlenes Kopf hinweg an den Rand des Gartens.

Marlene wandte sich um. Da stand eine Frau an der Hausecke, halb verborgen hinter der Dachrinne und einer Clematis. Als sie merkte, dass man sie entdeckt hatte, lief sie davon.

»Scheiße!«, rief Gerd. »Wer war das?«

»Ich glaube«, Marlene steckte ein Kloß im Hals, sie hatte kürzlich ein Foto der Frau gesehen, »das war Jette Trebuth.«

»Scheiße. Wie kommt die denn hierher?«

Gerd lief hinter ihr her, doch sein Alter und sein dicker Bauch ließen ihm keine Chance, die junge, schlanke Frau einzuholen.

»Giovanni!«, brüllte er.

Marlene lief ins Haus. »Giovanni, Giovanni!«

Der Italiener kam gerade mit Romy aus dem Keller nach oben.

»Da draußen«, keuchte Marlene. »Daniels Frau.«

Giovanni warf alles zu Boden, was er in den Händen hielt, und noch ehe Marlene *Mein Gott, was habe ich da bloß getan?* denken konnte, war er schon vor der Tür.

Marlene hörte Hilfeschreie, die sich mit den Rufen von Gerd und Giovanni vermischten, sich entfernten und entfernten, immer weiter entfernten.

Verstummten.

9

September

Was die Trebuths betraf, gab es eine gute und eine schlechte Nachricht für Ina. Die gute war, dass der Familienvater tatsächlich, wie von ihr gefordert, mit seinen beiden Kindern die Beratungsstelle aufgesucht hatte. Nur leider, und das war die schlechte, war es während dieses Termins zu einem Eklat zwischen Daniel und Christopher gekommen. Details erfuhr Ina zunächst nicht, da die Gespräche selbstverständlich vertraulich behandelt wurden, aber als sie am übernächsten Tag in der Klinik arbeitete, kam Stefanie mit ihrem Freund vorbei.

»Ich will dich etwas fragen«, sagte Stefanie und nahm sie beiseite. »Du musst mir aber versprechen, nicht gleich an die Decke zu gehen.«

Wenn Gespräche schon so anfingen, war der Tag meistens gelaufen.

»Ich verspreche es«, seufzte Ina.

»Darf Chris bei uns einziehen? Ins Gästezimmer und nur für ein paar Tage, jedenfalls erst mal.«

»Jetzt kann ich verstehen, wieso du mir zuvor ein Versprechen abgerungen hast.«

»Ach Mama.«

»Ich weiß ehrlich gesagt gar nicht, mit welchem Gegenargument ich anfangen soll. Zieh einfach eins mit geschlossenen Augen aus dem Eimer. Im Ernst, Liebes, ich kann doch keinen Patienten bei mir wohnen lassen.«

»Dann geht er eben zu einem anderen Psycho-Doktor.«

»Selbst wenn das so einfach ginge, du wohnst bereits im Gästezimmer, und ich werde euch ganz bestimmt nicht zusammen in einem Bett schlafen lassen.«

»Dann schlafe ich halt vorübergehend bei dir. Du wolltest doch, dass wir uns näherkommen.«

»Näher ja, aber nicht so nahe, mein Schatz. Außerdem müsste Christophers Vater zustimmen.«

»Der Typ ist so ein Widerling. Chris will nichts mehr mit ihm zu tun haben, und das kann ich gut verstehen. Oh, sorry, ich darf ja gar nicht mit dir darüber sprechen.«

»Das verlange ich auch nicht.« Ina sah auf die Uhr. »In einer halben Stunde habe ich hier in der Klinik Feierabend. Dann würde ich Christopher gerne ins Café einladen – allein.«

◄○►

Ina ging mit dem Teenager in ein Café um die Ecke, das sie eigentlich nicht mochte. Die Einrichtung war ihr zu kühl gehalten – Stühle und Tische aus Aluminium sowie Spots an der Decke, deren gelbliches Licht auf grüne Wände traf. Der sintflutartige Regen ließ ihr jedoch kaum eine Wahl, wollte sie das Gespräch nicht völlig durchnässt führen.

Sie setzten sich in eine Ecke, wo die bodenlangen Fenster rechtwinklig aufeinandertrafen, sodass sie von Strömen von Wasser umgeben waren, das an den Scheiben herunterlief. Das Prasseln und Rauschen schuf eine seltsam diskrete Atmosphäre, denn selbst wenn sie in normaler Lautstärke miteinander sprachen, konnte man sie an den gut besetzten Nachbartischen nicht verstehen.

Christopher blickte leicht mürrisch drein, was Ina allerdings nicht auf sich bezog, sondern auf die Tatsache, dass ihm ein großer Brocken auf der Brust lag, der ihn einerseits quälte, den loszuwerden jedoch ebenfalls mit Qualen verbunden sein würde.

Sobald die Getränke serviert waren, fragte Ina: »Und?«

Christopher antwortete nicht sofort. Was er zu sagen hatte, kostete ihn Überwindung, aber nachdem er einmal die Kraft dafür gefunden hatte, sprudelte die Behauptung, die er aufstellte, in einem einzigen schnellen Schub aus ihm heraus.

»Papa hat eine andere Frau. Er hat Mama betrogen, als sie noch bei uns war. Ich weiß es genau, ich habe die beiden gesehen.«

Ina war überrascht. Sie hatte mit allem gerechnet, nur damit nicht. Dabei war es nun wirklich nichts Außergewöhnliches. Bei ihren Sitzungen erfuhr sie oft ganz andere Dinge, manchmal ging es gar um finsterste Abgründe. Ein Seitensprung nahm sich dagegen geradezu alltäglich aus. Ihr Erstaunen bezog sich vielmehr darauf, dass ausgerechnet Daniel Trebuth fremdgegangen sein sollte. Sie traute ihm das nicht zu. Gewiss, der Mann war unausgeglichen, nervös, launenhaft und irgendwie obskur. Trotzdem schien er ihr beim besten Willen nicht der Typ für Bettgeschichtchen zu sein, auch wenn das natürlich nur ein Gefühl war.

»Und das hast du ihm in der Beratungsstelle vorgeworfen?«

»Weil er behauptet hat, er würde Mama schrecklich vermissen, der Heuchler. Dabei ist er froh, dass sie weg ist, das merke ich ganz genau.«

»Streitet er seine Untreue denn ab?«

Christopher nickte.

»Bist du deutlicher geworden?«, hakte sie nach.

»Nein.«

»Auch nicht nach der Sitzung?«

»Nein. Er wollte es wissen, und wir haben uns ordentlich gefetzt, aber ich hab's ihm nicht gesagt.«

»Warum nicht?«

»Weil ... weil ... Ist doch egal.«

»Na schön, aber du bist dir ganz sicher, ja?«

»Ich sage doch, ich habe sie gesehen, ihn und die andere.«

»Erzähl mir davon.«

Ab da an wich er Inas Blick aus, wie schon mal, als sie ihn gefragt hatte, weshalb er seinem Vater nur Vorwürfe machte, ohne sie mit Details zu untermauern.

Christopher blickte in sein Glas, das er in den Händen hin- und herdrehte. »Beim ersten Mal war es Zufall. Ich war mit dem Rad im Wald unterwegs, in der Nähe von der Stelle, wo wir neulich mal spazieren waren. Dort ist es ziemlich einsam. Normalerweise bin ich da nicht. Aber an dem Tag hat vor dem einzigen Haus weit und breit so ein geiles Auto geparkt. Da bin ich eben hin und ... Na ja, ich bin halt um das Auto herumgeschlichen, da ist plötzlich mein Rad umgefallen und hat einen Kratzer in den Lack gemacht. Keine zehn Sekunden später geht die Tür von dem Haus auf, und ich denke: Scheiße, wenn der Typ, dem das Auto gehört, mich jetzt sieht. Also gehe ich mit meinem Rad hinter dem Wagen auf Tauchstation und hoffe, dass ich ungeschoren davonkomme. Wie ich da so vorsichtig über das Auto drübergucke, sehe ich, wie mein Vater mit so 'ner Tussi aus dem Haus kommt und in einen hässlichen Kleinwagen steigt. Vermutlich ihrer. Die beiden haben gelacht und so. Okay, sie haben nicht geknutscht oder was weiß ich. Aber als ich ihn abends ganz nebenbei gefragt habe, wie's beim Joggen war, hat er doch tatsächlich ganz scheinheilig behauptet, er wäre diesmal noch weiter gelaufen als sonst. So ein Stuss, alles gelogen. Beim nächsten Mal bin ich ihm nämlich heimlich gefolgt, und zack ist er wieder gemütlich zu dem Haus vom letzten Mal spaziert. Ist doch sonnenklar, was die da drin machen. Warum sollte er sonst lügen, hm?«

Ina war Christophers Bericht aufmerksam gefolgt.

»Wie hat die Frau denn ausgesehen, mit der du deinen Vater gesehen hast? War sie schon älter?«

»Nein, höchstens fünfundzwanzig, ziemlich klein, vielleicht eins sechzig. Dünn, lockige Haare, schwarz, aber mit einer fetten lila Strähne vorne. Hat ziemlich panne ausgesehen.«

Bei der Erwähnung der lila Strähne fiel Ina das Foto in der Bäckerei wieder ein. Die Beschreibung passte exakt auf Romy Haase, mit der Ina Daniel Trebuth – wenn man ihm schon eine Affäre unterstellte – allerdings so überhaupt nicht liiert sah. Außerdem war besagte Romy laut ihrer ehemaligen Kollegin damals mit einem jungen Italiener zusammen gewesen. Trotzdem konnte Ina nicht völlig ausschließen, dass der Bibliothekar und die Bäckereiverkäuferin ein Techtelmechtel hatten. Nur warum trafen die beiden sich ausgerechnet bei den Adamskis?

Auf diese Frage wusste Ina keine Antwort. Dafür fiel ihr etwas anderes wie Schuppen von den Augen, und sie sah es ganz klar vor sich. »Du hast es deiner Mutter erzählt«, sagte sie.

Dass Christopher erneut in sein Glas blickte, war Bestätigung genug, und sofort lief ein Film in Ina ab: Jette Trebuth erfährt von ihrem Sohn, dass ihr Mann sich mit einer anderen Frau trifft. Sie lässt sich beschreiben, vielleicht sogar zeigen, wo sich das besagte Haus befindet, und geht hin, um sich selbst ein Bild zu machen. Von diesem Moment an kann Christopher nur spekulieren, was passiert.

Fest steht: Seine Mutter ist verschwunden. Sie ist weg, weil er die Klappe nicht halten konnte, so empfindet er es zumindest. Er bringt ihr Verschwinden mit seiner Beobachtung, seinem Verdacht, seiner Indiskretion in Verbindung, was ihn zutiefst erschreckt. Dass die Polizei im Dunkeln tappt, was das wahre Geschehen angeht, macht es nur noch schlimmer für ihn. Hat seine Mutter etwas erfahren, das sie zutiefst erschüttert hat? Ist ihr etwas im Wald zugestoßen, auf dem Weg zu dem Haus, wo ihr jemand auflauerte? Ist es gar im Haus selbst passiert? Das Liebste und Teuerste im Leben zu verlieren, ist für sich erschütternd genug, daran will der Junge verständlicherweise nicht auch noch Schuld haben. Darum verleugnet er alles, vor sich selbst und damit zwangsläufig auch vor anderen. Der Wunsch, das Rätsel zu lösen, verkümmert im Schatten einer dunklen Wolke – der Angst, für immer mit diesem selbst zugefügten inneren Brandmal leben zu müssen.

Gut möglich, dass Christopher nie oder erst sehr viel später darüber gesprochen hätte. Dass er darüber ein alter Mann geworden, darüber gestorben wäre. Denn mit jedem verstrichenen Tag, mit jedem vergangenen Jahr wäre die Mauer des Verdrängens ein wenig stabiler geworden. Das Verhältnis zu seinem Vater wäre katastrophal gewesen, ohne dass der Junge hätte beschreiben können, warum. Nur ein Detail hatte ihn vorm ewigen Schweigen bewahrt, und zwar die – nach Christophers Meinung – heuchlerische Trauer seines Vaters. Für ihn kam das einer Verhöhnung des Andenkens seiner Mutter gleich, und das hatte ihn aufgewühlt.

»Ich bin mit ihr diesen Waldweg langgelaufen«, murmelte er in das Limonadenglas. »Ich habe ihr gesagt, da drüben ist es, da habe ich ihn gesehen. Sie hat nur genickt.«

Er leerte das Glas, als wolle er sich die eben gesprochenen Worte erneut einverleiben.

»Wie oft bist du deinem Vater dorthin gefolgt?«

»Ein paarmal, um ganz sicher zu sein. Aber als meine Mum... also nachdem sie verschwunden war, ist er nicht mehr hingegangen. Dafür war er einmal woanders, in einem anderen Haus in Ahrenshoop. Ich bin ihm mit dem Moped gefolgt, das habe ich zum fünfzehnten Geburtstag bekommen. Es stand fast immer nur in der Garage, aber mein Vater war an dem Tag so komisch, und ich dachte... Ist ja egal, jedenfalls ist er mit jemandem zusammen nach Ahrenshoop gefahren, mit einem jungen Typen, ein Italiener, Spanier, Türke, irgend so was. Mit dem ist er in ein Haus in der Nähe von der Steilküste gegangen. Die waren da eine Viertelstunde drin. Als sie wieder rauskamen und weggefahren sind, hab ich aufs Klingelschild geguckt. Tiller oder so. Nein, warten Sie. Töller, Alwin Töller. Ich dachte noch, was für ein beschissener Name. Aber ich war heilfroh, dass es kein Frauenname war. Das wäre echt scheiße gewesen.«

Er fuhr sich mehrmals mit den Händen durch die wuscheligen Haare. Was meinen Sie, war sie dort? In dem anderen Haus, meine ich. In dem mit der jungen Frau?«

»Ich wünschte, ich wüsste es. Das wird die Polizei herausfinden. Da fahren wir jetzt sofort hin.«

»Muss das sein?«

»Ich finde es gut, dass du so offen zu mir warst, Christopher. Bitte sei es weiterhin. Denn auch wenn du dich jetzt elend fühlst, Offenheit macht stark.«

Vierzehn Monate zuvor

»Daniel, du ... du musst sofort herkommen. Es geht um deine Frau.«

Gerds schwerer, nach Bronchitis klingender Atem pfiff heiser aus der Ohrmuschel des altmodischen Telefons, das auf Daniels Schreibtisch in der Bibliothek stand.

»Meine Frau?« Daniel brauchte einige Sekunden, um das Gehörte einzuordnen. »Was soll das heißen?«

»Sie ist hier, in unserem Haus.«

Wenn man ihm mitgeteilt hätte, dass Jette in einer Raumkapsel auf dem Weg in die Erdumlaufbahn sitze, wäre er nicht verblüffter gewesen.

»Ja, aber ... Wie? Woher? Was macht sie bei euch?«

»Wir sitzen auf der Couch und tauschen Rezepte für Weihnachtsplätzchen aus. Mensch, Junge, quatsch nicht, sondern komm her. Und zwar sofort. Wir brauchen dich.«

Gerd legte auf, bevor Daniel ihm weitere Fragen stellen konnte. Glücklicherweise hatte die Bibliothek seit einer Viertelstunde geschlossen, und die Mitarbeiter waren bereits nach Hause gegangen. Auf der Fahrt zu den Adamskis fragte Daniel sich immerzu: Wie, um alles in der Welt, hatte Jette von den Bäckersleuten erfahren? Und was war dort passiert?

Mit dem Handy versuchte er ein paarmal, Gerd zu erreichen, um mehr zu erfahren, doch es nahm niemand ab. Daniel hielt das Warten an den Ampeln und Kreuzungen, das Stillsitzen im Auto kaum noch aus. Zu allem Übel hielt ihn auch noch die Polizei an, die ihm wegen »Telefonierens am Steuer« ein Bußgeld aufbrummte. Das gibt's ja wohl nicht, das ist alles ein mieser Film, dachte er. Obwohl – oder gerade weil – er es eilig hatte, ließ er alle Ermahnungen brav über sich ergehen, gab keine Widerworte, räumte sofort seine Schuld ein und zahlte bar. Im Geiste jedoch hatte er die Faust geballt, hätte sie den Polizisten am liebsten ins Gesicht gerammt und das Gaspedal durchgedrückt.

Ausnahmsweise fuhr er mit dem Wagen direkt vor das Haus der Adamskis. Er musste nur einmal kurz klingeln, sofort öffnete Gerd die Tür.

»Mann, das hat vielleicht gedauert! Bist du etwa mit dem Dreirad gekommen?«, blaffte er. Sein Kopf sah aus, als hätte ihn zehn Minuten lang ein Ringer in die Mangel genommen. »Plötzlich stand sie bei uns im Garten. Mehr weiß ich auch nicht. Und dann ...«

»Und dann was?«, fragte Daniel, als Gerd aufhörte zu sprechen, so als sei damit alles gesagt.

»Tja, also ...«

»Wo ist sie jetzt?«

»Unten.«

»Wo unten?«

»Im Keller.«

»Bei Töller?«, rief Daniel.

»Bist du verrückt? Natürlich nicht. In einem anderen Kellerraum.«

»Eingesperrt?«

»Ja, was denkst du denn! Sie weiß alles oder fast alles, jedenfalls genug. Wir hatten keine Wahl.«

»Wer ist wir?«

Die Antwort auf Daniels Frage erübrigte sich, als Romy und Giovanni aus dem Keller heraufkamen, gefolgt von der leichenblassen Marlene.

»Ich will endlich wissen, was passiert ist«, rief Daniel ungeduldig. Sie begrüßten sich innerhalb der Gruppe längst nicht mehr, auch gab es keine Momente des Schweigens, des Zögerns, der Nachdenklichkeit. Wie bei panischen Passagieren auf einem sinkenden Schiff war auch bei ihnen die dünne Kruste der modernen Zivilisation durchbrochen, und sie waren um einige zehntausend Jahre zurückgeworfen.

»Sie hat gehört, worüber ich mit Marlene gesprochen habe. Was hätten wir denn machen sollen? Ich hab noch ›Halt‹ gerufen, aber sie ist weggelaufen. Wir natürlich hinterher. Ruck, zuck hatte ich sie eingeholt.«

»*Ich* hab sie ruck, zuck eingeholt, Alter«, korrigierte Giovanni. »Ich hab sie mir geschnappt und in den Keller gesteckt. Mich hat sie gekratzt.« Giovanni führte einige Schrammen auf seinen Unterarmen wie Kriegsnarben vor.

»Na ja«, schränkte Gerd ein. »Wir haben sie uns zusammen geschnappt.«

»*Va a cagare!*«, rief Giovanni. »Du hast mir bloß ein paar Türen aufgehalten und sonst gar nix. Aber, Alter, das kostet dich was. Von jetzt an kriegen Romy und ich – also ich – die Hälfte von allem, was du noch kriegst. Verstanden?«

Daniel konnte sich diese Unterhaltung, bei der man völlig am Wesentlichen vorbeiredete, nicht mehr anhören.

»Ist mir scheißegal, wer Jette in den Keller geschleppt hat. Wie geht es ihr?«

»Hat getobt wie eine Furie«, antwortete Giovanni. »Ich hab ihr eine geklatscht, jetzt ist sie ruhig.«

»Du hast ... was?«

»Ihr eine geklatscht, Alter«, wiederholte der Italiener. »Mit der flachen Hand. Ich werd doch keine Frau boxen. Sie hat ein bisschen Nasenbluten, *dio mio*, das geht vorbei.«

»Du hast sie wohl nicht mehr alle, meine Frau zu schlagen«, erboste sich Daniel.

In der nächsten Sekunde packte Giovanni ihn am Hemd und schleuderte ihn rücklings gegen die Wand. Ein Bild vom Typ Gänseblümchenwiese fiel herunter, der Rahmen zerbrach. Giovanni kam Daniels Gesicht so nahe, dass ihre Lippen sich beinahe berührten, und die schwarzen Augen des Italieners starrten ihn unmittelbar an, füllten sein gesamtes Blickfeld aus.

»Jetzt hör mir mal gut zu, du Bücherwurm. Ich lass mir von so 'ner Möse doch nicht das Geschäft verderben. Glaubst du, ich hab Lust, in den Bau zu wandern, hä? Wenn ich dich jetzt gleich loslasse, wirst du da runtergehen und deine Möse davon überzeugen, ihre Klappe zu halten, und zwar für immer, ja? Und noch was, weil wir gerade so schön miteinander quatschen – maul mich nie wieder so an, Alter. Wenn du glaubst, dass du jetzt grad meine schlimme Seite erlebst, dann irrst du dich. Auf 'ner Skala von eins bis zehn ist das die Sieben. Da unten im Keller, da kommste dir vielleicht stark vor mit deinen Zigaretten, die du auf 'nem wehrlosen Mann ausdrückst. Aber du bist in Wirklichkeit nur eine Null, Alter, und so was von krank.«

Im Gegensatz zu Gerds Sprüchen nahm Daniel die von Giovanni ernst, weil sie von physischer Dominanz und Entschlossenheit getragen waren. Falls Gerd jemals die Führung der Gruppe innegehabt hatte, so war sie längst an Giovanni übergegangen, und alle akzeptierten es – außer vielleicht Bodo, aber der bekam davon überhaupt nichts mit.

Wie angekündigt ließ Giovanni Daniel los. Ein Hemdknopf war abgerissen, das Hemd aus der Hose gerutscht, und es war Giovanni, der es Daniel unvollständig und schlampig wieder unter den Gürtel stopfte. Dann schubste er ihn in Richtung der Kellertür.

Gerd drückte ihm den Schlüssel in die Hand und erklärte ihm, wo er Jette finden würde, woraufhin Daniel, zurechtgestutzt und noch unter dem Eindruck von Giovannis Warnungen, in den Keller hinabtorkelte.

◄o►

»Bärli!«

Jette kauerte in einer Ecke des völlig kahlen Raums, das Gesicht verweint, die Haare wirr abstehend wie nach einem Stromschlag. Als sie Daniel hereinkommen sah, hob sie den Kopf und rief ihn mit einem ihrer Lieblingskosenamen. In diesem Moment fiel aller Groll von ihm ab. Die Schulden, die vegane Ernährung, der defizitäre Laden – alles war vergessen. Sogar der Kosename, den er früher nur geduldet hatte, war ihm auf einmal wert und teuer.

»Bärli!«

Sie stand auf und warf sich in seine Arme. Wann hatte sie das je getan? Trotz gelegentlicher kindlicher Anwandlungen war Jette eine starke Persönlichkeit, die nicht dazu neigte, Schwächen zu zeigen. Darum hatte sie ihm ja auch nichts von den unbedienten Krediten gesagt. Sie war ein Kopfmensch, plante gerne, traf einsame Entscheidungen und nahm sie nur äußerst selten und widerwillig zurück. Alle, die Jette kannten, sagten unisono, dass sie ihr Leben im Griff hatte.

Doch in dem Augenblick, als sie sich in Daniels Arme flüchtete, war sie ganz Gefühl, reine Angst.

Sie stellte keine Fragen.

»Bitte bring mich hier raus«, flehte sie nur. »Schnell.«

»Das geht nicht. Giovanni steht oben. Er wird es nicht zulassen.«

»Er hat mich total hart angefasst«, klagte sie und entblößte ihre schlanken Oberarme, wo sich auf der milchigen Haut schon bald einige hässliche gelbgrüne Inseln abzeichnen würden.

Eine der Stellen, auf die sie deutete, streichelte und küsste er. »Dir wird nichts passieren. Du musst nur mitmachen.«

Während er seine Frau im Arm hielt, erzählte er ihr die Geschichte von Anfang an. Daniel war selbst überrascht, wie logisch sich alles anhörte. Vor der Entführung hatte er lange mit dem Vorhaben gehadert und sich nur schwer damit arrangieren können. Erst der Erfolg, genauer das ausgezahlte Geld, hatte ihn bestätigt. Nun kam ihm der Bericht über das Verbrechen eines Bibliothekars so flüssig über die Lippen, dass er am Ende der festen Meinung war, sie hätten gar nicht anders handeln können und die ganze Welt würde ihm darin zustimmen.

Jette schwieg lange, auch nachdem er geendet hatte. Mit großen, aufmerksamen Augen sah sie ihn an, und er spürte, dass sie wieder zu denken begann. Der Kopfmensch, die alte Jette kehrte zurück, nur dass sie es vor ihm zu verbergen versuchte.

»Ach, Bärli«, sagte sie schließlich. »Wenn du doch nur früher mit mir gesprochen hättest.«

Mit einem Mal schien ihr diese Formulierung zu vorwurfsvoll zu klingen. Sie, die früher, ohne zu zögern, ihre Meinung geäußert hatte, verhielt sich mit einem Mal wie jemand, der einem schwer Erziehbaren seine Dummheiten auszureden versuchte, ohne ihn vor den Kopf zu stoßen.

»Zusammen werde wir schon eine Lösung finden. Noch ist ja nichts passiert, oder? Das lässt sich alles noch ausbügeln. Du hast aus den besten Motiven heraus gehandelt. Für uns. Das hätte nicht jeder. Nur müssen wir da jetzt irgendwie wieder raus, Bärli. Vorher müssen wir natürlich… müssen wir natürlich *hier* heraus.«

Jettes Gedanken waren ein offenes Buch für ihn. Natürlich wollte sie erst einmal den Keller verlassen, wer an ihrer Stelle hätte das nicht gewollt? Sobald sie frei wäre, würde sie zur Polizei gehen. Aus moralischen Gründen war sie Veganerin geworden, um – wie sie immer betonte – gegen das Verbrechen an Tieren ein Zeichen zu setzen. Würde sie da das Verbrechen an einem Menschen tolerieren? Seine Frau, so wie er sie kannte, wäre glaubwürdiger gewesen, wenn sie Erstaunen geäußert, ihm Vorwürfe gemacht und erst nach einer ganzen Suada von Beschimpfungen etwas Verständnis gezeigt und von einer gemeinsamen Suche nach Lösungen gesprochen hätte.

»Ich rede mit ihnen«, sagte er und löste sich langsam von ihr.

Erneut krallte sie sich an ihn. »Sie werden doch auf dich hören?«

»Wahrscheinlich.«

»Ich bin deine Frau. Sie werden … mir doch nichts tun, oder?«

»Nein, natürlich nicht.«

»Bärli, ich werde auch niemandem was verraten. Ganz bestimmt nicht.«

»Weiß ich doch.«

»Geh nicht weg, Bärli.«

»Ich muss. Wie soll ich denn sonst mit ihnen sprechen?«

»Aber ich habe … habe …«

Sie wollte sagen, dass sie Angst hatte, aber selbst jetzt war ihr dieses Wort nicht zu entlocken.

»… habe dich sehr lieb«, sagte sie stattdessen.

»Ich habe dich auch lieb.«

Seine Erwiderung hatte wohl so formelhaft routiniert geklungen, dass sie ihn noch nicht gehen lassen wollte.

»Denk an die Kinder, Bärli.«

»Ich tue nichts anderes«, gab er zurück und ärgerte sich ein bisschen darüber, dass sie glaubte, ihn daran zu erinnern zu müssen, dass er einen Sohn und eine Tochter hatte.

Abschließen oder nicht?

Er ging zurück und starrte auf das Schloss. Nur wenige Zentimeter davon entfernt schwebte das kleine, längliche Stück Metall, das er zwischen Daumen und Zeigefinger hielt. Es zitterte, als sei es vom gegensätzlichen magnetischen Pol und würde nie und nimmer in die Öffnung passen.

Seine eigene Frau einschließen – wo kam man denn da hin? Wer war er denn? Nach einer Minute stand sein Entschluss fest. Nein, das kam nicht infrage, das konnte niemand von ihm verlangen.

Gerade als er sich abwenden wollte, drehte sich der Türknauf so langsam wie der Sekundenzeiger einer Uhr um die eigene Achse. Eine kleine Bewegung mit großer Wirkung. Ein Spalt tat sich auf, nicht breiter als der Umriss eines Bleistifts, dann wurde die Tür mit einem Ruck aufgerissen.

»Bärli«, stöhnte Jette und griff sich an die Brust. »Hast du mich vielleicht erschreckt. Ich … ich …«

Ohne ein Wort ergriff er den Knauf und zog die Tür gemächlich wieder zu. Diesmal zitterte der Schlüssel nicht in seiner Hand, und mit einem leichten, fast zart klingenden Klick-Klack war es getan.

Was sollte er Giovanni erzählen? Daniel hatte zwei Möglichkeiten: entweder das zu wiederholen, was Jette gesagt hatte, nämlich dass sie Stillschweigen bewahren, oder seine Einschätzung abzugeben, nämlich dass sie genau dies nicht tun würde. Er konnte seine Frau unmöglich diesem hirnlosen Kretin ausliefern. Andererseits – ließe er sie gehen, wären dies Daniels letzte Stunden in Freiheit für lange Zeit, und in gewisser Weise wäre sein Leben dann vorbei. Würde er seine Kinder je wiedersehen? Wohl nicht. Eine solche Zukunft mochte er sich nicht ausmalen.

─◄○►─

»Und?«, fragte Giovanni, noch während Daniel die Treppe hinaufging.

»Sie …« Daniel hatte vor, dem Italiener die Wahrheit über Jette zu sagen, aber er schaffte es nicht. Er konnte dieses Urteil nicht sprechen, auch wenn das bedeutete, dass man das

Urteil über ihn sprechen würde. »Sie will nicht aktiv mitmachen, aber sie hat Verständnis für uns – für mich. Sie wird uns nicht verraten.«

»Ganz sicher?«

»Ich kenne Jette. Sie wird niemals zulassen, dass der Vater ihrer Kinder ins Gefängnis kommt«, log er.

Mit gesenktem Kopf lief Giovanni im Kreis und zupfte mit den Fingern an seiner Unterlippe.

»Also, was ist?«, fragte Daniel ungeduldig. »Darf ich sie nach oben holen?«

»Ich überlege noch«, sagte Giovanni.

»Was gibt es denn da zu überlegen? Jette hat…«

»Halt einfach mal die Fresse, Alter. Ich hab gesagt, ich muss überlegen.«

Daniel, Romy und Gerd sahen Giovanni schweigend dabei zu, wie er Runde auf Runde drehte.

»Nee, ist zu riskant«, sagte er plötzlich. »Sie würde alles sagen, um da rauszukommen. Und bevor du jetzt wieder rumschreist, denk dran, was ich dir vorhin gesagt hab.«

Daniel hatte nicht die Absicht zu protestieren. Auf seltsame Weise war er froh über Giovannis Entscheidung, auch wenn er eben noch dagegen argumentiert hatte. Sein Herz war schwer und leicht zugleich.

»Ich muss doch den Kindern irgendwas sagen«, gab er zu bedenken. »Wenn Jette nicht nach Hause kommt, werden sie Fragen stellen.«

»Dann lass dir was einfallen.«

»Und was? Dass ihre Mutter, ohne uns was zu sagen, in Urlaub gefahren ist? Das glaubt mir doch kein Mensch. Da gibt es nicht viel zwischen Freilassung und… und…«, stotterte Daniel, bis der Kloß im Hals so dick wurde, dass ihm die Stimme versagte.

»Ich tu keiner Frau was an«, sagte Giovanni. »Glaubst du echt, ich fass 'ne Frau an, Alter? Mal eine klatschen, okay, aber nix Härteres. Frag Romy, ich hab sie mal geklatscht, oder Romy? Aber sonst nix. Ich tu keiner Frau was an.«

Marlene, noch immer leichenblass, sagte: »Wir können Jette nicht ewig festhalten. Ich werde mit ihr sprechen, ihr alles erklären, und dann … Ich bin sicher, sie wird schweigen, unter der Voraussetzung, dass wir die Entführung sofort beenden.«

»Ich bin dagegen«, widersprach ihr Ehemann. »Es muss doch noch eine andere Möglichkeit geben.«

Daniel fing an, Gerd zu hassen, weil er etwas aussprach, das er selbst noch nicht einmal zu denken wagte. Aber – hatte Gerd es überhaupt *so* gemeint? Für derart feine Differenzierungen bewegten sie sich längst auf einem viel zu feindseligen Terrain.

»Ich tu keiner Frau was an«, wiederholte Giovanni.

Romy, die sich an ihn schmiegen wollte, schob er energisch beiseite. Erneut lief er im Kreis, blickte zu Boden, zupfte an seiner Lippe und sah dabei nicht besonders intelligent aus … Eine Minute ging das so.

Abrupt hielt er inne und sah Gerd an.

»Was hast du gesagt?«

»Nichts«, antwortete der Angesprochene verunsichert. »Ich habe gar nichts gesagt.«

»*Va a cagare!* Vor einer Minute, Alter.«

»Ach so, na ja, dass da nicht viel bleibt.«

»Nein, davor. Dass wir sie nicht ewig festhalten können.«

Gerd überlegte. »Das war Marlene.«

Giovanni ließ die Knöchel seiner Finger knacken, ganz langsam einen nach dem anderen, es nahm gar kein Ende, sodass es Daniel vorkam, als hätte Giovanni mindestens vier Hände. Schließlich nickte der Italiener, und keiner, auch nicht der, der den Satz ausgesprochen hatte, verstand, wo darin eine Lösung liegen sollte.

◄o►

Mit geschlossenen Augen ruhte sich Romy auf einer Liege in Marlenes Garten aus, nur mit einem gelben Bikini bekleidet. Sie nippte unentwegt an einem Glas Sekt, das förmlich an ihren Lippen zu kleben schien, weshalb sie an ein Baby erinnerte, das durstig an der Brust trank. Die Flasche Asti Spumante, die in Reichweite stand, war bereits zu zwei Dritteln geleert.

Von dem Mädchen zunächst unbemerkt, ließ Marlene sich auf der zweiten Liege nieder. Sie konnte Romy den Alkoholkonsum am helllichten Tag nicht verübeln. Wein oder Sekt stellten eine grandiose Betäubung dar, die sowohl langsamste als auch geschmeidigste Form der Selbstzerstörung, und jeder aus der Gruppe der Entführer musste seinen eigenen Weg finden, mit dem Grauen umzugehen.

Nun saßen also zwei Menschen im Keller, und das Schlimmste war, dass sie Jette Trebuth – anders als Töller – nicht einfach so freilassen konnten. Marlene machte sich schreckliche Vorwürfe, weil sie dazu beigetragen hatte, dass Giovanni die arme Frau einfing. Aber in jenem Moment... Sie hatte unter Stress gestanden, nicht recht gewusst, was sie da tat, und es sofort bereut. Allerdings, würde sie beim nächsten Mal nicht wieder so handeln? War das nicht eine billige Reue, die sie sich nur leisten konnte, weil sie noch in Freiheit war?

Nicht nur der Keller hatte nun zwei Bewohner, auch im Obergeschoss waren zwei Neue eingezogen. Romy und Giovanni hatten sich im Gästezimmer einquartiert, so lange bis… Tja, was das anging, tappte man im Dunkeln.

»Was hat Giovanni eigentlich vor?«

Romy, reckte sich und gähnte, dann rappelte sie sich auf und umklammerte Marlene wie ein Äffchen. »Hallo. Ich hab dich gar nicht kommen hören. Geht's dir wieder besser? Wie ein Gespenst hast du ausgesehen.«

»Ja, etwas besser.«

»Willkommen zurück im Leben.«

Ein trunkener Engel, der sie in der Hölle willkommen hieß.

»Danke, Liebes. Jetzt sag, was plant dein toller Freund? Er hat versprochen, er rührt sie nicht an, also will ich hoffen, dass ihm etwas wirklich Intelligentes eingefallen ist.«

»So was erzählt er mir nie.«

»So was? Das hört sich ja an, als würde er noch drei andere Dinger drehen.«

»Im Moment nicht. Er hatte schon mal Ärger mit der Polizei, da habe ich ihn aber noch nicht gekannt.«

»Lass mich raten: Drogen?«

Romy zuckte mit den Schultern. »Ich habe die Wäsche abgenommen. Hoffentlich habe ich alles richtig in den Schränken verstaut. Du hast da oben irgendwo Motten. Ich habe so ein Ding aufgehängt, an dem die Viecher sich verfangen, und da hängen schon elf dran. Vorhin waren es jedenfalls elf. Ein paar haben noch gezappelt, aber die hab ich festgedrückt, die kommen da nicht mehr weg. Geputzt habe ich noch. Und auch sonst alles gemacht.«

Marlene sah sie mit einer stillen, diffusen Trauer an, die zu der Jahreszeit passte, in der alles schwer und zugleich weich war. Ein Schweißtropfen kroch von Romys Hals in den Ausschnitt des Bikinis und trat, als sie den Kopf in den Nacken legte, um das Glas vollends zu leeren, am unteren Ende wieder aus, bis er sich in ihrem Bauchnabel verfing.

»Da fällt mir ein, ich muss anfangen zu kochen«, sagte Romy. »Ruh du dich aus und schau dir die schönen Bienchen an.«

Bienchen. Fast beneidete Marlene dieses Mädchen um seine Geistesträgheit. Was für eine Gnade, so wenig zu verstehen. Was für eine Gnade, das Gewissen gegen Asti Spumante eintauschen zu können.

Als sie allein im Garten war, zog Marlene das Handy aus der Tasche. Sie wählte die 110, und eine männliche Stimme erklang.

»Polizeinotruf.«

Marlene betrachtete den Garten und machte sich klar, dass sie ihn nie wiedersehen würde. Nie mehr den Herbst darin spüren, wenn die letzten Rosenblüten schwer an den Zweigen hingen, der säuerliche Duft von Fallobst in der Luft lag und die Kraniche schreiend darüber hinwegzogen. Nie wieder die Meisen im Winter an den Futterknödeln hängen und picken sehen, nie wieder die Krokusse den Schnee durchbrechen sehen. Nie wieder eine duftende Freesie oder eine Iris von draußen ins Wohnzimmer holen.

In spätestens einer Viertelstunde würden Streifenwagen mit Blaulicht und Sirene vorfahren, Beamte würden das Haus stürmen und alle verhaften, auch Romy. In Handschellen würden sie das Kind abführen, und sie, Marlene, wäre daran schuld. Ihr Gewissen war intakt – das Problem war nur, dass es in alle Richtungen arbeitete.

»Hier Polizeinotruf. Bitte sprechen Sie.«

Sie drückte die Taste mit dem roten Hörer.

Kürzlich hatte Gerd die Entführung mit einem fahrenden Zug verglichen. Wenn er entgleiste, traf es nicht nur sie, es traf sie alle.

◄○►

Marlene bereitete ein umfangreiches Mahl zu: einen Topf Spaghetti Napoli, Ratatouille, eine Gemüsebouillon, Marillenknödel und ein Dutzend Muffins, so als würde sie eine Heerschar von Gästen erwarten. Romy ließ sich aus der Küche verbannen, ohne Fragen zu stellen, aber das tat sie ja nie. Im Wohnzimmer zappte sie zwischen zwei Nachmittagssoaps hin und her und öffnete eine zweite Flasche Asti Spumante.

Als alles fertig und auf einem riesigen Tablett angerichtet war, nahm Marlene den Kellerschlüssel, verstaute ihn in ihrer Schürze und stieg hinab. Zielstrebig ging sie durch die Kellergänge zu der Tür, die sich schräg gegenüber von der zu Alwin Töllers Kerker befand, und schloss sie auf.

Jette Trebuth stand erstarrt mitten im Raum, wobei sie einem modernen Kunstwerk ähnelte, ein großes buntes Etwas vor kahlen Wänden. Einige Sekunden lang sahen die beiden Frauen einander schweigend in die Augen.

»Wer sind Sie?«, fragte Daniels Frau.

»Marlene Adamski. Ich wohne hier.«

»Ich kenne Sie irgendwoher.«

»Mir gehört die Bäckerei in Prerow, aber Sie gehören nicht zu meinen Kundinnen, vielleicht weil wir keine Bioware anbieten, mein Mann und ich. Wir schalten manchmal Anzeigen mit Bildern von uns.«

Wieder sahen sie sich eine Weile wortlos an. Dann sagte Marlene: »Ich habe Ihnen was zu essen gebracht. Da ich nicht weiß, was Sie mögen, hab ich… Es ist alles vegetarisch, ich meine, vegan.«

Mit einem Mal kam es ihr absurd vor, dieses Ankochen gegen den Wahnsinn. Wie unwirklich das alles war. Eben noch hatte sie die Hände in den Knödelteig getaucht, jetzt umklammerten dieselben Hände den Gefängnisschlüssel. Was für ein irres Theater!

»Gehen Sie«, hörte Marlene sich plötzlich sagen. Sie hatte nicht die Kraft für einen Anruf bei der Polizei gehabt, aber sie fand gerade noch genug Kraft, um einfach nur stehen zu bleiben und nichts zu tun.

»Alle Türen stehen offen. Gehen Sie, und tun Sie, was Sie tun müssen.«

Als wäre die Botschaft auf taube Ohren gestoßen, rührte Jette Trebuth sich zunächst nicht. Erst einige Atemzüge später setzte sie zögernd einen Fuß vor den anderen. Wie ein von Menschen geprügelter Hund schlich sie vorsichtig in Marlenes Richtung, beschleunigte dann im Vorbeigehen und wandte sich an der Tür noch einmal zu ihrer Befreierin um, als wolle sie sich vergewissern, dass sie nicht doch Opfer eines tückischen Streichs geworden war. Einen Augenblick später rannte sie davon.

Marlene stieß einen gedehnten Seufzer aus.

Es war geschafft. Es war zu Ende. Zugleich war es aber auch das Vorspiel zu weiteren Torturen – die Bloßstellung, das Gerichtsverfahren, das Gefängnis. Danach das Nichts. So weit zu denken, war ihr unmöglich.

In diesem Moment befand sie sich noch im Auge des Orkans. Die einen Grausamkeiten lagen hinter, die anderen noch vor ihr. Gleich würde sie Töller freilassen, und dann war alles eine Frage von wenigen Minuten. Der Polizei gegenüber würde sie behaupten, dass es Romys Idee gewesen sei, Töller und Jette Trebuth freizulassen, das gäbe sicher mildernde Umstände für die Kleine. Nach zwei, drei, vier Jahren wäre sie bei guter Führung vielleicht wieder draußen, und an Romys guter Führung war nicht zu zweifeln. Mehr konnte Marlene für ihr Mädchen, das noch sein ganzes langes Leben vor sich hatte, nicht tun.

Sie wollte gerade nach oben gehen, da hörte sie einen Aufschrei und lautes Poltern, gefolgt von gespenstischer Stille.

10

September

In Kriminaloberkommissar Wittes Büro herrschte einige Sekunden lang Stille, nachdem Christopher auf Inas Bitte hin den Raum verlassen hatte. Zwei weitere Kommissare waren dabei gewesen, als der Junge noch einmal alles erzählt hatte. Einer der Beamten sah immerzu auf die Uhr, der andere hielt einen Stift wie eine Zigarette und lutschte von Zeit zu Zeit daran.

Witte stieß sich mit seinen langen Beinen ab, drehte zwei Runden auf seinem Bürostuhl und brach anschließend als Erster das Schweigen. »Tja, das ist natürlich eine interessante Information. Wenn Daniel Trebuth eine Geliebte gehabt hätte, würde das dem Fall eine ganz neue Wendung geben.«

»An eine Affäre mag ich ehrlich gesagt nicht recht glauben«, schränkte Ina ein. »Ich meine zu wissen, von welcher Frau Christopher berichtet. Sie heißt Romy Haase und hat in der Bäckerei der Adamskis in Prerow gearbeitet. Obwohl ich sie nicht persönlich kenne, finde ich, dass sie und Daniel Trebuth irgendwie nicht zusammenpassen. Außerdem war sie anderweitig liiert.«

»Für Hinweise ist die Polizei immer dankbar, Frau Bartholdy, doch die Schlussfolgerungen übernehmen wir selbst.«

Der Sarkasmus in der Stimme des Kommissars erinnerte Ina an seine Aufforderung, hier nicht die Miss Marple zu geben. Andererseits hatte er die neuen Erkenntnisse ihr und Christopher Trebuth zu verdanken, und so schnell war sie nicht bereit, sich abwimmeln zu lassen. Außerdem interessierte sie sich nicht aus purer Neugier für den Fall, sondern wegen Marlene und Christopher.

»Sie sagten eben, das könnte dem Fall eine neue Wendung geben. Darf ich fragen, in welche Richtung es bisher ging?«

»Sie haben Ihre Schweigepflicht, und wir haben unsere«, erwiderte Witte knapp.

Ina beschloss, auf gut Glück einen Pfeil abzuschießen. Auf dem Weg von dem Café, in dem Christopher sich ihr anvertraut hatte, zur Polizei hatte sie ein paar Recherchen mit dem Smartphone durchgeführt.

»Ihre bisherigen Ermittlungen in der Sache Trebuth haben nicht zufällig etwas mit Alwin Töller zu tun?«

Bei diesem Namen kam eine gewisse Bewegung in die Polizisten. Der eine nahm den Stift aus dem Mund, der andere vergaß für einen Moment seine Uhr, und Witte erstarrte auf seinem Bürostuhl.

»Woher wissen Sie davon?«

»Tut mir leid, Herr Oberkommissar. Schweigepflicht. Aber ich bin im Internet auf einige alte Artikel gestoßen, in denen steht, dass der Vermögensberater Alwin Töller vermisst wird. Ebenso wie Christophers Mutter. Wäre doch möglich, dass es da einen Zusammenhang gibt.«

Die drei Polizisten sahen sich an. »Komm schon«, sagte der eine mit dem Stift an seinen Chef gewandt. »Das Meiste steht eh schon in der Zeitung.«

278

Witte verdrehte die Augen. »Also meinetwegen. Wir nehmen an, dass die beiden sich gekannt haben.«

»Jette Trebuth und dieser Töller? Sie meinen …«

»Genau das meine ich. Dass sie sich sogar mehr als gut gekannt haben. Gegen Alwin Töller lief ein Ermittlungsverfahren wegen Betrugs und Steuerhinterziehung, und es gibt noch ein paar weitere Indizien, die darauf hindeuten, dass er sich ins Ausland abgesetzt haben könnte. Unter anderem hat er einige Konten leer geräumt, kurz bevor er spurlos verschwand, und seinen Mercedes haben wir am Rostocker Bahnhof gefunden. Von dort aus kann er überallhin gefahren sein. Die Passagierlisten von allen deutschen Flughäfen haben wir ohne Ergebnis überprüft, aber er könnte genauso gut von Warschau, Zürich oder Prag gestartet sein − wenn er überhaupt geflogen ist. Wir wissen es nicht. Seltsam ist nur, dass auch seine Katze verschwunden ist. Wer flieht schon mit einem Haustier? Die Papiere, die man dafür ausfüllen muss, wenn man nach Übersee reist, hinterlassen eine Spur. Und noch etwas ist merkwürdig: Töller hat alle seine Kreditkarten gesperrt, kurz bevor er auf Nimmerwiedersehen verschwand. Wir verstehen nicht, warum er das getan hat. Es passt alles nicht richtig zusammen, aber das ist die heißeste Spur, die wir haben, oder vielmehr bis heute hatten.«

Ina dachte nach. »Schön und gut, aber wie kommen Sie darauf, dass dieser Töller und Jette Trebuth sich gekannt haben?«

»Ihr Ehemann hat mal gegen Töller prozessiert. Ist schon eine Weile her, aber immerhin, es ist eine Verbindung. Außerdem hatte Jette Trebuth beachtliche Schulden aufgehäuft, die über kurz oder lang zur Insolvenz ihres Ladens geführt hätten.«

»Lassen Sie mich raten: Die Adamskis haben ebenfalls mal gegen Töller prozessiert.«

»Stimmt, woher…?«

»Marlene.«

»Aha. Und jetzt kommen Sie auch noch mit dieser Romy-Haase-Story um die Ecke. Ganz schön verwirrend.«

Dem stimmte Ina zu. Ihr kam die Geschichte vor wie ein Bausatz ohne Anleitung, bei dem nicht ersichtlich war, welches Teil wo hingehörte und was eigentlich am Ende dabei herauskommen sollte. Objektiv betrachtet hatten sie nicht mehr als lauter verschwundene Leute, die irgendwie mit der Ermordung von Gerd Adamski zu tun haben konnten oder eben auch nicht.

»Seit wann wird Alwin Töller vermisst?«, fragte Ina.

»Offiziell erst seit Mitte August, weil wir niemanden gefunden haben, der berechtigt gewesen wäre, eine Vermisstenanzeige aufzugeben. Er hat kaum Verwandte. Aber seine Putzfrau, eine gewisse Egzonjeta… Egzonjeta Sowieso, der Nachname ist unaussprechlich. Die hat uns am sechsundzwanzigsten Juli gesagt, dass irgendetwas nicht stimmt.«

»Jette Trebuth wird schon länger vermisst, richtig?«

»Ja, einige Tage früher.«

»Sagen Sie, Romy Haase wird nicht zufällig auch vermisst?«, hakte Ina nach.

»Nein, mir sind alle vierzehn Vermisstenfälle der letzten zwei Jahre bekannt. Eine Romy Haase gehört nicht dazu.«

»Und ihr Freund Giovanni? Leider kenne ich seinen Nachnamen nicht.«

»Ein Giovanni ist auch nicht darunter.« Witte stöhnte gereizt. »Hören Sie, Frau Bartholdy. Wir sind hier keine Dilettanten. Natürlich haben wir auch ein Verbrechen an Jette Trebuth und Alwin Töller in Betracht gezogen. Bei jedem Menschen, der vermisst wird, tun wir das. Im Fall von Frau Trebuth haben wir sogar den Wald durchkämmt, in dem sie zuletzt gesehen wurde, sowie die Ufer in der Umgebung. Nichts, keine Leiche. Vielleicht hat Töller sie ja auch gezwungen. Oder mit seinem Plan zur Flucht überrumpelt. Ich bin selbst Vater. Ich weiß, dass niemand so mir nichts, dir nichts seine Kinder zurücklässt. Wir haben es uns bestimmt nicht leicht gemacht. Aber ich habe noch zwölf weitere Vermisstenanzeigen aus den letzten zwei Jahren auf dem Schreibtisch liegen, die ich bearbeiten muss, und es gibt nun mal dieses Auto am Rostocker Bahnhof und die Schulden auf der einen und die Ermittlungsverfahren auf der anderen Seite. Frau Trebuth und Herr Töller haben beide in Schwierigkeiten gesteckt. Für uns sieht das alles nach einer gemeinsamen Sache aus.«

Ina nickte. Offenbar hatte es im Leben von Daniels Frau und seinem früheren Vermögensberater tatsächlich nicht gerade zum Besten gestanden.

Witte hatte ihr gewiss mehr gesagt, als er gedurft hätte. Obwohl sie ihm bereits interessante Informationen verschafft hatte, wollte sie ihm gerne noch einen weiteren Gefallen tun, gewissermaßen als Belohnung für sein Entgegenkommen. Zudem gewann man Menschen nicht mit Härte, sondern mit Freundlichkeit.

»Ziehen Sie eine Hausdurchsuchung bei Daniel Trebuth in Betracht?«, fragte sie ihn.

»Tut mir leid, das geht Sie nun wirklich nichts an«, erwiderte er.

»Leicht dürfte das nicht werden. Nur weil Daniel Trebuth mal mit einer anderen Frau im Auto gesessen hat, wird ihnen kein Richter eine Durchsuchung erlauben.«

»Herzlichen Dank, Frau Bartholdy, dass Sie mich darauf hinweisen. Und jetzt entschuldigen Sie uns bitte, wir haben zu tun.«

»Ich kann Ihnen nur empfehlen«, sagte Ina mit einem schelmischen Lächeln, »dass Sie noch einmal mit Christopher sprechen. Der Name Alwin Töller ist ihm möglicherweise nicht unbekannt. Vielleicht hat der Richter ja ein Einsehen mit Ihrem Ersuchen, wenn herauskommt, dass Daniel Trebuth in Töllers Haus war, und zwar wenige Tage vor seinem Verschwinden.«

Ina bewegte sich auf dünnem Eis in Bezug auf ihre Verschwiegenheitspflicht, letztlich in Bezug auf ihren Beruf. Aber das war sie neuerdings ja gewohnt.

◄○►

Nachdem die Beamten Christopher noch einmal befragt hatten, machte Ina sich auf den Weg nach Hause. Stefanie und ihr Freund saßen Händchen haltend auf dem Rücksitz, und Ina musste sich überlegen, wie sie mit der Situation umgehen sollte. Möglicherweise würde das Haus, in dem der Junge lebte, in Kürze durchsucht werden, was sie ihm selbstverständlich verschwieg. Trotzdem konnte er nicht bei ihr einziehen, völlig unmöglich.

»Ich werde deinen Vater anrufen und ihn fragen, ob er etwas dagegen hat, wenn du ein, zwei Tage …«

»Cool, er darf zu uns?«, rief Stefanie begeistert.

»Nein, darf er nicht. Ihr könnt bei Bobby schlafen. Einer im Gästezimmer, einer auf dem Sofa.«

»Seid ihr wieder zusammen?«

»Ja, und er zieht morgen ein Haus weiter. Sein Vermieter hat ihm eine Ferienwohnung überlassen, solange die alte Wohnung renoviert wird. Übrigens, wäre nett, wenn ihr ihm dabei ein bisschen unter die Arme greift, damit er nicht alles allein schleppen muss. Ich habe morgen leider einen vollen Terminkalender.«

»Geht klar«, sagte Christopher. »Ich würde lieber in einem Straflager arbeiten, als zu meinem Vater zurückzugehen. In zwei Wochen werde ich sechzehn, dann darf man die vorzeitige Volljährigkeit beantragen. Dann suche ich mir eine Lehrstelle und eine Wohnung.«

»Geilo meilo!«, rief Stefanie und sah sich vermutlich schon bei ihm einziehen.

Die beiden hatten innerhalb weniger Tage eine starke Verbindung aufgebaut. Christophers Einfluss auf ihre Tochter schien Ina überwiegend positiv zu sein, denn er hatte ihr das Praktikum im Zoo wieder ausgeredet und sie überzeugt, sich an einer weiterführenden Schule anzumelden. Allerdings mochte dieser Entschluss auch damit zu tun haben, dass sie im Rostocker Zoo niemanden für die Affen gesucht hatten, sondern für das Reptilienhaus. Mit Leguanen und Klapperschlangen knuddelte es sich halt nicht so gut.

Irgendetwas hatte Ina ihren Patienten nach seinem »Geständnis« noch fragen wollen, aber sie hatte es vergessen. Sie war müde. Ihr ging mehr durch den Kopf, als ihre Hirnzellen verarbeiten konnten Was hatte der merkwürdige Seitenblick des Polizisten zu bedeuten? Würden sie auch das Haus der Adamskis durchsuchen? Was wusste Marlene über den Tod ihres Mannes, und stand dieser im Zusammenhang mit dem Verschwinden von Christophers Mutter? Wo war Romy Haase, und welche Rolle spielte sie? Wie würde die kleine Felicia die neuerlichen Umbrüche in ihrer Familie verkraften, die sich andeuteten? Ging das mit Stefanie und Christopher nicht alles ein bisschen zu schnell?

Die Sorgen einer Mutter mischten sich mit den brennenden Fragen einer Therapeutin, der Neugier einer Frau und leider auch mit einer gewissen geistigen Erschöpfung. Die Gedanken an so viel Gewalt und Tod ermüdeten, außerdem fühlte Ina sich gar nicht gut dabei, ihre Patienten samt ihren Angehörigen der Reihe nach der schlimmsten Verstrickungen zu verdächtigen. Trotzdem kam sie nicht umhin festzustellen, dass es einen Erschlagenen und mindestens zwei Verschwundene gab. Wenn man die überraschend von der Bildfläche abgetretene Romy Haase mitzählte, sogar drei.

Als sie vor Bobbys Gartenhaus in Zingst ausstiegen, rief sie Daniel Trebuth an.

»Hätten Sie etwas dagegen, wenn Ihr Sohn und meine Tochter für ein paar Tage bei einem Freund von mir übernachten? In getrennten Zimmern, versteht sich.«

»Nein, das ist … ist schon in Ordnung. Im Moment ist das vielleicht sogar besser. Chris hat Ihnen sicher von dem Streit erzählt, nehme ich an. Und hier ist auch nicht alles … Wenn er will, kann er gerne noch etwas länger bleiben.«

Kein Zweifel, Daniel Trebuth war irritiert und verunsichert, allerdings ganz sicher nicht von Inas Bitte. Im Hintergrund hörte sie die Stimmen mehrerer Frauen und

Männer sowie von Möbeln, die geöffnet oder verschoben wurden.

Die Hausdurchsuchung war offenbar in vollem Gange.

Ina stellte ihm keine Fragen, bot aber an, Felicia zu ihrem Bruder zu holen.

»Es könnte ein kleines Abenteuer für Ihre Tochter werden«, versuchte sie, ihm den Vorschlag schmackhaft zu machen. »Viele Kinder in Felicias Alter mögen solche Ausflüge ins Unbekannte, und Christopher gibt ihr den nötigen Halt.«

»Nicht heute, Frau Bartholdy. Danke für das Angebot, aber... Nein, meine Tochter bleibt bei mir. Verstehen Sie, ich brauche hier jemanden.«

Er legte auf, und Ina waren die Hände gebunden. Arme kleine Felicia. Die Beamten würden auch ihre Sachen durchsuchen, ebenso wie die ihres Bruders. Das war alles andere als schön für das kleine Mädchen. Auch Christopher wurde still, als Ina ihm mitteilte, was bei ihm zu Hause vor sich ging. Vielleicht kam ihm da zum ersten Mal der Gedanke, dass sein Vater mehr als nur indirekt mit dem Verschwinden seiner Mutter zu tun haben könnte.

◄○►

Am nächsten Tag war Ina mit Terminen ausgelastet. Zwischendurch versuchte sie, Witte zu erreichen, aber entweder war er wirklich sehr beschäftigt oder er ließ sich verleugnen. Einen detaillierten Bericht über die Ergebnisse der Hausdurchsuchung hätte sie gar nicht erwartet, aber wenigstens einen kleinen Wink, wie es gelaufen war. Immerhin hatte sie keinen unerheblichen Anteil daran, dass die Polizei eine weitere Spur verfolgte.

Stefanie rief unter einem Vorwand in der Stadtbibliothek an und bekam heraus, dass Christophers Vater wie üblich zum Dienst erschienen war.

»Du sollst dich da nicht einmischen«, ermahnte Ina ihre Tochter am Telefon.

»Aber ich bin längst mittendrin.«

»Ja, eben, und da gehörst du nicht hin.«

»Häng's, Mama.«

»Wie bitte?«

»Vergiss es. Ich werde Chris durch die schwere Zeit helfen, davon kannst du mich nicht abhalten.«

»Das will ich ja auch gar nicht. Ich will nur, dass ihr bei Bobby bleibt, dann ist alles gut. Kommt ihr denn mit dem Umzug voran?«

»Nicht, wenn du hier stündlich anrufst.«

Ina versuchte, in der Mittagspause Marlene zu erreichen, um herauszufinden, ob bei ihr alles in Ordnung war und ob bei ihr eine Hausdurchsuchung stattgefunden hatte. Marlene hörte sich ganz normal und ruhig an, fast ein bisschen zu ruhig und normal, wie Ina fand. Aber vermutlich, so rügte sie sich, übertrieb sie es mit dem Interpretieren und erfüllte damit ein typisches Psychologenklischee.

◄o►

Nachmittags meldete sich der Pastor von der Kirchengemeinde von Prerow. Er hatte endlich herausgefunden, dass die beiden Syrierinnen, die Marlene ein Jahr zuvor betreut hatte, in die Nähe von Schwerin gebracht worden waren, wo sie in einer Flüchtlingsunterkunft wohnten und irgendeiner Arbeit nachgingen. Daher war davon auszugehen, dass sie ein wenig Deutsch gelernt hatten. Der Pastor hatte sogar ein Foto von ihnen gefunden, auf dem auch Marlene abgebildet war, und schickte es Ina per E-Mail.

Ein Abstecher in die Landeshauptstadt würde nicht lange dauern, überschlug Ina den Zeitaufwand. Sie hatte nicht vergessen, wie Marlene sie kürzlich im Gespräch mit dem Pastor geradezu mit der Nase auf die Flüchtlinge gestoßen, dann aber die Unterhaltung abgebrochen hatte. Unter normalen Umständen hätte Ina es nie in Betracht gezogen, sich an einer Schnitzeljagd durch die Republik zu beteiligen. So viel Zeit hatte sie gar nicht, noch dazu gab es keine Möglichkeit, etwas abzurechnen, und der Erfolg war noch dazu zweifelhaft. Sie wusste ja nicht einmal, wonach sie fragen sollte.

Doch die Umstände waren alles andere als normal. Der gewaltsame Tod Gerd Adamskis, die mögliche Verbindung zum Fall Trebuth und nicht zuletzt Stefanies Beziehung zu Christopher machten diese Angelegenheit speziell. Wie hatte Stefanie gesagt? Sie steckten längst mittendrin. Ein Rückzug hätte abrupt und vollständig erfolgen müssen, was allein wegen Stefanie ein Ding der Unmöglichkeit war. Afnan und Chadisha stellten den berühmten Strohhalm dar, nach dem Ina griff, denn im direkten Gespräch mit Marlene kam sie irgendwie nicht weiter.

Ina machte früh Feierabend, machte sich auf den Weg in Richtung Schwerin und rief von unterwegs bei Bobby an.

»Alles in Ordnung bei euch?«

»Alles bestens. Außer dass ich dich noch mehr als sonst vermisse, wenn Stefanie und Christopher in meiner Nähe sind.«

Ina lachte in die Freisprechanlage. »Wieso denn das?«

»Weil die beiden unentwegt knutschen. Sogar mit Kartons in den Händen kriegen sie ihre Lippen kaum auseinander. Da werde ich neidisch.«

Sogar sehr kurze Telefonate mit Bobby taten ihr gut, und wenn sie daran dachte, wie elend sie sich in den wenigen Tagen der zerbrochenen Beziehung gefühlt hatte, lief es ihr kalt den Rücken herunter.

Nun, das war vorbei und – wie man so sagt – eine Erfahrung. Allerdings eine, die Ina ungern ein zweites Mal machen wollte.

◄◦►

Die Flüchtlingsunterkunft stellte sich als ein nicht sonderlich hübsches, aber sauberes Wohnhaus am Schweriner Stadtrand heraus. Es gab dort eine Art Concierge, eine Reinemachfrau, die mit knittrigem Gesicht in der geöffneten Haustür stand, den Wischmopp wie ein Zepter in der Hand.

»Entschuldigung, ich möchte gerne zu Afnan und Chadisha Kodmani.«

»Den Afghaninnen?«

»Syrierinnen.«

»Die mit der Burka?«

»Kopftuch und Kaftan, nehme ich mal an.«

»Erster Stock. Sind aber arbeiten. Jedenfalls die Jüngere. Ob die Alte da ist, müssen Sie mal sehen. Aber die spricht sowieso fast kein Deutsch. Oder können Sie Ausländisch?«

»Arabisch leider nicht.«

Ina beschloss, es zu wagen und bei den Kodmanis im ersten Stock zu klingeln. Tatsächlich war nur Chadisha da, Afnans Mutter, die ihre schlechten Deutschkenntnisse mit herzlicher Gastfreundschaft ausglich. Als Ina ihr Grüße vom Pastor überbrachte und den Namen Marlene fallen ließ, bewirtete die Syrerin sie mit süßem Tee und noch süßeren Keksen und führte sie dazu in einen mit orientalischen Tüchern und Teppichen gestalteten Raum, der Mutter und Tochter als Wohn- und Schlafzimmer diente. Die übrige Wohnung wurde von weiteren weiblichen Flüchtlingen aus dem Nahostraum genutzt.

Chadisha lächelte fast unentwegt und vertröstete Ina auf die nächste halbe Stunde, da sie in Kürze Afnan erwartete. Ina hätte gerne mehr als ein paar Floskeln mit ihr gewechselt, zumal sie vom Pastor wusste, dass die etwa fünfzigjährige Frau drei Söhne und eine Tochter im syrischen Bürgerkrieg verloren hatte und darüber frühzeitig gealtert war. Tatsächlich wirkte sie auf Ina eher wie siebzig, sowohl was ihre körperliche Beweglichkeit als auch die schnelle Ermüdung anging.

Afnan ließ nicht lange auf sich warten. Sie war zweiundzwanzig und machte eine Ausbildung zur Krankenpflegerin. In dem einen Jahr, seit sie in Schwerin lebte, hatte sie große Fortschritte gemacht.

»Heute ich spreche ganz gut«, erwiderte sie bescheiden, als Ina sie lobte. »Aber noch langer Weg vor mir. Wenn ich Prüfung mache, ich will sprechen mehr als gut. Trotzdem, alles klappt viel besser als vor einem Jahr. Damals fast gar nichts gesprochen. Marlene trotzdem immer da gewesen. Wir Rezepte ausgetauscht für Kuchen, und Marlene mit uns getrunken Tee. Wir nie hatten Gelegenheit, uns zu verabschieden. Alles so schnell.«

Chadisha, die Mutter, nickte betrübt. »Schnell«, wiederholte sie und schenkte mir Tee nach. »Sagen danke an Marlene.«

»Das richte ich gerne aus«, versprach Ina vorschnell. Sie wusste noch nicht, ob sie ihrer Patienten von diesem Besuch erzählen sollte. Es kam darauf an, was sie in Erfahrung bringen würde.

»Marlene hatte eine schwere Zeit«, erklärte Ina. »Es ging ihr gar nicht gut, und jetzt ist auch noch ihr Mann gestorben. Er wurde ... er wurde leider ermordet.«

Afnan übersetzte ins Arabische, woraufhin Chadisha etwas sagte und sich Mutter und Tochter verschwörerisch ansahen.

»Sie sind eine Freundin von Marlene?«

»Ja. Ich meine es gut mit ihr. Wir reden viel, aber ich habe das Gefühl, dass sie mir etwas Wichtiges verschweigt. Sie würde es mir gerne erzählen, aber irgendetwas steht ihr noch im Weg. Wissen Sie, ich glaube tief in ihr drin wollte Marlene, dass ich zu Ihnen komme. Wenn Sie also etwas wissen, dann sagen Sie es mir bitte.«

Afnan übersetzte abermals. Zwischen den Frauen kam es zu einem Disput, von zahlreichen Gesten begleitet, wie es im arabischen Raum so üblich ist. Chadisha lehnte etwas ab, das Afnan tun wollte, sich ohne die Erlaubnis ihrer Mutter aber nicht traute. Die Auseinandersetzung dauerte mehrere Minuten, bis Chadisha anscheinend ihren Segen erteilte, wenn auch widerstrebend.

»Ich Ihnen schon gesagt, dass mein Deutsch vor einem Jahr nicht gut«, sagte Afnan. »Deswegen ich nicht habe alles verstanden, was Marlene uns hat erzählt. Erst hinterher, viele Wochen danach, ich etwas besser verstanden.«

Vierzehn Monate zuvor

Zum ersten Mal seit der Entführung war Marlene wieder in der Kirche. Vor zwei Wochen hatte sie eine Erkältung vorgeschoben und alle Chorproben abgesagt. Zur Messe ging sie ohnehin nur selten. Predigten lagen ihr nicht, weder als Absenderin noch als Empfängerin, daher zog sie es vor, allein auf den Bänken des Gotteshauses zu sitzen. Am liebsten kam sie an den sonnigen Tagen, wenn der Altarraum in gleißendem Licht erstrahlte, und hielt Zwiesprache.

An diesem Ort war sie vor etwa zwanzig Jahren auch zum ersten Mal ihrem Schutzengel begegnet. Obwohl, so konnte man das eigentlich nicht sagen. Natürlich war es keine Begegnung im herkömmlichen Sinne gewesen. Sie hatte eine starke Präsenz gespürt und auf einmal das Bedürfnis gehabt, Danke zu sagen. Danke für eine stabile Gesundheit, ein Leben ohne viel Stress und große Sorgen, mit einem braven Ehemann, in einem verhältnismäßig wohlhabenden Land, im Frieden.

Man musste sich ja nur in den Nachrichten ansehen, wie viel Leid es woanders gab. Ach, wie viele Stunden hatte sie in dieser Kirche verbracht und immer das besondere Gefühl der Geborgenheit gespürt, beinahe wie eine himmlische Berüh-

rung. Das Licht und die Stille dieses Ortes waren ihr Trost
und Freude.

Marlene war nicht im naiven Sinne gläubig. Sie wusste, dass
die Stimme Gottes oder der Engel letztendlich der Widerhall
der eigenen Seele waren, das Echo der Erziehung, die man ge-
nossen hatte, der Vorurteile, die man pflegte, der eigenen Vor-
lieben und Abneigungen, der Bücher, die man gelesen, und
der Filme, die man gesehen hatte, alles in allem das Echo der
Summe sämtlicher Hoffnungen und Enttäuschungen. Ihr
Schutzengel war nicht physisch, er flatterte nicht unentwegt
um sie herum und beschützte sie vor Steinschlag, Lebens-
mittelvergiftungen oder betrunkenen Autofahrern. Er war eher
so etwas wie eine innere Energie, ein geistiger Aufpasser, ein
Über-Ich.

Gerade deswegen war das, was an diesem Tag passiert war,
so furchtbar. Sie spürte – nichts. Licht und Schatten, Sonne
und Wolken wechselten sich über dem Altar ab wie ein langsamer, unregelmäßiger Herzschlag, doch da war kein Leben
mehr, keine Präsenz, keine Berührung. Die Himmlischen
schwiegen. Nachdem Marlene wochenlang in gewisser Weise
umhergeirrt war, war sie nun an einem dunklen, verlassenen
Ort. Sie war allein.

Leise stimmte sie einen Bach-Choral an: »Bleibt, ihr Engel,
bleibet bei mir.«

Vergeblich. Was geschehen war und was noch geschehen
würde, war zu schrecklich. Es erdrückte sie.

Wäre sie doch nur Katholikin. Dann könnte sie zur Beichte
gehen. Oder dem Papst im Fernsehen zuschauen und dafür
einen Ablass erhoffen.

Alle diese Wege waren ihr verschlossen. Für Protestanten

gab es keine himmlische Vergebung, solange sie auf Erden weilten. So hatte Marlene es zumindest verstanden.

Stand die Schuld nicht in ihren Augen? War sie nicht an ihrer nervösen Stimme abzulesen, am Zittern der Hände?

Afnan und Chadisha, zu denen Marlene im Anschluss an ihren Besuch in der Kirche ging, schienen davon nichts zu merken. Sie hätte die beiden ohnehin besucht, wie so oft in den vergangenen Monaten. Aber an diesem Tag wurde sie den Gedanken nicht los, dass ihre Freundschaft und Hilfe für diese Frauen so etwas wie ein Gewicht in einer Waagschale sein könnten, die zu Marlenes Ungunsten zu kippen drohte.

Das Treffen dauerte ein bisschen länger als sonst, und irgendwann gingen den drei Frauen die Gesten, das Lächeln und der gezuckerte Tee aus. Marlene hätte aufbrechen sollen, aber irgendeine Macht hielt sie fest. Ein paar Sekunden lang herrschten Schweigen und Bewegungslosigkeit, wie bei einem Standbild.

»Im Keller meines Hauses wird ein Mann gefangen gehalten«, quoll es unvermittelt aus Marlene hervor.

Die beiden Syrierinnen sahen sie ratlos an. Sie verstanden kaum ein Wort Deutsch, seit Monaten versuchte Marlene vergeblich, einen Kurs für sie zu organisieren.

»Mann« wiederholte die junge, hübsche Tochter, dann kicherte sie. Ihre Mutter rückte sich das Kopftuch zurecht.

»Das ist absolut nicht normal. Ihr sollt nicht denken, das wäre hierzulande eine Sitte oder so. Die Entführung ist natürlich gegen das Gesetz. Aber was soll man denn machen, wenn das Gesetz einen im Stich lässt? Hat es dann noch Gültigkeit? Wer stützt sich schon auf einen gebrochenen Stab? Keiner macht das. Man wirft ihn weg und schnitzt sich einen neuen. Wenn mir vor ein paar Jahren jemand gesagt hätte, dass ich mal einen Mann im Keller gefangen halten würde…«

Sie lachte kurz auf, wurde aber schnell wieder ernst.

»Ich will nur, was mir zusteht. Will nur zurück, was er mir genommen hat. Ich konnte nicht mehr schlafen, nicht mehr essen, hatte keine Freude mehr an der Arbeit, musste hundertmal, tausendmal am Tag daran denken. So konnte es doch nicht weitergehen. Dieser Mann, dieser Töller, ist ein Wolf, nein, schlimmer, eine Hyäne. Er hat mich gehetzt bis zur Erschöpfung, und in meiner Fantasie hat er mich außerdem noch ausgelacht. Deswegen habe ich die Hand gehoben, versteht ihr? Ich habe es aus Notwehr getan.«

Die beiden Syrierinnen tuschelten miteinander. Sie spürten, dass da eine Tragödie vor sich ging, denn Verzweiflung ist eine Sprache, die überall auf der Welt verstanden wird.

»Aber es ist etwas ganz anderes als Notwehr daraus geworden. Ich habe das nicht kommen sehen, und jetzt… Was auch immer ich tue, und selbst wenn ich nichts tue, irgendjemand wird leiden.«

Marlene erwartete keine Reaktion von ihren syrischen Freundinnen. Sie hatte es ihnen nur gesagt, weil sie es einmal laut aussprechen musste. Was das bringen sollte, wusste sie selbst nicht. Sie fühlte sich nicht besser. Afnan und Chadisha verstanden ja noch nicht einmal, worum es überhaupt ging. Trotzdem war es nötig gewesen, ihre Reue unschuldigen Seelen anzuvertrauen, Menschen, die selbst extrem gelitten und viel zu verzeihen hatten.

»Neulich hat jemand zu mir gesagt, dass wir diesen Mann,

der uns betrogen hat, in die Hölle treiben müssen, damit sie uns nicht selbst verschluckt. Und nun hat sie uns alle gefangen. Das ist doch die Hölle, nicht wahr? Ein Ort ohne Ausgang, in dem jede Tür nur tiefer ins Dunkel führt.«

11

September

Es war weit nach Mitternacht, als Ina nach Hause kam. Auf der Autobahn war sie in einen Stau geraten, der sich nach einem schweren Unfall gebildet hatte. Nach mehreren Stunden Stop-and-go war sie an einem Dutzend Blaulichtern vorbeigezuckelt, Stunden, in denen sie viel Zeit zum Nachdenken über die unterschiedlichsten Dinge gehabt hatte. Wie kurz das Leben sein, wie unvermittelt es enden konnte. Welche Haken es schlug und welche Überraschungen, sowohl gute als auch schlechte, es bereithielt. Dass Stefanie seit Neuestem die Nähe zu ihr suchte, war eine von den guten, ebenso, dass sie Bobby gefunden hatte. Dass Marlene vermutlich in eine äußerst dubiose Geschichte verwickelt war, war eine schlechte.

Ina versuchte einzuordnen, was Afnan und Chadisha ihr erzählt hatten, und zu begreifen, worum es überhaupt ging. Afnan wusste nur, dass irgendein Mann bei den Adamskis festgehalten worden war, und selbst das war ihr erst im Nachhinein klar geworden, als sie ausreichend Deutschkenntnisse hatte und aus dem Gedächtnis heraus das Gespräch ansatzweise rekapitulierte.

Was bedeutete »festgehalten«? Wie lange und auf welche

Weise? Wer und warum? Und wie war das Ganze ausgegangen?

Auf all diese Fragen gab es keine Antworten. Immerhin hatte Ina – und das war das eigentlich Bedeutsame – einen Hinweis darauf erhalten, dass Marlene vor etwa einem Jahr heftig gelitten und eine große Schuld verspürt hatte.

Eine Antwort allerdings musste Ina sich selbst geben, nämlich wie sie mit dem Wenigen, was sie erfahren hatte, umgehen sollte. Sprich, ob sie sich an die Polizei wenden sollte oder nicht. Einerseits ging es um ihre Patientin, und Ina unterlag der Verschwiegenheitspflicht. Die Ausnahmeregelung griff in diesem Fall nicht, denn sie betraf lediglich die Ankündigung von Straftaten, nicht etwas, das weit in der Vergangenheit lag. Andererseits hatte Ina ihr Wissen nicht von Marlene, sondern von einer anderen Frau erhalten, die nicht ihre Patientin war, somit dürfte die Schweigepflicht hierfür nicht gelten.

Das kam dabei heraus, wenn man sich zu sehr engagierte – lauter Schwierigkeiten.

Ina hätte einfach in das leere Bett in ihrer leeren Wohnung fallen können. Doch als sie die Schuhe auszog und die Bluse aufknöpfte, sehnte sie sich nach den Menschen, die sie liebte, selbst wenn sie um diese Zeit längst schliefen. Also zog sie sich wieder an, um zu Bobby nach Zingst zu fahren, auch wenn sie dann unter demselben Dach schlafen würde wie ein weiterer Patient von ihr.

Erst im Garten von Bobbys neuer Behausung, die baugleich mit der alten war, fiel Ina ein, dass sie noch keinen Schlüssel dafür hatte, und sie wollte ungern jemanden wecken. Glücklicherweise bemerkte sie den schwachen Schimmer einer Lampe im Wohnzimmerfenster und warf einen

298

Blick hinein. Christopher saß auf dem zum Bett umfunktionierten Sofa und schien zu grübeln.

Leise klopfte sie an die Scheibe, und der Junge öffnete ihr die Tür.

»Alles okay?«, fragte sie im Flüsterton.

»Geht so.«

Überall standen noch die Umzugskartons herum, nur wenige Sachen waren bereits eingeräumt. Da das Wohnzimmer gerade mal vier Quadratmeter groß war, stapelten sich darin die Sachen. Es war eng und roch nach feuchter Pappe. Trotzdem hatte Christopher sich an Inas Vorgabe gehalten und war nicht heimlich in Stefanies Zimmer geschlichen.

Er setzte sich wieder auf das Sofa und trank einen Schluck aus der Bierflasche, die er nervös in den Händen drehte.

»Alkoholfrei«, kam er einer möglichen Frage Inas zuvor. »Hat Bobby mir spendiert.«

»Schon in Ordnung.«

»Ein super Typ, Ihr Freund. Ist vorhin extra noch mal los, um uns meine Lieblingspizza zu besorgen. Kann der mich nicht adoptieren?«

Christopher lachte nervös auf, und Ina räumte einen Sessel frei, auf dem sich Kleider stapelten. »Christopher, was ist los? Irgendetwas stimmt nicht, das sehe ich dir doch an. Geht es um deinen Vater?«

Er nickte. »Die Polizei hat ihn verhört. Wissen Sie, damals haben sie meinen Vater auch befragt, so wie mich und die Nachbarn und überhaupt alle, die mit meiner Mum zu tun hatten. Aber das jetzt, das war anscheinend ein richtiges Verhör. Das ist was ganz anderes. Die glauben wirklich, dass er ...«

Er trank einen weiteren Schluck.

»Scheiße«, sagte der Junge.

»Wo ist er jetzt?«, fragte Ina.

»Wieder zu Hause. Von da hat er mich angerufen. Ich soll mir keine Sorgen machen. Der hat sie doch nicht mehr alle.«

»Die Polizei würde ihn nicht gehen lassen, wenn sie Beweise für seine Schuld hätte. Und was für die Polizei gilt, das gilt auch für uns, verstehst du?«

»Trotzdem ist er ein Loser.«

»Wenn du deinen Vater verletzen und demütigen willst, bist du auf dem besten Weg dazu. Ich glaube, es gibt wenig Schlimmeres, was man seinen Eltern sagen kann.«

»Aber es ist die Wahrheit. Alles ist futsch, unsere ganze Familie, sogar das Haus, aus dem wir bald rausmüssen. Wie würden Sie so jemanden nennen? Doch auch eine Niete, einen Loser, oder?«

Vierzehn Monate lang hatte Christopher sich vorstellen dürfen, dass seine Mutter lebte, irgendwo. Nun könnte sie tot sein, jederzeit, schon im nächsten Augenblick, und sein Vater könnte der Mörder sein. Der beinahe Sechzehnjährige könnte innerhalb einer einzigen Sekunde beide Elternteile, ihre Liebe, sein Zuhause, das Vertrauen in andere Menschen verlieren, fast alles, was einem Halt gibt im Leben.

»Wie viel haben dich die beleuchteten Glasbausteine in deinem Zimmer gekostet?«, fragte sie ihn.

»Was hat denn das damit zu tun?«

»Wie viel?«

»Also … Ich weiß nicht … Vielleicht achthundert oder neunhundert Euro?«

»Und wie viel Zeit hast du für den Einbau gebraucht?«

»Jede Menge.«

»Wie viel Taschengeld kriegst du im Monat?«

»Vierzig die Woche.«

»Du hast das Taschengeld von Monaten dafür ausgegeben und einen Großteil deiner Zeit investiert. Nichts anderes hat dein Vater getan. Und zwar für seine Familie. Selbstlos.«

»Von wegen selbstlos. Das Haus war *sein* Traum.«

»So wie du den Traum von einem Zimmer mit einer Wand aus beleuchteten Glasbausteinen hattest. Vielleicht war dein Vater etwas leichtsinnig, aber wenn er es war, dann nicht nur für sich. So wie ich ihn einschätze, hat er dabei vor allem an euch gedacht.«

»Und ist gnadenlos gescheitert. Ich bleibe dabei, er ist ein Loser.«

»Angenommen, Stefanie fängt eine Ausbildung an und bricht sie ab, weil sie sie nicht schafft. Ist sie dann eine Loserin? Würdest du ihr das vorwerfen?«

»Würde ich nicht«, widersprach er heftig. »Und selbst wenn, das ist nicht dasselbe.«

»Nein, ist es nicht. Aber so ist das Leben. Manchmal muss man Äpfel und Birnen vergleichen. Nichts ist absolut gleich. Jede Ausgangslage ist verschieden, keine Herausforderung gleicht der anderen. Du bist noch keine sechzehn und glaubst zu wissen, was das Leben für dich bereithält. Und ich sage dir: Rechne mit allem, und am Ende wirst du trotzdem überrascht.«

Er wirkte plötzlich sehr niedergeschlagen, und Ina fand es besser, das Thema nicht fortzuführen.

»Wo ist Felicia?«

»Bei meinen Großeltern. Noch. Aber morgen muss sie zu ihm zurück. Ein Mist ist das.«

»Man kann deinem Vater Felicia nicht wegnehmen, solange …«

»*Sie* hätten es gekonnt«, unterbrach er Ina, und für einen
Moment glomm Zorn in ihm auf, der jedoch sofort wieder er-
starb. »Tut mir leid, ich … Es ist nur, ich kann abhauen, ich
kann mich für volljährig erklären lassen und mich um mich
selbst kümmern, aber sie ist noch so klein. Ich fühle mich total
mies, wenn ich sie zurücklasse. Können Sie mich verstehen?«

»Ich würde diese Unterhaltung nicht führen, wenn ich
dich überhaupt nicht verstehen könnte.«

Ina mochte Christopher von Tag zu Tag ein wenig mehr,
trotz seiner emotionalen Schwankungen, die in Anbetracht
seiner Situation völlig verständlich waren. Er war noch sehr
jung, ein wenig frühreif, ein wenig burschikos und ganz schön
tapfer. Aber nun war er dem Gedanken verfallen, seinen Vater
zu verlassen, dem er nicht mehr vertraute. Nur seine hilflose
Schwester hielt ihn noch davon ab. Diese Besessenheit durfte
sich nicht verfestigen, wenn diese geplagte Familie noch eine
Chance haben sollte.

»Ich schlage vor, dass du dich mit deinem Vater aus-
sprichst. Ich würde euch einen Mediator empfehlen, eine Art
Moderator, denn ich sehe mich außerstande, diese Aufgabe
zu übernehmen. Dafür bin ich viel zu parteiisch.«

Sie legte ihre Hand auf seine, und er lächelte.

»Ich finde es toll, wie Sie mit allem umgehen«, sagte er in
sanftem, fast anhänglichem Tonfall. »Sie wissen schon, mit
Stefanie und mir und dieser ganzen Krise. Ich habe es Ihnen
nie gesagt, aber Sie haben auf mich immer so cool gewirkt.
So ausgeglichen. Durch nichts aus der Ruhe zu bringen. Sie
haben wirklich alles im Griff.«

Ina lachte. »Ich nehme das mal als Kompliment. Warte nur, jetzt da du mit Stefanie zusammen bist und wir uns häufiger privat sehen, wird sich deine hohe Meinung von mir schnell ändern. Ich und alles im Griff. Sprich mal mit Bobby darüber oder mit Stefanie. Die können dir ein paar andere Storys erzählen.«

»Mit Steffi habe ich mich schon darüber unterhalten. Die hat erst gelacht, so wie Sie eben, aber dann hat sie mir gestanden, dass sie Sie neuerdings mit ganz anderen Augen sieht. Ich glaube, sie ist ein bisschen stolz auf Sie. Wäre ich auch an ihrer Stelle.«

Inas Herz schlug schneller. »Ich muss zugeben, du kannst ganz wunderbare Gutenachtgeschichten erzählen. Mir geht es gleich viel besser.«

Sie verabschiedeten sich, und Ina schlich auf Zehenspitzen aus dem Wohnzimmer. Als sie vor Bobbys Schlafzimmer stand und soeben den Türknauf drehen wollte, fiel ihr noch etwas ein und sie kehrte noch mal zurück.

»Ich habe neulich ganz vergessen, dich etwas zu fragen, als wir in dem Café saßen und du mir von deinem Vater und der jungen Frau erzählt hast. Es geht um das Auto, das du damals vor dem verlassenen Haus gesehen hast, in dem dein Vater war. Du sagtest, es wäre irgendwie besonders cool gewesen, oder so ähnlich.«

»Komisch, dass Sie mich das gerade jetzt fragen. Dasselbe Auto habe ich heute wieder gesehen, und zwar hier, in einem Carport keine hundert Meter weg. Es gehört wohl jemandem in der Anlage.«

Ina erschrak. Würde etwa noch einmal jemand einen Brandanschlag verüben?

»Du hast ein schwarzes Fiat Coupé gesehen? Wann war das?«

»Na ja, es hat da die ganze Zeit gestanden. Aber es geht nicht um ein Coupé, sondern um ein Käfer Cabrio.«

Vierzehn Monate zuvor

Giovanni schaltete in den fünften Gang seines Fiat Coupés und beschleunigte auf der Landstraße auf einhundert Stundenkilometer.

»Mann, Alter, das hätte ich nicht gedacht, dass wir das zusammen durchziehen. Hätte ich dir echt nicht zugetraut, Alter.«

Sie hatten minutenlang geschwiegen, aber jetzt, da sie sich dem Ziel näherten, wurde sogar der coole Italiener nervös. Er warf einen Kaugummi ein, stellte Eros Ramazotti aus und bekam Rededrang.

Ganz im Gegensatz zu Daniel.

»Ja«, erwiderte der nur einsilbig.

Er hätte auch nicht gedacht, dass er mal mit jemandem wie Giovanni in einem Sportwagen sitzen, einer Meinung sein und mit ihm an einem Strang ziehen würde. Seine schlechte Meinung über den Italiener hatte sich nicht geändert, trotzdem ruhten Daniels ganze Hoffnungen auf diesem kickboxenden, Goldkettchen tragenden, multitätowierten Macho aus Hessen. Einem Teil von ihm widerstrebte es noch immer. Doch seit diese elende Entführung im Gange war, kam es ihm vor, als wohnte ein zweiter Mann in ihm, geboren aus Angst und Ohnmacht, gewachsen an den Möglichkeiten, die sich ergeben hatten, nachdem das Tabu, Töller gefangen zu nehmen, einmal überwunden war. Er konnte nicht sagen, ob er den zweiten Daniel mochte. Er war ihm fremd wie ein Halbbruder, dem man zum ersten Mal begegnet und der als gesetzloser Abenteurer die Welt durchstreift, während man selbst die brave Existenz lebt. Mal bewunderte und mal fürchtete er ihn.

Dieser zweite Daniel konnte Jette ihre Fehler nicht verzeihen.

»Du, wegen deiner Frau ...«, begann Giovanni.

»Ich will nichts darüber wissen«, blockte er ab und bemühte sich, die Tränen zurückzuhalten, was ihm auch gelang. Am Morgen war es ihm nicht gelungen, da hatte er Jettes niedliches Gähnen vermisst, ebenso wie sie sich immer an ihn schmiegte und die Streckübungen neben dem Bett, bei denen er ihr so gerne zugesehen hatte. Sogar die Verniedlichungen, das dämliche Bärlispatzihasi, fehlten ihm seltsamerweise. Felicia hatte ihn traurig gefragt, warum ihre Mama nicht nach Hause gekommen sei, und er hatte sie unter Tränen angelogen, die Mama komme bestimmt bald zurück.

Dennoch hatte das, was er empfand, weniger mit Trauer als mit Traurigkeit zu tun. Es fiel ihm keineswegs schwer, sich den feinen Unterschied klarzumachen. Mit der Melancholie, mit der man auf die Überreste eines zerplatzten Traumes blickt, sah Daniel sein bisheriges Leben dahinschwinden, aber er erkannte darin auch den Rohstoff für sein künftiges Leben. Dieser Schicksalsschlag könnte die Familie zusammenschweißen. Außerdem hatten sie ja immer noch das Haus ...

»Wann gehste denn zur Polizei?«, fragte Giovanni.

»Heute Nachmittag erstatte ich die Vermisstenanzeige.«

»Ey, du kommst mit allem klar, oder? Ich meine, so gefühlsmäßig und so. Du kackst nicht ab?«

»Ich komme klar.«

»Ist nicht toll gelaufen, aber wenigstens... Ist 'ne Lösung, du verstehst?«

»Ja.«

»Und du hast echt kein Problem mit... mit meinem Plan? Du weißt schon...«

»Nein.«

»Bist cooler, als ich gedacht hab. Bodo sagen wir aber nichts. Gerd meint, der ist 'ne empfindliche Schwuchtel.«

»Ich sage ihm nichts.«

»*Va bene*. Nach heute werden wir uns nicht mehr sehen. Und falls doch mal zufällig...«

»Dann kennen wir uns nicht.« Dieser Teil der Zukunft würde Daniel sicherlich am leichtesten fallen. Er hatte sich vorgenommen, die letzten beiden Wochen vollständig aus seinem Gedächtnis zu streichen.

Dort, wo alles angefangen hatte, stiegen sie aus dem Auto. Das Wetter, die Düfte, das Rauschen des nahen Meeres und der leichte Wind glichen jenen an dem Morgen, als sie Töller auf seinem Grundstück überwältigt hatten. Wie üblich parkten sie ein Stück entfernt und sondierten möglichst unauffällig das Gelände, bevor sie sich dem Haus näherten.

Bodo sah sie kommen und öffnete ihnen die Haustür.

»Was gibt's denn?«, fragte er. »Warum wolltet ihr, dass wir uns hier treffen?«

»Keine Zeit für lange Erklärungen«, erwiderte Giovanni.

»Wir müsse abbrechen, und zwar jetzt gleich. Vorher wollen wir aber noch mal abkassieren.«

»Was ist denn passiert?«

»Ich sag doch, keine Zeit. Wie viel haste?«

»Vierzehntausend.«

Giovanni schüttelte den Kopf. »Das reicht nicht. Außer dir und Romy hat keiner sein ganzes Geld zurückbekommen. Stimmt doch, Daniel?«

»Mir fehlen achtzigtausend.«

»Hey, Moment mal!«, rief Bodo. »Du hast neunzigtausend verloren und schon über fünfzigtausend zurückbekommen, Daniel.«

»Meine Situation hat sich geändert. Ich brauche jetzt mehr.«

»Ja«, bestätigte Giovanni. »Ich brauch auch mehr.« Bevor Bodo protestieren konnte, hielt der Italiener ihm Gerds Pistole an die Schläfe. »Du buchst jetzt zweihunderttausend von den Anlegerkonten auf Töllers Privatkonto um. Keine Diskussion. Tust du's nicht, drücke ich ab, ich schwör's dir.«

Bodo war erstarrt. »Ich…«

»Keine Diskussion«, wiederholte Giovanni.

Diesmal klang es so eisig, dass Daniel auch um Bodos Willen hoffte, er werde tun, was man von ihm verlangte. Die Sekunden, die der Bedrohte brauchte, um zu antworten, kamen Daniel wie Minuten vor.

»Also gut, ich werde euch sagen, wie es geht, werde es aber nicht selbst machen. Ist das… Ist das ein Kompromiss?«

Giovanni verdrehte die Augen. »Scheiße, bist du ein sturer Hund. Und ein Depp dazu. Was soll'n das bringen?«

»Gegen… gegen Töller läuft ein Ermittlungsverfahren

wegen Steuerhinterziehung und Betrug, habe ich inzwischen erfahren. In der Post war ein Brief …«

Giovanni drückte ihm den Lauf ein bisschen fester gegen die Schläfe, sodass Bodo die Details wegließ.

»Jedenfalls … Wir haben Töller sein letztes privates Geld genommen, und wenn wir jetzt die Anlegerkonten plündern, werden diese Leute hundertprozentig ihr Erspartes verlieren, und …«

»Nicht schon wieder *die* Leier.«

»Das kann ich einfach nicht. Ich kann es nicht selbst machen.«

»Gerd hat recht, du bist echt so eine Schwuchtel. Aber meinetwegen … Damit wir hier endlich fertig werden.«

Giovanni übergab die Pistole an Daniel und setzte sich vor den Computer. »*Va bene*, was jetzt?«

Es war das erste Mal, dass Daniel eine Schusswaffe in der Hand hielt, denn er hatte Zivildienst geleistet. Würde er abdrücken können, wenn es nötig wäre? Vermutlich. In den letzten Wochen hatte er schon so viele Hürden übersprungen, und seltsamerweise wurden sie immer kleiner, nicht größer.

Bodo gab Giovanni die entsprechenden Anweisungen, und der Italiener setzte sie am Computer um. Die Prozedur dauerte etwas länger als erwartet, da Bodo darauf bestand, keinem der Anleger alles zu nehmen, sondern von mehreren jeweils einen Teil abzuziehen. Nach einer halben Stunde waren die zweihunderttausend Euro endlich auf Töllers Privatkonto, von wo sie sie abheben konnten.

»Die Kreditkarte?«, fragte Giovanni.

Bodo gab sie ihm.

»Die Geheimzahlen?«

»Stehen auf dem Notizzettel hier.«

Giovanni teilte die vier Kreditkarten gerecht zwischen Daniel und sich selbst auf. »Daniel und ich gehen jetzt«, sagte er dann. »Am besten, du beseitigst hier alle Spuren und verschwindest dann auch. Ab jetzt kein Kontakt mehr, verstanden? Denk immer schön dran: Wir hängen alle mit drin.«

Damit verließ Giovanni das Haus. Ein paar Sekunden lang war Daniel mit Bodo allein, und er fühlte sich unter dem Blick seines Gegenübers schäbig und schuldig. Rechtfertigungen lagen ihm auf der Zunge, aber sie taugten nur für ihn selbst. In diesem Augenblick verstand er, dass es kein zweites Ich in ihm gab, wie er gedacht hatte, keine Kehrseite oder dergleichen. Das war nur der Versuch gewesen, einem anderen die Verantwortung zuzuschieben, damit er selbst anständig geblieben wäre.

Aber das war er nicht.

Daniel legte die Pistole, die in seinen Händen zitterte, auf den Schreibtisch.

»Es tut mir leid«, sagte er im Gehen.

»Mir auch«, erwiderte Bodo und steckte die Pistole in seinen Gürtel.

◄o►

Marlene saß mit Gerd und Romy um den Esstisch, an dem sie sich zwei Jahre lang wieder und wieder beratschlagt hatten. Jeder weitere Schritt war an diesem hölzernen Oval beschlossen worden, vom Gang zur nächsten Gerichtsinstanz über die Wahl eines neuen Anwalts bis hin zur Entführung.

Marlene schien der Frühsommer unendlich weit weg zu sein, als die Idee, Töller festzusetzen, Gestalt angenommen hatte. Dabei hatte sie erst vor wenigen Tagen die Hand dafür gehoben, auf eben diesem Stuhl, dasselbe Geschirr auf dem Tisch. Sie wünschte sich die Nervosität jenes Junitages zurück, denn sie hatte von Unschuld gezeugt.

Diesmal spielten sie Doppelkopf. Wie verabscheuungswürdig normal das alles war. Sie verhielten sich wie Mafiosi, die sonntags katholisch und an den Werktagen Mörder waren. Aber was sollte man denn sonst tun, außer Normalität zu leben oder sie zumindest vorzutäuschen? Man konnte doch nicht zwölf Stunden am Tag schreiend im Haus umherirren und in der Nacht wie ein erschöpfter Falter zu Boden sinken. Irgendwie musste man die Stunden doch herumkriegen.

»Es wird Zeit, ich fange mit dem Kochen an.«

»Was, jetzt schon?«

»Für Herrn Töller. Wir lassen ihn doch heute Abend frei. Er soll noch mal ein richtig schönes Essen bekommen.«

»Also echt, Marlene«, seufzte Gerd. »Damit er den Aufenthalt bei uns in guter Erinnerung behält, oder was?«

Als sie unverdrossen in die Küche ging, beschwerte er sich jedoch nicht weiter. Sie bereitete Rucolasalat mit Kirschtomaten und Parmesansplittern zu, außerdem Fischklößchen in Senfsoße mit frischem Kartoffelpüree und Gartengemüse, als Dessert Vanilleeis mit heißen Himbeeren. Wie ganz zu Beginn der Entführung richtete sie die Speisen auf einem großen Tablett an, das sie achtsam die Treppe hinunterbalancierte. Sie zog sich die Kapuze über und entriegelte die Tür.

Noch bevor sie das Licht anschalten konnte, traf ein harter Gegenstand sie am Kopf. Sie taumelte zurück und fiel

311

hin. Ihr wurde schwarz vor Augen, und sie glaubte keine Luft mehr zu bekommen. Als sie die Kapuze vom Kopf zog, lag sie inmitten von Senfsoße und Himbeeren, die warm und glitschig an ihren Händen klebten. Da sie nur verschwommen sehen konnte, erschrak sie zunächst über das schwarze, schwere Etwas, das wie eine Schlange auf ihrem Körper lag. Mit einem Schrei sprang sie auf, woraufhin es rasselnd von ihren Beinen glitt und bewegungslos auf dem Boden liegen blieb.

Jetzt erst traf sie der Schmerz, es war wie ein zweiter Schlag. Im nächsten Moment hörte sie Rufe, allerdings seltsam verzerrt und widerhallend. Sie glichen eher dem Geschrei von Tieren.

Noch nie hatte Marlene körperlich so sehr gelitten. Sie hielt sich das Gesicht fest, als wolle sie verhindern, dass ihr Kopf entzweisprang. Sie schmeckte Vanilleeis auf den Lippen. Scharf brannte der Senf in den Augen.

Das Gebrüll kam näher. Ein riesiges, buntes Knäuel walzte auf Marlene zu. Erst als die Masse nur noch einen Schritt von ihr entfernt war, erkannte sie die Details. Giovanni hielt Töller mit einem festen, mitleidlosen Griff im Zaum, flankiert von Gerd und Daniel.

»Bist du in Ordnung?«, fragte Gerd.

Sie nickte. Der Schmerz kam und ging mit dem Pulsschlag. Vereinzelt waren wieder klare Gedanken möglich, und die Sehschärfe nahm langsam zu. Nach einigen Minuten fühlte Marlene sich stark genug, um einen Schritt zu wagen, einen zweiten, dritten… Sie lehnte am Türrahmen zu Töllers Gefängnis. Er lag winselnd auf dem Boden, verschnürt wie jene Leichen, denen ein Seemannsgrab zuteilwird. Neben ihm lagen einige Brocken des Mauerwerks, in dem die Halterung der Kette verankert gewesen war.

Völlig erschöpft kamen zuerst Daniel und dann Gerd heraus. Giovanni wirkte weit weniger angestrengt, eher wie nach einem Aufwärmtraining. Unsanft schob er Marlene zur Seite, fluchte etwas auf Italienisch und warf die Tür mit ungeheurer Wucht zu, sodass sie zurückprallte.

Erst in diesem Augenblick, als Marlene noch einen weiteren Blick in den Raum warf, bemerkte sie, dass etwas anders war als sonst. In ihrer Verwirrung erkannte sie jedoch zunächst nicht, was es war.

Der zweite geräuschvolle Versuch Giovannis, die Tür zu schließen, war von Erfolg gekrönt.

Sobald der Knall verklungen war, schnaufte Gerd tief durch. »Wie hat der Kerl es nur geschafft, die Kette aus der Wand zu brechen? Ich hab mir so viel Mühe damit gegeben...«

»*Va a cagare!*«, rief Giovanni. »Das ist doch jetzt scheißegal. Der hat uns gesehen, Alter. Wir haben keine Kapuzen auf. So eine Scheiße, der Typ hat uns gesehen.«

12

September

Ina lag die halbe Nacht wach, wie so oft in letzter Zeit, obwohl sie todmüde war. Wenn sie endlich einschlief, wachte sie kurz darauf wieder auf, so als ob ein innerer ängstlicher Aufpasser vorsorglich die Alarmglocke schlüge. Ab und zu streifte Bobbys Arm ihre Haare oder legte sich auf ihren Unterleib, und dieselben Berührungen, die sie gestern noch als zärtlich und beruhigend empfunden hatte, lösten nun ein ganz anderes Gefühl in ihr aus – Unsicherheit.

War es Zufall, dass sie sowohl Bobby als auch Marlene und Daniel Trebuth unabhängig voneinander kennengelernt hatte, drei Menschen, deren Geschichten sich seltsamerweise im Haus der Bäckersleute zu kreuzen schienen?

Was hatte Bobby mit Gerd und Marlene Adamski zu tun gehabt? Vielleicht gab es ja eine ganz banale Erklärung dafür. Als freier Programmierer für Computerspiele konnte Bobby der Bäckerei Adamski durchaus eine Homepage gebastelt haben.

Vielleicht war die Erklärung jedoch alles andere als banal.

Christopher hatte sich hinter Bobbys Käfer Cabrio versteckt, als Daniel Trebuth und Romy Haase aus dem Haus der Adamskis gekommen waren. Demnach musste Bobby zu diesem Zeitpunkt drinnen gewesen sein und ergo die Bewohner und deren Besucher kennen.

Wenn man dann noch berücksichtigte, was Afnan und Chadisha erzählt hatten … Wenn sie so darüber nachdachte: Sehr viel wusste sie nicht über Bobby. Da er viele Freunde verloren hatte – ihretwegen, wie sie vermutete –, hatte sie nicht mit Dritten über ihn sprechen können. Sie waren fast immer zu zweit und daher extrem aufeinander bezogen gewesen. Andererseits – Bobby war eine Seele von Mensch. Er bremste für jeden Frosch, half Salamandern über die Straße, tat Hinz und Kunz einen Gefallen und war, bevor er Ina kennenlernte, in zig Vereinen engagiert. Er hatte eine schwerkranke Mutter, die er dreimal wöchentlich besuchte, und er las Ina jeden Wunsch von den Augen ab. Er umsorgte sie nicht nur, sondern gab ihr auch das Gefühl, der wichtigste Mensch auf der ganzen Welt für ihn zu sein.

Wie konnte sie nur an so jemandem zweifeln? Wie konnte sie zulassen, dass ein winziges Detail das große Ganze in Frage stellte? Mit Sicherheit war Bobby einer der aufrichtigsten und edelsten Menschen, denen sie je begegnet war.

In diesem Bewusstsein schloss sie die Augen und schlief neben ihm ein.

◄o►

Ina erwachte um sieben Uhr. Die frühe Stunde und der ernüchterte Blick aus dem Fenster auf einen grauen, regnerischen Tag bewirkten, dass sie sich mit einem Mal wieder seltsam wehrlos vorkam. Zuletzt hatte sie sich zwanzig Jahre zuvor so zerrissen gefühlt, als sie auf das Ergebnis ihrer Mathematikklausur gewartet hatte. Wie Oberkommissar Witte schon angedeutet hatte, verstand sie von Kriminalistik ungefähr so viel wie vom dreidimensionalen Koordinatensystem. Es wäre nur logisch, sich umgehend an die Polizei zu wenden. Aber es ging nicht mehr nur um ihre Patienten, es ging um den neben Stefanie wichtigsten Mensch in ihrem Leben.

»Ist was mit dir?«, fragte Bobby.

Nackt räkelte er sich im Bett und gähnte ausgiebig. Sofort war sie wieder unendlich froh, dass er Teil ihres Lebens war, sonst würde ihr Blut bei seinem Anblick nicht wie Champagner prickeln. Sie fühlte sich ihm unglaublich nah. Doch es gab Momente – es hatte sie von Anfang an gegeben –, in denen sie eine merkwürdige Fremdheit verspürte, so als gäbe es eine Seite von ihm, die sie nicht kannte. Sie hatte es immer auf ihren Beruf geschoben. Geisterbeschwörer sehen bekanntlich überall Geister, Verschwörungstheoretiker überall Verschwörungen, demnach sahen Psychologen vielleicht in jedem Menschen eine verborgene Seite.

Doch an diesem Morgen war es für sie fast mit Händen zu greifen, und dass sie Bobby so sehr liebte, machte die Sache nicht leichter.

»Nein, nur ein bisschen der Kopf, weißt du?«

»Ist sonst wirklich nichts?«

»Mir geht's hervorragend«, log sie. Sollte sie ihn beiläufig auf Marlene ansprechen, um zu sehen, wie er reagierte?

»Prima. Dann können wir ja nachher irgendwohin fahren. Den Vogelzug beobachten zum Beispiel, das ist jedes Mal ein tolles Schauspiel. Millionen von Kranichen und Gänsen. Letztes Jahr haben wir es vor lauter Arbeit verpasst, und ich dachte, das holen wir nach.«

»Du, ich wollte eigentlich… Ich habe noch etwas in der Praxis zu tun.«

»Am Samstag? Da arbeitest du doch sonst nicht.«

»Es geht leider nicht anders. Du hast hier sicher genug damit zu tun, alles einzuräumen. Ich fahre dann auch gleich los.«

»Vor dem Frühstück?«

»Ach, ich hole mir schnell was in Prerow. Vielleicht in der Bäckerei Adamski.«

Sie forschte nach irgendeiner auffälligen Regung in seinem Gesicht, als sie den Namen fallen ließ, konnte aber nichts entdecken.

»Die ist seit Kurzem geschlossen«, erwiderte er nur.

»Woher weißt du das?«

»Erstens sind die Gemeinden hier alle klein, da spricht sich so was schnell rum, und zweitens stand in allen Zeitungen, dass der Bäcker ermordet wurde. Ich geh duschen. Fährst du jetzt gleich?«

»Ja.«

»Dann bis später.«

Während er unter der Dusche stand, brachte sie den Klassiker und stöberte in seinen Sachen. Wie hieß es so schön? Gelegenheit macht Diebe. Ina warf all ihre Prinzipien und noch wenige Minuten zuvor getroffenen Beschlüsse über Bord, um sich ihrer ganz sicher zu sein.

Früher hatte man am meisten über die Leute erfahren, wenn man ihr Portemonnaie durchsuchte, inzwischen fand man alles Wichtige auf dem Smartphone. Den Code dafür kannte Ina, daher war es ein Leichtes für sie, das elektronische Adressbuch zu öffnen. Sie suchte unter A wie Adamski, H wie Haase, T wie Trebuth und Töller.

Nichts. Keine Einträge. Nicht mal ein italienisch klingender Vor- oder Nachname.

Natürlich mischte sich auch ein wenig schlechtes Gewissen in ihre Erleichterung, aber insgesamt war sie doch froh, geschnüffelt und so ihre Angst beruhigt zu haben. Jetzt fiel es ihr ein klein wenig leichter, den nächsten notwendigen Schritt zu machen, den Anruf bei der Polizei. Bevor sie das Haus durch die Hintertür verließ, um Christopher nicht zu wecken, sah sie kurz in Stefanies Zimmer. Ihre Tochter schlief noch tief und fest. Kein Wunder, sie hatte noch nie bei einem Umzug geholfen und die Schlepperei wahrscheinlich unterschätzt.

Sobald Ina das Haus verlassen hatte, wählte sie die Nummer des Kriminalkommissariats.

»Herr Witte? Ina Bartholdy hier. Gut, dass ich Sie erreiche. Ich habe gestern etwas erfahren, das Sie interessieren dürfte. Es geht um den Fall Adamski. Und zwar hat mir eine Frau erzählt, dass Marlene Adamski ihr vor einem Jahr eine Art Geständnis abgelegt hat. Man könnte es auch Beichte nennen.«

Während sie mit dem Polizeibeamten sprach, suchte sie in ihrer Handtasche nach dem Autoschlüssel, konnte ihn aber nicht finden.

»Ich würde Ihnen das gerne detailliert erläutern. Soll ich auf dem Revier vorbeikommen? In Ordnung, ich fahre sofort los.« Sie legte auf und wandte sich vom Auto ab. »Wo habe ich nur diesen verdammten Schlüssel?«

Kaum hatte sie die Worte ausgesprochen, schrak sie zusammen. Bobby stand vor ihr, tropfnass und nackt bis auf eine Boxershorts. Er lächelte sie an und gab ihr einen Kuss. Etwas klingelte an ihrem linken Ohr. Es war ihr Autoschlüssel, den er zwischen Daumen und Zeigefinger hielt und schüttelte.

»Ohne den kommst du hier nicht weg. Er lag neben dem Waschbecken.«

Nach dem Treffen mit Witte fuhr Ina nach Heiligendamm. Angeblich war Bobbys Mutter dort in einem Pflegeheim untergebracht, auf halbem Weg zwischen dem Darß und Wismar gelegen. Es gab nur eines, und zwar ein sehr exklusives, wie Ina jetzt erfuhr. Als sie parkte und sich das schlossartige Gebäude von außen betrachtete, bezweifelte sie, dass Bobby sich ein solches Domizil für seine Mutter leisten konnte, während er selbst in dem winzigen Bungalow wohnte, für den er einen Freundschaftspreis von nur vierhundert Euro Miete bezahlte.

Eine Lüge also? War es ein Fehler gewesen, Witte zu verschweigen, dass Christopher ein hellblaues Käfer Cabrio vor dem Haus der Adamskis gesehen hatte? Warum hatte sie das für sich behalten? Weil sie Bobby völlig vertraute? Oder weil sie befürchtete, dass er … Dass er was?

Wieso hatte er nicht auf den Namen Adamski reagiert? Er hätte doch sagen können: »Du, ich habe den Typen gekannt, der ermordet wurde, ich habe mal für ihn die Homepage gemacht.« Oder so ähnlich. Was, wenn er damals nur zufällig dort war, um am Bodden spazieren zu gehen? Sein Handy hatte schließlich auch keine Hinweise geliefert, dass er die Adamskis näher kannte. Seit dem frühen Morgen versuchte Ina, den Schatten des Verdachts loszuwerden, doch kam das dem Versuch gleich, eine dunkle Wolke mit einem Föhn zu vertreiben. Sie fühlte sich wie eine Verräterin, zur selben Zeit war sie unfähig, mit dieser Unklarheit zu leben.

Mit Bauchschmerzen betrat sie das mondäne Foyer des

Pflegeheims, das sich kaum von dem eines Vier-Sterne-Hotels unterschied, sah man einmal von den weiß gekleideten Pflegerinnen und Pflegern ab. Über den dicken Veloursteppich, der jeden Schritt abfederte, schritt Ina zur Rezeption.

»Guten Tag, ich suche eine Frau Bronny, die hier bei Ihnen wohnt.«

Die drei Zentimeter langen, wie die polnische Fahne rot und weiß lackierten Fingernägel der jungen Rezeptionistin klapperten über die Tastatur.

»Bronny. Wird das so geschrieben? Nein, die Dame wohnt ganz sicher nicht bei uns, sonst wäre sie im System.«

»Es gibt doch kein anderes Heim in Heiligendamm, oder?«

»Wir sind das einzige.«

Wenn Bobby nicht wie behauptet dreimal wöchentlich seine Mutter besuchte, was machte er dann in dieser Zeit? Würde er einfach nur angeln gehen, hätte er ihr nicht diese Lüge auftischen müssen.

Binnen eines Augenblicks wurde Bobby zu einem Fremden. Da war sie also, die ominöse unbekannte Seite an ihm. Plötzlich bekam sie ein Gesicht, entpuppte sich als konkrete Lüge, als etwas, das Ina ihm vorwerfen, bei dem sie auf die Wahrheit bestehen, worüber sie wütend sein konnte.

In der nächsten Sekunde waren all diese Details egal, und Vorwürfe, Zorn, selbst die Wahrheit hatten keine Bedeutung mehr. Ina würde Bobby nie wieder vertrauen können, und nur darauf kam es an. Als sie sich das klarmachte, zerbrach eine kleine Welt in ihr. Vielleicht sogar die Zukunft, je nachdem, was sie noch alles erfahren würde.

Der nächste Schritt hingegen drängte sich förmlich auf. Schließlich war Ina nicht nur für sich selbst verantwortlich, sondern auch für Stefanie und Christopher, die derzeit bei Bobby wohnten. Als Allererstes würde sie die beiden zu sich nach Hause holen.

»Bobby heißt doch mit Nachnamen Bronny«, sagte eine zweite Rezeptionistin, die die Unterhaltung mit angehört hatte, zur ersten. Sie war so blond, wie man nur sein konnte, und betrieb wie ihre Kollegin einen enormen Aufwand mit ihren Fingernägeln, auf denen wahre Kunstwerke zu bestaunen waren.

An Ina gewandt fragte sie: »Sie meinen Bobbys Mutter, ja?«

»Äh ... ja.«

»Sie heißt Karlmann mit Nachnamen. Regine Karlmann. Ich glaube, sie war zweimal verheiratet.«

»Aha.«

»Möchten Sie Frau Karlmann besuchen? Ich rufe mal oben an.«

»Zimmer hundertsechzehn«, sagte die andere mit den polnischen Fingernägeln. »Entschuldigung, ich hatte Bobbys Nachnamen ganz vergessen. Für uns ist er einfach nur Bobby.«

»Ach so ...«

Ina war so überrascht von der unerwarteten Wendung, dass sie kaum einen Ton herausbrachte und auch ganz vergaß zu erwähnen, dass sie Frau Karlmann gar nicht besuchen wollte. Eben noch hatte sie die wildesten Spekulationen über Bobby angestellt, und jetzt rieselte Asche auf ihr Haupt. Außerdem wurmte es sie, dass die beiden jungen Rezeptionistinnen Bobby genauso anredeten wie Ina. Ihr hatte er erzählt, dass ihn nur aktuelle oder ehemalige Freunde wie Witte so nannten, während ihn Leute, zu denen er eine gewisse Distanz bewahren wollte, nur als Bodo kannten. Ihn Bobby, nennen zu dürfen, war eine Auszeichnung.

»Sie haben Glück, Frau Karlmann wurde gerade hergerichtet«, sagte die Rezeptionistin mit dem Telefonhörer in der Hand. »Wen darf ich melden?«

»Ina Bartholdy«, sagte sie halb abwesend. »Ich bin Bobbys Lebensgefährtin.«

Wieder war da dieser befremdete Blick, wenn auch nur eine halbe Sekunde lang, in den Augen der beiden Frauen erkennbar, und doch lange genug, um sich wie eine Exotin zu fühlen, wie jemand, der absolut nicht an diesen Platz an Bobbys Seite gehört.

Sie hatte ihren Namen genannt, damit war es zu spät für einen Rückzieher. Bobby würde so oder so erfahren, dass sie hier gewesen war, vermutlich würde sie es ihm sogar selbst gestehen. Also konnte sie sich auch mit seiner Mutter bekannt machen.

Regine Karlmann war eine beleibte, ziemlich unbewegliche Frau mit einem gutmütigen, wenn auch müden Gesicht. Eine Friseurin hatte sie gerade frisch onduliert, und mit der riesigen weißhaarigen Frisur, dem rosa Kleid und der schnurrenden weißen Katze auf dem Schoß sah sie ein bisschen aus wie Barbara Cartland in ihren letzten Jahren. Tatsächlich lag ein Buch im Stil der Liebesromanautorin auf dem kleinen Mahagonitisch neben ihr.

»Nelli«, sagte sie, als Ina mit ausgestreckter Hand auf sie zuging. »Ach Nelli, wie schön, dich mal wieder zu sehen.«

◄○►

Als Ina eine Stunde später in den Weg zu Marlenes Haus einbiegen wollte, kamen ihr von dort mehrere Zivilfahrzeuge und Streifenwagen der Polizei entgegen, einige davon mit Blaulicht. So schnell, wie sie aufgetaucht waren, waren sie in Richtung Prerow auch schon wieder verschwunden. In einem der Wagen hatte sie Witte entdeckt, aber es waren zu viele gewesen, um auf die Schnelle auszumachen, ob die Beamten Marlene mitgenommen hatten.

Obwohl ihre eigenen Recherchen zu der Hausdurchsuchung geführt hatten, hoffte Ina immer noch, dass diese immer dubioser und unheimlicher werdende Geschichte sich auflöste wie ein Spuk, dem man aufgesessen war und der sich als Streich oder Sinnestäuschung entpuppte.

So wie die Sache mit Bobbys Mutter. Da hatte sich Ina vorher auch ganz schön was eingeredet, ja sogar ihre Beziehung gefährdet gesehen, und am Ende stellte sich heraus, dass Bobby die Wahrheit gesagt hatte. Nicht nur dass es Frau Karlmann tatsächlich gab und er sie dreimal in der Woche besuchte, sie war leider auch so stark dement, wie er es beschrieben hatte. Nachdem Ina noch einmal vergeblich versucht hatte, der alten Dame zu erklären, wer sie war, ergab sie sich der Rolle als Nelli. Bis dahin hatte sie noch nie von Bobbys erster langjähriger Freundin gehört. Nelli hatte Bobby tatsächlich bisher vor Ina geheim gehalten. Doch nachdem Regine Karlmann sie auf ihre, also Nellis, schwere Krankheit angesprochen hatte, konnte sie sich die Dinge zusammenreimen. Bauchspeicheldrüsenkrebs war so gut wie unheilbar, und wie Ina ihren Bobby kannte, hatte er nicht weniger gelitten als Nelli.

Das also erklärte die seltenen befremdlichen Momente, die Ina bisher nicht hatte einordnen können, zum Beispiel wenn

Bobby inmitten einer fröhlichen Situation für zwei Minuten ganz still wurde oder die Art, wie er sie zuweilen betrachtete, irgendwie wehmütig. Mit Sicherheit dachte er oft an Nelli und fühlte sich von Zeit zu Zeit miserabel, weil er ein gutes Leben mit einer anderen Frau führte, die er liebte. Wahrscheinlich hätte er Nelli niemals wehtun, sie niemals verlassen können. Der Tod hatte sie ihm aus den Armen gerissen. Mit Ina war er nur zusammen, weil es Nelli nicht mehr gab. Solche Gedanken waren normal und menschlich, sie verletzten Ina nicht. Jedoch quälten und verletzten sie denjenigen, der sie hatte.

Bobby war ein herzensguter Mensch, der zu Nelli gehalten hatte, als sie ihn am meisten brauchte, und der nun auch für seine Mutter da war. Frau Karlmann hatte Ina erzählt, dass er ihr vor einem Jahr die Katze gebracht hatte, das schönste Geschenk ihres Lebens. Dass Ina einen solchen Menschen, noch dazu ihren Lebensgefährten, in die Nähe eines Verbrechens gerückt hatte, wenn auch nur kurz, machte ihr schwer zu schaffen.

Daher beschoss Ina, ihm alles zu erzählen, und hoffte, dass er darauf so reagieren würde, wie er es oft tat – mit einem herzlichen Lachen, einem lieben Wort und einer Einladung zu irgendetwas Verrücktem.

Die Polizei hatte Marlene offenbar nicht mitgenommen. Als Ina auf die Haustür zuging, hörte sie Stimmen aus dem Garten. Auch das schwarze Fiat Coupé stand noch in der geöffneten Garage.

»Die haben nichts gefunden«, sagte Marlene, sobald sie Ina sah.

Die meisten Menschen würden einen solchen Satz nach einer Hausdurchsuchung im Tonfall der Erleichterung oder mit Stolz aussprechen. Nicht so Marlene. Nichts gefunden, das klang aus ihrem Mund seltsam neutral, wenn nicht sogar mit einer leisen Enttäuschung in der Stimme.

Die junge Frau, mit der Marlene auf der überdachten Terrasse zusammensaß, war zweifellos Romy Haase. Lila Haarsträhnen im schwarzen Haar waren selten, und Ina hatte auch noch das Foto vor Augen, das in der Bäckerei hing. Wochenlang war Romy für Ina ein Phantom geblieben, nun schüttelte sie ihr die Hand.

»Schön, dass ich Sie mal kennenlerne.«

»Hm, ja… ach so«, erwiderte Romy und sah dabei aus, als hätte sie sich im Wald verlaufen. Auf dem Tisch stand eine riesige Schwarzwälder Kirschtorte, die ein wenig von ihrer beeindruckenden Wirkung verlor, weil »Hapy Bairthday Malene« darauf geschrieben stand.

»Oh, Sie haben Geburtstag, Marlene. Herzlichen Glückwunsch.«

»Erst übermorgen«, korrigierte die Beschenkte seufzend. »Romy hat da etwas durcheinandergebracht.«

Drei Rechtschreibfehler und dann auch noch im Tag geirrt. Aber die Torte kam von Herzen, das war das Wichtigste Da Romy Haase beruflich keine Geburtsurkunden ausstellte, sondern nur Geburtstagstorten fabrizierte, war das alles halb so wild.

»Ich geh dann mal wieder hoch«, sagte Romy an Marlene gewandt.

»Oh, bitte bleiben Sie noch«, bat Ina. »Ich habe schon so viel von Ihnen gehört, ich würde gerne ein bisschen mit Ihnen plaudern. Sie wohnen hier?«

Romy dachte angestrengt darüber nach. »Na ja, ich hab

oben ein Zimmer. Aber auch noch meine alte Wohnung mit meinem tollen Kühlschrank.«

»Ein toller Kühlschrank? Das freut mich. Und Ihr Freund wohnt auch hier?«

»Freund?« Die junge Frau wirkte verwirrt.

»Giovanni.«

»Giovanni«, wiederholte Romy mechanisch und wechselte einen Blick mit Marlene. »Der ist ... weg.«

Sie machte eine Handbewegung, als habe ihr Freund sich vaporisiert.

»Giovanni ... und wie weiter?«

»Caffi ... Nein, Caffarelli.«

»Jetzt lassen Sie doch das arme Kind in Ruhe«, mischte Marlene sich ein.

»Ich hatte nicht vor, ihr etwas anzutun.«

»Sie sind meine Ärztin und müssen tun, was ich sage.«

»Ich bin Ihre Psychotherapeutin, und als solche handle ich.«

Wie angekündigt, ging Romy ins Haus, und Ina nahm sich den Stuhl, ohne auf die Erlaubnis zu warten. Die Luft war frisch und durchsetzt von Sprühregen, der sich wie ein feines, vom Wind getragenes Netz auf die Haut legte. In der Ferne war das Geschrei von Gänsen zu hören, die den Bodden über-querten.

»Ich soll Ihnen viele Grüße von Afnan und Chadisha aus-richten«, sagte Ina.

Ein Leuchten ging über Marlenes ermattetes Gesicht. »Sie haben die beiden gefunden?«

»Und in Schwerin besucht. Es geht ihnen gut. Afnan macht eine Ausbildung zur Krankenpflegerin.«

»Oh, das ist gut«, seufzte Marlene selig, wie es eine Oma tun würde, die vom Glück ihrer Enkelin erfährt.

»Sie wirken nicht überrascht, dass ich sie gesucht, sondern nur, dass ich sie gefunden habe. Möchten Sie mit mir über die Hausdurchsuchung sprechen?«

»Wieso sollte ich? Mein Mann ist ermordet worden, da ist das ja wohl ganz normal.«

»Das würde ich nicht sagen. Gegen Sie lag kein konkreter Verdacht vor. Allerdings hat Afnan mir eine verrückte Geschichte erzählt.«

In Kurzform wiederholte Ina, was sie in Schwerin erfahren hatte, wobei sie versuchte, es so normal wie möglich zu formulieren, obwohl es alles andere als das war.

Marlene drehte unentwegt die Kaffeetasse in ihren Händen. »Afnan hat mich irgendwie missverstanden. Sie konnte nicht richtig Deutsch.«

»Sicherlich, vielleicht haben Sie nicht von einem Mann gesprochen, sondern von einem Maulwurf oder einem Muli.« Ina musste sich bemühen, nicht allzu höhnisch zu klingen. »Vielleicht wurde auch gar niemand gefangen gehalten, sondern nur gefällig gemacht, gerne gegessen oder gut gegart, irgendetwas mit zwei g. Ja, ein gut gegarter Maulwurf, das wird es gewesen sein. Bitte beenden Sie diesen Unsinn, Marlene, und sagen mir, was Sie mir schon seit unserem ersten Gespräch nach Ihrem Sprung vom Balkon sagen wollen, aber nicht über die Lippen kriegen.«

»Bitte gehen Sie.«

»Diesen Satz höre ich in letzter Zeit sehr häufig von Ihnen. Aber Sie schicken mich nie endgültig weg.«

»Das kann sich ändern.«

»Warum wollten Sie neulich mit mir nicht über Romy sprechen? Sie hat ein Zimmer hier, Sie mögen das Mädchen. Ich verstehe nicht, was daran so schlimm sein soll.«

»Sie verstehen eine Menge nicht.«

»Wie sollte ich auch? Sie kommen mir vor wie eine Ertrinkende, die um Hilfe schreit und dem herbeieilenden Rettungsschwimmer eins auf die Nase haut. Das ist äußerst frustrierend.«

»Das ist Ihr Besuch auch.«

Ina erkannte, dass Sie mit Marlene an diesem Tag nicht weiterkam. Sie beschloss, nicht weiter zu insistieren, und bat darum, die Toilette benutzen zu dürfen, bevor sie aufbrach. Im Haus schlich sie nach oben, wo die Tür zu Romys Zimmer einen Spaltbreit offen stand. Schon damals, bei ihrem ersten Besuch in Marlenes Haus einige Wochen zuvor, hatte sie im Vorbeigehen bemerkt, dass die Möbel in jenem Zimmer sich von den übrigen unterschieden. Sie waren weniger rustikal, mehr schwedisch.

Ein einziger Blick genügte Ina, um herauszufinden, was sie wissen wollte. Auf den Lautsprechern standen Zimmerpflanzen, und an der Wand hing ein Poster mit den männlichen Stars einer deutschen Dauerserie. Romy lag auf dem Bett und las ein Frauenmagazin.

»Hat er Sie verlassen?«, fragte Ina.

Das Mädchen nickte nach einer Weile. »Ja. Und er hat alles mitgenommen.«

»Alles? Was denn?«

»Er hat alles mitgenommen, außer dem Auto«, wiederholte sie mechanisch. »Alles, alles mitgenommen. Nur das Auto nicht.«

329

Romy widmete sich wieder dem Magazin, ohne sich an Ina zu stören, die den Blick noch eine Weile auf ihr ruhen ließ.

»Er ist weg und hat alles mitgenommen«, flüsterte sie vor sich hin.

»Das tut mir leid«, sagte Ina und schloss leise die Tür.

Ein Käfer Cabrio, das im strömenden Regen steht, ist ein trauriger Anblick. Das wurde Ina bewusst, als sie nach Zingst zurückkehrte. So blau konnte der Wagen gar nicht sein, dass man dabei an den Sommer zurückdachte. Aber wenn darin der Mensch saß, den man liebte, wurden Regen und Wind zur Nebensache.

Bobby bemerkte sie zunächst nicht. Er verharrte reglos, ohne etwas zu tun. Während sie ihn verschwommen durch die Windschutzscheibe betrachtete, zersprang ihr fast das Herz vor Glück. Wie verrückt das alles war – trotz aller Zweifel liebte sie diesen Mann keinen Deut weniger. Die Skepsis, ebenso wie die romantische und erotische Zuneigung wohnten nebeneinander in ihrem Herzen und rangen, mit wechselndem Erfolg, um den größeren Platz.

Schließlich klopfte sie an die Scheibe, woraufhin er sofort die Tür öffnete, ausstieg und ihr Gesicht in beide Hände nahm. Wenn sie bis dahin noch irgendeinen Zweifel gehabt hatte, dass Bobby der Richtige war, wurde er in diesem Augenblick weggeküsst.

»Was machst du hier?«, fragte sie.

»Ach, mir war einfach so danach. Vorher war ich auf dem Boot.«

»Du hast doch nicht etwa im Regen daran gearbeitet?«

Er grinste. »Nur ein bisschen drin gelegen.«

»Mein Gott, die Kabine ist so klein, dass eine Pygmäe Mühe hätte, darin zu schlafen.«

»Wie gesagt, mir war danach.«

Er war verändert, nachdenklicher, geradezu melancholisch. Dazu passte auch die Musik, die im Auto lief: eine traurige Arie aus *La Traviata*.

War jetzt der richtige Zeitpunkt für ein Geständnis? Bring es hinter dich, sagte Ina sich.

»Macht es dir etwas aus, die Unterhaltung irgendwo fortzusetzen, wo mir kein Wasser in den Nacken läuft?«, fragte sie.

»Setz dich zu mir.«

Sie eilte auf die andere Seite, ließ sich auf den Sitz gleiten und schloss die Tür. Schon bei den Fahrten mit offenem Verdeck hatte sie das Innere des Käfers nicht gemocht. Doch bei geschlossenem Verdeck, wenn der Regen auf das Dach prasselte, war es darin laut, feucht und klamm, wie sie feststellen musste. Die Klamotten klebten ihr auf der Haut. Sie fühlte sich unwohl, aber das mochte auch mit dem zu tun haben, was ihr auf dem Herzen lag.

»Ich muss dir etwas sagen. Ich war vorhin …«

»Ich muss dir auch etwas sagen«, unterbrach er sie mit dunkler Stimme. »Es ist etwas Schlimmes passiert. Etwas sehr Schlimmes.«

Vierzehn Monate zuvor

»Karte einbehalten. Bitte wenden Sie sich an den Kundendienst Ihrer Bank.«

Der Augenblick, als Daniels Blick auf die Information des Geldautomaten fiel, war von einem heftigen Schmerz begleitet, wie wenn man ihm eine Eisenkugel in den Bauch gerammt hätte. Im nächsten Moment sackte er über der Tastatur zusammen, wo er eine Minute lang in dieser Haltung verharrte. Noch einmal wagte er, den Kopf zu heben, so als hoffe er auf ein Wunder, und starrte mit brennenden Augen auf den Bildschirm. Der Hinweis war erloschen, das normale Begrüßungsportal forderte ihn dazu auf, seine Karte einzuführen. Tatsächlich, er besaß eine weitere Karte von Töller.

Was war nur passiert? Wieso war die erste Karte, eine Kreditkarte, gesperrt worden? Wer oder was steckte dahinter? Bodo? Giovanni? Gar die Polizei? Sollte er sofort versuchen, über die zweite Karte an Geld zu kommen? Oder war es besser abzuwarten?

»Brauchen Sie noch lange?«, fragte eine Frau hinter ihm.

»Lassen Sie mich in Ruhe«, fuhr er sie an.

Kannte er sie? Nein. Ihr leichter Berliner Akzent deutete darauf hin, dass sie entweder eine Touristin oder – was ihm plausibler erschien – eine von jenen Tussis im Rentenalter war, die ihre »Sommerfrische« im Zweithaus am Meer verbrachten. Vermutlich eine Hauptstädterin mit einer Villa am Wannsee, einem Notar als Ehemann und einem Gefolge schwer parfümierter Freundinnen.

Sein Blick streifte ihre Handtasche von Bulgari und einen dicken roten Klunker, mit dem er sicher die Raten eines ganzen Jahres hätte bezahlen können. Für eine Sekunde spielte er mit dem Gedanken, dieser Frau den Schädel einzuschlagen und mit dem Ring davonzulaufen. Doch das war wirklich nur gesponnen, einer jener Tagträume, von denen man weiß, dass sie nie Wirklichkeit werden. Mal abgesehen davon, dass man ihn in Anbetracht der zahlreichen Passanten und der zweifellos vorhandenen Überwachungskameras mit Sicherheit innerhalb von einer Stunde gefasst hätte – Daniel schlug keiner Frau den Schädel ein. Seltsam, dass er sich überhaupt, wenn auch nur sehr kurz, derart grausame Szenen vorgestellt hatte.

Ein Gedanke, nein, ein Gefühl, das bedeutend länger in ihm nachhallte, war das Empfinden von Ungerechtigkeit. Dieser Frau, die bestimmt einen Großteil ihrer Zeit mit dem Einkauf teurer Markenartikel und dem Schlürfen von Austern verbrachte, mangelte es anscheinend an nichts, während er sich abstrampelte und dennoch auf keinen grünen Zweig kam. Im Gegenteil, er stand vor dem Ruin. Und warum? Wieso war es manchen Menschen vergönnt, in Saus und Braus zu leben, und ihm wollte einfach nichts gelingen?

Seine Eltern hatten sein Interesse für Literatur nie gefördert. Er hatte studieren wollen, aber für ihn als jüngstes von drei Kindern war einfach nicht genug Geld da. Seinem älteren Bruder hatten sie vierzigtausend Euro für das Studium der Wirtschaftswissenschaften »geliehen« – de facto hatte er es aber nie zurückgezahlt. Seine Schwester hatte ihren Traum vom eigenen Café verwirklichen dürfen, großzügig unterstützt von Mama und Papa.

Und dann Töller, der Betrüger. Und der Staat, der Daniel auf seinem Schaden sitzen ließ. Und die Bank, die ihn gnadenlos für Dinge bestrafte, die er gar nicht getan hatte.

Nicht zuletzt Jette. Naturmoden, mein Gott, sie hätte besser daran getan, Handtaschen von Bulgari zu verkaufen, anstatt diesen Ökoscheiß. Sie war schuld. Sie hatte die Familie mit ihren Komplexen, ihrer Perfektion und ihrem guten Gewissen in den Abgrund gezogen.

Er zog die zweite Karte aus der Brusttasche seines Hemdes. Eine MasterCard, Platin. Das bedeutete den Zugriff auf Zehntausende, Hundertausende von Euro. Es bedeutete Reichtum und wirtschaftliche Sorglosigkeit.

Rettung.

Daniel betrachtete die Karte einige Sekunden lang intensiv, bevor er sie in den Schlund der Maschine steckte.

Der Automat ratterte, piepte, ratterte.

»Karte einbehalten. Bitte wenden Sie sich an den Kundendienst Ihrer Bank.«

Daniel klappte wie unter einem schweren Krampf zusammen, sein Kopf schlug auf die Tastatur auf.

Bodo ... Darum also hatte er sich entschuldigt, als sie sich getrennt hatten. Dieser Schweinehund, dieser elende Mistkerl mit seinem verdammten Anstand ... Zur Hölle mit ihm, zur Hölle mit allen, die ...

»Brauchen Sie Hilfe? Soll ich einen Arzt rufen?«, fragte die Frau.

Er wirbelte herum, blickte sie mit großen, feurigen Augen an und richtete den Zeigefinger auf ihre Nase. »Ich habe Ihnen gesagt, Sie sollen...«

Er brach ab und lief zu seinem Auto, wo ihn eine große Müdigkeit befiel. Tatsächlich schlief er an Ort und Stelle ein, und als er wieder aufwachte, war es bereits dunkel.

Zu Hause warteten schon seine Schwiegereltern auf ihn. Seit Jettes Verschwinden wohnten sie im Gästezimmer und hielten engen Kontakt zur örtlichen Polizei. An diesem Abend vermeldeten sie, dass mehrere kleine Suchtrupps vergeblich die Umgebung abgesucht hatten, sogar einige örtliche Vereine hatten sich daran beteiligt. Sie waren sehr niedergeschlagen, sodass Daniels eigene Niedergeschlagenheit – die einen anderen Grund hatte – nicht weiter auffiel.

Christopher hatte sich in seinem Zimmer eingeschlossen, und obwohl Daniel ihn mehrmals bat, die Tür zu öffnen, blieb ihm der Zugang versperrt. Das traf auch im übertragenen Sinn zu. An seinen Sohn kam Daniel in letzter Zeit nicht mehr heran. Christopher redete kaum noch etwas, brütete nur dumpf vor sich hin. Diese Lethargie kam Daniel wie ein Vorbote auf sein eigenes Schicksal vor. Was blieb ihm denn noch?

Felicia umklammerte seinen Körper, kaum dass er ihr Zimmer betrat, wie eine Rettungsboje.

»Hast du Mama mitgebracht?«, fragte sie.

»Nein, Kleines, leider nicht.«

Es war schon mehr als merkwürdig, dass er Jette vor ein paar Wochen noch geliebt hatte. Davon war nichts übrig geblieben, nicht mal ein Funke. Er fragte sich, was ihn jemals mit dieser Frau verbunden hatte, die ihn zu allerlei Dingen überredet hatte, die ihm eigentlich widerstrebten. Ihr Tod berührte ihn nicht direkt, sondern nur über den Umweg seiner Kinder. Das Leid der beiden schlug ihm aufs Gemüt und auf den Magen. Doch viel Platz war dafür nicht. Zu sehr beschäftigte ihn die materielle Zukunft.

Er würde kämpfen. Er würde nicht aufgeben. Das war er seiner Familie schuldig.

»Alles wird gut«, flüsterte er seiner Tochter ins Ohr, während er ihr über die Haare streichelte. »Glaub mir, alles wird gut.«

13

September

Auf der Fahrt im Käfer nach Prerow sprachen Ina und Bobby kaum ein Wort miteinander. Dieser neuerliche Mord wirkte auf Ina wie eine Explosion in unmittelbarer Nähe. Schon über Gerd Adamskis gewaltsamen Tod war sie schockiert gewesen, aber das hier war etwas ganz anderes. Es berührte Ina persönlich.

Daniel Trebuth war tot. Erschossen. Mehr wusste sie nicht. Doch das genügte, um sie wie ein Blitz zu treffen.

Er war Christophers Vater, und Stefanie war Christophers Freundin. Schon wenn ein Gewaltverbrechen im weiteren Umfeld passierte, wühlte das die Menschen innerlich auf und weckte ein Gefühl von Bedrohung. Passierte es hingegen direkt neben einem, in der Nachbarschaft, der eigenen Familie oder dem Freundeskreis, bedeutete das eine existenzielle Erschütterung. Ina überlegte sich allen Ernstes, Stefanie zu ihrem Vater zurückzuschicken, wenigstens bis sich alles beruhigt hatte.

Wie sollte es mit Christopher und der kleinen Felicia weitergehen? Die beiden galten nun als Vollwaisen, auch wenn das Schicksal der Mutter nach wie vor ungeklärt war.

»Ich habe deine Mutter besucht«, sagte Ina, als sie Prerow erreichten. Die Bemerkung entwich ihr unüberlegt, vielleicht nur, um die Stille zu unterbrechen und das flaue Gefühl zu überspielen. »Verzeih bitte, dass ich dir vorher nichts gesagt habe. Ich verstehe auch, dass du mir nichts gesagt hast.«

Bobby hatte Mühe mit der Gangschaltung und löste das Problem für ihn untypisch mit Gewalt. Der Käfer ruckelte wie ein gepeitschter Gaul, dann lief er wieder anstandslos.

»Ich nehme an, Nelli war ...«

»... der wichtigste Mensch in meinem Leben«, ergänzte er mit Tränen in den Augen. »Zusammen mit meiner Mutter. Sie war immer für mich da, hat immer zu mir gehalten. Ich will, dass sie es so gut wie möglich hat, auch wenn sie ...«

Er unternahm einen zweiten Anlauf. »Auch wenn sie nicht mehr viel davon mitbekommt. Das Heim kostet eine Stange Geld, aber ich verdiene zum Glück gut. Und jetzt möchte ich nicht mehr darüber sprechen.«

»Bist du verärgert?«

»Nein, bin ich nicht. Ich wollte nur nicht, dass du ... dass du auf diese Weise von Nelli erfährst. Ich hätte es dir irgendwann selbst gesagt, ganz sicher. Nein, nicht irgendwann, sondern schon sehr bald.«

Bobby hielt etwa fünfzig Meter vom Haus der Trebuths entfernt, in der Nähe des ersten Absperrbandes der Polizei. Jede Menge Schaulustige hatten sich versammelt.

»Oh, du kennst offenbar den Weg zu Daniel Trebuths Zuhause«, stellte Ina fest.

Er sah sie an. »Ich habe vorhin Christopher und Stefanie hergebracht, nachdem Christophers Großvater ihn angerufen hatte.«

»Ach so, richtig. Wartest du auf mich? Ich kann mir auch ein Taxi nehmen, wenn du lieber …«

»Ich warte hier.«

Sein Blick schickte Ina fort. Sie stieg aus in den Regen, und gerade als sie die Tür zugeschlagen hatte, hörte sie, wie Bobby etwas rief. Daher öffnete sie die Tür wieder.

Er sagte: »Das Boot, die *Ina* … In meiner Fantasie habe ich dieses Boot schon oft gekauft. Früher hieß es immer Nelli.«

—◦—

Nach einigem Hin und Her mit den Ordnungshütern gelangte Ina an den Tatort. Im Erdgeschoss herrschte noch immer Hochbetrieb, obwohl die Leiche schon vor Stunden gefunden worden war, ungefähr zu der Zeit, als Ina Marlene aufgesucht hatte. Daniel Trebuths toter Körper war zwar bereits weggebracht worden, aber auf dem hell gekachelten Wohnzimmerboden erstreckte sich immer noch eine große, unförmige Blutlache, die sich wie ein zäher Lavastrom ausgebreitet hatte und inzwischen geronnen war.

»Bauchschuss«, erklärte Oberkommissar Witte, die Hände in den vorderen Hosentaschen. »Die Milz und weitere Organe wurden von der Kugel durchbohrt. Er war innerhalb von Sekunden tot. Kein schöner Anblick. Kommen Sie wegen der Kinder?«

»Vor allem«, antwortete Ina.

»Die beiden sind oben, da ist die Spurensicherung schon durch. Und warum noch?«

»Wer hat ihn gefunden?«

»Liebe Frau Bartholdy. Gewissermaßen gehören Sie zwar schon zum Inventar, so oft wie wir uns in letzter Zeit sehen. Aber bitte haben Sie Verständnis dafür, dass ich mit dem Inventar keine Kriminalfälle bespreche.«

»Nun haben Sie sich mal nicht so. Ich habe Ihnen einen Tipp gegeben, dafür geben Sie jetzt mir einen.«

»Wir sind hier nicht auf der Tauschbörse, gnädige Frau. Im Übrigen haben die Hausdurchsuchungen, die wir aufgrund Ihrer sogenannten Tipps durchgeführt haben, absolut nichts von Belang ergeben. Das soll übrigens keine Kritik sein, sondern nur eine Feststellung.«

»Sie leisten ganze Arbeit, mich davon zu überzeugen, dass Sie ein Ungeheuer sind«, erwiderte sie im höflichsten Tonfall. »Wo lernt man das? In der Polizeischule? Sie haben offenbar gut aufgepasst. Oder ist Ihnen Ihr Naturell in diesem Fach entgegengekommen?«

»Keine Schmeicheleien bitte. Ich bin im Dienst, und Komplimente steigen einem schnell zu Kopf.«

»Sie hören sich an wie Kojak. Machen Sie das unbewusst, oder ist es einstudiert?«

»Es soll ja Männer geben, die darauf stehen, wenn Psychologinnen so mit ihnen reden. Bobby gehört wahrscheinlich dazu … ich nicht. Falsche Adresse also. Gehen Sie nach oben, kümmern Sie sich um Ihre Patienten, und lassen Sie mich meine Arbeit tun.«

Ina revidierte ihre Meinung über Witte. Er war nicht vom Typ »raue Schale, weicher Kern«, wie sie anfangs gedacht hatte. Er war nicht Humphrey Bogart oder Philipp Marlowe, denn unter seiner rauen Schale befand sich eine noch rauere, härtere Schicht, gefolgt von einer bitteren Füllung. Ihr Ver-

340

such neulich, ihn zu gewinnen, hatte nicht gefruchtet – auf verdorrten Boden fällt jeder Samen vergebens.

Als sie das Wohnzimmer verlassen wollte, bemerkte Ina einen geöffneten Brief auf dem Esstisch. Natürlich berührte sie ihn nicht, aber ein Blick hinterließ ja keine Fingerabdrücke. Das Schreiben einer großen deutschen Bank umfasste vier Seiten, doch es genügte, die Betreffzeile zu lesen: Zwangsversteigerung. Der Termin war in zwei Wochen angesetzt.

Hatte die Ankündigung der Bank etwas mit dem Mord zu tun? Wohl nur, wenn Daniel Trebuth Selbstmord begangen hätte. Doch von der Schusswaffe, die ihn getötet hatte, gab es keine Spur, und sie war auch nicht auf dem Boden markiert worden. Abgesehen davon brachte sich niemand mit einem Bauchschuss um.

Am oberen Absatz der Treppe stand ein älterer Herr, der sich Ina als Daniels Schwiegervater vorstellte. Wie sich herausstellte, hatte er die Leiche seines Schwiegersohnes gefunden, als er Felicia hier abliefern wollte, die wegen der langen Vernehmung Daniels eine Nacht bei ihm und seiner Frau verbracht hatte.

»Ich bin Stefanies Mutter, Ina Bartholdy.«

»Die Kinder sind in Christophers Zimmer. Ich habe für sie getan, was ich konnte, aber ich musste mal kurz da raus.«

»Das ist verständlich. Ich gehe gleich zu den beiden. Bitte gestatten Sie mir eine Frage: Wussten Sie, dass dieses Haus zwangsversteigert werden sollte?«

»Das hat mich die Polizei auch schon gefragt. Nein, ich hatte keine Ahnung. Daniel hat nie auch nur eine Andeutung über finanzielle Probleme gemacht. Allerdings hätten wir ihm auch gar nicht helfen können. Die Rente von mir und meiner

Frau reicht gerade so zum Leben, und bei seinen Eltern sieht es auch nicht besser aus, soviel ich weiß.«

»Was hat die Polizei Sie denn noch so gefragt?«

»Ob ich etwas von einer alten Wehrmachtspistole weiß. Offensichtlich ist mein Schwiegersohn mit einer solchen Waffe getötet worden. Aber da konnte ich den Beamten nicht helfen. Und sie wollten natürlich wissen, wo ich zur Tatzeit war, gestern Nacht gegen dreiundzwanzig Uhr. Es ist einfach nur schrecklich. Ich muss meine Frau anrufen, die weiß es noch gar nicht. Mein Gott, zuerst Jette und jetzt... Das ist wie ein Fluch, Frau Bartholdy.«

Daniel Trebuths Schwiegervater wurde es zu viel, und er ging nach draußen, um frische Luft zu schnappen.

Bevor Ina Christophers Zimmer betrat, atmete sie noch einmal tief durch.

Felicia lag bäuchlings auf dem Boden, den Kopf zwischen den Armen, und weinte herzzerreißend. Ihr Bruder saß neben ihr auf dem Boden. Seine Tränen kamen still, ohne einen Schluchzer. Es war bewegend, wie er seiner kleinen Schwester mit der einen Hand die Haare streichelte und mit der anderen unentwegt seine Wangen zu trocknen versuchte, während er den Kopf auf Stefanies Schulter gelegt hatte. Die drei boten ein zutiefst anrührendes Bild voller Tragik, aber auch voller Trost. Seltsam war nur, dass das Zimmer in ein wunderschönes, geradezu magisches Licht getaucht war, das von einer Wand aus bunt leuchtenden Glasbausteinen herrührte.

Ina schloss das Fenster zur Straße, das auf Kipp stand. Die Stimmen der Polizisten und das Klicken der Kameras verstummten von einem Moment auf den anderen. Um auch das Blinken der Signallampen von Polizei und Rettungswagen aus dem Raum zu verbannen, ließ Ina die grellgelbe Jalousie herunter.

»Darf ich mich zu euch setzen?«, fragte sie.

Stefanie streckte die Hand aus.

»Ist Papa wirklich tot?« Die kleine Felicia hob kurz das verweinte Gesichtchen und blickte Ina an, voller Hoffnung, sie möge sagen, dass alles nur ein Missverständnis sei.

Eine Sekunde lang war Ina für dieses Kind der Engel, der alles wieder geraderücken konnte.

»Ja«, sagte sie. »Er ist leider wirklich tot.«

Die Kleine weinte neuerlich laut los, und diesmal berührte Ina sie sanft am Oberarm, um ihr zu zeigen, dass sie mit ihr fühlte. Es gab wohl kaum etwas Traurigeres, als Kindern die Nachricht vom Tod ihrer Mutter oder ihres Vaters zu überbringen und sie in dieser frühesten Phase ihres Schmerzes zu begleiten. Wie hätten diese Tränen irgendjemanden kaltlassen können? Wie hätte Ina nicht den Schmerz dieser Kinder spüren können? Sie war darin geübt, Profi zu bleiben und nicht zur Betroffenen zu werden, aber an diesem Tag fiel es ihr besonders schwer.

━◦━

Als sie eine Stunde später das Haus verließ, hatte es aufgehört zu regnen. Je mehr Polizeiwagen abgefahren waren, desto mehr Schaulustige waren gegangen, und nur ein paar versprengte Beamte und Bürger waren übrig geblieben. Die ersten Blumen waren niedergelegt worden, die ersten Kerzen brannten. An der nächsten Ecke stand noch immer das Käfer Cabrio mit Bobby hinter dem Steuer.

»Wo hast du Stefanie gelassen?«, fragte er, als Ina wieder auf dem Beifahrersitz Platz nahm.

»Sie will bei Christopher bleiben. Es hat sie fast genauso mitgenommen wie ihn. Irgendwie… irgendwie machen mich diese Liebe und Anhänglichkeit stolz. Ich habe eine wunderbare Tochter.«

Er sah sie lange schweigend an, und sie brach es ganz bewusst nicht.

»Was jetzt?«, fragte Bobby schließlich wie jemand, der nicht den Mut findet, der Angebeteten seine Liebe zu gestehen.

»Tja, was jetzt?«, seufzte Ina. »Ich habe Hunger und möchte in ein ganz bestimmtes Restaurant. Komm, ich lade dich zum Italiener ein.«

⊰○⊱

Das »Il Gattopardo« lag nicht besonders günstig. Was andernorts ein Vorteil sein mochte – die Hauptstraße direkt vor der Tür –, war auf dem Darß eher ein Handicap. Die meisten Touristen schätzten es, bei guter Aussicht zu speisen, sei es mit Blick auf das Meer, den Bodden, auf Wälder, Dünen, Schilf oder hübsche Marktplätze. Vom besten Platz der Osteria aus blickte man hingegen auf eine nicht eben interessante Straße mit ein paar Recyclingcontainern. Da halfen auch die schönen Panoramafenster nichts.

Die Einrichtung bestand aus den unvermeidlichen hellen, lackierten Stühlen mit pastellfarbenen Polsterbezügen und etwa fünfzehn nicht eingedeckten Tischen. Nur der kleine Barbereich kam ungewohnt schick und stylish daher. Dort hingen auch die Szenen aus der Verfilmung von Tomaso di Lampedusas auf Sizilien angesiedeltem Roman *Il Gattopardo – Der Leopard* mit Burt Lancaster, Claudia Cardinale und Alain Delon, nach dem das Restaurant zweifellos benannt war. Eigentlich hätte Ina ähnliche Bilder im ganzen Raum erwartet.

Ihr kam es vor, als wären zwei völlig unterschiedliche Personen an der Gestaltung des »Il Gattopardo« beteiligt gewesen. Während die Speisekarte in leicht verkratzte Folien eingeschweißt war, wirkten die Gläser und das Besteck sehr geschmackvoll.

»Ich hätte gerne ein stilles Wasser, ein Glas Prosecco und einmal Caprese«, bestellte Ina.

»Und ich nehme ein kleines Pils und die Pizza Siciliana.«

Nachdem die Bedienung, eine nicht gerade überschwänglich freundliche junge Frau, gegangen war, sagte Ina: »Du hast das einzige Gericht bestellt, das sich sizilianisch anhört. Ansonsten gibt's nur das Übliche auf der Karte: Pizza, Pasta, Tiramisu …«

»Wir sind sicher nicht wegen des tollen Essens hier, oder?«, erwiderte Bobby leicht gereizt.

»Nein«, bestätigte sie. »Giovanni hat hier gearbeitet. Giovanni Caffarelli. Er hat mit der Geschichte zu tun, an der ich dran bin.«

»Der Geschichte, an der du dran bist«, wiederholte er spöttisch. »Was soll das, Ina? Wieso tust du das?«

»Für wen?, wäre die richtige Frage. Darauf gibt es nur eine Antwort. Ich tue es für meine Patientin Marlene Adamski. Wenn ich nicht herausfinde, was ihr das Leben zur Hölle gemacht hat, wird sie es wieder tun, Bobby. Sie wird erneut vom Balkon springen. Oder sich vor den nächstbesten Mähdrescher werfen. Oder sich im Bodden ersäufen. Das werde ich nicht einfach so zulassen. Ich bin ihr gegenüber eine Verpflichtung eingegangen, und sie hat mich als ihre Therapeutin bisher nicht entlassen. Das hat seinen Grund. Mir ist völlig klar, dass ich auf irgendetwas Scheußliches stoßen werde. Aber das ist mein Job, Bobby. Menschen wenden sich nicht an Psychotherapeuten, weil sie ein ausgefülltes, glückliches, heiteres Dasein führen, sondern weil es einen Haufen Mist in ihrem Leben gibt, den alleine abzutragen sie nicht die Kraft haben. Zum Dermatologen geht man ja auch nicht, um seine in Eselsmilch gebadete, weiche Haut vorzuführen, sondern ...«

»Ich bin nicht blöd, ich habe dich verstanden«, unterbrach er sie just in dem Moment, als die Getränke kamen.

In jener Minute, die die Bedienung brauchte, um Bier, Wasser und Prosecco zu servieren, schwiegen die beiden. Doch ab und zu trafen sich ihre Blicke – der nervöse von Bobby und der angespannte von Ina.

»Entschuldigen Sie«, rief Ina die Bedienung zurück. »Ich würde gerne mit Giovanni sprechen. Arbeitet er noch hier?«

Die junge Italienerin sah sie misstrauisch an. »Schon lange nicht mehr. Warum?«

»Wie gesagt, ich würde ihn gerne sprechen.«

»Worum geht es denn?«

»Um ihn«, wiederholte Ina mit einem freundlichen Lächeln, jedoch beharrlich in der Sache. »Nur um ihn.«

Die ohnehin nicht gerade weichen Gesichtszüge der Kellnerin verhärteten sich. »Ist nicht da«, sagte sie und ging davon.

Inas Frage löste einigen Aufruhr in dem spärlich besetzten

346

Restaurant aus. Die Italienerin zog hinter der Bar eine andere, etwa gleichaltrige Kellnerin zu Rate, die in der Küche verschwand, woraufhin einige Sekunden später das gebräunte Gesicht eines Mannes durch die Essensausgabe spähte und gleich darauf ein zweites, das dem ersten leicht ähnelte. Nun waren vier Augenpaare auf Ina gerichtet.

»Na, super«, kommentierte Bobby. »Scheint, du hast in ein Wespennest gestochen.«

»Warst du schon mal hier?«

»Nein. Warum fragst du mich den ganzen Tag, wo ich überall schon war?«

»Das hat verschiedene Gründe. Jetzt gerade will ich es wissen, weil es sicher nicht schaden würde, wenn du zumindest einen von den beiden Köchen kennen würdest, die da auf unseren Tisch zukommen.«

»Ich muss dich enttäuschen. Ich habe die Typen noch nie gesehen.«

Die beiden Brüder positionierten sich vor dem Tisch, als hätte sich ein Gast über die Qualität ihrer Spaghetti beschwert. Der Ältere – er war etwa Mitte dreißig – hatte eher grobe Gesichtszüge sowie tiefe Falten von der Nasenwurzel bis zum Mund und zwischen den Augenbrauen. Sein Pizza-und-Pasta-Bauch war nicht zu übersehen. Sein geschätzt sieben oder acht Jahre jüngerer Bruder war schlank, hatte wesentlich feinere Gesichtszüge und jene herrlich dunklen, strahlenden Augen, für die die Italiener bei den Nordeuropäerinnen berühmt sind.

Das Sagen hatte eindeutig der Ältere. Sein Bruder stand, wie im Hofprotokoll einer Monarchie vorgesehen, einen Schritt hinter ihm, während den Frauen die Rolle der sich abseits haltenden Beobachterinnen zukam.

347

»Wieso interessieren Sie sich für unseren Cousin? Was hat er getan? Wer sind Sie überhaupt?«

Ina überreichte dem Italiener ihre Visitenkarte, die er jedoch ignorierte. »Giovanni könnte mir dabei helfen, ein paar Dinge zu klären. Es geht um eine Patientin, mehr darf ich nicht sagen.«

»Hat es mit dieser Romy zu tun?«

»Oh, Sie kennen Romy Haase?«

»Die beiden waren zwei- oder dreimal hier und haben was gegessen, ist schon lange her. Na und? Giovanni ist nicht mehr mit ihr zusammen. Er macht, was er will.«

Ina zog die Augenbrauen hoch. »Aber sein Auto ist noch immer dort abgestellt, wo Romy wohnt.«

»Der Fiat, schon möglich. Sie passt darauf auf, solange er weg ist. Glaube ich wenigstens. Was interessiert mich sein Auto. Was interessiert Sie sein Auto?«

»Wo kann ich ihn finden?«

»Vielleicht hier, vielleicht da, ich weiß es nicht. Wenn er nicht gefunden werden will, ist das seine Sache.«

»Warum will er denn nicht gefunden werden?«

»Seine Sache. Hören Sie auf, nach Giovanni zu fragen, dann kommen wir miteinander aus. Sonst gehen Sie jetzt bitte.«

Der Jüngere hatte seinem Bruder die Visitenkarte aus der Hand genommen und begann mit ihm zu diskutieren, allerdings auf Italienisch. Vereinzelte Wörter und Satzfetzen wie »*terapeuta*« und »*non agente di polizia*« ließen Schlussfolgerungen auf den genauen Wortlaut der Unterhaltung zu. Jedoch ergab sich aus dem Gesprächsklima, dass die Brüder sich — gewiss nicht zum ersten Mal, wie Ina vermutete — nicht einig waren. Irgendwann warf der Ältere dem Jüngeren ein paar

Schimpfwörter an den Kopf und verließ mit einer typisch italienischen Geste den Raum.

Der junge Koch blieb noch ein paar Sekunden lang unschlüssig am Tisch stehen und sah abwechselnd auf Ina und Bobby herab.

»Gratuliere«, sagte Ina. »Sie haben gewonnen.«

Er nickte. »Aber nur weil Umberto sich fast genauso große Sorgen um Giovanni macht wie ich. Allerdings hängt er ein paar uralte Prinzipien aus Bella Italia etwas höher als ich, deswegen …«

Er setzte sich neben Bobby, Ina gegenüber. »Ich bin Alessandro. Giovanni ist der Sohn der Schwester unserer Mutter. Als wir *ragazzi* waren, haben er und ich viel miteinander gespielt. Wir sind gleich alt und in einem kleinen Dorf in Hessen aufgewachsen. Das schweißt zusammen. Na ja, er war eigentlich wie ein Bruder für mich. Aber er hatte immer schon ein Talent dafür, sich in Schwierigkeiten zu bringen, das muss ich leider sagen. Und seit einem Jahr scheint er in richtig großen Schwierigkeiten zu stecken.«

»Können Sie mir Genaueres sagen?«, fragte Ina.

»Sagen Sie mir erst, ob Sie die Therapeutin von Romy sind.«

»Die bin ich nicht. Aber die Namen meiner Patienten darf ich Ihnen ohnehin nicht sagen. Schweigepflicht. Nur so viel: Sie sind dicht dran.«

»Ich habe auch nur gefragt, weil diese Romy ein bisschen … Sie wissen schon. Als ich sie kennengelernt habe, das war letzten Sommer, da fand ich sie schon nicht gerade helle. Nachdem Giovanni weggegangen ist, habe ich sie zufällig mal beim Joggen am Bodden getroffen, und da war sie … Mann, völlig daneben, wie zugedröhnt. Ich könnte es nicht beschwören, aber dass unser Cousin nicht mehr da ist, hat bestimmt was mit ihr zu tun.«

»Sie sagen, Giovanni ist weg. Wo ist er wohl hin?«

Alessandro rollte den Salzstreuer zwischen seinen Händen, als wolle er ihn zu irgendwas verarbeiten.

»Am Anfang hab ich noch gedacht, er macht einen längeren Urlaub in Italien, Sie verstehen?«

Er sah Ina auf seltsam verschwörerische Weise an.

»Nicht wirklich«, antwortete sie, nachdem Bobby ihr durch ein Schulterzucken zu verstehen gegeben hatte, dass er genauso ahnungslos war.

»Na ja, ein längerer Urlaub in Italien … Das sagt man so unter italienischen Landsleuten, die im Ausland leben, wenn man für eine Weile von der Bildfläche verschwindet. Klaro?«

»Ah, klaro.«

»*Va bene.* Ein paar Tage vorher hat er mir noch irgendwas von einem guten Geschäft erzählt, von einer Menge Geld, und ich hab zu ihm gesagt, mach keinen Scheiß. Aber das hab ich jedes Jahr ungefähr ein Dutzend Mal zu ihm gesagt, und geholfen hat es so gut wie nie. Giovanni hat ständig irgendwelche Sachen nebenher laufen gehabt, kleinere Tricksereien, Drogen … Ich habe es nie genauer wissen wollen. Das ist nicht meine Welt. Ich will mal mein eigenes schickes Restaurant haben, dafür lebe ich.«

Seine Kopfbewegung lud dazu ein, sich den schicken Barbereich anzusehen, der offensichtlich sein Werk war, ebenso wie vermutlich der Name des Restaurants. Der ganze belanglose Rest stammte wohl von seinem älteren Bruder Umberto.

»Wann haben Sie zum letzten Mal von Giovanni gehört?«, fragte Ina.

»Damals, als ich ihm gesagt habe, er soll keinen Scheiß machen.«

»Aber das ist ja mehr als ein Jahr her«, stammelte sie überrascht.

Alessandro nickte betroffen. »So ist es.«

»Und Sie haben bisher nichts unternommen?«

»Die ganze Familie hat stillgehalten.«

»Aber wieso denn, um Himmels willen? Ich meine, ein ganzes Jahr, ohne eine Nachricht, ohne ein Lebenszeichen …«

»Sie verstehen das nicht«, erwiderte Alessandro. »Mein Cousin hat das schon zweimal gemacht, jedes Mal war er eine Weile weg, ohne sich zu melden. Ich sag ja, er war ständig in irgendwas verwickelt. Der Job hier als Kellner war die erste normale Arbeit in seinem Leben, abgesehen von ein paar Gelegenheitsjobs. Er hat bei mir und meiner Frau gewohnt, hatte dort ein großes Zimmer. Acht Monate lang ist es gut gegangen, dann …«

Alessandro stellte den Salzstreuer energisch zurück auf den Tisch. »Italienische Familien halten zusammen, viel mehr als die deutschen. Die Familie ist heilig, verstehen Sie? Wenn man sich auf niemanden mehr verlassen kann, die Eltern, die Geschwister, die Kinder, die Cousins halten immer zu einem. So ist das bei uns. Das hat viele Vorteile. Aber leider auch ein paar Nachteile. Wenn jemand aus der Familie verschwindet, der in Schwierigkeiten steckt, geht man nicht zur Polizei. Man wartet ab, was passiert.«

Ina ließ das Gehörte sacken. Es war schon seltsam. Da lebten Leute aus einem Fast-Nachbarland seit einem halben Jahrhundert, manche sogar in der dritten Generation in Deutschland, und man wusste so gut wie nichts von ihnen.

Man kannte ihre fantastische Küche, ihre beliebten Weine, ihre langen, mit Pomade zurückgekämmten Haare, ihre erotischen Sänger, ihre wunderschönen alten Städte, ihre berühmte Unpünktlichkeit, ein bisschen sogar ihre melodische Sprache, um die man sie beneidete – und trotzdem blieb einem ihre Seele fremd, so wie die deutsche Volksseele ihnen fremd blieb. Gewiss hatte weder Alessandro noch sein Bruder, vermutlich sogar keiner aus ihrer ganzen Familie, etwas mit kriminellen Machenschaften am Hut, trotzdem galt: Jemanden von den eigenen Leuten verpfeifen, das war tabu.

»Natürlich haben wir alle die Fühler ausgestreckt«, fuhr Alessandro fort. »Sämtliche Kontakte aktiviert, auch die wenigen, die wir noch nach Sizilien haben. Ohne Erfolg. Wir haben x Freunde abtelefoniert, auch einige alte Klassenkameraden. Um sein Verschwinden zu kaschieren, haben wir sogar seine Steuererklärung gemacht und seine Rechnungen bezahlt, einfach alles.«

»Aber jetzt haben Sie, Alessandro, ja doch etwas an eine Außenstehende verraten.«

Der Koch stand auf und senkte traurig den Kopf. »Ja«, seufzte er. »Aber nicht, weil ich eine super Menschenkenntnis habe und glaube, dass Sie Giovanni nicht ans Messer liefern würden, wenn Sie die Möglichkeit dazu hätten. Sie würden es ganz sicher tun, für sich selbst oder Ihre Patientin.«

Ina musterte ihn gespannt. »Sondern? Warum wollen Sie mir helfen, Giovanni zu finden?«

»Weil meine Loyalität Grenzen hat, anders als bei meinem Bruder. So lange wie diesmal war Giovanni noch nie weg. Ich bin mir fast sicher, dass er entweder gekillt worden ist, und dann müssen wir ihn anständig beerdigen, wie es sich für einen Katholiken gehört.«

Er blickte zu seinem Bruder hinüber, der hinter der Bar stand und verkniffen beobachtete, wie Alessandro ein Familienmitglied anschwärzte.

»Oder?«, fragte Ina.

Alessandro antwortete mit todernster Miene. »Oder er ist selbst zum Killer geworden.«

◄o►

Zum wiederholten Mal an diesem Tag saßen Ina und Bobby nach dem Restaurantbesuch im Auto, ohne dass der Motor lief, und schwiegen. Ina hatte eine Theorie gehabt, die immer noch stimmen konnte. Aber eine andere, weit schrecklichere, war hinzugekommen. Sie wagte nicht, Bobby anzusehen, und ihm ging es genauso. Das Schweigen, der Abgrund zwischen ihnen, war unerträglich geworden.

»Ich muss mit dir reden«, sagte er schließlich.

»Ich habe gehofft, dass du das sagst.«

»Abwarten.«

Er startete den Wagen, ohne ihr zu sagen, wohin er fuhr, und Ina fragte nicht nach.

Die Seebrücke von Kühlungsborn ragte einsam in das vom Wind gepeitschte Meer. Die Touristen zog es an diesem rauen letzten Septembertag in die Cafés der umliegenden Hotels, wo sie durch die Panoramafenster vergnüglich bei Kaffee und Kuchen beobachteten, wie sich die wenigen tapferen Spaziergänger abmühten. Die himmlischen Schleusen blieben geschlossen, doch tief hängende, dunkle Wolken ließen die Dämmerung früh hereinbrechen, und um sechzehn Uhr leerte sich die Promenade schlagartig.

In Anorak und Stiefel trotzten Bodo und Ina den wilden Elementen, die die Seebrücke im Griff hatten. Ein vereinzelter Angler auf der großen Plattform am Ende hielt der unangenehm aufsprühenden Gischt stand.

»Petri Heil!«, rief Bobby ihm zu.

»Ach, du bist es. Lange nicht mehr gesehen. Petri Dank.«

»Na, was im Eimer?«

»Nur zwei Äschen. Mache aber gleich Schluss. Kommst du zum Feuerwehrfest?«

»Mal sehen.«

Mit einem Handzeichen verabschiedeten sie sich, und Bobby lehnte sich gegen das Geländer, den Blick nach Norden auf das offene Meer gerichtet.

Ina hätte auf diesen Ausflug in Kälte und Sturm verzichten können, aber es war Bobbys ausdrücklicher Wunsch gewesen, genau an diesem Ort mit ihr zu reden. Anders als Ina, schien es ihm nicht das Geringste auszumachen, immer mal wieder vom Meer ins Gesicht gespuckt zu werden. Ina spürte, wie sich die Gedanken hinter seiner Stirn zu formen und Worte zu sammeln begannen. Eben dieses intuitive Verstehen, das sie füreinander entwickelt hatten, nahm sie so sehr für ihn, nein, mehr noch, für ihre ganze Beziehung ein. Er schien stets genau zu wissen, was sie brauchte, und ebenso erging es ihr mit ihm. Deshalb spürte sie auch im Innersten, dass etwas anders war als sonst. Den ganzen Tag schon hatte sie im Gefühl gehabt, dass eine Aussprache unvermeidlich sein würde. Ja, sie hatte sogar erhofft, dass es dazu kommen würde.

Geduldig wartete sie ab. Gelegentlich warf sie einen kurzen Seitenblick auf sein Profil und die flatternden Haare, durch die sie ihm am liebsten gefahren wäre. Eine Minute verging, in der ihnen der Wind ins Gesicht schlug, die Wolken über ihnen dahinjagten und die Möwen dicht über den Wogen vorüberschossen.

Im Gebrüll der Natur ging Bobbys Stimme fast unter. »Warum sind die Menschen eigentlich so scharf darauf, im Leben einen Sinn zu finden?«

Ina war von ihren Patienten an vermeintlich sprunghafte Themenwechsel gewöhnt. Sie fragte eine Frau mittleren Alters nach dem Zustand ihrer Ehe und bekam etwas von Hautkrankheiten erzählt, von Waffeln mit Erdbeermarmelade, von einer Abneigung gegen Kakteen oder einem Pony namens Cindy. Letztendlich jedoch stellte sich der Zusammenhang für sie irgendwann heraus.

Auf Bobbys Frage ging sie ganz bewusst nicht ein, da er damit einen Gedankengang einzuleiten schien, den sie nicht unterbrechen wollte.

Er murmelte in den Wind: »Ich meine, die meisten Leute scheinen ohne einen Sinn im Leben nicht auszukommen. Sie glauben an Gott, sie bekommen Kinder, bauen ein Haus, schreiben ein Buch, machen hunderttausend Fotos, gründen ein Unternehmen...«

»Ein Lebenssinn gibt Halt. Was ist dagegen einzuwenden?«

»Gar nichts. Außer dass er eine Illusion ist. Kinder und Enkel sterben, Bäume und Mauern haben weder ein Gedächtnis noch können sie sprechen, und die allermeisten Bücher werden irgendwann verrotten. Nelli war mein Ein und Alles, und nachdem sie gestorben war, wollte ich ihr Leben gewissermaßen verlängern. Ich habe versucht, das bisschen, das von ihr übrig war, in die Zukunft zu retten.«

Er fuhr sich mit den Händen über das ganze Gesicht, besonders intensiv über die Augen, wohl nicht nur, um ein paar Gischtspritzer zu verreiben.

»Das war falsch«, sagte er mit einer Intensität, als fälle er ein Urteil.

Ina seufzte. »Geh nicht so hart mit dir ins Gericht. Es ist völlig normal, dass du …«

»Nein, Ina«, widersprach er ihr. »Daran ist nichts völlig normal. Die Wege, die ich gegangen bin, waren es jedenfalls ganz sicher nicht. Tief in mir drin hab ich die ganze Zeit gewusst, dass ich etwas Falsches tue. Trotzdem konnte ich nicht damit aufhören, im Gegenteil, ich habe mich immer weiter reingesteigert. Das ist doch idiotisch, oder? Und wenn es idiotisch ist, dann gibt es ganz bestimmt einen Namen dafür.«

»Wir reden hier nicht mehr über Trauer, über Zeesenboote oder dergleichen, habe ich recht?«

»Ja, hast du.«

Erwartungsvoll sah er sie an.

»Kognitive Dissonanz«, antwortete sie.

»Kognitive Dissonanz« wiederholte er. »Wow, das klingt toll.«

»Auf Lateinisch klingt alles toll. Vereinfacht gesagt geht es um einen Spannungszustand, der entsteht, wenn man sozusagen auf zwei Stühlen gleichzeitig sitzen will, die Stühle aber auseinanderdriften. Um die Spannung zu verringern, entscheidet man sich für eine von beiden Positionen und neigt später dazu, mit aller Gewalt daran festzuhalten.«

»Und das nennst du vereinfacht ausgedrückt?«

Sie schmunzelte. »Ein Beispiel: Wenn man eine Entscheidung getroffen hat, die sich hinterher als Fehler herausstellt, ist man dazu verleitet, ihn sich nicht einzugestehen, vor allem dann, wenn andere darunter zu leiden haben. Das kann dazu führen, dass man den Fehler nicht akzeptiert und ihn sogar vervielfacht, um ihn zu verneinen. Man multipliziert ihn gewissermaßen weg. Manche Menschen ändern sogar Überzeugungen, die sie bis dahin hatten, um bloß nicht als gescheitert dazustehen.«

»Aha.« Bobby war beeindruckt.

»Wie du dir denken kannst, würde ich als Psychologin ein solches Verhalten nicht idiotisch nennen, sondern menschlich. Weder Individuen noch Gemeinschaften sind davor gefeit. Wie viele Staaten haben schon Kriege geführt, die sich im Nachhinein als Desaster und moralisch haltlos entpuppt haben, aber weil bereits tausend Soldaten gestorben waren, wurden sie weitergeführt. Schließlich wären die Opfer ansonsten sinnlos gewesen. So sind aus ursprünglich tausend Opfer zehn- oder hunderttausend geworden, und die moralischen Überzeugungen wurden komplett verzerrt. Etliche Konflikte, vom Nachbarschaftsstreit bis zum politischen Brandherd, werden nicht beigelegt, weil kognitive Dissonanz im Spiel ist.«

»Na, dann bin ich ja in bester Gesellschaft. Gibt es denn kein Mittel gegen das kognitive Dingsda?«

»Du hast bereits eines gefunden: Erkenntnis. Du bist dir der Dissonanz bewusst geworden und kannst deine weiteren Entscheidungen daher bewusst treffen, anstatt dich weiter in die Rolle als Getriebener zu ergeben, ohne es zu bemerken. Die Fähigkeit, einen Fehler einzugestehen, ist ein Akt wahrer

Reife. Jedoch wird in unserer Gesellschaft ein solches Einge-
ständnis vielfach als Schwäche angesehen und entsprechend
geahndet. Dabei sollte es eigentlich belohnt werden.«

»Hat dir schon mal jemand gesagt, dass du dich manchmal
wie ein weiser alter Philosoph anhörst?«

Sie lächelte. »Schon oft.«

Das kleine ironische Zwischenspiel schaffte es leider nicht,
Bobby aufzumuntern. Er trug sichtlich schwer an seinem
Kummer, und Ina hielt den Moment für gekommen, endlich
direkter zu werden.

Sie fragte: »Wieso stehen wir an einem Tag wie diesem hier
auf der ungemütlichen Seebrücke und diskutieren über kognitive Dissonanz? Kannst du mir das erklären?«

Bobby hielt ihren Blick fest. »Kann ich.«

Mein Gott, wie sehr sie diesen Mann liebte. Und wie sehr
sie fürchtete, ihn eines Tages nicht mehr lieben zu können,
nicht mehr lieben zu dürfen, vielleicht sogar schon morgen.
Viel lieber hätte sie mit ihm über etwas anderes gesprochen,
über das Wetter, das Angeln, ihre Vorliebe für Seebrücken,
irgendetwas.

Sie wich seinem Blick aus, und dabei bemerkte sie, dass sie
inzwischen alleine waren. Der Angler war gegangen. Dunst
hüllte die Hotels an der Küste in einen silbrigen Schleier, der
auch sie beide umgab. Die vereinzelten Menschen auf der
Promenade waren geisterhafte, gebeugte Kreaturen.

Bobby sagte: »Ich liebe dich, aber …«

In diesem Moment spürte Ina es zum ersten Mal – so etwas wie Abschied, irgendeine Art von Auseinandergehen, und
das schnürte ihr die Kehle zu. Sie schwankten im Luftstrom,
nur einen Schritt, nur einen ausgestreckten Arm weit vonei-

nander entfernt. Ihre Hände blieben in den Jackentaschen, ihre Füße bewegten sich nicht.

»Ich wünschte«, sagte er, »wir wären uns schon vor achtzehn Monaten begegnet.«

»Warum?«

»Dann wäre das alles nicht passiert. Dann würde auch das, was gleich kommen muss, nicht passieren.«

»Was jetzt kommen muss? Du willst mir etwas sagen, deswegen sind wir hier, nicht wahr? Geht es um die Todesfälle? Gerd Adamski, Daniel Trebuth... Du kennst die beiden? Ebenso Romy Haase, oder? Was ist mit Daniels Frau? Und einem Mann namens Alwin Töller? Nun sag doch was! Warum sprichst du es nicht einfach aus, verdammt? Warum reden wir nicht Klartext, jetzt und hier?«

Ina hatte sich in einen Redeschwall hineingesteigert und wusste nicht, warum sie ihm solche Vermutungen an den Kopf warf, ausgerechnet in diesem Moment. Vielleicht weil sie erst jetzt den Mut zur Konfrontation gefunden hatte – nicht mit Bobby, sondern mit jener ängstlichen Frau in ihr, die behalten wollte, was ihr so lieb war.

Er wandte sich ihr zu und fixierte sie mit seinen Augen, in die sie sich damals als Erstes verliebt hatte und die auf einmal einem ganz anderen Menschen zu gehören schienen.

Oh mein Gott, dachte sie. Es ist wahr.

◄o►

Das Verbrechen lag vor ihr, ausgebreitet wie eine Patchworkdecke, voller Bilder – ein Mann in einem Keller, ein Bäcker, der eine Kette schmiedet, ein Hacker, der Konten anzapft, ein verzweifelter Bibliothekar sowie jede Menge Träume, bedroht wie Seifenblasen, Träume von Katen, Kreuzfahrten und Kühlschränken.

Eine Woge zerschellte an den Pfeilern der Seebrücke, schnellte hoch wie ein Geysir und brach über Ina und Bobby zusammen.

Er umfasste ihre Schultern, und einige Sekunden lang, nachdem er zu erzählen aufgehört hatte, wurde der Druck seiner Hände stärker und stärker. Urplötzlich riss er sich von Ina los, umkrallte das Geländer der Seebrücke, beugte sich fast mit dem ganzen Oberkörper darüber und starrte in die tosende, schäumende stahlgraue Brandung.

Die subtile, schwer greifbare Angst, die sie die ganze Zeit über empfunden hatte, schnellte aus ihrem Innersten empor. Sie meinte Bobbys Herz in seinen Schläfen pochen zu sehen. Salzwasser lief ihnen übers Gesicht, tropfte ihnen von den Haaren, vom Kinn.

Sie hielt ihn fest.

Eine Minute, zwei Minuten, eine kleine Ewigkeit lang standen sie so beieinander, wie in Bronze gegossen, von Ferne an eine tragische Skulptur erinnernd. Die Wolken rasten über sie hinweg und brachten neuerlich Regen, der Ozean peitschte hoch, nur sie selbst bewegten sich nicht. Was sie beide in diesem Moment verband, war tiefe Liebe, dasselbe Gefühl, das sie seit ihrer ersten Begegnung elektrisierte, um dessen Zerbrechlichkeit sie jedoch wussten. Doch sie waren auch in einem ganz anderen, fast gegensätzlichen Gefühl miteinander verbunden – dem Entsetzen, das sie beide empfanden.

»Wenn du mich heute fragst, wie ich mich auf diese Aktion einlassen konnte, kann ich es dir nicht mehr sagen. Damals war es für mich die letzte Möglichkeit und schien mir gar nicht so abwegig. Die Einsicht kam erst später, als es schon zu spät war.«

Langsam, fast erschöpft lösten sie sich voneinander. Der Wind brüllte ihnen ins Gesicht, und für einen Augenblick dachte Ina daran, dass sie Bobbys Beichte aufschreiben, in kleine Schnipsel zerreißen und dem Wind mitgeben könnten, woraufhin sie im Meer untergehen oder zwischen Schilf und Blumenbeeten verrotten würde. Ein kleines Kind würde einen Fetzen davon aufsammeln, eine Ente im Bodden würde einen treibenden Schnipsel auf Essbarkeit überprüfen, Straßenkehrer würden kleine Passagen zusammen mit Zigarettenkippen und leeren Pizzaschachteln in einen Müllsack stecken.

Es war nur ein kurzer Moment, in dem sie in Betracht zog, das soeben Gehörte für sich zu behalten. Vielleicht war in einem ähnlichen Moment vor einem guten Jahr die Idee zu jener unseligen Entführung entstanden, ein kurzes Aufblitzen nur, so schwach, dass man es als Sinnestäuschung abtun konnte. Erst etwas später war es noch einmal aufgeblitzt und dann noch einmal und wieder und wieder, bis daraus ein beständiges Licht der Hoffnung geworden war. Das Wesen der Verführung bestand ja gerade darin, dass es die Menschen an ihrer schwächsten Stelle packte.

Inas schwache Stelle war ihre Liebe zu Bobby. Jedoch nicht nur. Langsam fing sie an, die wahre Dimension dieses Verbrechens zu erfassen, das zwar vor vierzehn Monaten begonnen, aber noch immer nicht abgeschlossen war.

»Was ist aus Alwin Töller geworden?«, fragte sie.

Bobby schüttelte hilflos den Kopf. »Ich weiß es nicht. Wie

abgemacht habe ich damals den Kontakt zu Marlene, Gerd und den anderen abgebrochen. Ich wollte mit dem ganzen Kram nichts mehr zu tun haben, nicht mehr daran denken. Also bin ich erst mal in Urlaub gefahren, und danach habe ich mich in Arbeit vergraben. Ehrlich, ich habe nichts mitbekommen, weder Zeitungen gelesen noch Freunde getroffen. Das Oldtimertreffen letztes Jahr war meine erste normale Unternehmung nach Monaten. Dort sind wir uns begegnet. Durch dich hatte ich genug Ablenkung in meinem Leben, und ich habe im Laufe der Zeit so gut wie komplett verdrängt, was bei den Adamskis alles passiert ist. Ab und zu hat es mich trotzdem noch eingeholt, und dann war ich jedes Mal ziemlich down.«

»Dass man Alwin Töller nie lebend aufgefunden hat, so wie es von euch geplant war, hast du nicht gewusst?«

»Nein. Ich habe es eben erst von dir erfahren, und jetzt fühle ich mich noch elender. Wer sollte denn…? Und warum? Ich verstehe das alles nicht.«

»Was hast du über Daniels Frau gewusst?«

»Gar nichts. Ich bin ihr nie begegnet, und keiner hat mit mir je über sie gesprochen. Noch nicht mal, als du Christopher zu mir gebracht hast, habe ich erfahren, dass sie vor vierzehn Monaten verschwunden ist. Stefanie hat ihn mir ja nur mit seinem Vornamen vorgestellt. Wer der Junge ist, habe ich erst heute Morgen kapiert, als es hieß, dass sein Vater tot ist. Dass Marlene die Selbstmordpatientin ist, von der du immer gesprochen hast, habe ich auch lange nicht geahnt. Du hast ja nie einen Namen genannt. Aber ich gebe zu, diese ganzen Querverbindungen sind schon ziemlich viele Zufälle.«

»Im Grunde nicht«, widersprach sie. »Es gibt hier keine Praxis außer meiner. Die Wahrscheinlichkeit, dass Christo-

pher und Marlene bei mir landen, war ziemlich hoch. Um
noch mal auf Töller zurückzukommen … Willst du mir wirklich weismachen, du hättest nie daran gezweifelt, dass ihr Töller nach dem Ende eurer ›Geschäftsbeziehung‹ unversehrt
freilasst? Komm, hör auf, das nehme ich dir nicht ab.«

Er fuhr sich mit den Händen durch die langen Haare.
»Okay, ich gebe es zu, ich habe mal darüber nachgedacht, was
ist, wenn … Aber ich habe nicht nachgeforscht. Ich wollte es
nicht wissen, verstehst du? Das hätte mich bloß noch weiter
runtergezogen und sowieso nichts geändert.«

»Du willst sagen, du hättest im schlimmsten Fall einen
Mord gedeckt. Das ist echt ungeheuerlich.«

»Ach ja? Was meinst du, wer sich um meine Mutter kümmert, wenn ich im Gefängnis lande?«, redete er sich in Rage.
»Sie hat eine winzige Rente, ohne mein Einkommen ist sie
aufgeschmissen. Von der Schande gar nicht erst zu reden.
Sie ist zwar oft verwirrt, hat aber auch noch klare Momente.
Ich …« Er beruhigte sich wieder und brachte den Satz leise zu
Ende. »Ich habe ihr Töllers Katze geschenkt. Bei meiner Mutter hat sie es besser als bei dem Drecksack. Aber ich schwöre,
ich habe sie ihm nicht weggenommen, weil ich geglaubt
habe, dass er sowieso nicht mehr zurückkommt.«

Rechtfertigte das Leben eines Menschen, den Mord an
einem anderen stillschweigend hinzunehmen? Ina nahm sich
vor, kein moralisches Urteil zu fällen, zumindest nicht im
Moment. Es ging um Wichtigeres.

»Da ist noch einiges, was ich nicht verstehe, Bobby. Du
sagst, die anderen hätte dich dazu gezwungen, die Anlegerkonten anzuzapfen.«

»Stimmt.«

»Und Daniel und Giovanni wären mit den Kreditkarten losgezogen, um das Konto restlos zu plündern.«

»Auch richtig.«

»Warum stand dann das Haus der Trebuths kurz vor der Zwangsversteigerung? Daniel hätte doch eigentlich genug Geld haben müssen, um es zu retten.«

»Tja, weißt du, das ist meine Schuld. Kaum hatten Giovanni und Daniel das Haus verlassen, habe ich alle Kreditkarten mit sofortiger Wirkung gesperrt. Die haben keinen Cent damit abheben können. Ich konnte doch nicht zulassen, dass unschuldige Leute zu Schaden kommen.«

Der Sturm zerrte an ihren Haaren und Jacken, und sie wandten dem offenen Meer den Rücken zu. So wie sie da eng nebeneinanderstanden und plauderten, hätte ein Beobachter glauben können, sie beredeten etwas Alltägliches, eine größere Anschaffung vielleicht. Das Verrückte war, dass sie wegen des starken Windes und der Brandung schreien mussten, um sich zu verstehen, sich aber zugleich sicher sein konnten, dass keiner mithören konnte – außer der Himmel.

»Du hast deine Kompagnons also ausgetrickst. Das war ziemlich riskant. Sie hätten dir zu Hause einen Besuch abstatten können.«

»Natürlich war ich mir darüber im Klaren, deshalb bin ich ja auch sofort in Urlaub gefahren. Andererseits, was hätten sie gewonnen? Mit der Kreditkartensperrung war jede Möglichkeit dahin, doch noch an das Geld zu kommen. Da hätte auch ich nichts mehr tun können, und das wussten sie. Außerdem waren wir darauf angewiesen, dass keiner auspackt, sonst wären wir alle dran. Das Risiko, mir Angst einzujagen, war zu groß. Ich habe mich ziemlich sicher gefühlt, bis …«

Ina nickte. Bis zu dem Brandanschlag. Bobby hatte ihn auf sich bezogen. Schließlich kam es nicht alle Tage vor, dass man Opfer eines Anschlags wurde, und seine Beteiligung an einem Verbrechen, auch wenn es inzwischen über ein Jahr zurücklag, schien Bobby als Erklärung naheliegend.

»Deshalb hast du dich also von mir getrennt.«

Er nickte und strich ihr eine nasse Strähne von der Wange.

»Ja, nur deswegen. Es war hart, aber ich musste es tun. Meinetwegen wärst du fast ums Leben gekommen, und Stefanie auch. Die Wahrheit konnte ich dir ja schlecht sagen.«

Ina löste sich von ihm. Nachdenklich ging sie ein paar Schritte auf der Seebrücke hin und her.

»Das verstehe ich, Bobby«, sagte sie traurig. »Aber es bedeutet im Umkehrschluss, dass du mich sofort zurückgeholt hast, als du dir sicher warst, dass die Gefahr vorbei ist. Das war an dem Tag, nachdem Gerd Adamski erschlagen wurde. Du hast mich zum Hafen in Wieck gelockt und mir das Boot gezeigt… Das heißt, du musst geahnt haben, dass Marlenes Ehemann der Brandstifter war.«

»Ja… Nein… Schon…«, druckste er herum.

»Entschuldige bitte, aber das legt nahe, dass *du* ihn umgebracht hast«, schrie sie gegen den Sturm an und wandte sich unter der Wucht dieses schrecklichen Verdachts von ihm ab. Sie wusste nicht, wieso sie plötzlich mit kleinen, schnellen Schritten den Rückweg über die Seebrücke antrat. War es aus Angst? Oder ertrug sie Bobbys Nähe nicht mehr? Es war, als habe eine Woge sie erfasst, die sie und damit auch alle Gewissheiten, alle Hoffnungen von ihm fortspüle.

Er holte sie ein und riss sie am Arm herum.

»Bleib stehen, so war das nicht!«, rief er. »Nun bleib endlich stehen! Geh nicht weg, verlass mich nicht… bitte. Ja, ich habe gewusst, dass er es war. Aber erst nachdem ich diesen Anruf bekommen habe.«

»Von wem?«

»Keine Ahnung«, antwortete Bobby und gestikulierte wild mit den Händen. »Es war am selben Morgen, als ich… als in der Zeitung stand, dass Gerd tot ist. Die Stimme des Anrufers klang irgendwie komisch, sehr dunkel und mechanisch, ganz verzerrt. Ich könnte noch nicht einmal sagen, ob es ein Mann oder eine Frau war. Derjenige sagte nur: ›Die Gefahr für dich ist vorbei. Keiner wird dir mehr etwas tun.‹ Oder so ähnlich. Dann legte er auf.«

Ina wusste nicht, ob sie ihm glauben sollte. »Den Anruf kannst du dir auch einfach nur ausgedacht haben.«

»Woher hätte ich wissen sollen, wer den Brand gelegt hat? Es hätte genauso gut Giovanni sein können. Das wäre auch viel logischer gewesen, schließlich habe ich ihn ausgetrickst. Glaubst du etwa, ich ziehe los und erschlage auf gut Glück irgendwelche Leute in der Annahme, sie könnten mir etwas antun? Hältst du mich für so bekloppt, für so grausam?«

Auf den ersten Blick hatte Bobby ein gutes Gegenargument geliefert. Einerseits das Geld von Töllers Anlegern zu schützen, indem man die eigenen Verbündeten auflaufen ließ, und andererseits Leuten die Schädel einzuschlagen passte nicht zusammen.

Nur passte überhaupt etwas bei dieser seltsamen Entführung zusammen? Ein Bibliothekar, der Kinderbücher verlieh, und eine Bäckerin, die jahrzehntelang ihr Glück in Törtchen fand, hatten einen Mann entführt. Und Bobby auch, das konnte man drehen und wenden, wie man wollte.

»Ich lüge dich nicht an«, beteuerte er. »Diesen Anruf hat es tatsächlich gegeben, und ich habe mit den Morden an Gerd und Daniel nichts am Hut.«

Ina stieß einen gedehnten Seufzer aus. »Also schön, nur was ist dann mit dieser Pistole, mit der sie dich bedroht haben?«

»Was soll damit sein?«

»Vielleicht wurde ja Daniel damit umgebracht. Hat er sie damals mitgenommen?«

Bobby zögerte eine Sekunde. »Nein, er hat sie dagelassen.«

»Was hast du damit gemacht?«

»Ich habe sie im hohen Bogen in den Bodden geworfen.«

◄o►

Schweigend gingen sie kurz darauf zurück zum Auto. Ina versuchte, ihre Gefühle zu ordnen, und zugleich versuchte sie, Bobby nicht zu verurteilen. Doch beides war alles andere als leicht. Hätte Bobby ein Kind misshandelt oder eine Frau vergewaltigt, wäre es für sie eine Sache von Sekunden gewesen, sich ein für alle Mal von ihm zu trennen, und nicht nur ihr Verstand, sondern auch ihr Herz wären an dieser Entscheidung beteiligt gewesen. So aber sagte ihr Verstand etwas anderes als ihr Herz. Bobby hatte einen Mann entführt – doch sein Motiv war allzu menschlich. Er hatte einen Mann bestohlen – doch nur um sich zurückzuholen, was er seiner Meinung nach durch dessen Schuld verloren hatte. Er war ein Verbrecher und trotzdem der Mann, den Ina nicht aufhören konnte zu lieben.

Seit Witte ihr von Alwin Töller erzählt hatte, hatte sie im

Internet über den Vermögensberater recherchiert. Vor einigen Jahren war er in mehrere Prozesse verwickelt gewesen. Nicht ungewöhnlich, wenn man bedachte, dass zahlreiche Sparer im Zuge der Finanzkrise und des Zusammenbruchs einiger Banken große Verluste erlitten hatten.

Es war leicht, mit den prozessierenden Anlegern zu sympathisieren, die offensichtlich sehr viel, manche sogar alles verloren hatten, und viel schwerer, für einen wohlhabenden Vermögensberater wie Töller Verständnis zu entwickeln. Glücklicherweise funktionierte das deutsche Rechtssystem jedoch auf einer anderen Basis. Es neigte sich nicht automatisch David zu und sah Goliath mit kritischen Augen. David hat nicht automatisch recht, nur weil er der Kleinere, und Goliath nicht, weil er der Größere ist. Nach allem, was Ina herausfand, hatte Töller in seinen Prospekten und dem übrigen Informationsmaterial genau erklärt, was beispielsweise Zertifikate sind, nämlich Anteile an einem Unternehmen. Klar, er hatte nicht in Großbuchstaben ausdrücklich gewarnt: ACHTUNG, HIERBEI KÖNNEN SIE IHR GANZES GELD VERLIEREN! Aber sämtliche Gerichtsinstanzen befanden, dass das auch nicht seine Pflicht war, ebenso wenig wie ein Hersteller von Aufzügen ein Schild an jedem Lift befestigen muss, dass sie im Falle eines Erdbebens abstürzen können.

Die Presse – Lokalblätter und einige andere Zeitungen aus Mecklenburg-Vorpommern – hatten Töller übel mitgespielt, und die allermeisten der auf der Straße befragten Menschen empfanden die Urteile als ungerecht. Das überraschte Ina nicht. Stiegen die Löhne, war das immer gerecht, sanken sie, war es stets ungerecht. Schossen die Aktien in die Höhe, war die Welt ein schöner Ort, rauschten sie in den Keller, war das böse Finanzkapital schuld, erst recht wenn es auch noch ungeschoren davonkam. Viele Leute betrachteten sich nur dann als verantwortlichen Teil des großen Ganzen, wenn es gut stand. Fuhr das Projekt hingegen an die Wand, behaupteten sie, getäuscht worden zu sein. Dieser Mechanismus war so alt wie die Menschheit. Er war tief verankert und psychologisch absolut nachvollziehbar.

Mehr aber auch nicht.

»Was wirst du nun tun?«, fragte Bobby.

»Du weißt, was ich tun muss«, erwiderte sie. »Sonst hättest du nicht bei diesem miserablen Wetter mit dem Käfer fahren wollen, deinem Herz-Auto. Du wolltest ein letztes Mal hinter dem Steuer sitzen, bevor du es für vielleicht lange Zeit nicht mehr kannst. Darüber warst du dir im Klaren, als du dich entschlossen hast, mir von der Entführung zu erzählen.«

»Ich habe das Schweigen nicht länger ertragen, nicht nach dem, was in den letzten Tagen passiert ist. Die Sache für immer vor dir zu verheimlichen, das wäre mir wie eine Lüge vorgekommen.«

Inas linke Hand ruhte während der Fahrt auf seinem Oberschenkel, und der seltsame Gedanke überkam sie, dass sie am liebsten ewig an Bobbys Seite in diesem vom Sturm geschüttelten Auto sitzen würde. Sie hätte endlos an wirbelnden Wiesen und Hainen vorbeifahren, dabei Puccini hören und den Scheibenwischern folgen können, nur um niemals anzukommen. So schwer fiel ihr das, was sie im Begriff war zu tun.

»Ich hätte dich gerne dabei, wenn ich gleich mit Marlene spreche«, sagte sie.

14

September

Zur Abenddämmerung verzogen sich die Wolken. Vor dem silbergrauen Himmel zeichneten sich die Konturen unzähliger Kraniche ab, die den Bodden überflogen. Die Luft vibrierte von ihren Gesängen, und die Formationen ebenso wie die Ästhetik ihres Fluges waren so schön, dass sie Ina Tränen in die Augen trieben. Jenseits des Wassers, das wie geschmolzenes Blei im letzten Licht des Abends glänzte, ließen die Vögel sich auf den abgeernteten Feldern nieder, wo sie langsam zur Ruhe kamen und Kraft schöpften für die Weiterreise am nächsten Morgen. Morgen, dachte sie. Morgen wäre alles anders. Wenn diese Vögel aufsteigen würden, wäre Inas Leben nicht mehr dasselbe. Auch sie selbst wäre eine andere.

Ina wandte den Blick vom Bodden ab und sah vom Garten aus auf die langsam ins Dunkel eintauchenden Umrisse von Marlenes hübscher Bauernkate. Von den Deckenlampen im Wohnzimmers fiel ein gelbliches Licht auf die drei Menschen, die um den Couchtisch zusammensaßen und redeten. Eigentlich ein friedliches Bild. Doch der Eindruck täuschte. Tatsächlich war es die letzte Szene eines Alptraums für jeden von ihnen – Marlene, Romy und Bobby.

Langsam kehrte Ina in den Raum zurück, den sie für ein

paar Minuten verlassen hatte, damit Bobby seinen ehemaligen Mitverschwörerinnen selbst sagen konnte, dass er ihr gemeinsames Geheimnis gelüftet hatte. Ein wenig surreal kam es ihr schon vor, in dieser Runde aus Entführern Platz zu nehmen, zumal keiner von ihnen so wirkte. Bobby hatte sich beim Betreten des Hauses die Schuhe ausgezogen und starrte nun die ganze Zeit auf seine schwarzen Socken. Romy saß völlig verloren in einem riesigen Sessel. Die Rückenlehne befand sich auf einer Höhe mit ihrem Scheitel, und die schmächtige junge Frau ging in dem Monstrum geradezu unter. Sie knabberte an den kläglichen Überresten ihrer Fingernägel herum und verstand vielleicht noch nicht einmal, was da gerade vor sich ging. Marlene wiederum wirkte mehr darum besorgt, eine schlechte Gastgeberin zu sein, als verhaftet zu werden.

»Außer Mineralwasser habe ich nichts im Haus«, klagte sie mit einem traurigen Blick auf den leeren Couchtisch. »Nicht mal einen Saft. Will vielleicht jemand Kaffee? Von der Schwarzwälder Kirsch habe ich auch noch was da. Obwohl, es ist ein bisschen spät für Torte, oder nicht?«

Ina musste sich immer wieder sagen, dass sie es mit mehr zu tun hatte als nur mit einer Entführung, obwohl auch das ja schon genügte.

»Ich bin aus zwei Gründen mit Bobby zu Ihnen gekommen«, leitete sie auf das zentrale Thema über. »Zum einen, Marlene, wollte ich die Gelegenheit nutzen, in einer Umgebung, die Ihnen vertraut ist, über alles zu reden. Zum anderen möchte ich nachher, wenn wir alles besprochen haben, mit Ihnen zur Polizei fahren, damit Sie sich stellen. Ich denke, beides ist in Ihrem Sinn.«

Marlene rückte die Schale mit den Wachsfrüchten ein Stück weiter nach rechts und vergewisserte sich, dass sie nun exakt in der Mitte des Couchtischs stand.

»Marlene?«, fragte Ina nach einigen schweigend verstrichenen Sekunden.

»Ja... Ja, ich habe Sie gehört«, sagte die Bäckersfrau leicht irritiert. »Es ist nur so... so merkwürdig. Ich habe mir diesen Moment anders vorgestellt. Das Ende, wissen Sie? Das Ende der Geschichte. Ich dachte, ich wäre erleichtert. Ein Jahr lang habe ich auf diesen Tag gewartet, an dem alles ans Licht kommt. Und jetzt... jetzt fühle ich rein gar nichts. Nur eine große Leere.«

Der Tag, an dem alles angefangen hat, ist für mich so weit weg wie der Tag meiner Einschulung. Ich habe kaum noch eine Erinnerung daran. Alles ist verschwommen. Wann hat es eigentlich angefangen? Kann man das sagen? An dem Tag, als wir Geld über Herrn Töller angelegt haben? Oder an dem Tag, als diese Bank in Hongkong pleiteging? An dem Tag, als das letzte Gerichtsurteil gesprochen wurde? Oder doch erst, als wir uns um diesem Tisch versammelt haben, fünf Menschen, alle wild entschlossen, sich ihr verlorenes Geld zurückzuholen?«

Ina trat neben Marlene. »Ist es wirklich um Geld gegangen? Den Wenigsten von Ihnen, glaube ich. Um diesen Tisch waren die simpelsten und schönsten Hoffnungen versammelt, die Liebe zu einer Verstorbenen neben dem Verlangen, die angekratzte Ehre aufzupolieren, die Angst vor dem wirtschaftlichen Abstieg neben bloßer Raffgier, Gedankenlosigkeit neben Sehnsucht. Trotzdem, bis zu dem Tag, an dem Jette Trebuth den Beobachtungen ihres Sohnes nachging und

Ihr Haus aufsuchte, haben Sie alle gut zusammengearbeitet. Im Großen im Ganzen haben Sie gewusst, was die anderen machten.«

Marlene nickte. »Danach hat sich alles geändert.«

»Ihre Gruppe ist zerfallen, auch unter dem Zwang der jüngsten, dramatischen Ereignisse, und manche haben auf einmal gewisse Dinge vor anderen aus der Gruppe geheim gehalten. Darunter auch die Festsetzung von Jette Trebuth. Das war nicht weiter schwer, denn Sie haben, wie es von Anfang an geplant war, den Kontakt untereinander eingestellt, als Sie glaubten, Ihr Ziel erreicht zu haben. Giovanni und Daniel haben Bobby ein letztes Mal aufgesucht und ihn mit Waffengewalt gezwungen, Ihre Kasse auf Kosten unschuldiger Anleger zu füllen.«

Ina fiel auf, dass das Geschrei der Kraniche verstummt war. Es war nun dunkel, und nur das leise Rauschen der von den Bäumen und Sträuchern fallenden Regentropfen war noch zu hören. Einige Sekunden lang war es so still, dass jedes Wort eine kleine Sünde gewesen wäre.

»Doch Bobby hat die beiden aufs Kreuz gelegt. Was der eine oder andere durchaus als anständige, mutige, vielleicht sogar edle Tat bezeichnen mag, hat eine Entwicklung in Gang gesetzt, die vierzehn Monate später in eine Katastrophe mündete. Daniel Trebuths Finanzlage verschlechterte sich, trotz des Raubzugs auf Töllers Konten. Er hatte nicht genug Geld, um das Haus zu halten, und als ihm das endgültig klar wurde, drehte er durch und wütete in seiner Wohnung. Am nächsten Tag beobachtete ich, wie er hierher zu Ihnen fuhr. Zum ersten Mal bemerkte ich eine Verbindung Ihrer beider Familien, nur welcher Art sie war, konnte ich nicht wissen. Inzwischen ist mir klar, dass Daniel Trebuth seine letzte Rettung darin sah, Sie um die benötigte Summe anzupumpen. Nicht wahr, Marlene?«

Die Bäckersfrau setzte sich wieder auf das Sofa. Ihre Stimme klang völlig gelassen.

»Mir bedeutet dieses Geld nichts, jedenfalls nicht mehr. Für mich war es wie etwas Aufgezwungenes, wie ein Geschenk, mit dem man nichts anfangen kann und das man irgendwo verstaut, wo man es nicht sehen muss. In der Minute, als Giovanni Herrn Töller Gerds alte Wehrmachtspistole in den Mund gesteckt hat, um an das Passwort heranzukommen, wurde mir bewusst, dass ich das Geld niemals würde verwenden können. Nicht für mich selbst jedenfalls. Ich wollte ein Konto für Romy einrichten, damit sie jeden Monat einen gewissen Betrag ausgezahlt bekommt, auch über meinen Tod hinaus. Daniel wollte sich mit der Absage nicht abfinden.«

»Er hat angekündigt, später zurückzukehren und mit Ihrem Mann zu sprechen?«

Marlene nickte. »Ja, er hat vor dem Haus gewartet, bis Gerd von der Kneipe kam. Gerd ließ ihn kaum zu Wort kommen. Er hätte das Geld auf keinen Fall weggegeben, schon aus Prinzip nicht, und für ihn waren Prinzipien wie Standarten, die man vor sich her trägt. Er hat sich entsetzlich aufgeregt. Daniel hatte ja mit diesem Besuch die Vereinbarung gebrochen, uns gegenseitig aus dem Weg zu gehen. Ich glaube, er hat Daniel sogar gestoßen.«

»Sie haben die Auseinandersetzung demnach mitverfolgt?«

»Vom Fenster aus. Daniel hat im Zorn einen Stein genommen und … und … Na ja, dann ist Gerd zusammengebrochen.«

»Sie haben nichts unternommen, keine Hilfe geholt?«

»Nein, ich habe einen Blick mit Daniel gewechselt, dann bin ich ins Haus und habe die Harry-Belafonte-Platte bis zum Anschlag aufgedreht. Dieser Mann da draußen im Dreck, das war schon lange nicht mehr mein Gatte. Gerd ist für mich schon vor einem Jahr gestorben. Außerdem ...«

Marlene sah abwechselnd Ina und Bobby an.

Ina nickte. »Ihr Mann war der Brandstifter, nicht wahr?

Spätestens seit ich das schwarze Coupé in der Garage der Adamskis entdeckt hatte, habe ich diese Vermutung gehegt. Wer würde einen solchen Sportwagen fahren? Sie, Marlene? Oder Romy, die mehrmals durch die Führerscheinprüfung gefallen ist? Wohl kaum. Also entweder Giovanni, dem der Flitzer gehört, oder Ihr Mann. Er hat das Coupé verwendet, da ich seinen Audi kannte.«

Marlene seufzte. »Er hatte Angst, dass ich Ihnen über kurz oder lang alles anvertrauen würde. Er hat mir die ganze Zeit über die Therapie auszureden versucht. Aber er kam nicht mehr an mich heran, und das hat er gemerkt. Es war wie ein tiefes Loch zwischen uns. Als er dann auch noch mitbekommen hat, dass Sie bei Bodo ein und aus gehen, hat er rotgesehen. Ich konnte nichts dagegen tun, er hat mir den Brandanschlag auch erst hinterher gestanden. Als ich ihm damit gedroht habe, zur Polizei zu gehen, hat er mir versprochen, so etwas nicht noch einmal zu versuchen. Ich wollte nicht, dass Ihnen etwas passiert. Oder Bodo.«

Sie stockte, und Ina fragte: »Nach seinem Tod haben Sie dann bei Bobby angerufen?«

»Von der Telefonzelle aus. Ich habe den Stimmenverzerrer benutzt, den Giovanni letztes Jahr mitgebracht hat. Bodo ist ein so anständiger Junge. Ich wollte ihm Mut machen und mich auch irgendwie bei ihm entschuldigen für Gerds Anschlag. Aber ohne mich zu erkennen zu geben, weil ich ihm dann ein paar Dinge hätte erklären müssen, die er besser nicht wissen sollte, in seinem eigenen Interesse.«

Inas Blick haftete für einen Augenblick auf ihrem Geliebten und streifte dann über Marlene bis zu Romy, die reglos und stumm auf dem Sessel saß, als ginge sie das alles nichts an. Langsam schritt Ina zur Terrassentür, wo sich ihr Gesicht im Glas spiegelte.

Sie gestand sich das nicht gerne ein, aber sie war sich keineswegs sicher, ob sie überhaupt noch wollte, dass Bobby und Marlene sich der Polizei stellten. Bobby würde ihr entrissen, die Liebe, ein großes Stück Leben. Wofür? Er bereute die Tat doch längst, und die Toten würden auch nicht wieder lebendig durch sein Geständnis. Außerdem musste seine alte, demente Mutter, deren letzte Freude ihr Sohn war, ebenfalls darunter leiden.

◄o►

Tausend Gedanken gingen ihr durch den Kopf, winzig kleine Giftpfeile. Sie ertappte sich dabei, das Verbrechen kleinzureden, teilweise sogar zu rechtfertigen. Bobby zuliebe. Marlene zuliebe. Ina war drauf und dran, auf diesen Berg von Schuld, den die Beteiligten mit sich herumschleppten, seit sie Alwin Töller überfallen hatten, eine weitere Schuld zu packen und sich damit in die Kette der Verbrecher einzureihen.

◄o►

Sie musste sich förmlich dazu zwingen, auch daran zu denken, welche Entwicklung die Entführer seither genommen hatten und warum. Sie waren zugrunde gegangen, jeder auf seine Weise. Marlene, die Gütige, war unter der Last zusammengebrochen, Romy, die Einfältige, war zusammengeschrumpft bis an den Rand der Schwachsinnigkeit. Daniel, der Intellektuelle, war zum Schluss ein einziger hasserfüllter Klumpen aus Angst gewesen, und der einfache Bäcker Gerd Adamski, der sein Leben lang hart gearbeitet hatte, war zum Brandstifter mutiert. Von allen war Bobby noch am besten durch das Jahr gekommen, wenn auch nur deshalb, weil er Augen und Ohren vor der Wahrheit verschlossen hatte – jedenfalls vor dem Teil der Wahrheit, an dem er nicht aktiv mitgewirkt hatte.

»Nun denn, Marlene«, sagte Ina und setzte sich neben die Bäckersfrau auf die Sesselkante. »Sie haben mir in den letzten Wochen immer wieder kleine Hinweise gegeben, um mich zu dirigieren. Ich will sie hier nicht genauer benennen, weil das unter meine Verschwiegenheitspflicht...«

Marlene ergriff Inas Hand und schmiegte sie kurz an ihre Wange. »Ist schon gut«, sagte sie mit einer Stimme, die so federleicht klang, als würde sie zu einer anderen Frau gehören. »Sie dürfen alles erwähnen, was ich Ihnen erzählt habe. Die Geheimnisse haben ihren Sinn verloren.«

Sie wechselten einen langen Blick.

»Erst Afnan und Chadisha«, begann Ina leise, »dann die Rede von den verlorenen Träumen, vom verlorenen Schutzengel, schließlich Ihr Interesse am Katholizismus in Verbindung mit dem Suizidversuch. Das alles hat mich zwangsläufig zum Begriff der Schuld geführt. Ironischerweise hat ausgerechnet Bobby mich darauf gestoßen, ohne zu wissen, dass es dabei um Sie ging. Wenn man bedenkt, dass er die Nöte der Schuld selbst sehr gut kannte, war sein Hinweis auf die Beichte jedoch gar nicht weiter überraschend. Ihr Gewissen, Marlene, hat nach Erleichterung, nach Sühne geschrien, es hat nach Auswegen gesucht, die am Ende sogar zu Ihrem Wunsch zu sterben führten. Aber es gab noch eine andere Kraft in Ihnen, die darauf bedacht war, Romy zu schützen, den einzigen Menschen, den Sie noch liebten.«

Marlene beugte sich vor und fuhr der jungen Frau in dem Sessel neben ihr über den Unterarm, was diese kaum zur Kenntnis nahm.

»Dieselbe Kraft«, nahm Ina den Faden wieder auf, »hat auch vor vierzehn Monaten in Ihnen gewohnt. Ich habe mich die ganze Zeit gefragt, worin Sie Ihre größte Schuld sahen. Gewiss, Sie waren an einer Entführung beteiligt. Aber wenn ich Bobby richtig verstanden habe, waren Sie so etwas wie die gute Seele bei diesem Verbrechen, falls das in diesem Zusammenhang nicht zu ketzerisch klingt. Meiner Meinung nach musste also etwas Schlimmes passiert sein, an dem Sie oder Romy unmittelbar beteiligt waren. Wenn ich nun in Betracht ziehe, in welchem Zustand Romy ist ...« Ina machte eine Pause, ehe sie hinzufügte: »Wir haben noch nicht über das Schicksal von Jette Trebuth und Alwin Töller gesprochen. Bobby weiß nichts darüber.«

»Nein«, erwiderte Marlene. »Und das war auch sein Glück.«

Vierzehn Monate zuvor

Zu dritt standen sie am oberen Ende der Kellertreppe und spähten die zwanzig Stufen hinab, wo der Leichnam von Jette Trebuth in unveränderter Position lag, die Augen weit aufgerissen, die Glieder immer noch so verrenkt wie im Augenblick des Todes. Minutenlang redeten sie nicht. Minutenlang? Nein, es kam Marlene wohl nur so vor. Denn was Gerd dann sagte, war so profan, dass es völlig ungeeignet war, ein längeres Innehalten zu beenden.

»Mensch, Mädel, was haste denn da gemacht?«

Er sprach mit Romy.

Er sprach mit der Mörderin.

»Ja, ich weiß auch nicht«, antwortete sie. »Ich hab meine Lieblingsserie geguckt, und dann war die aus, und ich wollt in die Küche gehen. Da hab ich gesehen, dass die Kellertür einen Spalt offen steht, und hab sie aufgemacht. Siehst du, so wie jetzt. Einfach nur aufgemacht.«

»Ich weiß, wie man eine Kellertür aufmacht«, blaffte er. »Und weiter?«

»Plumps.«

»Was plumps?«, rief Gerd.

»Na ja, plumps halt. Die Tussi stand direkt vor mir. Ich

habe fast nichts gemacht. Nur ein kleiner Schubs. Vor Schreck halt. Im Affleck.«

»Affekt«, korrigierte Gerd. »Mensch, Mensch, Mensch.«

Es kam Marlene vor, als unterhielten sich die beiden über eine in der Backstube zu Bruch gegangene Tortenplatte. Doch da unten lag diese Frau. Sie würde für immer dort liegen, unauslöschlich, fest eingebrannt in die Erinnerung, ein ewiges Monument des Schreckens.

»Und jetzt?«, fragte Romy.

Diese Frage hatte Marlene sich auch gestellt, nachdem sie ihren Schützling als die Mörderin von Jette Trebuth identifiziert und den ersten Schock überwunden hatte. Und das hatte wirklich mehrere Minuten gedauert.

»Ach Mädel, ehrlich, du bist noch der Nagel zu meinem Sarg«, sagte Gerd.

Als Romy daraufhin zu weinen anfing, nahm Marlene sie in den Arm.

»Nun lass gut sein, sie ist doch längst fix und fertig«, warf sie ihrem Mann vor.

»Marlene, ich war schon viel strenger mit ihr, damals, als sie die Marzipankartoffeln vermurkst hat, und jetzt hat sie eine Frauenleiche fabriziert. Ich werde ihr ja wohl sagen dürfen, dass das ganz große Scheiße ist!«, schrie er.

In einem Punkt hatte er recht. Marlenes Mädel war jetzt eine Mörderin oder zumindest so etwas in der Art. Sie alle waren irgendwie Mörder, und auch Marlene hatte ihren Teil dazu beigetragen, hatte alles nur noch schlimmer gemacht.

»Wir müssen es Daniel sagen«, fiel ihr ein. »Mein Gott, die armen Kinder.« Nun liefen auch bei ihr die Tränen.

Gerd ließ die um sich greifende Verzweiflung nicht lange zu.

»Euer Geheule bringt uns jetzt auch nicht weiter. Romy, du trinkst erst einmal ein paar Schnäpse. Bedien dich im Kühlschrank. Und wir zwei, Marlene, müssen miteinander reden.«

Mit sanfter Gewalt zog er sie ins Wohnzimmer, und sie ließ es geschehen. Aus der kleinen Bar der Schrankwand holte er eine Flasche Brombeerlikör aus Marlenes Eigenproduktion hervor. Er füllte ein passendes Glas, drückte es ihr in die Hand und wartete ab, bis sie es in einem Zug geleert hatte.

»So, Marlene, jetzt hör mir mal gut zu. Das ist mindestens Totschlag, was deine liebe Kleine da begangen hat. Und wir leisten hier gerade Beihilfe. Die Haft würden wir zwei Alten wahrscheinlich nicht überleben, und Romys Leben wäre für die Tonne. Das willst du doch nicht, oder?«

Marlene schüttelte den Kopf und kippte einen zweiten Likör hinterher, der heiß glühend in ihren Magen rutschte.

»Siehst du«, fuhr Gerd fort. »Nicht ich habe Daniels Frau aus dem Keller befreit. Deshalb habe ich sie auch nicht auf dem Gewissen. Das habt ihr beide angerichtet, du und Romy, und eigentlich mehr du als sie. Aber was passiert ist, ist passiert, darüber brauchen wir nicht mehr zu reden. Eins ist ja wohl klar: Die Aktion ist gelaufen, wir brechen sofort ab und lassen Töller frei. Sobald die Polizei die Leiche von Daniels Frau findet, wird sie ihn genauestens unter die Lupe nehmen, und wenn sie ihn drankriegt, hängen wir mit drin. Wir können nur hoffen, dass er nicht durchdreht.«

Marlene trank ein drittes Glas, bevor Gerd den Likör in den Schrank zurückstellte.

»Deswegen kann ich Daniel hier jetzt nicht gebrauchen.

Bodo würde auch bloß Zirkus machen, der ist viel zu empfindlich. Hätte nie gedacht, dass er sich zu einer solchen Schwuchtel entwickelt. Und bei Giovanni weiß man sowieso nie. Der hat so eine unangenehme Art, alles an sich zu reißen. Romy kann man eh vergessen, die ist zu schwach und zu dumm. Aber diese Leiche da muss aus dem Keller raus. Wenn es dunkel wird, schaffen wir sie weg, irgendwohin.«

Dass Gerd plötzlich sie ansah, löste bei Marlene ein fast so großes Entsetzen aus wie zuvor der Tod von Daniels Frau.

»Nein. Oh nein. Ich kann das nicht. Nein, nein, nein. Ich kann das nicht. Ich ...«

»Jetzt reiß dich gefälligst zusammen, Herrgott noch mal.«

So hatte Gerd noch nie mit ihr gesprochen. Vermutlich war es die Revanche für die Verachtung, die sie ihm in letzter Zeit entgegengebracht hatte. Früher hätte sie ihm Paroli geboten, aber nichts war mehr wie früher. Es war noch nicht einmal wie vor einer Stunde. Trotzdem, die Vorstellung eine Leiche wegzuschleppen, obendrein die einer Frau, mit der sie eben noch ein paar Worte gewechselt hatte ...

»Mir geht es elend«, sagte sie.

»Ja, glaubst du denn, ich bin in Feierlaune? Das hättest du dir vorher überlegen müssen.«

Es war wie ein schlimmer, wenn nicht der allerschlimmste Alptraum, nur dass er Wirklichkeit geworden war.

Halb benommen torkelte Marlene hinter ihrem Mann die Kellertreppe hinunter und stieg über Jettes Leiche. Es war das Schrecklichste, was sie je tun musste. Sie ergriff die Beine der Toten, Gerd die Schultern, und Stufe für Stufe schleppten sie den Körper hinauf. Marlene schwitzte, der Likör brannte in ihrer Brust, und der enge, steile Aufgang drehte sich unaufhörlich. Am liebsten hätte sie sich übergeben, um die Übelkeit loszuwerden, doch es ging nicht. Mehrmals mussten sie eine Pause einlegen, und dann saß sie eine Minute zu Füßen der Leiche. Ihr Blick fiel immer wieder auf die Sandalen an den kleinen, zierlichen Füßen. Es waren Flechtsandalen aus einer Art getrocknetem Schilf, ohne feste Sohle. Auf dem kleinen Etikett stand »100 Prozent Wasserhyazinthe«.

Vielleicht, dachte Marlene, würde Jette Trebuth noch leben, wenn sie nicht diese komischen Dinger getragen hätte, in denen kein Mensch schnell laufen kann, sondern richtige Schuhe mit Ledersohlen. Sie wusste selbst, dass dieser zynische Gedanke nur der Versuch war, die Schuld an der Tragödie auf die vegane Lebensweise des Opfers oder die Wasserhyazinthe abzuwälzen, irgendwohin.

Vielleicht hatte ja auch keiner Schuld, und es war bloß eine Verkettung unglücklicher Umstände. Von diesem Begriff hatte sie schon mal gehört, und sie fand, er könnte hier durchaus zutreffen. Romy hatte das ganz sicher nicht gewollt. Marlene hatte das auch nicht gewollt. Keiner hatte es gewollt.

Wie lange brauchten sie für die fünfzehn Stufen? Marlene hatte jedes Zeitgefühl verloren. Sie bekam noch nicht einmal richtig mit, dass sie es endlich geschafft hatten. Erst im Bad, wo sie ihr Gesicht in kaltes Wasser tauchte, kam sie wieder zu sich. Sie begann zu weinen und wusch sich die Tränen ab, wieder und wieder, als könnte sie damit auch das Entsetzen abwaschen. Tatsächlich half ihr die Prozedur, wenigstens halbwegs zu erfassen, was gerade geschehen war.

Mein Gott!

Wo waren sie bloß angekommen? Wie hatten sie nur, beginnend an dem Punkt, als sie den Vertrag zu der Geldanlage unterschrieben hatten, zu Totschlägern werden können?

Sie verließ das Bad erst, als sie von draußen Geräusche hörte. Giovanni war eingetroffen, herbeigerufen von Romy, was Gerd sichtlich nicht passte.

Jette Trebuth lag mit verrenkten Gliedern am oberen Absatz der Kellertreppe. Marlene wurde nach einem einzigen Blick auf die Leiche sofort wieder übel, weshalb sie Romy dankbar war, ihren Freund gerufen zu haben. Nicht auszudenken, wenn Marlene die Tote in den Kofferraum des Autos hieven, bei Nacht durch die Gegend fahren und sie dann irgendwo im Wald hätte ausladen müssen. Das konnte Gerd nun mit Giovanni erledigen.

»Ist sie wirklich tot?«, fragte Giovanni und fühlte ihr den Puls an zwei verschiedenen Stellen. »Mausetot«, stellte er nach einigen Sekunden fest. »Genickbruch, nehme ich mal an.«

Der junge Italiener bekreuzigte sich, dann küsste er das kleine Kruzifix an der Goldkette um seinen Hals und kniete sich vor die Leiche.

Marlene dachte schon, er wolle ein Gebet sprechen, und tadelte sich, weil sie nicht selbst auf die Idee gekommen war. Doch zu ihrem Erstaunen schob Giovanni beide Hände unter den Körper der Toten. Mit einer einzigen kraftvollen Bewegung stieß er den Leichnam über die oberste Stufe, woraufhin dieser ein zweites Mal krachend und rumpelnd die Treppe hinabstürzte.

15

September

Marlene ließ die linke Hand sinken, eine Bewegung, die man ihrer Müdigkeit hätte zuschreiben können, wäre ihr Zeigefinger nicht ausgestreckt gewesen. Als Bobby begriff, was die Geste zu bedeuten hatte, stieß er einen Laut des Entsetzens aus, sprang auf und rannte in den Keller. Der Raum war eng und vollgestopft mit allerlei Zeug. Karges gelbliches Licht ergoss sich über Kartoffelkisten, die Heizungsanlage und ein großes Regal vor der Wand, das Bobby zornig umstürzte. Es gab einen Riesenlärm. Als Ina und Marlene eintrafen, verströmten etliche Häufchen von Marmeladen und Rinnsale von Likör den schweren, süßlich-fruchtigen Geruch des Sommers, während Bobby vor einer Wand in dem kleinen Raum stand und schreiend mit bloßen Fäusten auf das Mauerwerk einhämmerte, an der Stelle, wo einst der Durchgang zu einem Bunker gewesen war.

»Mein Gott!«, stöhnte Ina und fügte an Marlene gewandt hinzu: »Sie haben Jette in Ihrem Keller beerdigt.«

»Wir haben sie in einem von den vielen Räumen in dem weitläufigen Bunker abgelegt. Es war Giovannis Idee, aber Gerd fand sie ganz gut, weil auf diese Weise sichergestellt war, dass keiner ihre Leiche findet. Sogar Daniel war einverstanden.«

Marlenes Stimme klang noch immer gelassen, so als spräche sie über die Details einer Lieferung Kartoffeln.

»Alwin Töller liegt auch irgendwo hinter der Mauer«, ergänzte sie. »Nachdem er unsere Gesichter gesehen hatte, konnten wir ihn nicht freilassen, wie wir es ursprünglich vorhatten. Natürlich haben wir ihm nichts angetan. So direkt, meine ich.«

»Ich … verstehe nicht«, stotterte Ina.

»Wir haben ihn einfach eingemauert. Auch das war Giovannis Idee.«

Bobby wandte sich von der Mauer ab, auf die er mindestens hundertmal eingeschlagen hatte. Sein auf Marlene gerichteter Blick war voller Ekel, aber auch voller Unglauben, dass er daran mitgewirkt hatte. Er musste kein Wort sagen, die beiden Frauen verstanden auch so, was in ihm vorging. Einen Menschen derart eiskalt und grausam umzubringen, war von einer Abscheulichkeit, die keine Steigerung kannte.

Über ein Jahr lang hatten Marlene, Romy und Gerd auf einem Friedhof qualvoll Ermordeter gelebt. Sie hatten in dem Haus gegessen, geschlafen, ferngesehen und normale Gespräche geführt, während Alwin Töller unter ihnen und damit nur ein paar Meter von ihnen entfernt langsam verhungert, verdurstet und schließlich verfault war.

»Ich habe zwar …« Ina schluckte. »Ich habe zwar in Betracht gezogen, dass die Vermissten hier vor Ort … Aber so, wie Sie es mir nun beschrieben haben, ist das auch für mich … eine Überraschung.«

Ina fiel es ungeheuer schwer, ihre Gefühle im Zaum zu halten. Marlene war ihre Patientin, und gegenüber ihren Patienten hatte sie eine Verpflichtung. Sie konnte nicht mit der Frau reden wie mit einer x-beliebigen Person. Sie durfte ihr nicht zeigen, was sie von ihrer Erbarmungslosigkeit und ihrer Gefühlskälte hielt.

»Lebendig begraben?«, ächzte sie. »Wie konnten Sie das nur …«

Beinahe hätte sie gefragt, wie Marlene das hatte aushalten können. Die Antwort lag auf der Hand. Marlene hatte es nicht ausgehalten. Sie war darüber langsam kaputtgegangen, zum Wrack geworden, zerfressen von Schuld und zu kraftlos, um sich dieser Schuld zu stellen. Sie hatte es in einem Akt größter Schwäche gerade noch zu einem halbherzigen Selbstmordversuch geschafft. Ein Teil von ihr hatte die Befreiung, die Erlösung gesucht, während der andere mahnte, dass mit der Aufdeckung des Verbrechens auch Romys, Bobbys und Daniels Leben zerstört wäre. Zwischen diesen unvereinbaren Interessen war sie zerrieben worden, und erst ein anderer hatte das Geheimnis endlich gelüftet.

»Wo ist er?«, rief Bobby. »Wo ist der Lump, der diese kranke Idee hatte? Ich bringe ihn um.«

Vierzehn Monate zuvor

Erschöpft fiel Marlene auf den Gartenstuhl. So müde hatte sie sich noch nie gefühlt. Sie hatte ihre Träume verloren, ihre Unschuld, ihren Schutzengel und in gewisser Weise auch ihren Ehemann. Nur Romy war ihr geblieben, die Tochter, die zur Mörderin geworden war – für zehntausend Euro und ihren Hengst. Eigentlich lächerlich und banal. Und doch so zerstörerisch. Ohne dass sie alle es bemerkt hatten, hatte sich die Gewalt in ihrem Leben breitgemacht, und war sie einmal da, bekam man sie nicht mehr weg.

So musste es sein, wenn man flussaufwärts schwimmt: Zunächst gelingt es, dann kommt man nicht mehr vom Fleck, die Glieder werden schwächer, der Wille lässt angesichts des unmöglichen Unterfangens nach, man gibt kraftlos auf, schafft es nicht mehr ans Ufer, versinkt.

Gerade hatten sie Daniel verabschiedet, der gleich die Vermisstenanzeige aufgeben würde. Sie würden sich fortan nicht mehr treffen, das war zu gefährlich, aber nach einem Blick in Daniels ruhelose Augen hatte Marlene eine Ahnung davon bekommen, wie schwarz die Zukunft dieses Mannes aussah. Noch hielt er sich an den erbeuteten Kreditkarten fest, die für ihn bares Geld bedeuteten, Ratenzahlungen, das Leben im Traumhaus. Er würde das alles so wenig vergessen können wie sie.

Gerd und Giovanni, ja, den beiden könnte es gelingen. Gerade bereiteten sie das Ende der gesamten Aktion vor, die Mauer, die alles verschließen würde. Sie waren so unglaublich praktisch veranlagt und hinterfragten nichts, was sie taten. So wenig Marlene ein solcher Mensch sein wollte, so vorteilhaft wäre es in einer Situation wie dieser. Gerd hatte inzwischen so oft gelogen, dass er längst an seine eigenen Lügen glaubte. Ganz gleich, ob er einen Fehler machte oder jemandem Unrecht zufügte – er hatte am Ende immer recht. Giovanni hingegen brauchte keine Lügen. Er nahm die Wahrheit einfach in den Schwitzkasten, und damit hatte es sich.

Als hätten ihre Gedanken ihn herbeigerufen, bog der Italiener um die Ecke.

»Ganz schön schweißtreibend«, sagte er, als er sich nur mit Shorts bekleidet zu ihr auf die Terrasse setzte.

Sie schob ihm eine der Wasserflaschen zu, die mit Kohlensäure. Er trank sie in einem Zug zur Hälfte aus und schüttete die andere Hälfte über seinen muskulösen Oberkörper.

»Wie weit seid ihr?«, fragte Marlene.

»Gerd mischt gerade den Zement. Ich helfe ihm später wieder, will aber vorher unbedingt noch mit den Kreditkarten das Geld abheben. Was man hat, das hat man.«

»Willst du vorher vielleicht etwas essen? Ich habe Ossobuco milanese gemacht.«

»*Du* kannst Ossobucco? Oh Mann, Marlene, du bist echt ein Original. Seit Wochen kochst du wie ein Weltmeister, und das für Leute, die du gar nicht leiden kannst, für den

391

Töller, für mich … Das ist so was von unterwürfig und geil …
Also, her damit, *donna*, ich versuche dein Ossobucco.«

Marlene ging in die Küche und ließ sich fünfzehn Minuten Zeit. Als sie zurückkam, war die erhoffte Wirkung des starken Beruhigungsmittels bereits eingetreten. Giovanni sah aus, als hielte er ein Nachmittagsschläfchen. Sein Kopf war in den Nacken gekippt, das Gesicht war dem Himmel zugewandt. Die Mundwinkel deuteten ein zaghaftes Lächeln an, wie bei einem schönen Traum, und zum ersten Mal wirkte er in Marlenes Augen fast sympathisch.

Aus ihrer Schürze holte sie das Küchengarn hervor, mit dem sie Giovanni Hände und Füße zusammenband. Ein Geschirrtuch diente als Knebel, nur für den Fall, dass er vorzeitig aufwachte.

In aller Ruhe ging sie zur Kellertür und rief hinunter: »Gerd, kannst du mir hier oben mal helfen, bitte?«

16

September

»Du willst Giovanni umbringen? Das«, sagte Ina zu Bobby, »hat glaube ich schon jemand anders für dich erledigt.«

Marlene nickte. »Gerd und ich haben ihn einfach mit eingemauert.«

»Damit ist er seiner eigenen Idee zum Opfer gefallen.«

»Ja… und seinem schlechten Einfluss auf Romy. Dieser Mistkerl war nix für sie. Bestimmt hätte er sie bald fallen gelassen, aber vorher hätte er sie noch verdorben, mit Drogen vollgestopft, gedemütigt. Er sah viel zu gut aus für… meine Romy. Ein junger, hübscher Hallodri, der einhunderttausend Euro ergaunert hat, bleibt doch nicht bei diesem Mädchen. Bestimmt wollte er anfangs nur ein paarmal mit ihr ins Bett, und wenn sie ihn nicht in die Entführung eingeweiht hätte, hätte er sie gleich wieder weggeworfen wie einen alten, muffelnden Spüllappen. Vorher hätte er Gerd und mich aber noch ausgenommen wie Weihnachtsgänse. Woher haben Sie eigentlich gewusst, dass er tot ist?«

Ina zögerte. »Ich war mir nicht sicher, aber… Dass er von Italien aus keinen Kontakt zu seinen Verwandten aufgenommen hat, fand ich sehr merkwürdig. Sein Auto stand zwar noch hier, dass er hier wohnte, hielt ich jedoch für unwahrscheinlich. Romys Zimmer mit all den Postern von Boygroups und den Pflanzen auf den Lautsprechern sah mir nicht aus wie das Refugium von jemandem wie Giovanni. Ist Romy eigentlich…? Haben Sie es ihr gesagt?«

»Nein, ich habe ihr erzählt, dass er nach Italien gegangen ist, wo er sein ergaunertes Geld zum Fenster rausschmeißen wird, und dass er eines Tages zurückkommt, um sich noch mehr abzuholen. Aber ich habe nicht damit gerechnet, dass Romy… Na ja, dass sie so stark abbauen würde. Sie ist nicht mehr vor die Tür gegangen. Sie sehen es ja selbst. Das arme Mädel. Was soll jetzt bloß aus ihr werden? Mein Gott, wenn sie die Wahrheit erfährt…«

»Ich glaube nicht«, sagte Ina, »dass Romy noch sehr viel mitbekommen wird von dem, was vor ihr liegt. Lassen Sie uns wieder raufgehen.«

Als Ina, Bobby und Marlene aus dem Keller ins Erdgeschoss kamen, saß Romy noch immer in derselben Haltung auf demselben Platz, mit dem einzigen Unterschied, dass der Fernseher lief. Sie sah sich *Bauer sucht Frau* an, und keiner störte sie dabei. Marlene erledigte noch den Abwasch und putzte die Küche, die sie ihrer Meinung nach unmöglich in diesem Zustand hinterlassen konnte. Bobby schwieg die ganze Zeit über, und er suchte auch nicht Inas Nähe, aber es war offensichtlich, dass ihn die Dimension des Verbrechens erschüttert hatte. Als die Küche geputzt und *Bauer sucht Frau* beendet waren, verließen sie zu viert das Haus, um nach Ribnitz-Damgarten zu fahren.

Unterwegs schwiegen sie. Erst kurz vor der Polizeistation wandte sich Marlene ein letztes Mal müde an Ina.

»Ich frage mich nur, wer den armen Daniel umgebracht

hat«, seufzte sie, und als sie keine Antwort erhielt, nahm sie Romy an der Hand und betrat das Gebäude.

Bobby blieb mit Ina noch eine Minute vor der Tür stehen. Sie sahen sich in die Augen. Das war er also, der Abschied.

»Du weißt es?«, fragte er.

»Ja«, antwortete sie. »Ich weiß es.«

Der Tag war für Ina noch lange nicht zu Ende. Christopher musste vom Tod seiner Mutter unterrichtet werden, und es war für sie selbstverständlich, dass sie das persönlich übernahm. Gewissermaßen hatte er beide Elternteile innerhalb von vierundzwanzig Stunden verloren.

Ein Anruf bei den Großeltern ergab, dass Christopher es vorgezogen hatte, weiterhin in Bobbys Bungalow zu wohnen. Sollte Ina Jettes Vater bei dieser Gelegenheit informieren?

Sie brachte es nicht fertig. So etwas machte man nicht telefonisch. Außerdem waren auch ihre Kräfte beschränkt. Sie hatte in den letzten Stunden Bobby verloren, ein grauenhaftes Verbrechen aufgedeckt, war mit schwer erträglichen Wahrheiten konfrontiert worden, und der weitere Abend würde ebenfalls sehr anstrengend werden. Daher bedankte sie sich lediglich, legte auf und fuhr nach Zingst.

Stefanie hatte Pasta gekocht und versuchte, Christopher über den Tod seines Vaters mit einer seltsamen Version von Spaghetti marinara hinwegzutrösten, die sie aus allerlei Konserven zusammengerührt hatte. Um Bobby eine Freude zu machen – und auch, um sich abzulenken –, hatte Christopher den ganzen Nachmittag und Abend mit dem Auspacken der Umzugskisten und der Montage einiger Armaturen im Bad verbracht. Stefanie hatte inzwischen geputzt, und das

Ergebnis konnte sich durchaus sehen lassen. Die Wohnung, in der Bobby nie leben würde, war bezugsfertig.

Als Ina von Bobbys Geständnis erzählte, waren die beiden Teenager fassungslos. So behutsam, wie es ihr möglich war, berichtete Ina auch von Jettes Schicksal, wobei sie mehrfach betonte, dass Bobby nichts damit zu tun hatte. Christopher wurde sehr still, und als er sich in einer stummen Umarmung mit Stefanie vereinte, konnte Ina die Tränen nicht mehr zurückhalten.

Sie ließ die beiden ein paar Minuten allein, ging ins Bad und benetzte ihr Gesicht mit kaltem Wasser.

»Willst du das wirklich tun?«, fragte sie die erschöpfte, zutiefst traurige Frau im Spiegel.

»Du musst«, lautete nach einer Weile die Antwort. »Sonst stehst du das nicht durch.«

Als Ina wieder ins Wohnzimmer kam, hielten sich die beiden Teenager noch immer aneinander fest.

Stefanie hob den Kopf. »Und wer hat Christophers Vater auf dem Gewissen?«

Ihre Tochter konnte manchmal ziemlich unsensibel sein, allerdings meinte sie es nicht böse, sondern dachte einfach nicht nach. Eine solche Frage in dieser Situation in den Raum zu stellen, war sicherlich nicht die sanfteste Methode, die eigene Neugier zu stillen. Dennoch war die Frage berechtigt.

»Würdest du Christopher und mich bitte kurz entschuldigen?« sagte Ina.

»Bei wem?«

Ina seufzte. »Ich würde gerne mit ihm alleine sprechen. Christopher, komm, wir gehen kurz raus.«

»Kannst du dir die Psychonummer nicht wenigstens heute mal schenken?«, fragte Stefanie anklagend.

»Nein, mein Schatz, das kann ich nicht«, lautete die freundliche, aber bestimmte Antwort.

Christopher ging Ina mit gesenktem Kopf voraus in den Garten. Dort hatten er und Stefanie während des Tages einige der imposanten Hindu-Gottheiten aufgestellt, die im fahlen Schimmer der Außenbeleuchtung irgendwie beunruhigend wirkten. Ina fühlte sich von diesen lebensgroßen Statuen beobachtet, so als würde jemand aus der Hecke, vielleicht sogar Bobby, sie bei ihrem Gespräch belauschen.

»Ich bin dem Mörder deines Vaters auf die Spur gekommen, indem ich dem Weg der Waffe gefolgt bin, die ihn getötet hat«, begann Ina. »Von Marlene Adamski, das ist die Bewohnerin des Hauses am Bodden und eine der Entführerinnen, habe ich erfahren, dass ihr Mann eine alte Armeepistole besessen hat, mit der die Beteiligten das Opfer Alwin Töller einschüchtern wollten. Mit derselben Pistole haben dein Vater und ein weiterer Komplize kurz darauf Bobby bedroht, damit er gegen seinen Willen die Konten der Anleger zum Plündern freigibt. Bobby hat behauptet, dass er die Waffe später in den Bodden geworfen hat. Aber das wäre ein unwahrscheinlich großer Zufall, wenn wir es gleich mit zwei alten Armeepistolen zu tun hätten, nicht wahr? Eine echt miserable Lüge hat Bobby mir da aufgetischt.«

»Sie meinen, er hat meinen Vater erschossen?«, rief Christopher heftig. »Das ist doch Quatsch. Das glaube ich niemals. Und beweisen können Sie das schon gar nicht.«

Ina ließ sich auf einer kleinen Holzbank nieder, die neben einer indischen Gottheit mit zwei Gesichtern und sieben

Armen stand. Mit einer Geste bat sie Christopher, sich zu ihr zu setzen, was er mit widerstrebendem Gehorsam tat.

»Wenn wir davon ausgehen, dass Bobby die Pistole nicht weggeworfen hat, dann war sie die ganze Zeit über in seinem Besitz. Er hätte also durchaus die Möglichkeit gehabt, deinen Vater zu töten. Und das Motiv... Ach, da findet sich schon was. Vielleicht hat dein Vater ihn um Geld angebettelt, so wie zuvor die Adamskis, und als Bobby sich geweigert hat, drohte er damit, alles auffliegen zu lassen.«

»Aber er war gestern hier, den ganzen Abend!«, schrie Christopher sie an.

»Du hast mir selbst erzählt, dass er mit dem Auto losgefahren ist, um eine Pizza für euch zu besorgen.«

Der Junge sprang auf. »Was für ein Stuss! Wie können Sie so etwas von dem Mann denken, den Sie lieben?«

Ina schüttelte den Kopf. »Aber das tue ich doch gar nicht.«

»Tun Sie... nicht?«

»Ich habe nur eine von mehreren Möglichkeiten in Betracht gezogen, so wie es die Polizei ebenfalls tun wird. Nein, ich glaube nicht... das heißt, ich bin mir ganz sicher, dass Bobby deinen Vater nicht erschossen hat. Aber er kennt den Täter und schützt ihn.«

Ina streckte die Hand nach Christopher aus, um ihn erneut dazu zu bringen, sich neben sie auf die Bank zu setzen, doch diesmal weigerte er sich. Er trat sogar einen Schritt zurück, wodurch sein Gesicht ein wenig mehr ins Dunkel der Nacht abtauchte.

»Er schützt dich«, sagte Ina.

Christopher stürmte quer durch den Garten in Richtung Bungalow, zweifellos um Stefanie mitzuteilen, was ihre Mutter ihm da vorwarf. Ina hatte den Jungen in ihren Sitzungen niemals hart angefasst, aber in dieser Situation stoppte sie ihn mit einer energischen Bewegung, indem sie sich zwischen ihn und die Tür stellte und ihn mit beiden Händen am Weitergehen hinderte.

»Wir beide haben viel Zeit miteinander verbracht, und wir haben uns über viele private Dinge unterhalten. Niemals habe ich dich um etwas gebeten, aber jetzt bitte ich dich: Zieh Stefanie nicht mit hinein. Tu das nicht.«

Christopher schluckte, dann wich er zurück und lief ein paarmal im Kreis.

»Sie reden nur ins Blaue hinein. Sie können mir nichts beweisen. Überhaupt nichts.«

»Als ich gestern mitten in der Nacht von Schwerin zurückgekommen bin, haben wir miteinander gesprochen«, erwiderte sie ruhig. »Du hast erwähnt, dass deine Familie das Haus verlieren wird. Woher hast du das gewusst? Dein Vater hat dieses Geheimnis immer bewahrt, er hat niemandem davon erzählt. Allerdings gab es da noch diesen Brief von der Bank mit der Ankündigung einer Zwangsräumung. Er ist deinem Vater gestern zugestellt worden, an seinem Todestag und zugleich dem Tag, an dem du Bobby beim Umzug geholfen hast und demzufolge nicht zu Hause warst. Andererseits, wenn du diesen Brief auf dem Esszimmertisch gesehen hast, wusstest du natürlich von der bevorstehenden Zwangsräumung. Also warst du zu Hause, aber heimlich, ohne dass wir es mitbekommen haben.«

»Das beweist überhaupt nichts«, entgegnete er heftig. »Ich kann schon vor einiger Zeit von der Pleite erfahren haben.«

»In diesem Fall wäre dein Verhalten äußerst seltsam gewesen«, konterte Ina. »Du hast mir selbst erzählt, dass du viel Zeit und dein ganzes Geld in die Wand mit den leuchtenden Glasbausteinen investiert hast, die erst neulich fertig geworden ist. Sie ist wirklich beeindruckend. Und leider nicht transportabel. Würde jemand einen solchen Aufwand betreiben, wenn er wüsste, dass er sein Zuhause in Kürze verlassen muss? Nein, Christopher, du hattest bis gestern Abend keine Ahnung vom Ausmaß der Geldschwierigkeiten deines Vaters.«

Der Junge lief weiterhin im Kreis, wobei er unentwegt den Kopf schüttelte.

»Nein«, sagte er. »Nein, nein, nein!«

»Beim Umzug hast du in einem der Kartons zufällig die Pistole gefunden. Bobby hatte sie bestimmt irgendwo ganz unten verstaut, vielleicht hat er sie im Lauf des vergangenen Jahres sogar völlig vergessen. Dir muss es wie ein Wink des Schicksals vorgekommen sein, als du plötzlich auf die Schusswaffe gestoßen bist. Selbst mir kommt es so vor.«

Christopher blieb endlich stehen. Mit den Händen rieb er sich das Gesicht.

»Der Umzug hat euch müde gemacht«, fuhr Ina fort, »und nach dem Abendessen sind die anderen schlafen gegangen. Es war ziemlich riskant für dich, danach noch wegzuschleichen, andererseits… Ich glaube nicht, dass du wirklich vorhattest, deinen Vater umzubringen. Wie ich dich einschätze, wolltest du ihn zur Rede stellen. Immerhin lag der dringende Verdacht in der Luft, er könnte deiner Mutter etwas angetan haben. Du bist also nach Prerow geradelt. Da du sportlich bist, dürfte die Fahrt nicht allzu lange gedauert haben. Zu Hause angekommen, hast du den Brief von der Bank auf dem Esstisch bemerkt. Ich nehme an, es kam es zu einem heftigen Streit zwischen euch beiden wegen deiner Mutter und der Zwangsräumung. Und dann ... Tja ...«

Ina atmete tief durch. »Hat dein Vater dir gestanden, was deiner Mutter zugestoßen ist?«, fragte sie ihn ihren jungen Patienten so einfühlsam wie möglich.

Er ballte die zitternde Faust und stieß sie ein paarmal ins Leere, bevor er auf den Rasen sank.

Ina setzte sich neben ihn und legte ihm eine Hand auf den Hinterkopf.

Christopher schluchzte. »Wenn Sie dabei gewesen wären, dann hätten Sie gesehen ... Er war völlig fertig, am Ende. ›Schieß doch!‹, hat er gerufen, wieder und wieder. ›Schieß doch, schieß doch, erledige mich, ich hab's verdient. Drück endlich ab, ich will nicht mehr. Ich kann nicht mehr.‹ Er hat gesagt, meine Mutter wäre tot, es wäre seine Schuld, und dann wieder: ›Schieß doch, na los, schieß, mach dem ein Ende.‹ Plötzlich ...«

Er stockte. Einige Sekunde verstrichen, dann fiel er Ina in die Arme und klammerte sich an ihr fest wie ein Ertrinkender an einem Stück Holz.

Er flüsterte ihr ins Ohr: »Ja, plötzlich ist der Schuss gefallen.«

Ina hatte sich schon in der vergangenen Nacht, als sie mit Christopher gesprochen hatte, über die Heftigkeit gewundert, mit der er über seinen Vater redete. Zu diesem Zeitpunkt war Daniel Trebuth bereits tot, erschossen von seinem eigenen Sohn, der die Bluttat vor sich selbst relativieren wollte, indem er seinen Vater verteufelte. Außerdem hatte er bestimmt unter Schock gestanden.

401

»Wo ist die Waffe?«, fragte sie ihn.

Er lachte kurz auf und wischte sich die Tränen weg. »Jetzt ist sie wirklich da, wo Bobby sie angeblich entsorgt hat: im Bodden. Er war wach, als ich zurückkam, aber er hat mir keine Fragen gestellt. Na ja, heute Morgen wird er sich dann seinen Teil gedacht haben. Stefanie weiß von nichts.«

Ina nickte. Wenigstens ein Lichtstreif an diesem ansonsten stockfinsteren Tag.

»Und so soll es auch bleiben«, fügte Christopher hinzu.

Ina glaubte, nicht recht zu hören. »Wie bitte?«

»Na, sie muss es doch nicht erfahren.«

»Aber … du …«, stammelte Ina. »Du wirst doch zur Polizei gehen, oder etwa nicht?«

»Sind Sie verrückt?«, rief er in einer Aufwallung von Respektlosigkeit, die ihm jedoch sofort bewusst wurde. »Sorry, war nicht so gemeint. Natürlich gehe ich nicht zur Polizei. Nur wenn die Bullen Bobby dafür drankriegen wollen, dann ja. Sonst … Nö, warum denn?«

Vor wenigen Minuten hatte sie Christopher mit dem überrascht, was sie wusste. Jetzt hatte er den Spieß umgedreht und sie überrascht.

»Junge, du kannst unmöglich mit so einem Geheimnis, so einer Bürde leben.«

»Wer sagt das denn?«

»Dein Vater ist auch zugrunde gegangen, weil er …«

»Ich bin nicht mein Vater«, unterbrach er sie. »Wirklich, Frau Bartholdy, ich mag Sie total und bin Ihnen für alles dankbar, was Sie für mich getan haben. Aber … Tut mir leid, ich habe nicht vor, mein Leben wegzuwerfen, nur weil ich den Mörder meiner Mutter umgelegt habe, der zufällig mein

Vater ist. Fällt mir echt nicht ein. Und Sie halten sich bitte an Ihre Verschwiegenheitspflicht.«

Ina verschlug es fast den Atem. Was für eine Kaltblütigkeit der Junge mit einem Mal entwickelte.

Das Schlimme war: Sie konnte ihn nicht dazu zwingen, reinen Tisch zu machen. Dieses Gespräch zwischen ihr und ihm war tatsächlich vertraulich. Christopher hatte über ein zurückliegendes Verbrechen gesprochen, nicht über ein künftiges, das er zu begehen gedachte, daher griff die Offenbarungspflicht für sie in diesem Fall nicht.

Natürlich hatte sie einige Erkenntnisse auch ohne ihn gesammelt, die daher nicht unter die Schweigepflicht fielen. Doch es waren nur Indizien, und wenn Bobby bei seiner Aussage blieb, dass er die Pistole weggeworfen hatte... Noch nicht einmal den Inhalt ihres Gesprächs mit Christopher von vergangener Nacht durfte sie erwähnen.

Ungeheuerlich. Wenn man das zu Ende dachte...

Ina hatte nur zwei Möglichkeiten. Sie konnte trotz allem offenlegen, was sie – mit Ausnahme der Gespräche mit Christopher – in Erfahrung gebracht hatte. Für eine Anklage würde das kaum reichen, und Stefanie würde selbstverständlich zu ihrem Freund halten, was das Mutter-Tochter-Verhältnis schwer beschädigen würde. Sie konnte andererseits schweigen. In diesem Fall würde sie tatenlos zusehen, wie Stefanie unwissentlich mit einem jugendlichen Mörder oder vielmehr Totschläger zusammenlebte. Die dritte Lösung existierte im Grunde gar nicht, denn das hieße, ihre Verschwiegenheitspflicht zu brechen und damit ihren Beruf für immer aufzugeben.

»Christopher, bitte überlege dir das alles noch mal.«

»Wie ich schon gesagt habe, ich mach's nur, wenn die Bullerei Bobby dafür drankriegen will.«

Er stand auf. »Kommen Sie mit rein? Die Pasta von Stefanie ist echt der Hammer.«

17

September

Beim Prozess gegen die restlichen Mitglieder der Entführer-
bande erhielt Marlene eine hohe und Romy eine etwas ge-
ringere Haftstrafe, außerdem wurde das Mädchen in eine ge-
schlossene psychiatrische Klinik verlegt. Für Bobby sprachen
zum einen, dass er das Verbrechen mit seinem Geständnis
offengelegt hatte, und zum anderen seine Haltung währenddessen. Er war weder an Folterhandlungen noch unmittelbar
am Tod von Jette Trebuth, Alwin Töller und Giovanni Caffarelli beteiligt gewesen. Wegen Freiheitsberaubung mit Todes-
folge sowie einiger weiterer Vergehen musste er für vier Jahre
und drei Monate ins Gefängnis.

Während des Prozesses vermied Ina jeden Kontakt zu Bobby,
und er wagte von sich aus nicht den ersten Schritt. Einen
Winter lang wussten sie alle beide nicht, wie es mit ihnen
weitergehen sollte. Erst nachdem die Urteile gesprochen waren, besuchte Ina ihn im Gefängnis.

Zusammen mit drei anderen Frauen wartete sie in einem
Raum, der so karg dekoriert war, dass eine Mönchszelle dagegen das Potenzial hatte, in einem Lifestyle-Magazin abge-
druckt zu werden. Jede der Frauen saß ohne Handtasche und

ohne Handy an einem eigenen quadratischen Tisch, und weil sie fünf Minuten lang nichts anderes zu tun hatten, warfen sie sich mehrfach Seitenblicke zu. Ina kam es vor, als würden sie sich alle drei ein bisschen ähnlich sehen, und ein, zwei der Besucherinnen musterten Ina, als gehöre sie nicht dazu. Aber vielleicht wollte sie sich auch nur selbst so sehen. Denn sie war nicht anders als die übrigen Frauen. Sie war die Geliebte eines Verbrechers und musste sich entscheiden, ob sie es bleiben wollte. Die anderen hatten sich bereits entschieden. Vielleicht ähnelten sie sich ja deshalb.

Das Verfahren, die Haft und mehr noch die Erkenntnis der Schuld hatten Bobby zugesetzt. Als er auf Ina zukam, wirkte er niedergeschlagen, außerdem hatte er Gewicht verloren. Seine schönen langen Haare waren abgeschnitten, sei es dass die Vorschriften es verlangten, sei es dass er es so wollte.

Zum ersten Mal seit jenem Nachmittag auf der Seebrücke von Kühlungsborn waren sie unter sich, wenigstens halbwegs.

»Warum bist du hergekommen?«, fragte er sie beinahe mitleidig, nachdem sie sich verlegen begrüßt hatten. »Du solltest dir das nicht antun. Wir leben jetzt in völlig verschiedenen Welten. Oder hast du etwa noch Fragen an mich? Brauchst du diesen Besuch, um ein paar letzte Dinge zu erfahren und dann mit mir abzuschließen? Das könnte ich natürlich verste…«

»Deine Ersparnisse sind aufgebraucht«, unterbrach sie ihn. »Das Meiste ist für den Anwalt und die Rückzahlungen an die Geschädigten draufgegangen. Deine Mutter soll in ein anderes Heim verlegt werden, aber das werde ich nicht zulassen. Ich habe genug Geld. Jede Woche habe ich sie in ihrer Residenz besucht, und inzwischen nennt sie mich sogar bei meinem richtigen Namen. Na ja, wenigstens gelegentlich.«

Bobby hatte Tränen in den Augen, die er kaum noch zurückhalten konnte und deswegen hinter seinen Händen verbarg.

»Heißt das ...?« Er schaffte es nicht, den Satz zu Ende zu bringen. »Dass du ...«

»Dass ich ab jetzt eine Gangsterbraut bin, ganz genau. So wie Stefanie übrigens, allerdings ohne es zu wissen.«

Er wich ihrem Blick aus. »Tut mir leid, ich stehe zu meiner Entscheidung.«

»Zu deiner Lüge.«

»Nenne es, wie du willst. Es war richtig, dem Jungen nicht das ganze Leben zu versauen. Wie sieht das denn im Führungszeugnis aus, wenn er mal einen Beruf ergreifen will? Wir wissen beide, dass er seinen Vater in einem Moment der Verzweiflung erschossen hat. Christopher ist nicht gefährlich, weder für Stefanie noch für dich. Und was mich angeht, der Staatsanwalt hat aus Mangel an Beweisen von einer Anklage wegen Mordes gegen mich abgesehen.«

»Trotzdem ist das Ganze nicht richtig. Es stimmt einfach nicht.«

»Wenn du es Stefanie sagst, machst du etwas kaputt, entweder euer Verhältnis oder das von Christopher und ihr. Wer sagt, dass die Wahrheit immer die beste Variante ist? Ich zitiere mal Voltaire: ›Alles, was du sagst, sollte wahr sein, aber nicht alles, was wahr ist, solltest du auch sagen.‹«

»Seit wann liest du Voltaire?«

»Ich habe viel Zeit hier drinnen, weißt du?«

»So was! Einmal mehr bewahrheitet es sich, was ich dir an dem Tag gesagt habe, als wir uns auf dem Oldtimertreffen zum ersten Mal begegnet sind. Du bist ein Philosoph im Blaumann.«

»Jetzt eher ein Philosoph im Knastanzug.«

Sie lachten und blickten sich lange und innig an, bis sie sich beide nur noch verschwommen sahen.

»Erzähl weiter«, sagte Bobby mit wachsweicher Stimme. »Erzähl irgendwas, damit ich nicht sprechen muss.«

Sie lächelte. »Also gut. Stefanie macht seit ein paar Monaten eine Lehre zur Tischlerin. Sie behauptet, die Arbeit mit Holz beruhige sie. Mal sehen, wie lange noch. Ich habe auch etwas Neues angefangen. So ganz nebenher, unter anderem zur Selbsttherapie, habe ich begonnen, diese Geschichte aufzuschreiben. Du weißt schon, die ganze Geschichte. Aber ich habe gemerkt, dass ich eine lausige Schriftstellerin bin. Ich werde mir jemanden suchen, dem ich sie erzähle und der etwas daraus macht. Denn ich finde, sie ist wert, festgehalten zu werden, und nötig ist es auch.«

»Wie geht die Geschichte denn aus?«

»So wie alle grausamen Märchen. Nachdem er aus dem Gefängnis entlassen wurde, lebten sie glücklich bis ans Ende ihrer Tage.«

Epilog

Ich stand vor jener einsamen Bauernkate, die inzwischen einen anderen Eigentümer hatte. Im Vorgarten blühten Narzissen, Iris und Freesien um die Wette, bevor in Kürze die Rosen aufgehen würden. Die Fassade leuchtete hellgelb, die Fensterläden hoben sich schwedenblau davon ab. Es war das, was man ein kleines Paradies nennt. Nichts erinnerte mehr an Leid und Tod. Die Hölle lag buchstäblich ein paar Meter unter der Erde.

Und in den Köpfen und Herzen der Entführer.

Als ich Marlene im Gefängnis besuchte, sagte sie mir: »Ich habe lange Zeit nicht verstanden, warum ich mich nicht wenigstens ein kleines bisschen besser gefühlt habe, nachdem die Wahrheit ans Licht gekommen und das Urteil gesprochen war. Nachdem ich endlich anfangen konnte zu sühnen. Inzwischen weiß ich, dass die Geschichte nie vorbei sein wird. Nicht für mich und auch nicht für Bodo. Niemals. Bis wir sterben. Aber wissen Sie, bis heute kann ich eines nicht begreifen, und wahrscheinlich werde ich nie dahinterkommen, wie es überhaupt passieren konnte.«

Wie recht sie hatte, als sie sagte, dass die Geschichte noch nicht vorbei war. Vielleicht wird sie es dann sein, wenn Christopher Trebuth irgendwann in ferner Zukunft seinen letzten Atemzug getan haben wird. Wer weiß schon, was bis dahin noch alles geschieht. Oder ist das etwa eine ganz andere Geschichte?

Auf dem Rückflug gingen mir die Worte eines klugen Mannes durch den Kopf. »Das Maß für den Charakter eines Menschen besteht darin, was er tun würde, wenn er *hundertprozentig* wüsste, dass man ihm nicht auf die Schliche käme.«
Wie viele Parfümfläschchen, wie viele Bücher würden unter dieser Voraussetzung in den Läden geklaut, wie viele Versicherungen betrogen, Steuern hinterzogen, Intrigen gesponnen, Ehen heimlich gebrochen, Testamente und Diplomarbeiten gefälscht? Welche Summen würden veruntreut? Und wie viele missliebige Personen aus dem Weg geräumt – Rivalen um die Gunst eines geliebten Menschen, Konkurrenten um einen heiß begehrten Job? Wer könnte dauerhaft der Versuchung des garantiert unentdeckten Verbrechens widerstehen? Und wo würde man für sich selbst die Grenze ziehen? Ist ein kleiner Diebstahl noch in Ordnung? Wann wird ein kleiner Diebstahl zum großen? Welches Verbrechen traut man sich zu, welches auf keinen Fall? Und könnten wir uns wirklich sicher sein, die Grenzen dessen, was wir uns zutrauen und was gerade noch akzeptabel ist, nicht beständig zu erweitern?
Kennen wir uns gut genug, um diese letzte Frage zu beantworten? Man weiß so wenig voneinander.
Eines habe ich ganz sicher gelernt, während ich auf Ina Bartholdys Bitte hin diese Geschichte in Worte fasste, nämlich dass man über sich selbst noch weniger weiß.

Dank

Ich danke den Menschen, die mich zum Teil schon seit vielen Jahren beim Entstehen meiner Bücher unterstützen und beraten: Wiebke Rossa und Angela Troni sowie dem gesamten Verlagsteam vom Limes Verlag, sei es im Bereich Presse, Vertrieb oder Marketing, das eine hervorragende Arbeit macht. Ich danke meiner Literaturagentin Petra Hermanns. Außerdem Christian Igel, Stefan Holtkötter, René Schwarzer und Toni Richter. Mein besonderer Dank geht an Bente Laux – sie weiß schon wofür.